TILL SAILER

HAUS MIT DER MADONNA

ROMAN

mitteldeutscher verlag

ERSTES KAPITEL

Heimkehr der verlorenen Tochter

Die Kleinbahn fährt an. Hanna Sewald schreckt hoch und sieht auf das Ortsschild. Bis zur Endstation ist noch Zeit. Die junge Frau mit dem dicken Wintermantel und den langschäftigen Männerstiefeln haucht die Hände an. Dann zieht sie den Schal, der um Hals und Kopf geschlungen ist, tiefer ins Gesicht. Ihr fällt der Satz ein, der sich im Halbschlaf gebildet hat: Sonst gehen wir nach dem Westen. Merkwürdig. Sie fährt gerade deshalb in die Kreisstadt, weil sie das vermeiden will.

Es ist ungemütlich in dem kalten Waggon, in dem es nach abgestandenem Wasserdampf riecht und nach Toilette. Die lackierten Holzbänke sind unbequem. Doch Hanna will die Fahrt genießen. Natürlich, sie liebt ihre Kinder. Gerade deshalb möchte sie einen Tag lang die Verantwortung ablegen, faul herumsitzen, nicht im nächsten Moment aufspringen müssen. Bis der Blankenhainer Zug in Weimar eintrifft, will sie die verschneite Landschaft auf sich wirken lassen, Ordnung in ihre Gedanken bringen. Sonst nichts.

Die vereisten Fenster geben nur am Rand den Blick frei. Die Sonne glitzert auf den weißen Feldern. Am frühen Morgen dieses Januartages 1947 sah sie aus wie ein rotglühender Ball. Der angrenzende Wald ist von hellen Streifen überzogen, am Himmel keine Wolke. Es ist so, als würde man die Kälte sehen. Der Waggon ist fast leer. Nur kurz nach „Blängsch", wie die Einheimischen zu Blankenhain sagen, stiegen zwei alte Männer ein. Sie sitzen am hinteren Ende und dösen vor sich hin. Seit Kriegsende fahren die Dörfler sonntags nicht mehr zur Stadt. Sie gehen jetzt nicht mal in die Kirche, bei dieser Hundekälte.

5

Trotzdem, findet Hanna, sie hat reichlich Grund, sich wohl zu fühlen. Vor allem ist die tägliche Angst vor Katastrophen abgeflaut. Ihr fällt der eisige Wind ein, der in der Nacht über das Dach fegte. In ihrer notdürftigen Behausung spürt sie den kalten Luftzug sogar unter der Bettdecke. Immer wieder musste sie aufstehen und die drei Jungen zudecken. Doch jetzt gibt es weder Wind noch Verantwortung. Sie kann ungestört sitzen und denken.

Während des Kriegs, als ihr Mann noch da war, verlief Hannas Leben ziemlich normal. Erst nach Albins Tod, im Nachkrieg, wie sie gern sagt, geriet alles aus den Gleisen. Im Sommer dann, als die Russen kamen, musste sie die Erzieherwohnung in der Blankenhainer Lehranstalt räumen und sofort eine Bleibe finden. Frau Harms, eine Bäuerin aus dem nahen Schwarza, gab ihr ein Notquartier auf dem Dachboden. Dort lebt Hanna mit ihren Kindern schon den zweiten Winter. Für die Fahrt zum Herrn Vater, wie die Wirtin sagt, hat sie der Kriegerwitwe Hanna ihren Wintermantel geliehen, weil der eigene zu dünn ist. Frau Harms passt auf die Kinder auf und bringt etwas Essbares auf den Tisch. Es gibt also keinen Grund zur Sorge.

Vor anderthalb Jahren, im August nach dem Zusammenbruch, war Hanna zum letzten Mal mit dem Zug in die Kreisstadt gefahren, weil sie dringend eine Amtsauskunft brauchte. Per Telefon lief noch gar nichts, und mit ihrem Vater, den sie hätte fragen können, war der Kontakt seit Jahren unterbrochen. Nach dem schweren Zerwürfnis kurz nach der Geburt des Jüngsten gab es zwischen ihnen nur noch förmliche Postkarten zu Weihnachten und zum Geburtstag. Bei der Auskunft war es um die Regelung der Witwen- und Halbwaisenrente gegangen, da entsprechende Gesetze noch fehlten. Hanna war damals im fünften Monat schwanger, der junge Vater lag schon vier Monate unter der Erde. Sie hatte Clemens mitgenommen, den Kleinen, in der Familie nur „Klee" genannt. In dem brechend vollen Zug flüchtete der damals Dreijährige auf ihren Schoß. Ihr fehlte die Kraft, ihn zu bändigen. Und nach der Rückkehr passierte es dann.

Hanna unterdrückt die aufkommende Erinnerung und alles, was die Sonntagsstimmung verderben kann. Schon gar nicht will sie an den schlimmen Abend denken, als sie ihr Kind verlor. Es wäre ein Mädchen gewesen. Albin hatte sich immer ein Mädchen gewünscht.

Jetzt erwartet sie Dr. Elsner, ihr Vater. Doch statt des Vaters sieht Hanna ihren Mann. Wenn sie allein ist, ist sie allein mit Albin. Er liegt irgendwo auf einem fremden Dorffriedhof unter dem Schnee. Hartnäckig stellt sich das gleiche Bild ein. Unter dem Erdhügel mit dem Stahlhelm ruht er aus, genauso, wie es in einem seiner Gedichte heißt. Sie verzichtet nicht auf das schlichte Bild, denn sie muss schon auf so viel verzichten. Albin ruht dort aus, Punkt. Keiner weiß, wie lange.

Nachts, wenn sie den Schlaf braucht, erwacht Albin, spricht mit ihr, redet auf sie ein. Sie kann genau die Stelle bestimmen, von der seine Stimme kommt. Hanna liegt mit dem Rücken zur Dachschräge, Albin liegt hinter ihr. Sie spürt seinen Körper. Nur manchmal, in abgründigen Träumen, sprechen sie miteinander. Dann kann sie seine Augen sehen. Sonst hört sie nur zu. Erregte Berichte von den letzten Minuten – vor dem Schuss.

Auch daran will sie jetzt nicht denken. An diesem verschlafenen Sonntagmorgen, da sie in ihre Geburtsstadt fährt, wird sie nach jahrelanger Pause ihren Vater treffen. Sie ruft erneut sein Bild auf, das nun langsam Konturen annimmt.

Der Jurist Dr. Wilhelm Elsner stammt aus einer Bauernfamilie im Thüringer Wald und hat sich zäh hochgearbeitet. Jede Minute, die keiner Aufgabe gewidmet ist, findet er nutzlos vertan. Obwohl er den ganzen Tag in schlecht gelüfteten Amtsstuben zubringt, wirkt er gesund und energiegeladen. Bei der letzten Begegnung hatte er, trotz seiner fast siebzig Jahre, immer noch schwarzes Haar, das er morgens anzufeuchten und ohne Scheitel nach hinten zu kämmen pflegt. Sein Gesicht, das Hanna jetzt deutlich vor Augen hat, wirkt viereckig, ja, kastenförmig. Die Stirn wird von einer kräftigen Falte durchzogen, die vom Haaransatz bis zur Nasenwurzel reicht. Er lächelt selten, lacht höchstens, wenn Frauen ihn dazu animieren.

Elsner hatte bereits in den Zwanzigerjahren als Ministerialrat im Thüringer Innenministerium gearbeitet. Als die Nationalsozialisten 1929 in die Thüringer Koalitionsregierung rutschten, versetzte Innenminister Frick den unbequemen Mann in den Wartestand. Nach der Machtergreifung der Nazis kam Elsner durch Staatsminister Sauckel in den vorzeitigen Ruhestand. Danach betrieb ihr Vater eine Anwaltspraxis.

Noch vor kurzem erschien Hanna ihr Vater wie ein Fremder. Nun braucht sie seine Hilfe. Hanna kramt in der Handtasche, die ihr die Mutter vererbt hat. Sonst nimmt sie die Tasche nicht. Es ist wegen Elsners Frau Helena, die den Platz der Mutter eingenommen hat. Da muss die Tochter ein Zeichen setzen. Es gibt keine zweite Mutter, wenn die erste gegangen ist.

Der Brief, den ihr der Vater geschrieben hat, gibt Hanna Rätsel auf. Die Zeilen streben nach oben, ein nahezu überschwängliches Schriftbild. Das stammt von einem Anwalt, der selten eine Regung zeigt? *Meine liebe Johanna!* Wann griff er zu solch einer Anrede? *Ich bedanke mich herzlich für die Weihnachtsgrüße.* Man denke, herzlich. *Ungeachtet aller Zwistigkeiten fühle ich mich nach Albins Tod und dem Chaos, das Nationalsozialismus und Krieg hinterlassen haben, für die Familie meiner Tochter verantwortlich. Ich habe ein hohes Amt in der Thüringer Landesregierung und kann für Euch sorgen ...* Und später: *Die Zimmer von Dir und Deiner Schwester im ersten Stock stehen leer und ergeben, mit ein paar Korrekturen, eine selbständige Wohnung.* Selbst hier, denkt sie, vergisst er seine Lieblingstochter nicht, ihre Schwester Felie. Hanna steuert den wichtigsten Satz an. *Deshalb möchte ich Dich inständig bitten, dass Du nach Hause zurückkehrst.*

Inständig bitten? Das ist nicht sein Wortschatz. Wahrscheinlich hat das die neue Frau formuliert. Im Gespräch würde er nie bitten. Gefühle drückt er höchstens schriftlich aus. Nach Hause heimkehren, wie denkt er sich das?

Sie legt das Blatt auf die Bank, wärmt die Hände mit dem Atem.

Noch während der Universitätszeit fuhren Albin und sie einmal extra von Jena herüber, um mit Elsner abzurechnen. Unerträglich konservativ nannten sie ihn, einen Spießer, Pazifisten und Taktierer. Zu zweit trieben sie ihn in die Enge, genossen ein naives Gefühl der Unfehlbarkeit. Er schmiss sie regelrecht raus. Auch deshalb, weil Albin in der Uniform des HJ-Führers erschienen war.

Ihr ist nicht klar, warum sie damals so eiferten. Das war sonst nicht Albins Art. Man wollte nur die Verhältnisse klären. Erst traten sie aus der Kirche aus, dann gingen sie auf Distanz zu Hannas Eltern. Es war der erste Schritt zur Entfremdung. Später kam der offene Bruch, den Elsner gern vermieden hätte. Wenn Hanna wirklich ins Elternhaus heimkehren will, muss sie um Verzeihung bitten. Da hilft nichts. Es muss ein Satz sein, der Verzeihen ermöglicht.

Aber mit allem, was sie zurücknimmt, wird ihr einstiger Glaube entwertet. Mit jeder Entschuldigung entfernt sie sich von ihrem Mann, lässt ihn, der wehrlos ist, im Stich. Der Glaube an „die Bewegung" darf nicht plötzlich Irrglaube sein.

Natürlich ist nicht alles beim Alten. Den Krieg, den sie anfangs für nationale Reinigung hielt, kann sie längst nicht mehr rechtfertigen. Sie bemerkte eines Tages als Folge der Kriegsjahre ein Gefühl der Taubheit. Seitdem die Niederlage besiegelt war, besteht ihr Leben aus mechanischer Geschäftigkeit. Es ist, als wäre sie unter Trümmern begraben. Doch sie muss leben, muss die Kinder durchbringen.

Vielleicht hätte sie, wie ihr Vater, die Katastrophe schon früher vorhersehen können. Aber dass er nun in einer Regierung mit Kommunisten zusammenarbeitet, ist trotzdem unbegreiflich. Und dass die Sowjets nach ihrem militärischen Sieg auf einmal seriöse Verhandlungspartner sein sollen, stellt alles auf den Kopf. Die Russen sind doch als Sieger nicht weniger gefährlich. Sie bestätigen Tag für Tag, wie notwendig es war, ihrem Angriff zuvorzukommen. Nein, denkt sie, nicht schlechthin die Russen sind ihr verhasst. Die Clique ist es, die dieses Riesenreich ins Joch zwingt und die Hände gierig nach Deutschland ausstreckt. Um ein Haar hätten Handlanger dieser Leute sie eingesperrt. Hanna holt tief Luft und presst die Lippen aufeinander. Und ihr eigener Vater behauptet an einer Stelle des Briefs: *Mit den russischen Generälen kann man gut verhandeln.* Der reine Hohn.

Hanna ist fest davon überzeugt, dass sich ihr Vater gewissenhaft auf ihren Besuch vorbereitet. Sicher suchte er, trotz des Feiertags, gleich nach dem Frühstück sein Arbeitszimmer auf, das in der Familie Büro heißt. In dem Haus, das nach seinen Entwürfen gebaut wurde, liegt der Raum in einem ruhigen Winkel, was ihn vor dem Lärm der Straße schützt.

Hanna sieht Elsner nun in Aktion. Er steht vor einem der Bücherschränke, die fast das ganze Büro einrahmen, und blättert in Gesetzestexten. Danach, immer ein Ritual, rückt er den Ledersessel vor den Schreibtisch und holt eine Zigarre aus dem Kästchen im oberen Schubfach. Unzählige Male fand sie ihn so vor. Nun benutzt er seinen schwarzen Aschenbecher, der die Form eines Raben hat. Der schmiedeeiserne

Vogel umfasst eine runde Schale aus Messing. Den beweglichen, verchromten Schnabel kann man als Messer benutzen und damit die Spitze der Zigarre abschneiden. Hanna hat sich so in die Szenerie versetzt, dass sie glaubt, die brennende Zigarre zu riechen.

Die junge Frau rückt näher ans Fenster. Durch den Spalt zwischen der vereisten Scheibe und dem Rahmen erkennt sie den Ettersberg mit seiner sanft ansteigenden Silhouette. Der Aussicht wegen wanderte die Familie oft zum höchsten Punkt.

Inzwischen kursieren die schlimmsten Verdächtigungen über Buchenwald. Doch das meiste hält sie für Gräuelpropaganda. Bei Kriegsanfang waren die Gerüchte in der NS-Presse systematisch aufgeklärt worden, mit Fotos und Dokumenten. Und jetzt soll auf einmal alles anders sein? So ist es eben, die Sieger bestimmen die Geschichte.

Mancher in Weimar, fühlt sie, würde jetzt widersprechen. Die Amerikaner hatten Leute aus der Stadt ins Lager gekarrt. Man sollte sehen, was die Soldaten aus Übersee vorgefunden hatten.

Hanna wehrt ab und versucht, sich die Berichte ihres Mannes ins Gedächtnis zu rufen. Er hatte all seine Beziehungen in die Waagschale geworfen, als die Lügen immer böswilliger wurden. Nach Monaten kam die Besuchserlaubnis für Buchenwald. Er prüfte das Lager sehr gründlich. Bei seiner Beobachtungsgabe. Einen ganzen Tag lang führte man ihn durch die Werkstätten, in denen Häftlinge arbeiteten. Keineswegs nur Politische, vorwiegend Kriminelle oder Fremdarbeiter, die fliehen wollten. Die Munitionsfabrik durfte Albin aus Sicherheitsgründen nicht betreten, wofür er Verständnis hatte. Er sprach mit Aufsehern und Inhaftierten, mit Deutschen, Franzosen, Engländern. Abgesehen von der Atmosphäre in jeder Haftanstalt konnte er nichts Abstoßendes erkennen. Er schwärmte von den damals in Thüringer Kunstgewerbeläden sehr begehrten Buchenwald-Teppichen. Albin wollte selbst einen kaufen. Das wäre ihr doch zu weit gegangen.

Was aber ist mit dem neuen Lager auf dem Ettersberg? Hanna richtet sich auf. Wechsel des Namens, von Konzentrationslager in Internierungslager. Keine Silbe in der Öffentlichkeit, nicht mal ein Dementi in der Presse. Sie liest zwar keine Zeitung, hätte aber bestimmt von solchen Berichten gehört. Jeder in Weimar kennt einen, den die Russen verschleppt haben. Selbst in Schwarza. Die Anlässe sind beliebig. Da kommen keine hohen Nazis hin. Es sind kleine Mitläufer, arme Schweine, die denunziert wurden. Sie kann sich die dortigen Zustände lebhaft vorstellen. Man lässt keine Besucher mehr ins Lager, keine Kommissionen vom Internationalen Roten Kreuz. Jetzt herrscht dumpfe, brutale Rache. Vermutet sie.

Auch über Albins Schule hörte Hanna nichts als freche Unterstellungen. Man betrachtet die AHS als Zuchtstätte für blonde Bestien. Unsinn!

Nun hat Hanna ein Thema gefunden und kann ihrer Wut freien Lauf lassen. Sie löst sich vom Ettersberg, der ihr, trotz Albins Bericht, unheimlich ist. Das KZ kennt sie nur vom Hörensagen. Aber über die Schule in Blankenhain, die seit 1941 in den Gebäuden der Landesheilanstalt untergebracht war, weiß sie Bescheid. Ihr Mann arbeitete als Erzieher an einer der Adolf-Hitler-Schulen, der nationalsozialistischen „Schule Weimar für den Gau Thüringen", die in einem subtilen Gemisch aus Furcht und Ehrfurcht allgemein Götterschule genannt wurde, was auf Goethes Präsenz auch im Umkreis der Goethestadt zielte. Diese Lehranstalt sollte den Führungsnachwuchs für die Jugendarbeit rekrutieren. Da der Schulname leicht nach „Adol-Fitler-Schule" klang, benutzte man gern die Abkürzung AHS.

Nein, auf die AHS lässt Hanna nichts kommen. Hier hat sie selbst gelebt, hier war sie Augenzeuge. Und von Pädagogik versteht sie schließlich etwas. Genau wie Albin hat sie bei Professor Petersen studiert, dem Begründer der Jenaplan-Pädagogik. In der AHS wurde einiges davon umgesetzt, etwa in den Werkstätten für Holz- und Metallarbeiten. Dann Konzerte, Leseabende, öffentliche Singstunden. Die Jungen waren einfach prächtig. Und auf die Erzieher lässt sie schon gar nichts kommen.

Die junge Frau zögert einen Augenblick. Sie spürt, dass es eine Parallele von der Schule zu den Werkstätten von Buchenwald gibt. Aber was heißt das schon? Ihr Mann gab vorbildlichen Deutschunterricht. Aus ganz Thüringen kamen Hospitanten. Sein Schulbuch „Deutsche Gedichte" galt als Muster der Literaturvermittlung. Dann die begeisternden Sportfeste. Gewiss, die Uniformen. Sie, der alles Militärische fremd ist, empfand sie als notwendiges Übel. Die militärische Erziehung, die in anderen NS-Bildungsstätten überwog, war in der Thüringer Schule nur eine Randerscheinung. Sie galt als Musentempel, hatte, kulturell gesehen, den höchsten Stand. Davon ist Hanna nach wie vor überzeugt. Da kennt sie sich aus. Hierbei macht ihr keiner etwas vor.

Um eine Einschränkung kommt sie nicht herum. Man predigte auch in Blankenhain die Überlegenheit der arischen Rasse. Sie und Albin kamen von der Wandervogel-Bewegung. Dort wurde die Rassentheorie abgelehnt, auch wenn man das nie laut sagen durfte. Ihr Mann schätzte jüdische Künstler. Das Versteckspiel mit Heine und Mendelssohn war ihm peinlich. Zugegeben, mit jeder Beförderung in den nächsten Dienstgrad passte er sich etwas mehr an. Aber bis zuletzt wartete er auf neue Kräfte am Ruder. In der Reichsführung sah er nicht mehr den Sachwalter des echten Nationalsozialismus und hoffte auf eine Palastrevolution. Aber Palast und Revolution, das ist jetzt alles Schnee von gestern.

Hanna Sewald spitzt den Mund und hält den Kopf schräg. Womöglich verteidigt sie sich gegen Anwürfe der neuen Obrigkeit, zu der nun auch ihr Vater gehört. Dabei muss sie im Gespräch mit ihm gerade solche Themen meiden. Sie nimmt wieder den Brief und studiert den gedruckten Briefkopf. Es wirkt so, als wäre die feine schwarze Schrift noch druckfrisch:

Dr. jur. Wilhelm Elsner
Stellvertretender Minister
für Finanzen
LANDESREGIERUNG THÜRINGEN

Das soll sie beeindrucken? Wie kann er nur mit solchem Pack paktieren? Mit Russen, Kommunisten, Karrieristen, Denunzianten. Dass er sich nicht schämt. Was hätte seine Frau dazu gesagt? Gut, Hanna hat vieles falsch beurteilt, vieles ignoriert. Aber nun geht er in die Irre. Und ausgerechnet ihn will sie um Hilfe bitten. Doch bleibt ihr eine Wahl? Albin ist zwar noch anwesend, aber er schläft.

Beeindruckt sie der Briefkopf nicht doch?

Sie sieht blind vor sich hin, geradeaus in den Wagen. Ihr fällt eine Religionsstunde ein, das Gleichnis vom verlorenen Sohn. Sie hatte damals die Heimkehr genau vor Augen. Geblieben ist ein fixiertes Bild.

Der Sohn, einst ausgezogen mit hehren Plänen, strebt zermürbt dem Haus des Vaters zu. Solche Gleichnisse, denkt Hanna, passen irgendwie immer. Vielleicht hat man sie mit solcher Absicht erfunden. Anscheinend gibt es auch immer gleiche Konstellationen: Vater, Kind, Abkehr, Heimkehr, verlorener Sohn, verlorene Tochter.

Ihre Geschichte ist ähnlich und doch anders. Verprasst hat sie nichts. Nur die Bindung zum Vater hat sie unterbrochen, vergaß, dass Bindung nicht nur Fessel ist. Im Gleichnis bringt Teuerung die Wende. So kann man es ausdrücken. Eine totale Teuerung zwingt die Tochter zur Umkehr.

Hanna ist es gewohnt, beachtet zu werden. Doch bei ihr kann die Ausstrahlung für Tage und Wochen erlöschen. Dann versteht sie die Welt nicht mehr. Alles versinkt im Sog einer unkontrollierten Bedrückung. Zum letzten Mal geschah das nach der Zugfahrt in die Kreisstadt im ersten Friedenssommer. Solch ein Erlöschen, fürchtet sie, könnte sich jetzt wiederholen. Hanna leckt die trockenen Lippen, die aufgesprungen und entzündet sind. Sie legt den Brief wieder auf die Holzbank, holt Spiegel und Cremedose aus der Handtasche, öffnet die fast aufgebrauchte Dose und bestreicht vorsichtig die Lippen. Während Hanna die Hautcreme mit den Lippen verteilt, nimmt sie zur Kontrolle den Spiegel zur Hand. Ihr fallen die von der Kälte geröteten Nasenflügel auf, die Augenringe, das verhärmte Gesicht. Sie nimmt den grobgestrickten Wollschal von den streng nach hinten gekämmten Haaren. Bei ihrer Frisur muss sie an eine Äußerung von Lisa Abel denken. Die Freundin von Albin und ihr sagte früher manchmal: Dein Knoten erinnert an NS-Frauenschaft. Hanna streckt den Arm aus. Sie will im Spiegel mehr von ihrem Gesicht sehen. Das war einmal eine schöne Frau, eine gebildete Frau, eine Frau aus gutem Hause. Ja, das „Haus mit der Madonna", wie ihr Elternhaus genannt wird, gilt als gutes Haus.

Herzchen, denkt Hanna, indem sie sich in die Augen sieht, du sitzt auf einem hohen Ross.

Sie betrachtet den von der Bäuerin geliehenen Mantel, Albins Stiefel, die ihr viel zu groß sind, den muffig riechenden Rock aus dem untergestellten Kleiderschrank.

Sie fällt in freiem Fall.

13

Hanna denkt an das eiserne Doppelstockbett auf dem Dachboden in Schwarza, die Hälfte der altmodischen Ehebetten, die Frau Harms ihr abgetreten hat, als auch sie Kriegerwitwe wurde. Sie spürt den Luftzug unter der Bettdecke, riecht den Gestank auf dem Bretterklo neben dem Pferdestall, erinnert sich, dass sie Peer, ihrem Ältesten, verboten hat, in den Wald zu gehen. Der Schnee verdeckt die Munition, die überall verborgen sein kann. Sie hört das ekelhafte Kratzen, Flattern und Gurren der Tauben im Verschlag auf dem Vordach.

Sie fällt und fällt. Wie eine Lawine stürzt all das Schlimme, was täglich geschieht, auf sie ein. Die Eisschicht im Waschbecken. Erfrierungen an Ulrichs Fuß. Ihre Möbel in der Harms'schen Scheune. Albins Schreibschrank. Die Pistole, die ihr beinahe zum Verhängnis geworden ist. Vernagelte Kisten mit Albins Manuskripten unterm Stroh, die niemand finden darf. Diese Art Angst, die sie erst kennt, seit die Russen einmarschiert sind. Gerade eben kam sie wieder auf. Als Hanna in den Waggon einstieg, entdeckte sie am Zugfenster eine Aufschrift. Neben dem alten BITTE NICHT HINAUSLEHNEN steht nun in fremdartigen Buchstaben etwas, das sie mit bestem Willen nicht entziffern kann. Mit den Amerikanern konnte man wenigstens sprechen. Was sie taten, war erklärbar. Aber bei den Russen muss man ständig fürchten, etwas Falsches zu sagen, eine falsche Bewegung zu machen.

Hanna erinnert sich, wie der Sergeant ihre Wohnung durchsuchte. Sie hatte nicht eingesehen, dass sie sich schuldig fühlen solle, weil die deutsche Wehrmacht den Krieg verlor. Doch bei der Sache mit Albins Schreibtisch war sie vor Angst wie versteinert. Ihr wurde vorher nie bewusst, wie schmerzhaft Angst sein kann.

Es folgen andere Bilder. Das in eine Windel gewickelte Häufchen Elend, das ihr viertes Kind geworden wäre und das sie auf der Wiese hinter dem Gartenzaun vergrub. Auch eine verlorene Tochter. Sie spürt, wie ihr das Blut aus dem Gesicht weicht. Wenn wenigstens ihre Mutter noch leben würde, statt dieser infantilen Frau, die unbefugt ihre Stelle eingenommen hat. Und Albin schläft. Irgendwie lebt er noch, aber er schläft.

Sie verstaut schnell den Spiegel und die Cremedose, reibt die Lippen aneinander, die schon wieder trocken werden. Nun hat sie wieder das eckige Gesicht ihres Vaters vor sich, jetzt mit einem versteckt hämischen

Zug um den Mund. Dieses unausgesprochene: Siehste, Hanna! In ihrer Kindheit, als er es gelegentlich aussprach, hatte sie zornig geantwortet: Nicht siehste sagen! Aber wie wehrt man sich gegen Blicke?

Bei der denkwürdigen letzten Begegnung in der AHS in Blankenhain hatte ihnen ihr Vater alles vorausgesagt. Den Zusammenbruch der Bewegung, die Aufdeckung von Ungeheuerlichkeiten, den Tod geliebter Menschen. Da hatte Albin ihn fast angeschrien. Mit solch einem bürgerlichen Büttel wolle er nichts mehr zu tun haben. Und sie hatte nicht widersprochen. Alles, was er sagte, entsprach sogar ihrer Meinung.

Leider war vieles, was Elsner geahnt hatte, eingetroffen. Nur schlimmer war es gekommen, ungleich schlimmer.

Endlich endet der freie Fall. Hanna landet auf dem Boden. Es scheint so, als spüre sie Schnee im Gesicht. Jetzt, wo ihr vor Schwäche die Knie zittern, muss sie besonders stark sein. Sie traut sich nicht, zu den alten Männern am Ende des Wagens zu schauen. Vielleicht haben sie auch diesen hämischen Blick.

Der Waggon holpert. Das Stationsschild zeigt, dass sie am Ziel ist. Zugleich weiß sie eins. Auf dem Dachboden kann sie nicht bleiben. So geht es nicht weiter. Sie ist am Ende.

Der Zug fährt im Weimarer Kleinbahnhof ein. Hanna findet sich auf dem einzigen Bahnsteig wieder. Sie folgt den wenigen Fahrgästen, die dem Bahnhofsgebäude zustreben. Erinnerungen bedrängen sie. Ihr Blick gleitet vom braunroten Backsteingebäude ab und richtet sich auf einen Soldaten der Roten Armee. Er hat dort Posten bezogen, wo der schmale Weg zum Ausgang führt. Wie die Spuren im Schnee zeigen, haben alle einen Bogen um ihn gemacht. Auch Hanna will instinktiv ausweichen und zum Boden sehen. Der Russe stört die deutsche Sonntagsruhe. Er ist weder hier noch anderswo willkommen. Hanna muss jedoch immer wieder zu ihm hochschauen. Sie wird langsamer, bleibt fast stehen, geht zögernd weiter. Ihr merkwürdiges Verhalten geht auf ein Ereignis zurück, über das sie seit dem Kriegsende mit keinem gesprochen hat. Während sie dem Soldaten näher kommt, spult sich vor ihren Augen in rasender Eile ein Film ab.

Es war nach der Kapitulation in der AHS von Blankenhain. Nachdem die amerikanischen Truppen im Mai 1945 Thüringen besetzten, wurde die Schule geschlossen und in allen Gebäuden nach Waffen gesucht. Die

Erzieher waren entweder tot, verhaftet oder geflohen. Ihre Familien, Frauen und Kinder, lebten weiter in dem von einer Mauer umgebenen Areal.

Als Thüringen dann Anfang Juli im Tausch gegen die Berliner West-sektoren den Sowjets zufiel und die US-Truppen abzogen, verließ die amerikanische Wachmannschaft Hals über Kopf das Pförtnerhäuschen der Schule. In den meisten Blöcken der ursprünglichen psychiatri-schen Anstalt wurden nun Angehörige einer sowjetischen Einheit ein-quartiert. Ehe der Befehl zur sofortigen Räumung kam, suchten die Russen in den bisherigen Erzieherwohnungen ebenfalls nach Waffen.

Hanna, als Witwe des Erziehers Albin Sewald, empfing den jungen Sergeanten, der ihre Wohnung durchsuchte, mit der gleichen kühlen Distanz, mit der sie zuvor den amerikanischen Soldaten empfangen hat-te. Sie meinte, Anspruch auf den Respekt zu haben, den eine junge Mut-ter überall in der Welt erwarten kann. Sie bot ihm mit vorher zurecht-gelegten Worten Tee an. Aus einem der wenigen russischen Bücher, die sie kannte, aus Tolstois „Krieg und Frieden", wusste sie, dass Russen Tee zu trinken pflegen. Der Sergeant, der höchstens achtzehn Jahre alt war, erinnerte sie an einen früheren AHS-Schüler, was sie verwirrte. Er über-ging ihr Angebot, das er wohl gar nicht verstand. Der junge Russe kann-te nur wenige deutsche Brocken, vor allem das Wort „Waffen", das er ständig wiederholte. Waffen? Du Waffen? Er ließ sie ein Schriftstück ausfüllen, in dem von Waffenbesitz die Rede war. Obwohl sie bezeugte, keine Waffen zu besitzen, durchsuchte er die ganze Wohnung.

Sie blieb dabei ganz ruhig, begleitete ihn von Zimmer zu Zimmer. Manchmal lächelte sie sogar. Wenn es etwas gab, das sie beunruhigte, war es lediglich die lehmige Spur, welche die Stiefel des Soldaten auf dem Teppich hinterließen. Als er bei Albins Schreibschrank ankam, schloss sie bereitwillig auf und klappte die Schreibplatte herunter, während er, seine Unsicherheit unterdrückend, ständig ihrem Blick auswich.

Hier Waffen?, fragte er wieder, worauf sie nur andeutend den Kopf schüttelte. Doch auf einmal hielt sie inne, verfolgte jede Bewegung des Soldaten. Der Schreck durchfuhr sie wie ein Geschoss, vom Kopf bis in die Füße. Sie war zu keinem Gedanken fähig. Denn in dem Augenblick, da der Sergeant mit festem Griff einen Stoß Bücher aus dem oberen

Fach heraushob, fiel ihr schlagartig eine frühere Episode ein. 1941, unmittelbar, nachdem sie eingezogen waren, hatte Albin hinter der Buchreihe im oberen Fach eine Pistole versteckt. Es sei eine Damenpistole, meinte er, ein Wertgegenstand, mit Edelsteinen besetzt. In Notzeiten könne man sie versetzen. Und im Spaß fügte er hinzu, Hanna solle sie hervorholen, wenn bei seiner Abwesenheit jemand zudringlich würde. Er spielte damit auf zu erwartende Dichterlesungen an. Er machte sich Vorwürfe, weil er seine Frau häufig allein lassen musste, vielleicht aber auch, weil ihn bei Lesereisen zumeist Lisa begleitete, die gemeinsame Freundin, die Albin schon vor der Zeit mit Hanna kannte. Den Vorschlag selbst fand sie absurd und vergaß ihn sofort. Die Pistole hatte sie nur flüchtig gesehen, ihre Existenz kaum wahrgenommen. Sie interessierte sich nicht für Waffen. Außerdem öffnete sie Albins Schreibschrank so gut wie nie.

In dem Augenblick, als der Sergeant bedächtig seinen Arm hinter den Büchern hervorzog, begann sie, mit ihrem Leben abzuschließen. Die Verhaftung schien unvermeidbar. Unvorstellbar, dass sie die Haft überleben könnte. Sie schaute schicksalsergeben in das Gesicht des Russen. Als sich ihre Blicke kreuzten, zwinkerte sie und sah auf seine Hand. Die Hand war leer.

Hanna fröstelt es bei der fatalen Erinnerung. Der Sergeant ging unverrichteter Dinge, und sie war danach voller Dankbarkeit. Sie wartete bis zum Einbruch der Dunkelheit und fand die Pistole tatsächlich in der äußersten Ecke hinter der Buchreihe. Noch in der Nacht ging sie zum Dorfteich, um sich der bedrohlichen Last zu entledigen.

Sie dachte damals, sie würde das pausbäckige Gesicht des blonden jungenhaften Soldaten im Gedächtnis behalten. Doch nun, auf dem Weimarer Kleinbahnhof, ist sie unsicher. Alle russischen Soldaten, so scheint es, sehen sich ähnlich in ihren dunkelgrünen Uniformen mit Winterumhang und Pelzmütze.

Sie sieht dem Soldaten ins Gesicht. Der Blick fragt: Kennen wir uns?

Der Posten an der Backsteinwand reagiert nicht auf den Blick, aber er scheint froh zu sein, dass jemand von den Deutschen mal keinen Bogen um ihn macht, dazu eine gutaussehende junge Frau.

Heute viel kalt, bringt er lachend hervor und zeigt auf Hannas Schal. Sie nickt verlegen. Nein, der Sergeant wirkte verkniffener. Dieser ist, wie sie nun sieht, lustiger, offenherziger. Er mustert ihre hohen schwarzen Stiefel, die er womöglich als Offiziersstiefel erkennt.

Die deutsche Passantin wacht auf, und die Angst meldet sich. Hoffentlich hat Hanna niemand mit dem Russen beobachtet. Sie muss schnellstens an ihm vorbei. Er hat vielleicht einige Landsleute auf dem Gewissen. Sie taucht eilig in die Stadt ein, die sie besser kennt als jeden anderen Ort der Welt.

Die Heimkehrerin wählt einen Umweg, aber sie möchte ihr Lyzeum wiedersehen. Kurz darauf hat sie die Stadtmitte erreicht und sieht in die Runde. Hinter Hanna liegt der markante Bau des Nationaltheaters, der seit der Zerstörung im Krieg auf die Wiederherstellung wartet. Vor ihr liegt das Gebäude, in das sie und ihre Schwester zur Schule gingen. Nach der Lyzeums-Zeit hieß es Hindenburg-Gymnasium. Hanna geht zum Eingang, weil sie wissen will, welchen Namen die Einrichtung jetzt trägt. Auf den Schildern, die ganz neu aussehen, steht mit Großbuchstaben THEODOR-NEUBAUER-SCHULE. Das hat sie erwartet, ist aber doch verärgert. Dieser Neubauer, das weiß sie vom Vater, war ein kommunistischer Landtagsabgeordneter. Was hat der mit ihrem Lyzeum zu tun? Kopfschüttelnd setzt sie den Weg fort. Das Südviertel liegt am Stadtrand. Hanna bleibt auf der Hauptstraße, dann muss sie nur geradeaus gehen und braucht nicht auf den Weg zu achten. Während sie das Zentrum verlässt, nimmt sie den Gedankenfaden wieder auf und bereitet sich auf die Ankunft im Elsner'schen Haus vor.

Elsner hatte immer Schwierigkeiten mit Frauen. Er kann mit ihnen nicht über private Angelegenheiten sprechen. Die einzige Ausnahme ist Hannas zehn Jahre jüngere Schwester Felicitas, Felie genannt, die ganz auf den Vater fixiert ist. Früher sagte man, sie wäre ein halber Junge. Elsner liebt sie, weil er sich in ihr wiederfindet, bedauert aber trotzdem, dass sie eben doch kein Junge ist. Mit Männern versteht er sich besser. Die meisten Frauen findet er unerträglich emotional. Das betraf vor allem seine erste Frau. Die Aversion gegen sie war bald auf Hanna übergegangen, zumal sich die ältere Tochter vorwiegend an der Mutter orientierte. Seiner Meinung nach argumentieren solche Frauen mit Tränen, sind unstrukturiert und springen von einer Ebene in die andere. Dazu suchen sie beim Reden gern körperlichen Kontakt, was ihm widerstrebt.

Das mag er nicht, hatte die Mutter immer geflüstert, wenn Hanna ihn umarmen wollte. Darüber wurde gelacht, aber es stimmt. Er lässt es höchstens zu, wenn der Impuls von ihm selbst kommt.

Hanna bleibt plötzlich stehen. Es ist etwas in der Luft, das auf nahezu schmerzliche Weise an Vergangenes erinnert. Das Glockengeläut, das von mehreren Kirchen herüberklingt, ist schon in vollem Gang, als sie es wahrnimmt. Dieser Klang, zusammen mit den fast menschenleeren Straßen und dem schattenlosen Licht, das ist Sonntag. So wünschte sie sich immer den Sonntagmorgen, als sie in Blankenhain wohnte.

Beim Weitergehen hat Hanna wieder, wie bei der Zugfahrt, Elsners Büro vor sich. Einfach Rauchwolken produzieren und Gesetze lesen, das passt nicht zu ihrem Vater. Vielleicht hat er, statt eines Rechtstextes, die Bibel aus dem Bücherschrank gezogen. Warum soll ihm nicht das Gleichnis vom verlorenen Sohn eingefallen sein? Seiner Natur nach lässt er es nie bei einer vagen Erinnerung bewenden. Er hilft seinem Gedächtnis mit Schriftstücken nach. Ein Kirchgänger ist er nicht. Er versteht Gott nicht als allwissende Instanz, sondern als kenntnisreichen Gesprächspartner. Das Gleichnis vom verlorenen Sohn aus dem Buch Lukas passt Elsner dem betreffenden Fall an, als wäre es eine Rechtskonstruktion.

Ein Vater hat zwei Töchter. Eine will das Haus verlassen und beansprucht vorzeitig ihr Erbteil, das auslösende Moment der Schuld. Die Tochter sagt rückkehrend zum Vater: *Ich habe vor dir gesündigt.* Der ignoriert das, verzichtet aber auf Vorwürfe, denn Vorwürfe ziemen sich nicht in einer Heiligen Schrift. Er antwortet: *Diese meine Tochter war tot, und sie wurde wieder lebendig. Sie war verloren und ist wiedergefunden worden.* In der Sprache des Juristen heißt das: Vergebung statt Sühne.

Spätestens jetzt weiß Hanna, ihr Wunsch ist der Vater des Gedankens. Die Vorstellung ist unwahrscheinlich, macht aber Spaß. Elsner, so vermutet sie, verlässt jetzt das Büro, überquert die dunkle Diele, tritt in gehobener Stimmung in die Küche und will seiner neuen Frau von dem Gleichnis erzählen. Allerdings ist die Wienerin katholisch, im Unterschied zum protestantischen Vater. Aber da Hanna nun einmal den Vater in der Küche sieht, muss er auch seine Frau treffen. Helena steht am Herd und kocht. Ihr Äußeres hat Hanna gleich parat.

Helena, eine Konzertsängerin aus Wien, ist die Schwester von Doro Ehrmann. Und die bemerkenswerte Tante Doro ist die Frau von Elsners

Nachbarn und Kollegen Dr. Ehrmann. Bald nach dem Tod seiner Frau umwarb Elsner Helena, jene Wiener Pflanze, die er von früheren Besuchen kannte. Er nahm das ansehnliche, doch der ersten Jugend entwachsene Fräulein schon bald ins Haus, weil ihm die Wirtschaft über den Kopf wuchs. Aus Pflichtgefühl führte er die Haushälterin dann ohne viel Gewese zum Altar, und zwar in Abwesenheit beider Töchter.

Hanna kennt die zweite Frau ihres Vaters nur aus früherer Zeit, lange vor der Hochzeit. Bei einer Begegnung im Nachbarhaus, daran erinnert sie sich, hatte Helena beim Knödelkochen ein durchsichtiges Tuch über die ondulierten Locken geschlungen. Unter der Schürze verbarg die Sängerin ein schwarzes Abendkleid mit allerlei Rüschen, weil sie am Nachmittag auftreten sollte. Der Anblick, der sich nun bei Hanna einstellt, wirkt grotesk, und das Erinnerungsbild reizt zum Lachen.

Wie siehst du denn aus?, hatte ihr Vater damals gefragt, worauf Helena, verschreckt mit den Augenlidern blinkernd, ihre geschulte Stimme ertönen ließ. Es klang wie ein Bühnenmonolog.

Ich möcht' doch nur euern Wünschen entsprechen, flötete sie.

Das gab Hanna den Rest. Die Bemerkung der Wienerin wurde zum geflügelten Wort in der Familie: Ich möcht' doch nur euern Wünschen entsprechen.

Hanna erreicht den Hypothekenhügel, wo der sanfte Anstieg beginnt. Im Südviertel gibt es keine gleichförmigen Häuserfronten. Jedes Haus ist anders. Da sind ein spitzer Giebel und eine schmale Eingangstür, da ein Flachbau mit umlaufender Terrasse, schließlich ein Mehrfamilienhaus mit Sirene auf dem Dach. Jedes Haus hat seinen eigenen Charakter.

Doch Hanna kann keine architektonischen Erwägungen mehr anstellen. Sie ist am „Haus mit der Madonna" angelangt. Bedächtig steigt sie die über zwanzig Treppenstufen hinauf und klingelt am Eingang. Ihr Atem wird zur bläulichen Wolke. Eilige Schritte sind zu hören. Elsner kommt polternd in den Windfang, reißt den Vorhang auf, nimmt die Kette ab und öffnet schwungvoll die Tür.

Die Besucherin lächelt müde. Sie ergreift die entgegengestreckte Hand, macht einen Schritt auf den Vater zu und legt den Kopf an seine Brust.

Das mag er nicht, murmelt sie.

Doch, doch, widerspricht er sanft. Heute mag er.

Nach dem Weg bergan bin ich ein bisschen schlapp, sagt sie zur Erklärung und atmet tief ein.

Er zieht sie an den Armen über die Schwelle, schließt die Tür und hilft ihr aus dem Mantel. Dabei redet er ununterbrochen auf sie ein. Immerhin haben sie sich seit Jahren nicht gesehen.

Er fragt nach den Kindern, ist aber schon zufrieden, als Hanna meint, es wäre alles in Ordnung.

Das Essen ist gleich fertig, sagt er. Komm ins Warme. Du musst ganz durchgefroren sein.

Helena erscheint und begrüßt die Tochter des Hauses, die nun auch ein bisschen ihre Tochter ist. Die Frauen, die sich nach zehn Jahren erstmals wiedersehen, sprechen sich, wie früher, mit Sie an. Elsner verlangt, man solle gleich zum Du übergehen, was unkommentiert bleibt.

Hanna sieht sich um. Am Ende der Diele steht auf einem Sockel jene fast lebensgroße Holzfigur, die sie als Kinder „die Minna" genannt haben, das naturalistische Abbild eines nackten Mädchens. Früher hat sich Hanna wegen der Figur immer ein wenig geniert. Ein nacktes Mädchen im Treppenflur, und das bei der häuslichen Prüderie. Ihr Blick wandert die frisch gebohnerte Treppe hinauf. Sie saugt den vertrauten Geruch ein. Wie lange hat sie kein Bohnerwachs gerochen? Dabei sieht sie zu dem Bleiglasfenster, das dem Haus den Namen gab: Madonna mit Kind. Gegen das Licht kommen die dunklen Farben gut zur Geltung, besonders der blaue Umhang und das rote Mieder. Das Sonnenlicht lässt auch die grünen Nebenflächen, die schwarzen Konturen und den weißen Hintergrund hervortreten. Die Madonna ist nach einem Kirchenfenster gestaltet, das der Vater im Straßburger Münster gesehen und aus dem Gedächtnis aufgemalt hatte.

Irgendetwas fehlt, denkt Hanna plötzlich. Sie überlegt. Ja, ihre Mutter fehlt, die Seele des Hauses. Oben, im Schlafzimmer, hatte sie oft stundenlang mit ihr gesprochen, als sie schon beinahe andauernd krank war. Da fällt ihr etwas ein. Wenn sie sich als Kind vorstellen wollte, wie eine Seele aussieht, hatte sie immer an die Madonna gedacht, ein Abbild des Unsichtbaren. Später fand sie den für ein Treppenhaus unpassenden Schmuck kitschig. Angesichts der neuen Stellung des Vaters, als Mitglied einer atheistisch dominierten Regierung, drängt sich gar eine bissige Bemerkung auf. Doch Hanna schweigt. Sie ist nicht mehr so jung, dass sie alles aussprechen muss.

Unglaublich, sagt sie. Alles beim Alten.

Die Tochter des Hauses wird ins Wohnzimmer gebeten, wo ihr Wärme entgegenschlägt. Die Möbel sind in einem hellbraunen, leicht rötlichen Ton gehalten, dabei streng und schmucklos. Auf unerklärliche Weise entsprechen sie dem Geschmack und dem Charakter des Hausherrn. Es ist genauso dunkel wie immer, weshalb Elsner das Oberlicht einschaltet. Auf dem Tisch steht das Feiertagsgeschirr, mit kobaltblauem Rand und Goldstreifen, das Hanna gleich wieder an die Mutter erinnert. Helena stellt von der Küche aus eine dampfende Sauciere in die Durchreiche. Das Klavier ist geöffnet. Auf dem Ständer stehen Noten. Die Palme füllt wie eh und je die Ecke zwischen Erkerfenster und Terrassentür. Staunend geht Hanna über den großen Teppich, der nur am Rand das lackierte Parkett freilässt. Sie kennt alles und ist doch betroffen, alles unverändert vorzufinden, obwohl etwas fehlt.

Beim Begräbnis ihrer Mutter vor sechs Jahren war sie das letzte Mal hier im „Haus mit der Madonna". Die Erinnerung hinterlässt einen kleinen Stich in der Magengegend. Wahrscheinlich war es die letzte Begegnung mit ihrer Schwester Felie. Damals hatte Tante Doro von nebenan im Haushalt ausgeholfen. Auch damals stand eine dampfende Soßenschüssel in der Durchreiche und das Feiertagsgeschirr auf dem Tisch. Auch damals trug der Vater eine schwarze Weste über dem gesteiften weißen Hemd. Die gleichen Bilder an den Wänden, Tapeten und Gardinen unverändert. Wie kann nach diesen Schicksalsjahren alles genauso aussehen? Weder Krieg noch Nachkrieg hinterließen Spuren. Lediglich das Klavier ist nicht mehr nur Ablage wie früher, und, was ihr erst jetzt auffällt, es wurde ein neuer Kachelofen gesetzt.

Eine gute Neuerung, sagt Hanna und wärmt sich die Hände an den Kacheln.

Ein Notbehelf, erwidert Elsner. Wir bekommen für die Heizung keinen Koks mehr. Nach dem Zusammenbruch musste ich in allen Zimmern Öfen einbauen lassen. Leider sind die Nebenräume nicht heizbar, dazu der Dreck und das Kohletragen. Wir müssen uns eben jetzt alle einschränken.

Die Tochter hat eine scharfe Entgegnung auf der Zunge. Sich einschränken, das ist offenbar sehr relativ. Sie denkt an das enge Domizil für sich und die Kinder auf dem Dachboden. Und er beklagt sich, dass es keinen Koks gibt. Doch man spielt Heimkehr der verlorenen Tochter. Solch ein Schauspiel darf nicht durch Profanes gestört werden.

Mit dem Einschränken hast du Recht, sagt sie und folgt Helenas Aufforderung. Zu Tisch kommen, das lässt sie sich nicht zweimal sagen. Sie wünscht guten Appetit, nickt Elsner und Helena kurz zu und beginnt zu essen. Die Löffel stoßen mit gedämpftem Klang gegen die Teller, ein fast vergessenes Geräusch. Es gibt eine vorzügliche Vorsuppe mit Brühnudeln, Gemüse und echter Fleischbrühe. Das hätte die Mutter vor dem Krieg nicht besser zubereiten können. Nach anfänglichem Schweigen setzt Elsner, wie auf ein geheimes Zeichen, zu seinem Resümee an.

Vor einem reichlichen Jahr, berichtet er, Winter 1945/1946, da hat mich Dr. Moog aufgesucht, du weißt, ein Kollege von früher. Die Amerikaner beriefen ihn nach Kriegsende zum Direktor des Landesamts für Finanzen, und die Russen haben ihn akzeptiert. Nun suchte er händeringend einen Stellvertreter. Sie gelten, meinte er, als der beste Strafverteidiger Thüringens und sind mit der Finanzlage vertraut.

Elsner macht eine Kunstpause, ehe er weiterspricht.

Es sei schweres Unrecht gewesen, dass die Nazis solche wie uns aus dem Staatsdienst entfernt hätten. Zwölf lange Jahre habe man die besten Leute aufs Abstellgleis geschoben. Ich müsse keiner Partei beitreten, versprach er, obwohl er selbst führend bei den Liberaldemokraten ist. Ich bat mir eine Bedenkzeit aus, nahm das Angebot aber nur zu gern an. Nach einigen Monaten im Amt wurden wir ins Finanzministerium überführt. Moog ist jetzt Finanzminister, und ich als sein Stellvertreter bin für alle Rechtsfragen im Ressort verantwortlich.

Mein Aufgabengebiet ist unübersehbar, fährt er nach einer Weile fort. Allein die Entnazifizierung bringt gewaltige Probleme. Dazu die katastrophale Finanzsituation. Einen einzigen Scherbenhaufen haben die Braunen hinterlassen. Alles muss von Grund auf erneuert werden.

Er lässt durchblicken, dass ihm sein Amt Sorgen macht, aber auch Genugtuung verschafft. Dass er mit fast siebzig noch einmal gebraucht wird, ist für ihn die beste Rehabilitierung. Auf schriftliche Bestätigung erlittenen Unrechts, meint er zufrieden, kann ich verzichten.

Obwohl Elsner anscheinend alles vermeidet, was Hanna zum Widerspruch reizt, ist sein Bericht für sie ein einziger Vorwurf. Mit dem aktuellen Begriff Entnazifizierung assoziiert sie eine moderne Form der Schädlingsbekämpfung. Sie selbst mutiert im Lichtkegel dieses Wortes zu menschlichem Ungeziefer. Hat sie denn etwas Verwerfliches getan? Und selbst, wenn sie mitschuldig sein sollte, wo ist ihre Chance zur Rehabilitierung?

Aber Hanna wird nicht den Fehler wiederholen, sich auf die vorgegebene Ebene einzulassen. In seiner Sphäre ist und bleibt Elsner der Stärkere. Das billigt sie ihm zu. Aber daneben, findet sie, ist er doch ein armer Kerl. Er kann nicht lieben und nicht leiden. Statt des Herzens tickt ein Uhrwerk in seiner Brust. Ein Privatleben hat er nie gekannt. Seine erste Ehe war ein Fiasko, von der zweiten ganz zu schweigen. An den Töchtern interessiert ihn nur, ob sie seine Erfolgsbilanz ergänzen. Was ist es wert, dass er sich als einer darstellt, dem das Leben Recht gegeben hat?

Hanna möchte etwas tun. Sie weiß zwar, es ist nicht fein, wozu es sie drängt. Sie kann der Versuchung aber nicht widerstehen. Irgendwo muss auch dieser Siegfried seine schwache Stelle haben. Und sie zielt genau auf den Punkt, an dem er sterblich ist.

Ich habe ein Kind verloren, sagt sie ohne Übergang.

Ein Kind?!, schreit Helena auf.

Welches Kind?, forscht Elsner mit grimmiger Stirnfalte.

Keinen der Jungen, beruhigt Hanna. Ich habe kurz nach dem Zusammenbruch eine Tochter verloren. Es war eine Fehlgeburt.

Ihr ist alles gegenwärtig, das Blut, der Brechreiz, die Angst, jemand könnte ihr Stöhnen hören, dennoch mag sie den Herrschaften nicht den Appetit verderben. Anders, als sie erwartet hat, reagiert vor allem Helena auf die Mitteilung. Dass sie bei der späten Ehe zu alt ist, um eigene Kinder zu haben, bildet wohl das Wundmal, das die ehemalige Sängerin schmerzt. Hanna muss einen Augenblick an Lisa Abel denken. Die Freundin, von der Albin nie loskam und die noch immer an ihm hängt, wird wohl auch kinderlos bleiben.

Hanna geht auf die Fragen der beiden anderen nicht ein. Sie registriert nur, dass der Vater blass geworden ist, aber sonst keine Regung zeigt. Die Tochter kennt ihn. Im Stillen verflucht er die Frauen, eine Spezies Mensch, die immerzu leidet, von Leiden sprechen und Leid erzeugen muss. Er hasst alle, die aussprechen, was nicht ausgesprochen werden sollte. Aber er wäre kein erfahrener Rechtsanwalt, wenn er nicht verstanden hätte, die angestaute Spannung durch eine knappe Bemerkung zu entschärfen.

Vielleicht besser so.

Er wirft Helena einen warnenden Blick zu und unterbindet ihren Einspruch, indem er nachsetzt: Ja, es ist besser so. Und jetzt bringe bitte den Braten.

Seine Frau schlägt pikiert die Augen nieder, steht auf und holt den nächsten Gang. Dann legt sie das Fleisch auf und gibt Kartoffeln und Soße dazu. Beim Essen wird geschwiegen, wie sich das im „Haus mit der Madonna" gehört. Hanna empfindet Scham, weil sie so fürstlich essen darf, ohne den Kindern etwas abzugeben. Doch das gönnt sie sich heute, ausnahmsweise, ein Sonntagsessen im alten Zuhause.

Das Gefühl von Freisein, das sie im Zug genoss, schlägt allmählich in Unruhe um. Was können die Kinder inzwischen alles angestellt haben? Es wird früh dunkel, sie muss beizeiten aufbrechen. Doch davor ist allerlei zu klären.

Sprechen wir von dir, wendet sich Elsner beherrscht an Hanna, nimmt die Serviette von den Knien und legt sie auf den Tisch. Du hast viel durchgemacht. Es grenzt an ein Wunder, was du geleistet hast. Denk nicht, dass ich das übersehe. Wie geht es den Jungen?

Ulrich und Klee machen mir Freude, antwortet sie. Und Peer eigentlich auch. Nur zusammen sind sie etwas strapaziös. Ansonsten, fügt Hanna hinzu, ist dein Kinderzuschuss immer pünktlich angekommen.

Das meine ich nicht, gibt er zurück. Ich bin ... stolz auf dich, auch wenn du das bezweifelst. Elsner bringt das mit offensichtlicher Anstrengung hervor.

Ja, erwidert sie mit verlegenem Lächeln, ich lebe wie in einem schlimm-schönen Märchen. Wir ernähren uns von Pilzen, Beeren und Wurzeln, gehen Ähren lesen und Kartoffeln stoppeln. Die Kinder sind wirklich tapfer. Wir kriegen da ein Kännchen Milch und da ein Eckchen Käse. Man ist auf dem Dorf. Ich hätte nie gedacht, dass man so leben kann, so behütet, wie wir aufgewachsen sind. Ich bin in eine andere Schicht gerutscht. Die kannte ich nur vom Hörensagen. Ja, ich bin ein bisschen stolz, dass ich das geschafft habe. Ich, die ewig kränkliche Hanna, koche Marmelade ein, stopfe Strümpfe, nähe Hosen, repariere Schuhe.

Sie streckt ihre Arme aus und zeigt die verarbeiteten Hände.

Aber, entschuldige, als ich in der Bimmelbahn von Blängsch hierherfuhr, wollte ich etwas ganz anderes zu meinem Vater sagen, nämlich: Verzeihung. Was dir geschehen ist, tut mir leid. Ich bin am Ende, das Märchen ist aus.

Schon gut. Er legt seine Hand auf ihre Rechte. Du weißt, ihr könnt bei mir unterkommen.

Als Hanna sich bei ihm einhaken will, hält er ihren Arm fest.

Das mag er nicht, sagt er leise, den Mund unmerklich verziehend.

Weiß ich, flüstert sie. Da kann man nichts machen. Trotzdem danke.

Helena tut so, als hätte sie eine Weile nicht zugehört. Sie geht und holt das Dessert aus der Küche. Es gibt Apfelkompott mit Zucker und Zimt.

Kann ich beim Abwasch helfen?, fragt Hanna, nachdem sie die leeren Schälchen zusammengestellt hat.

Aber nein, Kleines, antwortet Helena mit huldreichem Lächeln. Ruh dich ein wenig aus. Du hast es da draußen schwer genug.

Als Helena gegangen ist, spricht Hanna an, was sie sich als nächste Schritte vorstellt.

Wenn es dir recht ist, Vater, beginnt sie zögernd, dann würde ich mit den Kindern gern im oberen Stock wohnen. Sobald man mich im Osten als Lehrerin einstellt, zahle ich natürlich.

Miete kommt überhaupt nicht in Frage. Elsner winkt ab. Allerdings sehe ich mit deiner Anstellung schwarz. Man braucht den Schein, die Unbedenklichkeitsbescheinigung. Albins Ruf als Dichter der Bewegung war, wenigstens in Thüringen, leider schon zu groß. Man weiß, dass er Erzieher in dieser politischen Anstalt war. Und man weiß noch mehr.

Was meinst du?, fragt Hanna argwöhnisch.

Ich hatte Einsicht in Unterlagen, antwortet Elsner. Als die Landesheilanstalt für eure Nazi-Schule schließen musste, wurden über zweihundert Patienten vergast. Das muss ...

Bitte nicht, unterbricht sie.

... das muss dein Mann, vollendet Elsner trotzdem, an seinem Dichterschreibtisch immer gewusst haben.

Lassen wir das, sagt Hanna gereizt. Du weißt, wie leicht zwischen uns Streit entsteht. Und du kennst die Folgen.

Nur zu gut. Er nickt. Dann, fährt er nach einer Pause fort, sehen wir uns oben die Zimmer an.

Er steht auf und geht voran. Die Sonne ist gewandert, und beim Fenster mit der Madonna im Treppenhaus wechselt der Grundton nach Grau. Oben im ehemaligen Schlafzimmer der Eltern und in den beiden Kinderzimmern stehen nur wenige Möbelstücke. Durch die Fenster zum Balkon, der die ganze Südfront flankiert, fällt mildes Licht.

Hanna war nichts Näheres über die Vorgängereinrichtung der AHS bekannt. Es hieß damals, die Kranken würden in eine andere Anstalt verlegt, und nun ziehe das gesunde Leben ein. Warum sollte das falsch sein? Bis zum Beweis des Gegenteils erscheint es ihr richtig. Außerdem gibt es jetzt Wichtigeres.

Sie überlegt, wie sie die Zimmer aufteilen, die verbliebenen Möbel stellen soll. Es wird Probleme geben. Überhaupt, was heißt politische Anstalt? Plötzlich bricht sich in ihr unwillkürlich der Ärger über Elsners Bemerkung Bahn.

Ja, sagt sie laut und bleibt unvermittelt stehen, er war Erzieher in dieser politischen Anstalt. Ist das ein Verbrechen? Ich habe in Jena studiert. Lehrer werden gebraucht. Wir müssen doch leben. Wenigstens für die Kinder sollten die in deiner Regierung Verständnis haben. Außerdem, was habe ich denn getan? Sie kämpft mit den Tränen. Sonst, fügt sie leise hinzu, sonst gehen wir eben in den Westen.

Elsner braucht einen Moment, bis er den Zusammenhang begreift. Er zwingt sich, ruhig zu antworten.

Ich bin nicht allmächtig. Die Sache ist knifflig. Vorhin habe ich etwas dick aufgetragen. Jedenfalls kann ich für dich keine Sonderregelung erwirken.

Wer will denn das? Hanna sieht ihn herausfordernd an.

Er weicht ihrem Blick aus und öffnet die Tür des kleinen Zimmers, in dem früher das Kindermädchen wohnte.

Hier könntest du einziehen. Nebenan ist das Bad. Dann Wohnzimmer und Kinderzimmer. Er zeigt mit dem Kopf auf die angrenzenden Türen. Eine Küche gibt es hier oben nicht. Das Zimmer von Felicitas bleibt reserviert.

Wie geht es Felie eigentlich?, fragt Hanna. Sie hat lange nichts von ihrer Schwester gehört und ist froh über die Gelegenheit, ihrer Erregung Herr zu werden. Der große Altersunterschied erschwerte schon in der Kindheit die Annäherung. Nachdem Hanna zu Hause auszog, nahm sie Felies Werdegang kaum noch wahr. Der Beruf einer Krankenschwester weckte damals bei ihr kein großes Interesse.

Sie ist Stationsschwester in einem mecklenburgischen Kaff, antwortet Elsner. Schreibt nicht, kommt nicht. Nimmt mir übel, dass ich wieder geheiratet habe. Wie auch immer, meine Töchter können hier jederzeit unterkommen. Beide.

Hanna öffnet die Tür zum Bad. Das mit der Küche, denkt sie, ist natürlich problematisch. Mit Helena die Küche zu teilen, kommt nicht in Frage. Aber das wird sich finden.

Eigentlich muss Hanna unendlich dankbar sein für die kostenlos gebotene Wohnung. Doch dass sie dankbar sein muss, das ist es gerade. Allerdings kann sie nicht wählen. Sie muss zugreifen.

Hanna, beginnt der Vater wieder, wir müssen uns hier vertragen. Das ist die einzige Bedingung, die ich stelle. Ich weiß, wie du über Helena denkst. Und auch an mir hast du allerlei auszusetzen, wie ich mich gut erinnere. Das beruht natürlich auf Gegenseitigkeit.

Hanna versetzt ihm einen freundschaftlichen Stoß auf den Oberarm.

Aber es geht um die Kinder, ergänzt der Vater. Da müssen wir Erwachsenen zusammenstehen.

Ja, sagt sie lang gedehnt, setzt den Satz aber nicht fort.

Die Zeiten dulden nicht, dass wir uns zerstreiten.

Lass die Zeiten, Vater!, unterbricht Hanna. Mein Zug fährt.

Lass mich nur machen, erwidert er. Wozu hat das Ministerium einen Dienstwagen?

Was habt ihr?, fragt Hanna entsetzt.

Wann machen wir den Umzug?, fragt Elsner.

Ich mache den Umzug, bestimmt Hanna. Ich allein. Es wird sich eine Weile hinziehen. Ich sorge für die Familie. Es ist meine Familie.

Ja, allein deine Familie, bestätigt Elsner. Als Kleinkind hast du schon gesagt: Kann delleine!

Wollten wir uns nicht vertragen?, fragt Hanna.

Elsner geht wortlos in die untere Etage und fordert per Telefon den Dienstwagen an. Hanna tritt noch einmal ins ehemalige Schlafzimmer und prägt sich die Stellfläche für die Kinderbetten ein. Hier war sie oft stundenlang mit der Mutter zusammen und besprach die Probleme der Eltern. Stattdessen führte der Vater mit Felie den Schäferhund Rolf aus. Bis Ostern, denkt Hanna, muss ich durchhalten. Früher kann ich nicht umziehen.

Sie verabschiedet sich von Helena, spricht sie nach Elsners Wunsch mit Du an, dankt ihr für das Essen. Es gibt eine vorsichtige Umarmung. Als das Fahrzeug kommt, gibt sie dem Vater stumm die Hand.

Grüß die Jungen, sagt er.

Nein, Elsner hat kein Uhrwerk in der Brust. Er trägt nur einen Panzer. Der zwängt ihn ein und schützt ihn zugleich. Sie dagegen sucht Schutz und will durch keinen Panzer eingezwängt werden. Ein schwieriges Unterfangen.

Sie winkt durch das Rückfenster des anfahrenden Autos und wirft einen letzten Blick auf das Bleiglasfenster mit der Madonna. Es ist nicht mehr das Haus ihrer Kindheit, aber, wenn alles gutgeht, kann es ein Zurück geben. Sie will tun, was sie nie tun wollte: Heimkehren.

ZWEITES KAPITEL

Schwarza

Im Dachgeschoss des Harms'schen Hauses in Schwarza wurde während des Krieges ein kleiner Raum ausgebaut. Hier war eine zweite Futterküche eingerichtet worden, die nun als Notquartier für Familie Sewald dient. Es gibt eine Wasserleitung mit dunkelblau emailliertem Ausguss sowie einen ausgedienten Küchenherd, auf dem die elektrische Kochplatte steht. In dem Regal, eingezwängt zwischen Ausguss und Herd, sind Küchengeräte und Waschutensilien untergebracht. Diese Kammer fungiert nun für Hanna und die Kinder als Küche und Bad. Auf der anderen Seite der aus rohen Brettern gezimmerten Holzstiege führt eine Tür auf den eigentlichen Boden, für die vierköpfige Familie zugleich Wohn- und Schlafraum. Die Dielen, die nur lose auf den Balken liegen, knarren bei jedem Schritt. Den Mittelpunkt des Dachbodens bildet der Schornstein. Durch die Wärme der unteren Wohnung kühlt es hier nie völlig aus. Der größte Teil von Möbeln, Kleidung und Büchern lagert in der Scheune. So stellt eine alte Kiste, auf der mit Reißzwecken eine Wachstuchdecke befestigt ist, den Tisch dar. An der Kiste klebt ein Schild: Bitte nicht stürzen! Die vier Sitzgelegenheiten, die den Tisch umgeben, sind ehemalige Munitionskisten, mit Stoff überzogen. Daneben ist die Brettertür vom Taubenschlag.

Im hinteren Teil des Bodens, gruppiert um das einzige Fenster, stehen Hannas Bett, ein eisernes Doppelstockbett und ein weißes Gitterbettchen, verdeckt durch einen Schrank. Damit er unter die Dachschräge passt, wurden die Beine abgesägt. Zur Treppe hin schließt sich eine Reihe von Regalen an, teils mit Büchern, teils mit Esswaren gefüllt. Hier gibt es Gläser mit Marmelade und Kompott, Flaschen mit

Sirup sowie Gefäße mit Wurst und Schmalz. In den unteren Fächern befinden sich besondere Reichtümer: Säckchen mit weißen Bohnen, Körnern, Mehl. An den Dachbalken befestigt sind Ringe mit getrockneten Apfelstücken und Pilzen. An der einzigen geraden Wand ist eine Keramikfassung mit einer schwachen Glühbirne angebracht, die oft auch tagsüber brennt. Daneben hängt ein gerahmtes Foto: Albin Sewald in Uniform.

Hanna sitzt vor einem großen aufgeklappten Reisekorb und sortiert Bücher aus. Nur das Wichtigste soll mit nach Weimar gehen. Sie hat sich eine Fußbank vor den kleinen Kanonenofen gerückt, dessen Rohr provisorisch an den Schornstein angeschlossen ist. Der junge Harms entdeckte den Ofen auf einer Baustelle. Früher wurde darauf Teer erhitzt. Die Ofentür steht offen, und der Feuerschein taucht den Dachboden in rötliches Licht. Wenn Hanna den Umzug noch in diesem Frühjahr schaffen will, muss sie die Zeit nutzen, bevor Peer und Ulrich von der Schule kommen. Der Kleine, der fünfjährige Klee, sitzt neben ihr auf dem Fußboden und hat einen dicken Bildband auf den Knien. Solange die Mutter nicht zu den Kinderbüchern vorstößt, bekommt er Bücher mit farbigen Bildern.

Als Hanna die Erzieherwohnung in Blängsch räumen musste, warf sie die Bücher wahllos in den Reisekorb. Da liegen nun Albins wertvolle Kunstbücher, Broschüren zur Pädagogik Peter Petersens oder Schulbücher aus der AHS nebeneinander. Die Klassiker-Ausgaben, die Albin im Jenaer Antiquariat erstanden hatte, sind neben signierte Geschenkexemplare geraten, die er von befreundeten Dichtern erhielt. Wild durcheinander gemischt sind Kinderbücher, Liederbücher der Wandervogelzeit, Schriften der „Bewegung" oder Romane, etwa die von Ina Seidel und Hans Carossa, die einen bevorzugten Platz im Sewald'schen Bücherschrank besaßen.

Wenn ein Umschlag mit Hakenkreuz oder dem Adler der NSDAP zum Vorschein kommt, wirft Hanna das Buch unbesehen ins Feuer. Der Reisekorb soll mit der Bahnpost befördert werden. Wenn er geöffnet wird, sieht es schlecht für sie aus. Denn in Aufrufen und Plakaten hat die Sowjetische Militäradministration angeordnet, man solle das nationalsozialistische Schrifttum in einer Sammelstelle abliefern. Der Termin ist lange verstrichen. Nun wird mit Hausdurchsuchungen und Strafen gedroht. Zu diesen Leuten wird sie nichts bringen, das steht fest. Da heizt sie lieber den Ofen damit.

Gefährlich werden können ihr nicht nur die politischen Schriften, für die sie ohnehin nie viel Interesse aufbringen konnte. In vielen, eigentlich unverfänglichen Büchern gibt es verräterische Eintragungen und eingelegte Zeitungsartikel, weshalb sie jedes Exemplar durchsehen muss. In eindeutigen Fällen reißt Hanna die erste Seite heraus. Steht dort jedoch nur Albins Name, mag sie nicht Hand anlegen und stapelt das Buch auf einen Stoß neben dem Korb. Es ist schließlich seine Bibliothek. Und wer weiß so genau, ob wirklich Albin unter dem Grabhügel mit dem Stahlhelm liegt?

Das Aussortieren empfindet Hanna als Qual. Bei jedem Buch melden sich Erinnerungen. Jedes Buch verlangt eine Entscheidung. Wiederum darf sie sich nicht festlesen, was allzu leicht geschieht. Durch das Feuer ist ihr heiß geworden. Sie stöhnt, wischt mit dem Ärmel den Schweiß von der Stirn, reibt die angestrengten Augen.

Als Nächstes fällt ihr Albins Sammlung „Deutsche Gedichte" in die Hand. Es ist das Schulbuch, das ihr Mann während des Krieges herausgegeben hat. Drei Exemplare sind noch erhalten. Sie schreibt kurz entschlossen in jedes Buch den Namen eines der Kinder. Peer, Ulrich und Clemens. Sie sollen ihren Vater später selbst beurteilen können.

Auf der Titelseite steht: „Bücherei der Adolf-Hitler-Schulen". Sie holt Klebestreifen und Schere und überklebt die Zeile. Dann schlägt sie das Impressum auf und prüft, ob etwas unkenntlich gemacht werden muss.

Die Auswahl der Gedichte, liest sie in kleiner Schrift, *wurde von Stammführer Albin Sewald in Gemeinschaft mit den Deutsch-Erziehern der Adolf-Hitler-Schulen getroffen.*

Sie hat einen neuen Klebestreifen abgeschnitten, feuchtet ihn aber nicht an. Es ist der einzige Hinweis auf Albin. Soll der Herausgeber nie mehr auffindbar sein? Sie blättert weiter. Früher erschien ihr die Auswahl glänzend, was inzwischen anders sein kann. Dem Buch mit grauem Leineneinband sieht man überall an, dass es benutzt wurde.

Walther von der Vogelweide, deutsche Volkslieder, Luther, Klopstock, Matthias Claudius, natürlich Goethe. Sie stößt auf Schillers „Deutsche Größe", und ihr fällt ein, wie stolz Albin auf diese Entdeckung war. Das Gedicht, aus fragmentarischen Versen bestehend, wurde offenbar in unfertigem Zustand abgebrochen und später verworfen. Doch gerade das Bruchstückhafte hatte Albin fasziniert.

> *Darf der Deutsche in diesem Augenblicke,*
> *wo er ruhmlos aus seinem tränenvollen Kriege geht,*
> *wo zwei übermütige Völker*
> *ihren Fuß auf seinen Nacken setzen*
> *und der Sieger sein Geschick bestimmt –*
> *darf er sich fühlen?*
> *Darf er sich seines Namens*
> *rühmen und freuen?*
> *Darf er sein Haupt erheben*
> *und mit Selbstgefühl auftreten in der Völker Reihe?*

Sie schüttelt den Kopf. Wie kann die Frage, die sie seit Wochen umtreibt, in dem Klassiker-Gedicht vollendet formuliert sein? Sie liest erwartungsvoll weiter, als wäre die Antwort des Dichters ein richterliches Urteil.

> *Ja, er darf's!*
> *Er geht unglücklich aus dem Kampf,*
> *aber das, was seinen Wert ausmacht,*
> *hat er nicht verloren ...*

Am Satzende stehen Punkte. Der Dichter fühlte sich wohl zur Fortsetzung außer Stande. Aber war nicht alles gesagt? Den Großen ist es vergönnt, Überflüssiges auszusparen, denkt sie. Man erkennt Meister daran, dass sie immer wieder aktuell werden. Ein Teil der Bewunderung gilt ihrem Mann. Nicht nur der Erfinder, auch der Finder präsentiert sich in bestem Licht. Zufrieden blättert sie weiter.

Obwohl Hanna vor gut sechs Jahren das Manuskript auf Druckfehler durchgesehen hat, hofft sie bei jedem Gedicht auf Entdeckungen, fürchtet aber auch Fehlgriffe bei der Auswahl.

Hölderlin folgt, etwa „Hälfte des Lebens", danach Uhland, Kleist, Freiligrath, die Droste, Eichendorffs unvermeidliche „Mondnacht". Sie bleibt an einer Strophe hängen, die ihr früher nicht aufgefallen war.

Was heut müde gehet unter,
Hebt sich morgen neugeboren.
Manches bleibt in Nacht verloren –
Hüte dich, bleib wach und munter!

Mörike ist in der Auswahl stark vertreten. Bei seinen Gedichten hatte Albin manche stille Anleihe gemacht. Dann Fontane, Hebbel, Storm, Liliencron, auch Ricarda Huch, die 1933 unter Protest die Preußische Akademie der Künste verlassen hatte. Ihr Beitrag brachte Ärger, wurde aber zähneknirschend genehmigt. Schließlich Conrad Ferdinand Meyer, Keller, Nietzsche, George, Rilke. Sie kann keinen Fehlgriff erkennen.

Im zweiten Teil folgt zwangsläufig Lyrik der „Bewegung", wofür ihr jetzt die Geduld fehlt. Nur ein Beispiel, an das sie in letzter Zeit oft gedacht hat, sucht sie heraus. Alle Schüler der Götterschule kannten es auswendig, „Das neue Geschlecht" von Baldur von Schirach, mit jenem verführerischen Pathos, das Albin fürchtete und dem er sich zuweilen doch ergab. Sie liest:

Frei sind wir alle, doch wir sehn im Dienen
Mehr Freiheit als im eigenen Befehle.
Am Schreibtisch sitzen wir und an Maschinen,
Sind Hunderttausend und nur eine Seele.

Hanna schlägt das Buch erschrocken zu. Denn bei dem Wort „Seele" fällt ihr Elsners Bemerkung zur Landesheilanstalt ein. Sie probiert eine Überlegung. Wenn es nun wahr wäre, dass zweihundert Patienten der Irrenanstalt umgebracht wurden? Konnte Albin davon gewusst haben?

Nein, sagt sie laut, was für beides gilt. Sie vermag nicht zu glauben, dass ihr Mann Schillers „Deutsche Größe" herausgab und gleichzeitig Derartiges wusste, sogar billigte.

Nein, wiederholt sie bestimmt. Das geht nicht zusammen.

Bei der Auswahl sparte Albin seine eigenen Verse aus. Zwar sind die Kinder noch klein. Doch bald wird Hanna ihnen aus seinen Gedichten vorlesen, damit sie wissen, wer ihr Vater war.

Band für Band gleitet durch ihre Hände. Sie sperrt sich gegen die Gedanken, die jedes Buch auslöst. Die Lehrbücher vom Studium untersucht sie nicht näher. Petersens Schultheorie wurde von der Partei kritisch gesehen. Außerdem kam ihr Professor nach dem Krieg wieder in Amt und Würden. Da muss sie keine Beanstandung fürchten. Ihr fällt aber auf, dass Albin ihre Studienmaterialien an sich genommen hatte, so als wäre klar, dass es künftig nur einen Pädagogen in der Familie geben würde. Dabei studierte sie das gleiche Fach und bekam manchmal bessere Noten als er.

Hanna ist bei dem Teil des Regals angelangt, in dem in Blängsch zwei Reihen hintereinander standen. In der verdeckten Reihe brachte Albin geächtete Literatur unter: Die Gesamtausgabe von Heine, dann Toller, Mühsam, den Verräter Thomas Mann, Tucholsky, Musil. Nur sehr vertrauenswürdigen Schülern las er aus solchen Werken vor. Wenn sie in die Wohnung kamen, war es wie eine Verschwörung. Er musste absolut sicher sein. Unerwünschte Literatur bei dem Deutsch-Erzieher einer AHS? Undenkbar.

Der Feuerschein aus der geöffneten Ofenklappe erleuchtet den Dachboden. Während Hanna einige Bücher in den Ofen steckt und andere neben dem Korb aufstapelt, drängt es sie, Albins Gedichtband zu finden.

Sie denkt an Zeus, Albins Lieblingsschüler. Er ließ nach Kriegsende im Westen die umfangreichste Sammlung von Sewalds Gedichten drucken. Albin hatte die Ausgabe noch kurz vor seinem Tod für den Druck vorbereitet. Eigentlich wäre Hanna als Witwe dafür zuständig gewesen. Aber sie war gegenüber den Gedichten ihres Mannes befangen, hatte Angst, ihren Wert zu überschätzen. Außerdem gab es noch einen weiteren Grund für ihre Scheu. Dieser Grund hieß Lisa Abel. Lisa, gemeinsame Kommilitonin in Jena, hatte Hanna, der Vertrauten, zu Ende des Studiums ihren neuen Freund vorgestellt. Es war Albin. Zwischen Hanna und Lisas Freund funkte es sofort. Seit der ersten Begegnung gab es ein tiefes Verstehen, das keiner Worte bedurfte. Sie fühlten sich füreinander bestimmt. Trotz der älteren Liaison mit Lisa entstand zwischen Hanna und Albin eine Bindung, die sie als höhere Gewalt empfanden. Lisa hielt, nicht ohne Schmerzen, die Beziehung zu beiden aufrecht. Sie heirateten schon nach kurzer Zeit. Das erste Kind wurde erwartet. Offenbar waren die Würfel gefallen. Da zeigte sich, dass Albin von Lisa nicht loskam. Sie beratschlagten zu dritt, versuchten, eine Dreiecksbeziehung zu leben. Der Versuch misslang. Lisa räumte dann das Feld und wich für drei Jahre als Hauslehrerin nach Südafrika aus. Es half nichts. Der Dichter Sewald, der seine Frau liebte, hing weiter an seiner ersten Liebe. Er schrieb Lisa fast täglich verzweifelte Briefe, schickte ihr Gedichte, die seine Frau erst viel später las. Es ist nicht daran zu deuteln: Ihr Mann hat die schönsten Liebesgedichte für Lisa geschrieben. Albins Verhältnis zu ihr wurde aber vor Verwandten, Freunden und Kindern so gut wie möglich verborgen.

Endlich erreicht Hanna den Boden des Reisekorbs. Er ist mit gelben schmalen Büchern ausgelegt, deren Buchdeckel die gleiche Aufschrift tragen:

ALBIN SEWALD
GEDICHTE
*als Manuskript gedruckt**

Für dieses Bändchen, dessen Erscheinen er nicht mehr erlebte, hatte ihr Mann Abend für Abend am Schreibtisch verbracht. Oft war er dort eingeschlafen. Mitten in der Nacht hatte sie ihn geweckt und ins Bett geleitet. Nun kann sie ihn nicht mehr wecken. Er schläft nur, aber er schläft.

Sie schlägt das Buch auf und liest die Überschriften, Seite für Seite: „Zwiegespräch", „Erwartung", „Lied des Mädchens", „Dass ich dich weiß", „Dauer der Liebe", „Zuspruch", „Mitten in der Nacht", „Gedenken".

Sie kann genau unterscheiden, was Albin für Lisa und was er für sie geschrieben hat. In den ihr gewidmeten Gedichten floss der Vers ruhiger, war die Stimmung elegischer. Um Schuld ging es, aber auch um beglückende Nähe. Und überall gegenwärtig war der Tod.

Grünende Erde über den Hügeln der Toten
nahm die Starre des Winters von ihrem Gesicht ...

Hanna erinnert sich an eins der ganz späten Gedichte. Albin hatte es im März, genau vor zwei Jahren, im Freundeskreis gelesen und dann

* Vergleiche Anmerkung im Impressum.

ins Gästebuch eingetragen. Es sprach von neuem Leben. Ob er an eine Zeit nach dem Zusammenbruch dachte? Sie befragt den Schluss, den sie auswendig kennt.

Die ihr liegt, fern unsrer Ungeduld,
Grab bei Grab, o Namen über Namen:
Ach, wie sind wir, die wir wiederkamen,
Mehr als je zuvor in eurer Schuld.

Denn das Sterben hat euch reingeglüht,
Und ihr ruft in uns das Neue Leben.
Gerne wollten wir euch Antwort geben.
Wer vermöcht' es? Seht, die Erde blüht.

Reingeglüht? Die Formulierung hatte sie schon damals gestört. Waren die Toten reiner als die Lebenden? Für Albin mag sie das Bild nicht verwenden. Sie steht nicht in seiner Schuld, und er ruft kein neues Leben in ihr wach. Das Einzige, was sie als Antwort gelten lässt, heißt: Überleben. Und tatsächlich, die ersten Märzblumen kommen. Seht, die Erde blüht. Ein wenig.

Hanna blättert bis zum Ende des Büchleins. Den Abschluss bildet „Das letzte Gedicht". Sie hat den Titel verändert, der ursprünglich „Jahrspruch" hieß. Albin hatte es am 1. April geschrieben, kurz vor Kriegsende. Als er am nächsten Morgen wegfuhr, lag es wie ein Abschiedsbrief auf der Schreibtischplatte. Das nahm sie als Fingerzeig. Und als er nicht zurückkam, verwendete sie es für die Todesanzeige, nur das Gedicht und die Lebensdaten.

Tiefen sind und Fernen uns versiegelt.
Alle Wahrheit zeigt sich nur gespiegelt.
Dennoch Freunde, seid getrost! Vertraut,
Wenn ihr in den dunklen Spiegel schaut.

Hanna kennt die Vorbilder. Doch ihr ist nicht wichtig, ob die Verse anderen gefallen. Sie ist ihrem Mann dankbar dafür, dass er dieses Gedicht für sie zurückließ. Wer so zu ihr sprach, konnte nicht tot sein, war nur eine Zeit lang abwesend, konnte jeden Augenblick in der Tür stehen.

Bei dem Gedicht gibt es ein Aber. Kürzlich kam Post aus Westfalen von einem inzwischen achtzehnjährigen Schüler ihres Mannes. Er schilderte, wie Albin dieses Gedicht vor fünfzehnjährigen Jungen vortrug, die er im letzten Aufgebot zur Verteidigung führte, also zur Bekämpfung der heranrückenden amerikanischen Truppen in Thüringen. Jeder, schrieb der einstige Schüler, sei von Sewalds Vortrag eingefangen gewesen, für das Kommende bereit. *Dann kam der 11. April, der mich in eine andere Welt führte. Neben mir starb ein Mitschüler. Ich blieb verwundet liegen. In der Zeit danach kam man sich vor wie ein Ausgewanderter aus einer anderen Welt.*

Ein Erzieher musste Halbwüchsige schützen, anstatt sie aufs Sterben vorzubereiten. Schon gar nicht durch Gedichte. Das war Missbrauch.

Klee drängt sich an die Mutter. Er hält eine Abbildung ins Licht des Feuers, damit er sie besser erkennen kann.

Warum hat die Frau nichts an?, fragt er.

Das ist Mutter Maria.

Warum hat sie nichts an?

Maria ist eine Heilige.

Was ist heilig?, fragt er.

Ich muss aufpassen, Klee. In Hannas Stimme kündigt sich Unmut an. Sie hat drei dicke Broschüren gleichzeitig ins Feuer geworfen. Die Flammen schlagen weit aus dem Ofenloch heraus. Der Junge blinzelt ängstlich in den weißgelben Feuerschein. Hanna schließt mit dem Ellbogen die Ofentür. Nun prasselt es bedrohlich. Das Ofenrohr beginnt, sich rot zu färben.

Warum verbrennst du Bücher?, fragt Klee, als das Prasseln nachlässt.

Damit es warm wird.

Wir haben doch Holz gesammelt.

Bitte sei jetzt still!, fordert sie eindringlich, so dass Klee sofort zum stummen Selbstgespräch überwechselt und nur von Zeit zu Zeit die Lippen bewegt.

Es klopft. Ehe Hanna etwas sagen kann, steht Frau Harms neben dem Reisekorb.

Diese Bücher, sagt sie bewundernd. Es klingt wie: Tiese Pücher. Sie beherrscht den Thüringer Dialekt auf vollendete Weise. Harte Konsonanten spricht sie weich aus und weiche Konsonanten hart. Das kommt in einem Satz besonders zur Geltung, den sie bei jeder passenden Gelegenheit einflicht: Albin war ein Prachtkerl, was bei ihr klingt wie: Alpin war 'n Brachtgerl.

Frau Harms, ehemalige Küchenfrau in der Götterschule, hat für Albin geschwärmt und die Familie um seinetwillen aufgenommen. Die Kleinbäuerin findet Hanna wohl etwas etepetete. Doch nach ihrem Verständnis ist es ganz normal, dass die Sewalds bei ihr leben. Neben einem Pferd, zwei Ziegen und ein paar Schweinen füttert sie eben noch eine Kriegerwitwe mit ihren Jungen durch. Auf ein Lämmchen mehr oder weniger kommt es nicht an.

Hanna bietet ihr Platz an, als wären die harten Kisten weiche Stühle. Die Wirtin, die von früh bis spät arbeitet, neigt nicht zur Redseligkeit. Wenn sie unvermittelt auf dem Dachboden erscheint, hat sie triftige Gründe.

Es ist, beginnt sie, von wegen die Landreform. Sie zieht aus der Schürzentasche ein Kuvert und entnimmt ihm, nachdem sie die Hände sorgfältig an der Schürze abgewischt hat, ein amtliches Schreiben mit mehreren Stempeln.

Man gann den Briedern nich drauen, meint sie und reicht Hanna das Schriftstück. Aus dem Schreiben geht hervor, dass Frau Harms eine Waldparzelle zugesprochen wird, die zu den Ländereien eines ehemaligen Rittergutbesitzers gehörte, der im Zuge der Bodenreform enteignet worden war. Die Bäuerin erklärt, was sie an diesem Waldstück hinter dem Schwarzaer Weiher interessiert. Ihr Mann, der alte Harms, wollte die Parzelle kaufen, weil sich darin eine stillgelegte Sandgrube befindet. Doch er hat nie genug Geld aufbringen können. Nun, da der Boden an ansässige Kleinbauern und Umsiedler verteilt wird, will sie das Stück haben, damit sich der Sohn eine neue Existenz aufbauen kann. Ihre zwei Handtuchfelder werfen nur das Nötigste ab.

Ihr Herr Vater, sagt sie nahezu hochdeutsch, der ist doch beim Misterium. Nun wollt' ich mal horchen, was Sie derwegen denken. Ich meine, der Herr von Besenow, der gann ooch mal wiedergomm'n. Und dann frägt er unserein'n: Was willste uff mein'n Acker? Verstehn Sie?

Hanna nickt. Das Schreiben macht einen seriösen Eindruck. Es beurkundet den Wechsel des Eigentums in rechtmäßigen Besitz der Familie Harms. Als Grundlage werden Paragraphen und Verordnungen benannt. Dennoch ist Hanna skeptisch. Bereits in der NS-Zeit gab es staatlich sanktionierte Enteignungen. Gerade in jüngster Zeit zeigt sich, wie anfechtbar willkürliche Entscheidungen auf diesem Gebiet sind. Wohl liegen sie jetzt in der Verantwortung der Besatzungsmacht, können als Kriegsfolge gelten. Aber vielleicht sieht man das bald anders.

Wes Brot ich ess', des Lied ich sing', sagt Hanna.

Frau Harms versteht nicht. Mit schöner Regelmäßigkeit die Konsonanten vertauschend, meint sie: Man muss das Klück doch beim Schopfe backen. Mein Mann wusste schon, warum er nirgends eingedreden is. Den Ortsbauernführer hat's neulich erwischt. Der is alles über hundert Hektar losgeworden. Und warum soll ich wen'jer haben als der?

Sagen wir so, erwidert Hanna. Sie sollten sich nicht zu sehr darauf verlassen.

Heißt das Annahme verweigern, wie die Studierten sagen?

Wer wird denn, Frau Harms? Nehmen Sie es als Pacht ohne Pachtzins. Hanna muss aufpassen, dass sie das P nicht selbst weich ausspricht.

Wenn's andersrum gommt, nich wahr?, versichert sich die Bäuerin.

Hanna reckt den Hals und meint mit einer vielsagenden Geste: Mit den Jahren entsteht Gewohnheitsrecht.

Versteh' schon, Frau Sewald. Sie steckt die Papiere in die Schürzentasche und streicht über Klees Haare.

Ganz d'r Vader, sagt sie und variiert ihren Lieblingssatz: Der wird ooch mal so'n Brachtgerl wie Alpin.

Dann geht sie zur Tür, holt eine kleine Blechkanne mit Milch und stellt sie auf den Tisch. Die beiden Frauen bedanken sich. Jede glaubt, sie hätte eine kostbare Gabe erhalten.

Kaum ist die Tür zu, da bettelt Clemens um Milch. Hanna überlegt. Jeden Augenblick können die Großen kommen. Dann muss das Essen fertig sein. Wenn sie Klee etwas gibt, wird es mittags knapp. Denn sie braucht die Milch zum Kochen.

Ihre Gedanken kreisen um das Gespräch. Das Wort „Bauernfang" liegt ihr auf den Lippen. Aber wichtiger sind die Bücher. Der Reisekorb muss bis zum Abend gepackt sein. Sie spürt ihre Unentschlossenheit. Wie immer, wenn zu viel auf sie eindringt, kommt Nervosität auf. Sie gibt sich einen Ruck und holt von draußen eine Tasse. Sie gießt die Milch, die noch warm ist, sehr vorsichtig ein und reicht dem Jungen die Tasse.

Nicht darüber reden, sagt sie und nimmt die Kanne mit. Es muss gerecht geteilt werden. Sie hat vor, Milchsuppe zu kochen. Dann spart sie Kartoffeln. Der Mehlvorrat reicht noch, die Kartoffeln gehen zur Neige. Die Suppe kann durch Eingemachtes ergänzt werden. Die vielen Einweckgläser stören nur beim Umzug.

Das Feuer ist inzwischen heruntergebrannt, und in der Küche wird es kühl. Hanna schaltet die Kochplatte ein und rührt Mehl an. Wenn sie die Milch verlängert, reicht es für alle. Auf der Stiege hört sie Schritte. Ulrich kommt als Erster aus der Schule.

Kommt Peer auch?, fragt sie, bekommt aber keine Antwort. Du kannst den Tisch decken!, ruft sie.

Ulrich legt die Schultasche ab und zieht die durchnässten Schuhe aus. Er entdeckt, dass Clemens einen Milchbart hat, kommt in die Küche und will seinen Anteil. Der Topf mit der Milch steht schon auf der Platte. Hanna achtet darauf, dass nichts anbrennt oder überkocht. Sie vertröstet den Jungen. Es gäbe Kompott zu Mittag, und er könne ein Glas aussuchen. Ulrich, der ihr besonders ans Herz gewachsen ist, sieht unverwandt auf die Milch, die langsam zu brodeln beginnt.

Ein anderes Mal, sagt Hanna. Sie gießt den dünnen, grauen Mehlbrei in die aufkochende Milch und rührt mit einem Holzlöffel um.

Die haben nach unsern Eltern gefragt, meint Ulrich ernst.

Hanna rührt und schweigt.

Ich hab' gesagt, was du gesagt hast: Vati war Erzieher und ist gefallen. Da haben alle gelacht. Die Lehrerin wollte mehr wissen. Er ahmt ihre Stimme nach: Was war denn dein Vati für ein Erzieher?

Hanna schaltet den Strom aus und nimmt den Topf herunter.

Du hast hoffentlich nichts gesagt.

Ich ... Er stockt. Ich ... weiß gar nicht, was ein Erzieher ist.

Ein Lehrer für Kinder, die in der Schule wohnen. Was hast du geantwortet?

Er druckst herum.

Ich hab' dir eingeschärft, du sollst nicht über deinen Vater sprechen. Mit keinem.

Ich hab' nur gesagt, dass er Erzieher in Blängsch war, antwortet Ulrich.

Dann wissen sie alles.

Wieso?, wehrt sich der Achtjährige. Vati war doch gut. Das kann jeder wissen.

Ja!, unterbricht Hanna erregt. Aber was geht das die an? Unverschämtheit überhaupt! Sie fasst sich und spitzt die Lippen.

Dein Vater war ein guter Mensch. Ihr braucht euch nicht zu schämen. Aber, wie soll ich das erklären?

Eigentlich will sie auf alle Fragen ihrer Kinder eingehen. Doch was sie den Söhnen von ihrem Vater erzählt, will gut durchdacht sein. Da braucht sie Ruhe. Woanders würden die Schüler sicher nicht derart ausgefragt. Hanna war als Einzige der Erzieherfrauen von Blängsch im Osten geblieben. Viele wollten sie zur Übersiedlung bewegen.

Deck den Tisch, sagt die Mutter, holt Teller und Löffel aus dem Regal, nimmt den Suppentopf und geht voraus.

Weißt du, wann Peer kommt?

Ulrich zuckt mit den Schultern.

Ein anderes Mal reden wir über all das, verspricht sie und versucht, ihren Ärger abzuschütteln. Hol ein Glas Heidelbeeren. Das wirkt. Heidelbeeren gibt es sonst nur sonntags.

Hanna öffnet das Einweckglas, rührt mit der Kelle die Suppe um und teilt dann aus. Es wird laut gezählt, wie viele Kellen Suppe und wie viele Löffel Heidelbeeren jeder erhält. Wenigstens ein Viertel muss übrigbleiben.

Ulrich und Klee zeigen durch wohliges Brummen an, wie gut es ihnen schmeckt. Hanna könnte sich entspannen. Doch ihr ist es zur zweiten Natur geworden, auf drohendes Unheil gefasst zu sein. Dass ihr Ältester noch nicht da ist, macht ihr Sorgen. Während sie bedächtig den Löffel zum Mund führt, fällt ihr Blick immer wieder auf den leeren Teller. In Gedanken folgt sie Peers Schulweg.

Die erste Klippe ist das Waldbad von Blängsch. Dort haben die Jungen in den Wintermonaten Eishockey gespielt. Inzwischen ist das Eis weich, und man kann einbrechen. Nicht weniger gefährlich ist die russische Kaserne mit dem blaugrünen Bretterzaun. Peer ist dort, auf dem Gelände der AHS, mehrmals eingestiegen und hat die Soldaten beobachtet. Das muss ja mal schiefgehen. Den aufkommenden Gedanken an die Patienten der Landesheilanstalt schiebt sie beiseite, denn die größte Gefahr für Peer lauert am Ortsausgang. Von der Straße nach Schwarza biegt bergan ein Feldweg ab, der zum Wald führt. Hanna spürt ihren Herzschlag. Kurz vor Kriegsende wurden in den Wäldern Verstecke für Lebensmittel, Uniformen und Dokumente angelegt. Das verführt geradezu zum Stromern. Das ist für einen beinahe elfjährigen Jungen wie Peer die denkbar spannendste Beschäftigung. Hanna denkt an das verrostete Maschinengewehr, auf das sie beim Pilzsammeln gestoßen waren. Ihre Hand zittert, als sie den Löffel aufwärts führt. Sie redet sich zu. Bisher ist nichts passiert.

Hanna bemerkt, dass ihre Kinder den linken Arm um den Teller legen, um andern mit der Hand den Blick zu verwehren.

Keiner nimmt euch was weg, meint sie, was die Kinder keineswegs beeindruckt. Fast liebevoll umfassen sie den Tellerrand und beugen sich tief über die Suppe. Sie scheinen abzuwägen, was klüger ist, schnell löffeln und so vielleicht einen Nachschlag ergattern oder sich Zeit lassen, damit man den Rest ungefährdet genießen kann.

Eine Tür kracht. Hanna springt auf. Peer stampft die Stiege herauf.

Hunger!, ruft er und deutet mit den Händen an, wie groß sein Hunger ist.

Wo kommst du her?, forscht Hanna.

Wieso?! Aus der Schule.

Sie verliert die Beherrschung. Ich hab' dir das tausendmal gesagt. Du kommst sofort nach Hause.

Peer verteidigt sich. Er sei schneller gelaufen als die anderen, hätte wegen des Hungers alle weit hinter sich gelassen.

Hanna stöhnt auf, was halb wie Vorwurf, halb wie Erleichterung klingt.

Milchsuppe mit Heidelbeeren!, jubelt Peer und zeigt lachend auf die blauen Zähne der anderen. Doch kaum sitzt er am Tisch, da verfällt er in gespanntes Schweigen und verfolgt jeden Handgriff der Mutter. Sein Gesicht verrät, was er denkt. Er darf nicht weniger bekommen als die Brüder. Eher mehr. Er ist der Älteste.

Ich darf den Topf auskratzen, sagt Peer.

Die Jüngeren verständigen sich mit Blicken. Er ist an der Reihe, das stimmt. Doch vielleicht hat er auf dem Schulweg gebummelt. Das würde die Lage ändern. Von der Straße hört man Kinderstimmen. Peers Klassenkameraden kommen. Also war es keine Lüge.

Du darfst auskratzen, bestätigt die Mutter. Ulrich stimmt wortlos zu.

Hab' ich einen Hunger, wiederholt Peer. Vorsichtshalber legt auch er den Arm um den Teller. Dann stürzt er sich auf das Essen. Auf diesen Augenblick hat er den ganzen Vormittag gewartet.

Die beiden Kleinen stehen auf. Es ist ein ungeschriebenes Gesetz in der Familie: Jeder, der aufgegessen hat, darf gehen. Dem Glücklichen zusehen zu müssen, der mit Hingabe den letzten, aber auch allerletzten Rest vom Topfboden abkratzt, das wäre zu hart. Hanna verfolgt mit Genugtuung, wie Peer den Eisentopf geduldig bearbeitet und die dünne bräunliche Schicht abschabt, die sich bei Milchsuppe leicht am Topfboden bildet. Je länger es dauert, desto einfacher wird der Abwasch.

Peer genießt das Privileg, das eine seltene Zugabe einschließt. Die Mutter bricht nämlich nicht, wie sonst, gleich zur nächsten Betätigung auf, sondern bleibt sitzen und hört zu.

Die Russen sind gar keine Russen, sagt er bedeutungsvoll.

Was? Hanna lacht. Peer ist in der Familie für Humor zuständig.

Das sind Sowjetbürger, erklärt er ernst. Er legt den Löffel beiseite und nimmt den gekrümmten Zeigefinger zu Hilfe, den er danach gründlich ableckt.

Ach so, erwidert Hanna.

Frau Krüger hat's uns erklärt.

Die Tochter vom Apotheker?, fragt sie.

Hör doch mal zu, verlangt er. Die Russen sind eigentlich keine Russen, jedenfalls nicht alle. Manche sind Ukrainer, Litauer, Tataren und sowas. Er doziert gern, vor allem, wenn sich Widerspruch regt. Hanna nimmt seine Eröffnung mit Skepsis auf.

Wir dürfen nie mehr Russen sagen, meint er. Sonst bekommst du eine Fünf.

Kein Mensch sagt Sowjetbürger.

Doch, steht auch so in der Zeitung.

Was steht nicht alles in der Zeitung?

Und dann, meint Peer, sind die gar nicht so schlimm, die Russen, ich meine die Sowjetbürger. Die haben nämlich die Faschisten geschlagen.

Die was?, fragt Hanna mit heiserer Stimme.

Weißt du nicht, was Faschisten sind? Die Bösen natürlich.

Ach so, sagt sie gedehnt und nickt mit großen Augen. Auf ihrem Gesicht gefriert das Lächeln. Da fürchtet sie, dass ihr Kind auf dem Eis einbricht, und ein gelungenes Mittagessen ist wie eine siegreiche Schlacht. Unterdessen wird, ohne dass sie es ahnt, ihren Kindern lauter Blödsinn eingetrichtert. Durchhalten heißt eben nicht nur überleben. Sie muss die Kinder an Leib und Seele bewahren.

So, murmelt sie, die Bösen.

Du weißt doch, meint er, die mit dem KZ. Die haben den Krieg vom Zaun gebrochen, sagt Frau Krüger.

Da müssen wir mal in Ruhe darüber reden, entgegnet sie, und ihr fällt auf, dass sie das schon zu Ulrich gesagt hat. Ich muss jetzt abwaschen, fügt sie hinzu, steht auf und nimmt den leeren Topf. Er ist so sauber, als käme er aus dem Regal.

Nach dem Essen dürfen die Kinder draußen spielen. Bedingung ist, dass die Großen auf Klee aufpassen. Hanna entlässt Peer erst nach eingehender Ermahnung zum täglichen Fußballspiel. Bald vernimmt sie von unten das vertraute Geräusch. Wieder und wieder klatscht der Ball gegen die Scheunenwand. Nun kann sie in Ruhe abwaschen und die Küche in Ordnung bringen, ein Moment der Erholung.

Als Hanna das Einpacken unterbrechen musste, weil die beiden Großen von der Schule kamen, hatte sie den Verlauf des Abends genau im Kopf. Die Kinder ins Bett bringen, den Reisekorb für den Transport fertigmachen, den Sohn von Frau Harms um Mithilfe bitten. Denn der Korb muss nach unten getragen und auf dem Handwagen in der Scheune festgeschnürt werden. Am Morgen will sie ihn dann zum Bahnhof in Blängsch bringen, wohin sie schon manches Gepäckstück gekarrt hat. Doch nach dem Abendbrot, bevor die Kinder in ihren Betten liegen, geschieht etwas, das alles durcheinander bringt.

Hanna, vor dem Reisekorb sitzend, ist gerade im Begriff, mit dem Fuß einen Hocker heranzuziehen. Da wird es plötzlich dunkel. Stromsperre. Sie verharrt eine Sekunde in der Bewegung, umgeben von raumlosem Schwarz.

Keiner rührt sich vom Fleck!, befiehlt sie, erhebt sich und setzt Fuß vor Fuß. Neben der Tür steht der Kerzenständer bereit. Sie ertastet die Kerze und die Streichholzschachtel.

Keiner rührt sich, wiederholt Hanna.

Noch immer kann sie nichts erkennen. Die ersten Lichtpunkte durchlöchern die Dunkelheit. Es zischt. Das Streichholz brennt mit kleiner blauer Flamme. Das bedrohliche Schwarz ist verflogen. Sie leuchtet herum und versichert sich, dass alles an seinem Platz ist. Die Kinder, eben noch wie erstarrt, sprechen aufgekratzt durcheinander.

Das Wort „Stromsperre", erst nur zaghaft registriert, bekommt einen triumphierenden Unterton. Bei Stromsperre ist der alltägliche Trott unterbrochen. Stromsperre ist Verheißung. Es bedeutet: Mutter erzählt Geschichten oder singt die Lieder mit den vielen Strophen.

Hanna sucht weitere Kerzen, erhitzt das Wachs, befestigt die Lichter auf Untertassen und verteilt sie im Raum. Die Jungen kriechen erwartungsvoll unter ihre Federbetten. Wünsche werden laut: Vorlesen. Singen. Das Unerwartete erscheint den Kindern als freier Raum. Sie betreten ein herrlich gruseliges Schloss mit unzähligen Gängen und Zimmern.

Ich werde ..., beginnt Hanna. Sie überlegt noch: ... euch etwas vorlesen.

So klein, findet sie, sind die Kinder gar nicht mehr.

Klee klatscht in die Hände. Märchen, Märchen!, ruft er.

Nein. Ich lese euch heute ... Gedichte von eurem Vater vor.

Enttäuschung kommt auf, doch niemand protestiert. Hanna holt das Bändchen mit dem gelben Umschlag, überprüft nochmals die Kerzen.

Das wusste ich gar nicht, flüstert Ulrich.

Natürlich, erwidert Peer. Er ist doch immer im Wohnzimmer eingeschlafen.

Wieso?, wundert sich Ulrich.

Na, beim Dichten, erklärt der Ältere. Er hatte den Vater manchmal durch den Türspalt gesehen, wenn er schlaftrunken zur Toilette gewankt war.

Weißt du das nicht mehr?, fragt er erstaunt.

Ulrich, der vergeblich sein Gedächtnis durchforscht, möchte das nicht zugeben.

Doch, meint er. Er könne sich genau an das Gesicht des Vaters erinnern.

Die Kerzen brennen ruhig und stehen in gehörigem Abstand zu gefährdeten Gegenständen. Alles hat seine Ordnung. Hanna nimmt das Buch, hält es ins Licht, beginnt vorzulesen. Unversehens nimmt ihre Stimme einen weichen, weihevollen Klang an. Gelegentlich schürzt sie in einer beredten Pause die Lippen oder räuspert sich. Am Schluss eines Gedichts zieht sie die Stirn kraus, um ihre Verlegenheit zu verbergen. Dann liest sie weiter. Ihr Tonfall gebietet Schweigen. Wortbild reiht sich an Wortbild. Der gemessene Rhythmus klingt wie das Psalmodieren eines Priesters. Hannas Augenbrauen heben und senken sich. Die Zeit tropft. Jeder Tropfen ist ein Wort, unterlegt durch das gleichmäßige Atmen von Clemens. Hanna ist in einer anderen Welt. Sie wandert mit den Blicken über die Zeilen, als würde sie auf Sätzen schweben.

Der schläft, sagt Peer plötzlich und deutet grinsend auf den kleinen Bruder. Der schläft!

Hanna klappt das Buch zu. Die Stille ist verletzt, die Andacht zerstört.

Schlaft jetzt, sagt sie enttäuscht und löscht eine Kerze nach der anderen. Morgen früh kommt ihr wieder nicht aus den Federn.

Ulrich will gegen den älteren Bruder aufbegehren und sagen, dass es ihm gefallen hat. Doch Peer lässt es nicht dazu kommen.

Das war doch nichts, murmelt er, sein Gesicht von der Mutter abgewandt. Das war doch ... langweilig.

Hanna versteht nicht genau, aber der Tonfall verrät, dass es abfällig war.

Schluss jetzt!, sagt sie mit scharfer Stimme. Die Kinder verstummen. Bald danach tritt Ruhe ein. Als der Strom wiederkommt, sind sie längst eingeschlafen.

Am nächsten Morgen läuft alles durcheinander. Wegen der Stromsperre gelang es Hanna nicht, den Reisekorb für die Bahnpost vorzubereiten. Sie steht früher auf als gewöhnlich, verstaut die restlichen Bücher, deckt sie mit einer alten Wachstuchdecke ab. Dann versucht sie im Erdgeschoss, den Sohn von Frau Harms abzupassen, der gerade zur Arbeit aufbrechen will. Hubert stellt oben fest, dass der Korb für ihn zu schwer ist. Während er einen Helfer holt, sind Peer und Ulrich aufgestanden und laufen umher wie aufgescheuchte Hühner. Hanna klappt den Korbdeckel zu und legt das Vorhängeschloss an den Riegel. Die beiden Träger hieven den Korb dann auf der schmalen Treppe nach unten. Die Holzstufen knarren, und die Männer keuchen. Im Hof angekommen, legen sie eine Verschnaufpause ein und witzeln über Leute, die zu viele Bücher lesen. Draußen ist es noch dunkel. Über das Nachthemd hat Hanna nur den Bademantel gezogen. Der Wind fährt ihr in die langen Haare, die sie in der Eile mit einem Einweckgummi gebändigt hat.

Nachdem die Männer den Korb in die Scheune geschleppt haben, zurren sie ihn mit einer Wäscheleine auf dem Handwagen fest. Hanna bedankt sich, eilt wieder nach oben und macht die Frühstücksbrote für die Kinder. Der Wind lässt die Dachziegel tanzen. Im Taubenschlag kratzt und scharrt es. Klee klagt über Halsschmerzen. Ulrich kann seine Strümpfe nicht finden. Hanna hetzt von einer Stelle zur andern und kommt erst zur Ruhe, nachdem die beiden Schuljungen in waghalsigem Tempo die Holzstiege nach unten poltern. Klee jammert ein bisschen, beruhigt sich aber, nachdem er Pfefferminztee mit einem Löffel Honig bekommen hat.

Hanna packt den Jungen ordentlich ein, dann bricht sie mit ihm auf und holt den Wagen aus der Scheune. Der Boden auf dem Hof und der Dorfstraße ist aufgeweicht. Die Räder graben sich tief in den feuchten Sand. Hanna umklammert den eisernen Griff der Deichsel und zieht mit ganzer Kraft. Langsam kommt der Wagen in Gang.

Auf der Straße trippelt Klee wie ein Hündchen nebenher. Doch da die Mutter keine Hand frei hat, läuft er bei der ersten Gelegenheit weg und bewundert einen Haufen dampfender Pferdeäpfel. Hanna holt ihn nach und setzt ihn kurzerhand oben auf den festgezurrten Reisekorb. Als sich der Wagen wieder in Bewegung setzt, schwingt Klee den rechten Handschuh, der durch ein Band mit dem linken verbunden ist, wie eine Peitsche durch die Luft.

Hüa!, ruft er. Hüa, alle meine Pferde!

Wie ein Zugpferd im Geschirr stemmt sich Hanna gegen den Wind. Die Dorfbewohner, die ihr selten Aufmerksamkeit schenken, lächeln ihr verlegen zu. Hüa, alle meine Pferde!, ruft der Junge.

Hanna hat das Ende des Dorfes erreicht und biegt in den Feldweg ein, der bergan zur Mühle führt. Hier weht ein harscher Wind. Der Wagen kommt nur ruckweise voran und kann jederzeit steckenbleiben.

Hanna hat hier schon manche Umzugsfuhre hochgezogen. Der letzte Anstieg ist besonders anstrengend. Ihr wird heiß. Sie hält an und bemerkt das Rattern des Wasserrades. Es dreht sich noch, ist aber eine Attrappe. Die Mühle arbeitet mit Motor. Aus einem der beiden Backsteinschlote dringt Rauch, den der Wind unbarmherzig zerfetzt. Auf dem zweiten Schornstein haben Störche ihr Nest gebaut. Wenn sie aus dem Süden heimkehren, denkt Hanna, will sie in ihrem Geburtshaus in Weimar sein.

Hüa, alle meine Pferde!, ruft Klee und schwingt seinen Wollhandschuh an der Strippe als Peitsche.

Hanna spannt sich wieder vor die Fuhre. Unter den Rädern knirscht es. Ein Kieselstein springt hoch. Die Deichsel schnellt zur Seite. Hanna kann sie gerade noch festhalten. Sie muss sich beim Ziehen weit nach vorn beugen, so dass sie schräg in der Luft liegt. Ihr Atem geht schnell. Die Arme beginnen zu schmerzen.

Halt dich fest, Klee!, ruft sie.

Hüa, antwortet er und ahmt, mit der Zunge schnalzend, das Knallen der Peitsche nach.

Kurz vor der Landstraße steigt der Weg noch einmal an und zwängt sich durch eine Böschung. Hannas Kraft lässt nach. Anhalten kann sie nicht mehr, sonst rollt die Fuhre zurück. Mit höchster Anstrengung zieht sie den schwer beladenen Wagen an. Ein großer Stein gerät unter das rechte Vorderrad, die Deichsel schlägt hart zur Seite. Hanna verliert die Balance und ihr entgleitet der Griff. Das Gefährt rollt rückwärts, bekommt Fahrt und prallt gegen einen Wegstein. Als Hanna sich umdreht, sieht sie gerade noch, wie etwas in hohem Bogen über die Böschung fliegt.

Sie hört einen dumpfen Aufprall, kann aber nicht gleich reagieren. Ganz langsam richtet sie sich auf, die Linke in den Rücken gepresst, und lauscht. Der Wind schlägt ihr um die Ohren. Sie kann nichts ausmachen als das Rattern der Mühle. Kein Schrei, kein Wimmern. Sie stellt sich vor, wie der kleine Körper gekrümmt im dichten überjährigen Gras liegt. Vielleicht ist der Kopf an einen Stein geraten. Sie sieht Blut.

Das nicht, murmelt sie. Nicht das noch. Sie schüttelt den Kopf. Warum hört sie nichts? Sie erklimmt die Böschung, kann aber nichts entdecken. Sie stapft durch das hohe Gras. Da, in einer Erdkuhle, die Knie angezogen, das Gesicht durch die Hände verdeckt, liegt Klee.

Genauso hatte er einmal in ihrem Bett gelegen, im April '45, als die Kinder noch nichts von Albins Tod wussten. Hanna schlug die Decke auf, und da kam das Würmchen zum Vorschein.

Sie springt in die Kuhle, tippt ihn an, gefasst, einen leblosen Körper zu berühren. Da nimmt Klee die Hände vom Gesicht.

Bist du erschrocken?, fragt er und reißt die Augen auf.

Sie nimmt ihn hoch, presst ihn an sich. Klee wehrt sich gegen die Umklammerung. Hanna lässt nicht los. Durch den Mantel spürt sie die Wärme des kleinen Körpers.

Ich kriege keine Luft!

Sie entspannt sich, dreht den Kopf zur Seite.

Was ist denn los?, fragt er, weil er etwas Feuchtes spürt.

Nichts. Hanna wischt die Tränen nicht ab. Mit Klee auf dem Arm steigt sie aus der Kuhle und stapft die Böschung hoch. Beide sehen in die Runde. Kein Mensch weit und breit. Wagen und Gepäck sind unbeschädigt. Hanna zieht die Fuhre nach oben auf die Asphaltstraße. Dann setzt sie Klee wieder auf den Bücherkorb und bindet ihn mit dem Gürtel ihres Mantels fest. Er ruft nicht mehr: Hüa, alle meine Pferde. Der Schreck sitzt beiden in den Gliedern. So schnell kann alles umschlagen, denkt sie, die Deichsel und das Schicksal.

Am späten Vormittag erreicht Hanna den Bahnhof von Blankenhain. Der Mann mit der blauen Uniform an der Güterabfertigung kennt sie.

Wieder Expressgut, junge Frau?

Richtig.

Wie viele haben wir jetzt?, erkundigt sich der Blaue.

Die zehnte Fuhre, sagt Hanna.

Sie hebt die Arme und zeigt zur Bekräftigung die Zahl mit beiden Händen. Es sieht aus, als würde sie sich ergeben.

DRITTES KAPITEL

Der Antrag

Das Frühjahr endet für Hanna in einem Zustand permanenter Überforderung. Nachdem die Spedition alle in Schwarza verbliebenen Utensilien ins „Haus mit der Madonna" nach Weimar gebracht hat, möchte Elsner seiner Tochter beistehen. Doch Hanna, die ihn nicht behelligen will, lehnt ab. So gleicht die obere Etage einem einzigen Lagerraum. In allen Zimmern stehen Kisten, Kartons und zerlegte Möbelstücke. Dazwischen spielt sich der Familienalltag ab.

Hanna versucht mit aller Kraft, die chaotische Lage zu beherrschen. Morgens bricht sie zu Amtsgängen auf und macht die nötigsten Besorgungen. Tagsüber muss der Betrieb aufrechterhalten werden. Dabei gleitet ihr wiederholt etwas aus den Händen und kracht auf den Boden. Abends fällt sie erschöpft ins Bett, schläft oft schon ein, ehe sie sich umgezogen hat. Die Kinder sind in der fremden Umgebung verunsichert und brauchen Hilfe. Helena springt ein, wenn es ihr gestattet wird. Doch Hanna will das nicht einreißen lassen, obwohl ihr jeder Handgriff schwerfällt. Zuweilen wird ihr schwindlig. Vieles deutet darauf, dass sie eine Frühjahrsgrippe übergangen hat. An einen Arztbesuch ist aber noch nicht zu denken.

Diese missliche Lage zieht sich bis Ende Juni hin. Da reißt Elsner der Geduldsfaden. Er nimmt einige Tage Urlaub, besorgt Hilfskräfte und Handwerker. Im Handumdrehen werden Gardinen angebracht, Bilder aufgehängt, Möbel zusammengebaut und die Schränke eingeräumt. Hanna ist zu schwach, um es zu verhindern. Als die Zimmer einigermaßen bewohnbar sind, erhält Hanna die Quittung für die letzten Monate. Eines Abends wird ihr schwarz vor Augen. Sie hält sich an einem Stuhl fest, doch ihre Beine knicken ein und sie schlägt lang auf den Boden. Elsner, der unten die Erschütterung spürt, hastet die Treppe hinauf. Hanna merkt, dass er sie wachrütteln will, bekommt aber kein Wort hervor. Elsner gibt den Enkeln knappe Anweisungen. Während Peer und Ulrich versuchen, die Mutter auf die Seite zu drehen, läuft der Großvater nach unten und telefoniert. Der Arzt, ein Bekannter aus der Nachbarschaft, ist nach wenigen Minuten da. Hanna versucht, die Augen aufzumachen, doch es will nicht gelingen.

Sie ist ja ganz weiß, sagt Peer.

Der Doktor leuchtet mit einer Taschenlampe in die Augen, nimmt den Puls. Elsner antwortet auf seine beiläufigen Fragen.

Der Umzug, wenig Schlaf, Sie verstehen.

Der Arzt legt eine Decke über Hannas Beine und erklärt, wenn sie sich gefangen habe, müsse sie noch viel liegen.

Einfach Erschöpfung, sagt er leise zu Elsner, als die beiden Männer das Zimmer verlassen. Klee beginnt zu weinen. Die Brüder mühen sich, ihn zu beruhigen.

Du darfst sie streicheln, sagt Ulrich und führt seine Hand zum Kopf der Mutter.

Habt ihr noch eine Decke?, fragt Hanna mit matter Stimme. Es tut mir so leid, flüstert sie und presst die Lippen zusammen.

Unsinn! Peer kann es nicht leiden, wenn die Mutter weint.

Ulrich breitet eine Decke über den Körper der Mutter, so dass nur noch der Kopf herausschaut. Klee streicht mit beiden Händen über den Kopf der Mutter. Es kitzelt, und Hanna muss unwillkürlich lächeln. Die Kinder lächeln vorsichtig mit.

Siehst du?, sagt Peer. Es wird schon besser.

Hannas Lächeln schlägt in Schluchzen um. Nun kauern sich die beiden Älteren neben ihr hin.

Es wird alles gut, sagt Peer immer wieder beschwörend. Es ist schon viel besser.

Nach diesem Zusammenbruch übernimmt Elsner endgültig das Ruder. Er ordnet an, dass Helena die Pflege seiner Tochter übernimmt. Hanna muss tagsüber auf dem Sofa im väterlichen Büro liegen. Klee kommt den ganzen Tag in Helenas Obhut. Elsner bringt, wenn er spätabends heimkommt, Apfelsinen mit, welche die Kinder nur aus Westpaketen zu Weihnachten kennen. Er holt die Früchte aus dem „Russenmagazin", wo bevorzugt die Frauen sowjetischer Offiziere einkaufen dürfen.

Hanna schläft anfangs nahezu ohne Unterbrechung. Allmählich lässt der Druck im Kopf nach. Einige Tage später scheint es ihr, als wäre der größte Teil des Umzugs überstanden. Nach weiteren Ruhetagen hakt sie bereits die Einrichtung der Wohnung ab. Es ist ihre Eigenart, die ferne Zukunft früh zu planen. Auch diesmal fliegen die Gedanken voraus. Noch kann sie nicht aufstehen, da malt sie sich aus, wie die Bewerbung für den Schuldienst verläuft. Die Unbedenklichkeitsbescheinigung ist jedenfalls die erste und schwierigste Hürde.

Während Hanna im Elsner'schen Büro vor sich hindämmert, muss sie an etwas denken, das sie gern für immer vergessen hätte. Drei Monate nach Kriegsende hatte sie sich in der provisorischen Verwaltung zum Schulverantwortlichen von Blängsch durchgefragt. Dabei geriet sie an eine Frau ihres Alters, die geradezu boshaft mit ihr umsprang.

Auf solche wie Sie, hatte die Frau gegeifert, haben wir gerade gewartet! Nazilehrer gibt's wie Sand am Meer.

Hanna hatte eingewendet, sie habe nach dem Studium gar nicht als Lehrerin gearbeitet.

Na, fiel ihr die Frau ins Wort, wann haben wir denn studiert? Vielleicht nicht bei den Nazischweinen?

Während die Szene Hanna vor Augen steht, spürt sie, dass sie rot wird. Besonders klug hatte sie sich dabei nicht angestellt.

Mein Professor wurde 1938 gemaßregelt, sagte sie. Er darf jetzt wieder in Jena lehren.

Vielleicht leert der Professor Weingläser, was?, hatte die Person gehöhnt und gezetert: Auf einmal waren alle dagegen. Gemaßregelt, wenn ich das schon höre. Unsereins hat derweil gelitten.

Hanna war ohne Gruß gegangen und hätte doch gern gewusst, was die Frau zu leiden hatte. Oder kannte sie Hanna als Erzieherfrau der AHS?

Dem ersten Versuch in Blängsch muss nun ein zweiter folgen. In der Kreisstadt stehen die Chancen besser. Deshalb will sie nun alle Schritte abwägen, wie sie zum UBS kommt, der „Persilschein" heißt oder einfach nur „Schein". Wer im Osten keinen Schein hat, ist machtlos. Und wenn ihr niemand die politische Unbedenklichkeit attestiert, kann sie nicht Lehrerin werden.

Nach weiteren Tagen im väterlichen Büro setzt Hanna durch, dass sie ins Obergeschoss entlassen wird. Mit frischer Kraft geht sie daran, Informationen über die Schulsituation einzuholen, wobei ein Zufall zu Hilfe kommt.

Als sie durch das Stadtzentrum streift, um die Sprechzeiten beim Weimarer Rat der Stadt zu erkunden, trifft sie eine gute Bekannte. Es ist Ulla Sievers, mit der sie die ersten fünf Jahre die Schulbank gedrückt hat. Hanna durfte früher nicht mit Ulla verkehren, weil sie die Tochter eines sozialdemokratischen Arbeiters war und zu den Roten gehörte. Doch sie ließ sich nicht abschrecken, denn die Mitschülerin gefiel ihr.

Ulla ist abgehärmt, hat einen kurzen Haarschopf, in dem die grauen Haare überwiegen. Hanna begegnet ihr in der Esplanade, eine der wenigen belebten Geschäftsstraßen. Es ist ein stilles Wiedersehen ohne große Begrüßung.

Johanna Elsner, sagt plötzlich jemand neben ihr, als Hanna mit Klee am Gänsebrunnen steht und die gemächlich plätschernde Fontäne beobachtet.

Sewald, verbessert Hanna, bevor sie die Stimme erkennt.

Natürlich, erwidert Ulla. Ich heiße jetzt Demut.

Demut? Passt gar nicht zu dir.

Sie geben sich die Hand. Hanna mustert das zerfurchte Gesicht der Schulfreundin. Ob sie auch so aussieht? Schon im nächsten Moment entdeckt sie auf der Strickjacke in Brusthöhe das runde Parteiabzeichen.

Das überrascht dich, meint Ulla, die Hannas Blick bemerkt.

Hanna sieht das SED-Abzeichen zum ersten Mal bei jemandem aus der Bekanntschaft. Sie tut so, als wäre es nicht der Rede wert.

Was machst du?, fragt sie.

Lehrerin. Jedenfalls bald.

Sie setzen sich auf die steinerne Bank, die den Brunnen umgibt. Wie sich herausstellt, ist Ulla ebenfalls mit ihrem jüngsten Sohn unterwegs. Er wird gerufen und vorgestellt. Der Junge, wenig älter als Klee, freut sich über den Spielgefährten und klettert mit ihm auf die Bank. Von hier aus kann man wunderbar im Wasser des Brunnenbeckens planschen.

Macht euch nicht nass!, sagt Hanna, winkt aber gleich ab. Was helfen schon Ermahnungen. Dafür ergibt sich Zeit für ein Gespräch. Alles, was sich in Eile erzählen lässt, wird in Kurzform vorgebracht. Bei solcher Gelegenheit können manche Frauen alles um sich herum vergessen.

Ulla hat beim Machtantritt der Nazis ihr Lehrerstudium abgebrochen, geheiratet und vier Söhne bekommen, alle in ähnlichem Alter wie Hannas Kinder. Nach dem Krieg absolvierte sie einen Neulehrer-Kurs und bestand kürzlich alle Prüfungen. Im kommenden Schuljahr soll sie in der Mittelstufe unterrichten, Deutsch und Sport.

Hanna spielt beim Zuhören an ihren beiden Eheringen, die sie zum Zeichen ihrer Witwenschaft trägt. Ohne es zu wissen, versucht sie den kleineren Ring über das Fingergelenk zu schieben.

Meiner ist in Russland geblieben, sagt Ulla mit Blick auf Hannas Hände.

Meiner ist hier in der Nähe ... gefallen.

Ein Wahnsinn, erwidert Ulla. Und sonst? Ihr Gesicht bleibt unbewegt, keine Spur eines Höflichkeitslächelns.

Hanna erzählt vom Dachboden in Schwarza und vom Umzug ins väterliche Haus. Dann fragt sie: Und wie geht es deinem Vater?

Was?, fragt Ulla erstaunt. Du fragst nach meinem Vater?

Warum nicht?, meint Hanna verlegen. Sollte sie Ulla noch nie nach ihrem Vater gefragt haben?

Die Kinder verhindern die Antwort. Klee hat sich zu weit über den Beckenrand gebeugt und ist vornüber ins Wasser gefallen. Er stützt sich mit beiden Händen ab und schnappt nach Luft. Die Frauen springen auf und hieven ihn nach oben. Hanna zieht ihm das nasse Hemd aus und beginnt es auszuwringen. Dabei wird das Gespräch fortgesetzt.

Mein Vater hat Rente. OdF.

Hanna ahnt, dass die Abkürzung „Opfer des Faschismus" bedeutet.

Er war nicht im KZ, erklärt Ulla. Das heißt, er war dort erst nach der Befreiung.

Hanna registriert vor allem das Wort „Befreiung", das ihr in diesem Zusammenhang nicht über die Lippen gehen würde. Ulla spricht es ganz gelassen aus. Das ist der Unterschied.

Wieso erst danach?, fragt Hanna. Das verstehe ich nicht.

Fünfundvierzig haben die Sowjets einige Leute von hier nach oben gekarrt. Ulla weist mit dem Kopf in Richtung Buchenwald.

Wieso die Sowjets? Hanna ist irritiert. Die Amerikaner trafen doch zuerst im KZ ein. Über das derzeitige Internierungslager der Russen spricht man nicht, schon gar nicht am hellen Tag auf einer Brunnenbank in der Weimarer Esplanade.

Wie ich's sage, versetzt Ulla schroff. Vater war nach der Befreiung im früheren KZ, als Hausmeister. Die Freunde wollten uns zeigen, wie es dort aussieht. Es muss schlimm gewesen sein. Er hat nie richtig ausgepackt.

Hanna schweigt. Das Wort „Freunde" für die Russen findet sie schockierend.

Und dein Vater?, erkundigt sich Ulla.

Sie können nicht über Elsner sprechen. Die beiden Jungen sind darauf verfallen, mit Wasser zu spritzen, was Leute zu unfreundlichen Bemerkungen veranlasst.

Selber unerzogen!, blafft Ulla eine aufgebrachte Passantin an. Hanna staunt. Sie war früher ausgesprochen schüchtern.

Ich glaube, wir müssen aufbrechen, konstatiert die Freundin.

Ulla!, sagt Hanna schnell. Ich brauche einen Schein.

Verdammt!, schimpft Ulla. Die Kinder sind kaum mehr zu halten. Jede der beiden Mütter nimmt ihren Jungen an die Hand und redet auf ihn ein.

Genosse Liedke, flicht Ulla in die Zurechtweisung ein. Jüdische Frau, drei Kinder. Haben sich durchgeschlagen. Sehr guter Mann. Sie erklärt kurz, wie der Genannte zu erreichen ist. Nicht abwimmeln lassen, rät sie noch. Tschüss!

Im nächsten Augenblick ist sie im Gedränge verschwunden. Alles eilt den schmalen Gehsteig der Esplanade entlang, hofft trotz des schmalen Angebots auf einen günstigen Kauf. Bei Hanna bleibt der Begriff „Genosse" hängen. Früher gab es Parteigenossen oder nur PG. Jetzt also heißt es wieder Genosse.

Klee sieht in dem ausgewrungenen Hemd aus wie eine nasse Katze. Trotzdem ist Hanna zufrieden, als sie heimwärts schlendern. Liedke? Der Name kommt ihr bekannt vor. So ein Hinweis ist Gold wert. Warum nur gibt der Vater ihr nicht solche Tipps? Für sie kann es in diesem Augenblick nichts Wichtigeres geben als ein Mann, der in Weimar für Schulfragen zuständig ist. Natürlich lässt sie sich nicht abwimmeln. Das wäre doch gelacht.

Je näher die Beantragung des Scheins rückt, desto nervöser wird Hanna. Einiges weiß sie schon, etwa, wann und wo der Verantwortliche zu erreichen ist. Auch hat sie in langen Selbstgesprächen herausgefiltert, was man ihm sagen und was man aussparen muss. Davon, wie es zum entscheidenden Gespräch kommen soll, hat sie nur vage Vorstellungen. Jedenfalls wird sie den „Genossen" anrufen. Unklar ist, ob sie ihren Namen nennt oder sich mit der Floskel meldet: Hier bei Dr. Elsner. Bei Helena hat das verblüffende Wirkung. Wichtiger ist aber, in welchem Aufzug Hanna diesem Herrn gegenübertritt. Was zieht man an, wenn man einem Genossen einen Schein abluchsen will? Das muss schnell entschieden werden.

Als Hanna am Vormittag allein ist, geht sie im Schrank ihre Kleider, Röcke und Blusen durch. Die Auswahl ist nicht groß, zumal im Hochsommer, wo man leichte Sachen trägt. Sie denkt an etwas Schlichtes. Doch die Röcke sind zu lang. Und die Blusen haben den Zuschnitt jener Zeit, da Hanna als Inbegriff einer deutschen Mutter galt. Sie ist immer noch deutsch und immer noch Mutter. Doch deutsche Mütter sehen jetzt anders aus.

Sie baut die Nähmaschine auf, geht in die Diele, schleppt den Spiegel mit dem Rahmen aus Kirschbaumholz ins Zimmer. Dann nimmt sie einen Bügel nach dem anderen aus dem Schrank, hält die Kleidungsstücke vor ihre Brust und prüft mit zusammengekniffenen Augen. Nichts will ihr gefallen. Was sie auch probiert, immer kommt das raus, was manche Leute mit giftiger Miene eine „Nazisse" nennen.

Womöglich liegt es nicht an den Kleidern, sondern an der Frisur. Sie steckt seit jeher die Haare zu einem Knoten und zieht einen Mittelscheitel. Dabei ist sie geblieben. Vor dem Spiegel stehend, versucht sie, sich in die Lage eines Mannes zu versetzen, der gemeinsam mit einer jüdischen Frau die Nazizeit überstanden hat. Natürlich kann man die Haare abschneiden lassen, doch das geht zu weit. Keinesfalls will sie die Herkunft verleugnen, höchstens verschleiern. Auch hat ihre Herkunft nicht nur mit den Nazis zu tun. Ihr Herkommen heißt gutbürgerliche

Familie und Lyzeum, heißt Bündische Jugend und Wandervogel, dann Umorientierung nach der Machtergreifung, Studentenzeit mit Erfolgen als Gretchen im „Urfaust". Erst seitdem heißt ihre Geschichte NS-Frauenschaft und AHS. Die Haare bleiben dran.

Sie zieht die vielen Nadeln aus dem Knoten und öffnet das Haar. Dann flicht sie einen langen Zopf, wie sie es als Studentin getan hat. Dabei verfolgt sie neugierig ihre eigene Verwandlung. Den Zopf rollt sie zusammen und steckt ihn nach oben. Darüber befestigt sie das neue Haarnetz vom Einkaufsbummel in der Esplanade. Es wirkt immer noch etwas völkisch, findet Hanna, aber doch schon verändert.

Nach erneuter Suche im Kleiderschrank stößt sie auf ihr früheres Festkleid, ärmellos, mit eng anliegendem Mieder. Es riecht noch ein wenig nach Scheune. Sie hat es selbst geschneidert, als Albin ihr von einem militärischen Einsatz im Ausland einige Meter eines handgewebten rostroten Stoffs mitgebracht hatte. Dazu gehörte eine Weste aus schwarzem Samt. Während und nach den Schwangerschaften hatte das Kleid nicht gepasst. Und da es nur für warme Tage geeignet ist, wurde es selten getragen, einmal im Weimarer Theater, einmal bei Albins Amtsantritt in Blängsch. Sie nimmt das Kleid vom Bügel und zieht sich um. Es passt. Eigentlich ist es für die Verwaltung zu festlich. Andererseits will Hanna Eindruck machen. Durch Kleidung kann jede Frau Männer beeindrucken. Und der Genosse ist schließlich auch nur ein Mann.

Hanna schlüpft in die Weste und betrachtet sich im Spiegel. Ihr wird bewusst, dass die Mittagszeit bevorsteht. Klee bleibt noch einige Tage in Helenas Obhut, und die Großen sind seit dem Morgen unterwegs. Wahrscheinlich bleibt ihr noch Zeit. So überrascht Ulrich die Mutter im Festkleid vor dem Spiegel. Er geht ungläubig um sie herum, bewundert den ungewohnten Aufputz, ist rundweg begeistert.

Willst du ausgehen?, fragt er. Eigentlich ist in der Familie alles, was mit Amüsement zu tun hat, verpönt.

Hanna lacht über die Frage, findet aber dadurch ihre Auffassung bestätigt. Kleidung wirkt also auch schon auf kleine Männer. Sie legt die Weste ab, knöpft das Kleid auf und schiebt es nach unten. Dann setzt sie sich im Unterrock an die Maschine und führt den Faden ein.

Wenn ich Lehrerin werden will, meint sie, darf ich mich da nicht fein machen?

Ulrich betastet das Kleid und untersucht die neue Frisur. Womöglich vergleicht er die Mutter mit seiner Klassenlehrerin, die ein ganz anderer Typ ist. Die meisten Frauen in der Schule sehen nicht mütterlich aus.

Ich kann mir dich nicht als Lehrerin vorstellen, sagt er.

Sonst ist es bei den Sewalds üblich, dass an der Nähmaschine Hemdkragen genäht und zerrissene Hosen ausgebessert werden. Auch der Spiegel im Wohnzimmer verwirrt Ulrich. Dass die Mutter aber vor dem Spiegel posiert, hat es noch nie gegeben. Der Junge vermutet wohl, es gehe um Erwachsenendinge.

Bist du verliebt?, fragt er.

Hanna sieht auf und stoppt mit der Hand das Schwungrad.

Ich muss Geld verdienen. Zufrieden?

Ulrich nickt. Der Gedanke, die Mutter könne etwas mit einem Mann anfangen, ist ihm unangenehm.

Hanna kürzt unterdessen ihr Festkleid. Nach einem Fehlversuch nimmt sie die Schere und schneidet den unteren Saum ab. Dann markiert sie den neuen Saum mit Stecknadeln und zieht das Kleid über. Sie steigt auf einen Stuhl und bittet Ulrich, die Nadeln so umzustecken, dass der Saum wirklich gerade verläuft. Damit ist der Junge überfordert. In die gereizte Stimmung platzt Peer herein. Er reißt die Tür auf und bleibt wie angewurzelt stehen.

Glotz nicht!, blafft ihn Hanna an. Hilf lieber.

Nun plagt sich Peer mit den Nadeln. Die Mutter gibt Ratschläge von oben und Ulrich von der Seite. Zu dritt bringen sie es recht und schlecht zu Ende. Hanna kehrt ohne Erklärung an die Nähmaschine zurück. Ein Alarmzeichen, das den Kindern zeigt: Mutter kann heute nicht kochen. Wer Hunger hat, muss selbst etwas kochen. Und die Kinder haben Hunger.

Hanna überlegt, ob sie unterbrechen muss. Doch auf dem Herd steht ein Topf mit Kartoffeln, abgezählt und gewaschen, daneben eine Schüssel mit frischem Quark, der nur gewürzt zu werden braucht. Das ist zumutbar. Die Jungen verlassen das Zimmer und gehen in die Küche. Sie wissen, wenn sie unliebsame Fragen stellen, kommt die Mutter, schickt sie weg und zetert: Ihr stellt euch an wie die ersten Menschen. Lassen sich immer schön bedienen, die Herrschaften. Oder sie fragt gar: Warum hab' ich nur keine Mädchen?

Das kann sich Hanna diesmal schenken. Die Jungen fügen sich in ihr Schicksal. Nur gelegentlich kommt zu dem surrenden Geräusch der Nähmaschine ein unwilliger oder ängstlicher Ausruf aus der Küche.

Am Abend, als die Kinder im Bett liegen, geht Hanna nach unten und klopft an die Elsner'sche Wohnzimmertür. Als sie hereingerufen wird, verspricht sie, nur kurz zu bleiben. Der Vater sitzt an einem kleinen Tisch vor dem Kachelofen. Er isst mit Messer und Gabel, die Serviette in einem Knopfloch der Weste befestigt. Helena, die schon gegessen hat, leistet ihm Gesellschaft. Während Elsner ein Stück von seinem Käsebrot abschneidet und bedächtig zum Mund führt, ermuntert er Hanna mit Gesten, sich zu setzen und zu sprechen.

Sie erläutert ihr Anliegen und hebt hervor, wie wichtig das geplante Gespräch sei. Elsner kaut, sein Gesicht ist grau. Es geht schon auf neun. Der Arbeitstag eines Ministerialbeamten ist lang. Hanna registriert beim Sprechen, wie ihr Vater gebieterisch hinter dem Tischchen thront und sein Mahl einnimmt. Was sie früher spießig gefunden hätte, verfolgt sie jetzt mit Sympathie. Der Ernährer und Erhalter kommt müde von der Arbeit, und die Hausfrau wacht darüber, dass er ungestört speisen kann, ein archaisches Zeremoniell im Lichtkegel einer altmodischen Stehlampe. Es ist wie in einem Kammerspiel.

Noch immer erklärt sie dem kauenden Vater ihr Anliegen und erwähnt dabei Genossen Liedke.

Abteilungsleiter Bildungswesen, wirft Elsner ein. Er hat die Brille abgesetzt. Die Augen wirken angestrengt. Und was soll ich dabei?, fragt er.

Ob der Vater seine Sekretärin bitten könnte, meint Hanna zögernd, sie bei dem Abteilungsmenschen anzumelden. Sie müsse sonst stundenlang warten.

Nein, sagt Elsner entschieden und sieht auf sein Käsebrot.

Hanna wartet die Begründung nicht ab. Ob er ihr raten könne, wie sie am besten vorgehen solle, erkundigt sie sich.

Elsner reagiert, als verstehe er gar nichts. Er starrt auf ihre Knie. Nach kurzer Überlegung, schüttelt er den Kopf.

Nein, sagt er wieder.

Hanna entschuldigt sich. Sie habe nicht stören wollen. Der Vater fordert sie wortlos zum Bleiben auf und setzt zu einer Erörterung an. Hanna lässt ihn nicht zu Wort kommen.

Ich weiß, was du am Hals hast, sagt sie. Du findest es ärgerlich, dass ich dich behellige.

Nein, widerspricht Elsner. Er kaut herunter.

Ich denke: Johanna muss immer mit dem Kopf durch die Wand. Das liegt in der Familie. Schon mein Großvater war so. Er sieht kurz zu ihr. Erzähl von den Kindern.

Hanna gibt zum Besten, wie die Kinder gekocht haben, was Elsner mit sichtlichem Vergnügen aufnimmt.

Jungen müssen Unsinn machen, sagt er. Brave Buben sind ein Graus.

Hanna, die seine Meinung kennt, wartet noch ein bisschen und bricht dann auf. Der Versuch ist glänzend misslungen. Dieser Mann, der im Dienst hilft, wo er kann, ist zu Hause ein Pascha, ein Stiesel, ein Fossil. Es war sinnlos, ihn um Hilfe zu bitten.

Komm mal zu mir ins Rote Schloss, sagt der Vater, als Hanna an der Tür ist. Gib der Sekretärin vorher Bescheid. Viel...

Mehr ist nicht zu verstehen. Sie hat die Tür hinter sich ins Schloss gedrückt.

Am nächsten Morgen fasst sich Hanna ein Herz und ruft im Rat der Stadt an, Abteilung Bildungswesen.

Hier, hier bei Elsner, stottert sie, als die Verbindung zustande kommt. Sie telefoniert in der Diele neben der Windfangtür. Über dem Telefontischchen hängt ein Bild, das sie als junges Mädchen zeigt. Das Glas über dem dunklen Porträt spiegelt. Hanna sieht zugleich ihr früheres und ihr heutiges Abbild. Eine Frauenstimme fragt nach.

Ich möchte Herrn Liedke sprechen, antwortet Hanna.

Genosse Liedke ist sehr beschäftigt, kommt es zurück.

Bitte, versuchen Sie es.

Die Frauenstimme: Wie war der Name?

Sewald. Johanna Sewald, geborene Elsner.

Elsner? In der Leitung knackt es. Einige Sekunden lang erhascht Hanna das Doppelbild im spiegelnden Glas. Sie sieht verkrampft aus.

Hanna!, ertönt es plötzlich aus der Telefonmuschel. Pardon! Frau Sewald. Hier Liedke. Die Männerstimme klingt beinahe jugendlich.

Sie kennen mich?

Ich kenne Sie, und ich kannte Ihren Mann.

Sie kannten Albin?, rutscht es ihr heraus.

Dichtertreffen 1941. Ich hab' ihn kurz gesprochen. Ich kenne auch Ihren Vater. Da staunen Sie, was?

Hanna erwidert, die Bekanntschaft müsse mit der Universität zu tun haben. In Jena hätten sie alle Hanna genannt. Der Name Liedke sage ihr im Moment nichts.

Sie waren doch unser Gretchen im „Urfaust", kommt es zur Antwort. Ich gehörte zur Germanistik. Der „Alternativ-Mephisto".

Rudi!, ruft Hanna aus.

Aus dem Hörer ist meckerndes Lachen zu hören, das abrupt verstummt. Ich muss weitermachen. Nächste Woche bin ich im Urlaub.

Hanna schluckt.

Brauchst du ... ich meine, geht es um den UBS?

Wenn der Schein so heißt, dann ja. Ich will als Lehrerin arbeiten.

Verstehe. Augenblick.

Hanna hört Geräusche und Flüstern.

Also morgen Abend, meldet sich die Männerstimme zurück. Ab sieben Uhr. Unten dreimal kurz klingeln. Es kann spät werden. Gut?

Sehr gut. Hanna hält den Hörer noch eine Weile in der Hand und sieht in den Spiegel. Sie ist ganz rot im Gesicht. Das Zeichen erklingt. Helena kommt in die Diele und sieht sie erwartungsvoll an.

Ich glaube, es ist bestens gelaufen, meint Hanna. Helena sagt mit gutturaler Stimme: Das ist ja wunderbar.

Klee ruft aus der Küche: Wunderbar! Wunderbar! Er rennt auf die Mutter zu und fragt: Was ist wunderbar? Dabei hebt er die Arme. Er will hochgenommen werden.

Ich kann jetzt nicht, sagt Hanna. Du bist doch schon groß.

Sie drückt ihn an sich und streicht ihm über die seidigen schwarzen Haare. In ihrem Kopf rauscht es.

Dichtertreffen 1941? Was war da los? Sie kann sich nicht erinnern.

Die weiteren Tagesgeschäfte verhindern, dass sie der Frage nachgehen kann. Nun darf sie keine Zeit verlieren. Ihr Leben entscheidet sich. Beim Aufstehen am nächsten Morgen hat sie eine Idee. Bei der Umzugsvorbereitung war sie auf etwas gestoßen, das ihr nun gute Dienste leisten kann. Sobald es geht, holt sie die Leiter und stellt sie an das große Bücherregal, das bis an die Decke des Wohnzimmers reicht. Ganz oben, weiß sie, stehen die Bände mit einem C auf dem lindgrünen Umschlag. Sie standen früher, stets griffbereit, in Augenhöhe. Es ist die Insel-Ausgabe der Werke von Hans Carossa. Noch im Bett fiel Hanna ein, dass in einem der Bände ein zusammengefaltetes Manuskript liegt, das von Albins Deutschlehrer am Gymnasium stammt. Dieser Dr. Tanner hatte den weiteren Weg seines ehemaligen Schülers aufmerksam verfolgt und von Zeit zu Zeit geschrieben. Die Niederschrift hatte er vermutlich einem seiner langen Briefe beigelegt.

Das Konvolut von losen Blättern, eng mit Schreibmaschine beschrieben, ist das Gedächtnisprotokoll einer Tagung. Soweit erinnert sich Hanna, während sie auf der Leiter steht und einen Carossa-Band nach dem anderen durchsucht. Tanner hat in seiner peniblen Art Durchschläge an die Beteiligten geschickt. Denn das Typoskript ist kein Original und an einigen Stellen kaum zu entziffern. Hanna, die nie Zeit für die Lektüre fand, meint zu wissen, die protokollierte Tagung sei eines der „Weimarer Dichtertreffen" gewesen.

Als sie den dritten lindgrünen Band herunterangelt, wird sie fündig. Die Erwartungen werden sogar übertroffen. In Carossas Erinnerungsbuch „Das Jahr der schönen Täuschungen" hatte Albin ein Datum eingetragen, *4. Oktober 41.* Über der Eins war ein Punkt gesetzt. Das beigefügte Konvolut, mit einer verrosteten Büroklammer zusammengeheftet, galt tatsächlich dem vermuteten Treffen: *Siebente Begegnung vom Weimarer Dichtertreffen (25.–26. Oktober 1941).*

Der Verfasser hatte vorwiegend Episoden geschildert, die von Hans Carossa handeln, darunter eine Begegnung des bayerischen Doktors und Romanciers mit Albin Sewald. Hanna ist glücklich über die Entdeckung. Sie hätte sonst unmöglich erkennen können, welche Tagung jener Genosse am Telefon erwähnte. Auf der Rückseite des letzten Blatts hatte sie beim Einpacken der Bücher mit Tinte vermerkt: *Bericht von Dr. Tanner (Lehrer meines Mannes am Eisenacher Gymnasium).*

Nachdem sie die Leiter herabgestiegen ist und sich in die krause, oft sprunghafte Schilderung vertieft hat, kommen ihr Einzelheiten in Erinnerung. Es handelte sich um die Begegnung, bei der Albin dem bewunderten Dichter des „Alten Brunnen" erstmals gegenüberstand, wovon er ausführlich und mit großer Erregung erzählt hatte. Im Bericht wurde das Ereignis dagegen knapp und nüchtern dargestellt.

*Nach der Veranstaltung traf ich Albin Sewald, danach Hans Carossa, und die
beiden lernten sich nun kennen. Wir bummelten in Umwegen über die Esplanade
zum Residenzkaffee, weil H. C. Kaffee trinken wollte. Dabei erzählte er Witze, u. a.
den mit dem Juden und dem Regenschirm. Nachdem der Wirt des Kaffees den hohen
Gast um ein Autogramm ins Gästebuch gebeten hatte, waren wir ungestört. Nun
kam A. S., von H. C. gefragt, auf seine Tätigkeit in der AHS, auf eine kommende Ge-
dichtveröffentlichung und die Auswahl der deutschen Dichter (Lehrbuch) zu sprechen, und darauf, daß Sewald natürlich auch H. C.s Brunnen aufgenommen habe.
Er, Sewald, habe ihm auch einmal Gedichte gesandt und aus St. Remo einen Antwortbrief bekommen. H. C. versuchte eine Entschuldigung: „Wissen Sie, da liegen
auch heute Gedichtmanuskripte ungelesen bei mir. Ich komm nicht dazu. Ja, jetzt
entsinne ich mich.“*

Das Gespräch, so kann Hanna verfolgen, hatte dann eine jähe Wendung genommen. Carossa umging es, Albins Gedichte zu bewerten.
Doch danach folgt eine interessante Passage. Dr. Tanner zitiert Carossa
mit den Sätzen: „*Sie sind andere Menschen und aus einem anderen Zeitalter und
Zeitrhythmus. Sie sind als junge Menschen in diese Dinge ganz selbstverständlich
hineingewachsen und nehmen sie als solche hin. Aber ich? Können Sie sich Mörike bei
einer solchen Dichterveranstaltung denken?“*

Warum gerade Mörike? Vielleicht kam er sich altmodisch und überlebt vor. Anschließend wurde über Carossas neues Buch „Das Jahr der
schönen Täuschungen“ gesprochen. Man nannte es ironisch „Die schöne Täuschung“. Hanna fällt insgesamt auf, wie zurückhaltend sich Albin gegeben hat. Zu Hause erweckte er den Eindruck, als habe er sich
dem alternden Dichter rückhaltlos offenbart.

Beim Überfliegen des Textes stößt Hanna auf eine weitere Episode,
die ihr Gedächtnis auffrischt. Der Chronist beschrieb eine Vorstellung
im Weimarer Theater. Es war die Aufführung von Goethes „Iphigenie
auf Tauris“. Dorthin hatte Albin sie mitgenommen, das wusste sie genau. Und dabei hatte sie, freilich aus der Ferne, einige Größen der damaligen Zeit entdeckt, etwa Goebbels und seine Frau, Johst, Brehm,
Alverdes und eben Carossa. Wen sie noch alles hätte entdecken können, erfährt sie nun aus dem ausgeblichenen Durchschlag. Sie denkt
nicht eben mit Begeisterung an die Aufführung. Sie hatte ständig mit
der Müdigkeit gekämpft und war, zu Albins Leidwesen, wenigstens
einmal eingenickt. Ganz anders Carossa. Er hatte dem beflissenen

Gymnasiallehrer anvertraut: *Wunderbar! Da merkt man, daß Goethe zehn Jahre gebraucht hat, um das zu formen! H. C.,* hieß es weiter, *war hingerissen, aber nur vom Goethe-Werk, nicht von der schauspielerischen Leistung, von der er schwieg.*

Am Schluss kehrte der Dr. Tanner selbst den Dichter heraus, indem er schrieb: *Nach der Aufführung gab es einen kurzen Abschied. H. C. war entrückt. Man fühlte, er war ganz hingegeben an seinen Meister, den Meister der Meister im Verse, dem er in der eigenen Entwicklung als nächstem Verwandten den Herzschlag seines Dichtertums verdankt.*

Hanna kann ein Lächeln nicht unterdrücken, nicht nur wegen Tanners gespreiztem Gebaren. Denn ausgerechnet die Worte *H. C. war entrückt* wurden dem Leser weitgehend entrückt. Bei dem Eintrag auf der Rückseite war Hanna nämlich ein voluminöser Tintenklecks auf das Blatt gefallen, welcher auf die Vorderseite durchschlug und nun einer unheilvollen schwarzen Spinne gleicht. Das Lachen vergeht ihr, als sie an Tanner denkt. Sie war diesem Doktor nie gut gesonnen. Aber nach diesem Elaborat schwindet ihr letztes Interesse. Es war deutlich zu merken, dass Tanner den Text zum Gefallen des als bedeutend geltenden Dichters formuliert hatte. Ihr sind Männer verhasst, die ständig auf ihre und anderer Leute Bedeutsamkeit schielen. Und sie glaubt fest, von diesem Übel sei Albin frei gewesen.

Sie legt die Niederschrift weg und befragt ihr Gedächtnis. Hat es bei dem Treffen etwas gegeben, das im Nachhinein ehrenrührig erscheint? War Albin zu solchen Tagungen in der Uniform der AHS gefahren? Wurde er in Artikeln der Parteipresse erwähnt? Worauf muss sie bei Liedke gefasst sein? Keine Antwort. Zu tief ist der Graben, der die abgelaufene von der angelaufenen Zeit trennt. Wohl tauchen Details auf, aber zugleich verschwimmen banale Augenblicke zu einem allgemeinen Erinnerungsbrei.

Trotzdem ist Hanna ruhiger, als das Buch wieder im Regal steht und die Glasscheibe zugeschoben ist. Irgendwann wird sie diese Erinnerungen über den Jahrhundertanfang lesen. Aber vorerst steht ihr der Sinn nicht nach diesem lindgrünen Buch mit dem schillernden Titel. Gibt es schöne Täuschungen?

Hanna kann den so ungewöhnlich begonnenen Tag in aller Ruhe fortsetzen. Helena hat angeboten, tagsüber für Klee und die beiden Schulbuben, wie sie es ausdrückt, zu sorgen. Sie ahnt offenbar, wie viel ihrer Stieftochter an dem Besuch im Amt liegt. Hanna füllt, was sie schon lange tun wollte, ein Anmeldeformular aus, denn Klee soll ab September den Kindergarten besuchen. Da wird es höchste Zeit. Außerdem erfragt sie telefonisch die Bedingungen der Volksküche. Die Schulspeisung lässt zu wünschen übrig. Sobald Hanna arbeiten geht, kann sie nicht mehr für die Kinder kochen. Zum Glück ist eine Niederlassung der Großküche in der Nähe, schräg gegenüber vom Kindergarten.

Danach erledigt sie einige Briefe, die unterwegs eingesteckt werden können. Die Bildungsstelle liegt unmittelbar hinter der Post. Dass Freunde und Bekannte die neue Adresse erfahren, ist längst überfällig. Der Brief an Lisa Abel gerät etwas ausführlicher. Lisa hatte sich lange nicht gemeldet, und da sie seit der Wiedereröffnung der Jenaer Universität wieder bei Professor Petersen arbeitet, will Hanna den Kontakt neu beleben. Immerhin ist es denkbar, dass auch sie dort einen Lehrauftrag erhält.

Das Briefschreiben betrachtet Hanna nebenbei als Training für den bevorstehenden Beruf. Denn bis zu ihrem 35. Lebensjahr schrieb sie Sütterlin, die sogenannte „Deutsche Schreibschrift". Nach dem Umbruch musste sie sich umgewöhnen, was ihr leichter als anderen fiel. Sie hatte in der Schule Latein gehabt, und die inzwischen verbindliche „Deutsche Normalschrift" ähnelt der lateinischen Schreibschrift. Außerdem hat Hanna Peer bei der Umstellung geholfen und übte mit Ulrich, als er eingeschult wurde. Trotzdem geht ihr die neue Schrift nicht flüssig von der Hand, und beim schnellen Schreiben schleichen sich alte Buchstaben ein, vor allem bei Redewendungen und der Unterschrift. Eine künftige Lehrerin kann sich das nicht leisten. Also muss sie üben.

Am Nachmittag geht Hanna daran, sich zurechtzumachen. Nachdem sie geduscht hat, holt sie das rostrote Kleid aus dem Schrank. Vor dem Anziehen öffnet sie die Balkontür und prüft die Witterung. Es ist kühl, bei feuchter Luft und verhangenem Himmel. Am Abend wird sie in dem Sommerkleid frieren. Sie sucht im Schrank nach einer geeigneten Jacke. Dabei fällt ihr mit Schrecken ein, dass sie bei der Theateraufführung, der vermutlich auch Liedke beigewohnt hatte, mit großer Wahrscheinlichkeit eben dieses Kleid trug. Sie lässt die schwarze Samtweste auf dem Bügel und entscheidet sich für eine dunkelgrüne Strickjacke, die den festlichen Charakter des Kleides abschwächt. Auch verzichtet sie auf eine Kette und wählt, nachdem sie angezogen ist, Schuhe mit nur leicht erhöhtem Absatz. Schließlich packt sie die wichtigsten Papiere und Ausweise zusammen.

So ausgestattet, bricht sie auf. Als sie das Haus nahe der Post erreicht, bleiben noch gut zehn Minuten. Sie wartet vor der Haustür. Ab und an kommen Gestalten mit verkniffenen Gesichtern heraus und huschen vorbei. Auf der anderen Straßenseite befindet sich die Thuringia-Halle, ein Protzbau aus der NS-Zeit. Nur das flache Dach und die vier klobigen Säulen am Eingang sind zu sehen. Das Gelände, zu dem ein Park mit Schwanenteich gehört, ist von einem hohen Bretterzaun umgeben. Er hat einen undefinierbaren Farbton zwischen Hellgrün und Hellblau und gleicht aufs Haar den Zäunen anderer Russenobjekte.

Hanna denkt über die Mentalität von Soldaten nach. Womöglich sind sich Militärs weltweit ähnlich. Während der kurzen amerikanischen Besatzung waren dieselben Gebäude eingezäunt und mit einheitlichen Farben getüncht, dort changierend zwischen Dunkelgrün und Braun. Die Russen hatten die Zäune nicht übernommen, sondern neu gesetzt, so hoch, dass man kaum noch Einsicht hat.

Die Uhr steht auf um sieben. Die Tür ist noch offen. Hanna geht in den Korridor, steigt die Treppen hinauf und betritt das Wartezimmer. Die letzten drei Besucher hoffen auf das Zeichen zum Eintreten. Auf den Tischen liegen Zeitungen mit rot gedruckten Überschriften. Hanna fällt nur das Datum auf: 7. Juli 1947. Sie meldet sich bei einem beleuchteten Schiebefenster. Ein Packen mit Formularen und Hinweisen wird ihr gereicht. Sie erhält einen Kopierstift, der an einem Ständer hängt, und wird aufgefordert, alles sofort auszufüllen.

Das ist das Erste, worauf sie nicht vorbereitet ist. Alle Arbeitsstellen mit Jahresangaben werden erfragt. Es folgen die Angehörigen: Vater, Mutter, Ehepartner. Auch deren Arbeitsstellen samt Jahreszahl müssen eingetragen werden. Dann gibt es eine Spalte für Parteizugehörigkeit – vor 1933, von 1933 bis 1945 und danach. Angaben über Mitgliedschaft in Organisationen sollen gemacht werden, Auskünfte über die Teilnahme an Kriegshandlungen, Gefangenschaft, Verfolgung durch – wie es heißt – faschistische Willkür.

Sie beginnt mit der Beantwortung einfacher Fragen. Einiges bleibt vorerst offen. Manches lässt sich mit einem „Nein" beantworten. Striche sind nicht erlaubt. Sie setzt schon Datum und Unterschrift unter den letzten Abschnitt, als eines der eingerahmten Kästchen noch leer ist, Arbeitsstellen und Parteizugehörigkeit des Ehegatten.

Hier heißt es aufpassen. Bei einem Fragebogen müssen die Angaben präzise sein, der Nachprüfung standhalten. Das weiß die Tochter eines Juristen. Sie geht alle Varianten durch. Endlich füllt sie das leere Feld aus.

Albin Sewald: 1935 bis 1936 Schulamtskandidat, Jena,
1936 bis 1939 Lehrer, Universitätsschule Jena,
1939 bis 1945 Erzieher, AHS Thüringen, seit 1937 NSDAP

Sie merkt, wie die Hand beim Schreiben schwer wird, so, als sträube sich etwas gegen die Angaben, die für die Bewilligung eines Antrags an den Rat der Stadt nicht eben förderlich sind. Sie schüttelt den Arm aus, liest alles noch einmal durch. Dass ihr Mann seit Beginn des Krieges als aufstrebender Dichter der „Bewegung" galt, wurde nicht erfragt und wird demnach nicht beantwortet. Sie steht auf, gibt Stift und Formulare zurück.

Unterschreiben Sie!, sagt eine junge Frau hinter dem Fenster.

Hab' ich doch.

In meiner Gegenwart.

Hanna verkneift sich eine Bemerkung und unterschreibt zum zweiten Mal. Ihre Hand ist wie eingefroren.

Ein schrilles Klingelzeichen ruft den nächsten Besucher ins Nebenzimmer. Hanna setzt sich und wartet. Natürlich hätte sie statt AHS auch Adolf-Hitler-Schule schreiben können. Doch das wäre jedem Betrachter sofort aufgefallen. Die Abkürzung ist schon verräterisch genug. Sie streicht die Haare nach hinten, zieht eine Haarnadel aus dem Knoten und befestigt damit eine Strähne. Der Raum erinnert an ein Arztzimmer. Alles ist weiß gestrichen, Gardinen fehlen.

Ihre Chance erscheint Hanna auf einmal gering. Alles, was sie sich zurechtgelegt hat, verblasst in dem kahlen, aufreizend weißen Wartezimmer. Die neue Macht muss entscheiden, und dafür gibt es Richtlinien. Daran kann Liedke auch nichts ändern, obwohl er und sie an der Universität gemeinsam Theater gespielt haben. Beinahe ist es ihr gleichgültig, was bei dem Gespräch herauskommt. Lehrer oder nicht Lehrer. Es gibt auch andere Berufe. Überdeutlich ist ihr im grellen Licht des Vorzimmers bewusst, in welchen Zwiespalt sie gerät, wenn sie im östlichen Deutschland Lehrerin wird.

Es klingelt zum vierten Mal.

In der Tür erscheint ein Mann mit Gehstock und aschblondem, schütterem Haar. Er zieht ein Bein nach und hat einen grauen Anzug an. Im Gegensatz zu anderen Amtsleitern trägt der ehemalige Kommilitone nicht das Abzeichen mit den körperlosen Händen. Sein Gesicht wirkt knochig. Hinter einer Hornbrille mit breitem Gestell lugen kleine, wache Augen hervor.

Bitte, sagt der Mann und macht einen Schritt auf sie zu. Hanna ist erschrocken. Das soll Rudolf Liedke sein? Sie hat ihn als Spaßvogel in Erinnerung. Diesem hageren, unauffälligen Menschen traut sie kaum ein Lächeln, geschweige mephistophelischen Sarkasmus zu. Sie hatten im „Urfaust" nur eine gemeinsame Aufführung gehabt, weil er die Zweitbesetzung war. Aber in den Proben hatte man sich oft gesehen. Hanna ist überzeugt, nun zum ersten Mal einem einstigen KZ-Häftling gegenüberzustehen.

Bitte kommen Sie.

Er nimmt den Stock in die linke Hand, begrüßt sie mit Handschlag und geht voraus. Hanna fällt in dem vollgestellten, aktenüberladenen Raum mit schlechtem Licht und verschlissenem Mobiliar ein Bild auf. Ein leidlich guter Druck in geschmackvollem Rahmen zeigt Tischbeins Gemälde „Goethe in Italien". Es war offenbar dort angebracht worden, wo früher das Führerbild hing. Da das Gemälde ein Querformat ist, zeichnet sich auf der Tapete darüber und darunter ein deutlich sichtbares Rechteck ab. In anderen Amtsstuben wurde der verräterische Lichtschatten des Hitlerporträts meist durch ein Stalinbild gleicher Größe verdeckt. Hier aber ist es, als solle der Schatten aufbewahrt, ja, besonders hervorgehoben werden.

Liedke nimmt auf einem Stuhl unter dem Bild Platz. Die entspannte Haltung des Dichters, sein breitkrempiger Hut, der genießerische Blick in die farbenfrohe Landschaft stehen in scharfem Kontrast zu dem hageren, nach vorn gebeugtem Mann am Schreibtisch. Alles wirkt hier korrekt, zweckmäßig, geordnet.

Erinnerung an bessere Tage, erläutert Liedke das Bild. Ich habe über Goethe gearbeitet.

Er nimmt sich den Fragebogen vor, den Hanna ausgefüllt hat. Sie sitzt vor seinem Tisch auf einem altmodischen, mit Korbflechten bespannten Stuhl, der bei jeder Bewegung knarrt. Im Hintergrund hantiert die junge Frau, die den Antrag entgegengenommen hat.

Kann ich dann gehen, Genosse Liedke?, fragt sie.

Sicher, entgegnet er. Ich schließe ab.

Die Frau scheint nur darauf gewartet zu haben und ist im Handumdrehen fort.

Ich habe Sie seit der Zeit in der Studentenbühne manchmal gesehen, sagt Liedke, ohne den Blick zu heben. Sie haben mich nicht erkannt.

Ehrlich gesagt, meint Hanna, ich habe selbst jetzt Schwierigkeiten mit dem Erkennen.

Liedkes Gesicht hellt sich ein wenig auf.

Tja, meine Liebe, auch ein Teufel wird älter. Übrigens, setzt er nach einer Pause fort, Sie waren wirklich großartig damals. Das geborene Gretchen, trotz der schwarzen Haare. Ich sehe noch den langen Zopf. Warum sind Sie nicht Schauspielerin geworden? Dann wäre jetzt alles im Lot.

Hanna hört den Unterton. Es ist also nicht alles im Lot. Aber was hat sie erwartet? Flüchtig ist ihr die Komik der Situation bewusst: Mephisto schickt sich an, Gretchens Tugend zu überprüfen.

Liedke legt den Bleistift, den er beim Lesen über die Zeilen geführt hat, auf die Tischplatte.

Ich hatte es nicht schlecht, meint er. Meine Tante besaß eine Drogerie. Hier beim Theater. Da bin ich untergetaucht. Mein Examen hab' ich noch gemacht, vierunddreißig. Aber, Sie wissen ja, dann kam der Schwachsinn mit dem Ahnennachweis. Mir konnte man nichts anhaben. Aber meine Frau ist ... Jüdin.

Hanna nickt. Sie erwähnt die Begegnung mit ihrer Schulfreundin, die davon gesprochen hatte.

Ulla ist ein tüchtiges Mädchen, bemerkt Liedke. Er reibt kräftig an seinem Kinn, an dem sich weiße Bartstoppeln zeigen.

Kurzum. Wir wollten nicht fort aus Deutschland. Da fand ich beizeiten einen guten Freund, der Papiere bearbeitet. Er sieht auf und lacht kurz. Ich weiß, das verstehen Sie nicht. Ich meine einen, der Papiere fälscht. Ja, meine Frau besaß zehn Jahre lang einen falschen Pass. Zehn Jahre.

Hanna tut so, als sähe sie sich im Zimmer um. Das ist nicht ohne Pikanterie. So einer beurteilt nun ihre Vertrauenswürdigkeit.

Zehn Jahre Angst, sagt der Mann im grauen Anzug. Jeden Tag, jede Nacht. Das kannst du dir nicht vorstellen. Unvermittelt ist er zum Du übergegangen. Du stehst früh auf und denkst: Heute passiert es. Du gehst abends ins Bett und denkst: Morgen früh kommen sie.

Hanna kann sich das vorstellen. Aber Angst ist für sie keine alte, sondern eine neue Erfahrung. Dieser hatte die Angst früher gehabt, sie hat sie jetzt, Tag und Nacht. Da gibt es eine Beziehung. Zum ersten Mal fühlt sie einen Hauch von Verwandtschaft mit dem vornübergebeugten Mann.

Aber, wie gesagt, sonst habe ich nichts ausgestanden.

Und der Krieg?, fragt Hanna und deutet auf den Gehstock, der an der Wand lehnt.

Ach das! Jetzt lacht der Mann, wobei sich sein Gesicht völlig verändert. Hanna erkennt in ihm den lustigen Burschen wieder, der in der Jenaer Zeit nur Rudi genannt wurde.

Ein ganz ordinärer Bergunfall, erklärt er. Glück im Pech. Ich wurde nicht eingezogen, nicht abkommandiert, nicht mal zum Schluss bei ihrem idiotischen „Erfolgssturm". Er bringt die Verballhornung mit unerwarteter Schärfe heraus, wobei er die Schneidezähne seltsam aufeinander beißt. Er muss den Eindruck haben, zu vertraulich geworden zu sein. Denn er wendet sich auf einmal ganz kühl seinem Gegenüber zu und kehrt zum Sie zurück.

Und Sie?

Hanna erkennt die Gelegenheit. Darauf hat sie seit Wochen gewartet.

Ich wollte immer Lehrerin werden, sagt sie, schon als Kind. Ich bin nicht aus Verlegenheit in die Pädagogik gegangen und auch nicht zufällig in die Reformpädagogik. Das war mein Leben. Doch nach dem Studium kamen die Kinder, ich war nur aushilfsweise in der Schule. Dann kam der Krieg, der Zusammenbruch. Jetzt, ein Jahrzehnt nach meinem Examen, möchte ich endlich unterrichten. Jetzt ist Frieden. Die Kinder sind aus dem Gröbsten raus, und es herrscht Lehrermangel.

Das schon, meint der andere. Aber es ist nicht nur Frieden. Es ist auch eine andere Zeit. Das ist der Punkt.

Ich habe drei Kinder zu ernähren.

Ich habe auch drei Kinder, sagt Liedke. Und ich arbeite hier, damit sie in unserem Sinne unterrichtet werden. Bei jedem, der vor mir sitzt, muss ich gründlich überlegen, ob ich meine Kinder zu ihm in den Unterricht schicken möchte. Ich betone: gründlich. Und damit das klar ist. Es gibt bekanntlich nicht nur in der Schule Mangel an Arbeitskräften. Es geht bei uns nicht um Existenzfragen, im Unterschied zu gewissen Vorgängern.

Er hat die Stimme gehoben. Die wachen, kleinen Augen werden einen Augenblick lang groß und stechend.

Doch lassen wir das. Erzähl von dir. Einfach so.

Das ist leicht gesagt. Ihr Kleid hat der Bebrillte offenbar nicht bemerkt. Und sie hat sich so viel Mühe damit gemacht. Überhaupt scheint bei ihm die Wirkung, die sie sonst auf reifere Männer ausübt, zu verpuffen. Ein heutiger Leiter der Abteilung Bildungswesen achtet wohl ausschließlich auf Angaben in Fragebögen. Na dann Gute Nacht!

Einfach erzählen. Womit soll sie anfangen? Mit oder ohne Kalkül? Dass sie den Krieg anfangs begrüßt und dann verflucht hat?

Was wollen wir lange herumreden, sagt sie. Wir sind nicht ganz neu auf der Bühne und kennen die Spielregeln. Das „Reich" verachtete Kompromisse. Nun soll alles anders werden. Besser natürlich. Das ist die Gretchenfrage: *Wie hältst du's mit der Toleranz?*

Moment!

Sie lässt sich nicht unterbrechen, worauf er ein paar Worte notiert.

Amtlich gefragt: Kann man die Antragstellerin für die Weltanschauung ihres verstorbenen Mannes bestrafen?

Bestrafen?, fragt er.

Sagen wir, verantwortlich machen.

Gut, bestätigt er und macht ein Gesicht wie ein Lehrer, dem die Antwort einer Schülerin gelegen kommt.

Fragen Sie Ihren Vater im Justizministerium, fährt er fort. Wie hält er es mit der Toleranz gegenüber Straftätern? Bei Schwerstverbrechen etwa. Ich weiß, wehrt er ab. Bei den Bewerbern hier gibt es kaum nachgewiesene Verbrechen. Aber ich habe hier schon manchem Schöngeist mit handgesteppten Scheuklappen ins leiderfüllte Auge gesehen. Diese Leute reden nur von ihrem eigenen Leid. Dabei haben sie massenweise junge Menschen verdorben und verführt. Einfach so. Haben sie mordtauglich gemacht. Bei jedem, der auf diesem Stuhl sitzt, muss ich abwägen, wie groß sein Anteil an ungesühnten Staatsvergehen war. Eiskalt.

Eiskalt? Kein gutes Wort für einen Humanisten. Sie verstehen sich doch als Humanist?

Liedke macht ein ärgerliches Gesicht.

Wortklauberei. Meinetwegen unbestechlich.

Unbestechlich nannte man Robespierre, gibt sie zurück. Er brachte erst die anderen auf die Guillotine und dann ....

Mich kann man mit Bildung nicht bestechen!, schleudert er ihr entgegen. Seine Hände krampfen sich zusammen. Er wirft den Bleistift auf den Tisch und setzt sich auf die Seite, um das verletzte Bein zu schonen.

Hanna dreht nervös an den beiden Eheringen. Die Bemerkung mit den Schöngeistern und ihren handgesteppten Scheuklappen liegt ihr schwer im Magen. Zweifellos handelt sie gerade gegen alle vernünftigen Vorsätze. Aber zum Teufel mit der Vernunft!

Sie sagten gestern, Sie hätten meinen Mann gekannt. Zählen Sie ihn auch zu den Verführern und Verderbern?

Nach meinem flüchtigen Eindruck, sagt Liedke bedächtig, erschien er mir damals als ein ungewöhnlich sympathischer, hochbegabter, einfühlsamer junger Mann.

Aber?, fragt Hanna.

Liedke geht nicht darauf ein.

Es war ein seltsames Zusammentreffen, erzählt er. Nein, seltsam ist zu wenig. Es war absurd. Ich hatte sein Bild in der Zeitung gesehen. Auch ein Gedicht war abgedruckt. Es war, sagen wir, besser als das Gewohnte. Er kam in unsere Drogerie, verlangte ein Mittel gegen Haarausfall. Sie wissen ja, er war fast kahl. Die Haare gingen rapide aus, trotz seiner jungen Jahre. Ich weiß nicht, was in mich fuhr. Als ich ihn ansah, fiel mir dieses Lied ein, und ich summte den Anfang.

Er summt den Beginn eines Lieds aus Schuberts „Winterreise".

Da war mir noch nicht klar, meint er, wie der Text geht. Der uniformierte junge Mann setzte mit einer vollen Baritonstimme fort: *Da glaubt' ich schon, ein Greis zu sein und hab' mich sehr gefreuet.* Ich stimmte ein, und so sangen wir das ganze Lied „Der greise Kopf". Zwischen Hansaplast und Herbacin. Es war gruselig und grandios.

Hanna ist durch die Schilderung weich gestimmt, was sie jetzt am wenigsten gebrauchen kann. Albin hatte in den letzten Jahren eine Vorliebe für dieses Lied gehabt. Ironie war eigentlich nicht seine Sache. Aber die eisige Ironie der „Winterreise" rückte ihm immer näher. Er begleitete sich auf einem kleinen Spinett. In der engen Wohnung war für ein Klavier kein Platz mehr. Der klirrende Ton des Instruments machte die Melodie noch schneidender.

Dass mir's vor meiner Jugend graut, zitiert Liedke. *Wie weit noch bis zur Bahre?*

Hanna würgt es im Hals. Sie hat nur einen Gedanken: Jetzt nicht heulen! Doch auch Liedke ist bewegt. Er rollt den Bleistift mit der flachen Hand hin und her und zwinkert, um die Tränen zurückzuhalten. Dann atmet er tief ein.

Ich sagte dann so einen Drogisten-Unsinn, nimmt er seine Erzählung wieder auf. Die Uniformmütze begünstige den Haarschwund. Der grazile junge Mann winkte nur ab. Das sei alles noch ein bisschen anders. Und, ich bilde mir das nicht ein! Er schlägt plötzlich mit der Faust auf die Tischplatte.

Wir beide hatten voneinander den gleichen Eindruck. Wir stecken in der falschen Montur. Ich in dem sterilen Drogistenkittel und er in dieser feldgrauen Schuluniform.

Er trug Uniform?, fragt Hanna.

Ja. Das war 1941, im Oktober, fährt Liedke fort. Ich fragte, ob er am Dichtertreffen teilnehmen würde. Daraufhin stellten wir uns einander vor. Am nächsten Tag sah ich Sie beide im Theater. Da wusste ich, dass Albin Sewald Ihr Mann war.

„Iphigenie auf Tauris", sagt Hanna.

Ja. Sie haben mich nicht bemerkt. Ich war zusammen mit meiner Frau.

Hanna schweigt. Sie mag nicht versichern, dass sie ihn keinesfalls absichtlich übersehen hat. Eine Uhr tickt. Hanna trennt sich von allen

Hoffnungen. Vielleicht ist es für sie wirklich unmöglich, in einer ostdeutschen Schule zu unterrichten.

Eine Frage ist noch offen, konstatiert Liedke. Ich stelle sie mir seit gestern Abend und finde keine gute Antwort. Sie haben es vorhin angesprochen. Übrigens, die schwierigen Fälle entscheiden wir im Kollektiv. Wir sind sechs Mitglieder in der Entnazifizierungs-Kommission. Ich habe bei Stimmengleichheit zwei Stimmen. Also die Frage lautet: Welche Rolle spielt bei diesem Antrag der Ehemann?

Er nimmt wieder das Formular vor und tut so, als würde er ablesen.

Ehemann: Funktionsträger einer faschistischen Erziehungsanstalt, Mitglied der „Reichsschrifttumskammer", in der Nazipartei seit 1937, als Teilnehmer des verantwortungslosen „Volkssturms" zu Tode gekommen.

Hanna will aufstehen, doch Liedke fordert energisch, weiter zuzuhören.

Das steht so nicht hier, sagt er. Aber es stimmt. Ich stelle mir die anderen Kommissionsmitglieder vor, die wirklich einiges durchgemacht haben. Ich meine, wirklich. Wir haben den Auftrag, keine Lehrer mit Nazi-Vergangenheit einzustellen. Wir sollen niemanden empfehlen, der noch dem NS-Gedankengut anhängt. Nun mach das mal.

Hanna, beginnt er von Neuem, wir haben sehr offen gesprochen. Bitte, beantworten Sie mir eine Frage. Fühlen Sie sich nach allem, was geschehen ist, noch diesem Gedankengut verpflichtet?

Sie steht nun doch auf, macht ein paar Schritte, sieht auf den Fußboden, betrachtet ihre Schuhspitzen. Warum hat sie nur dieses dämliche Kleid angezogen? Es war falscher als falsch. Ihr fällt der Begriff „Kollektiv" ein. Er ist ihr ungewohnt, und sie verbindet damit das vertrautere Wort „Kollekte". Die schwierigen Fälle entscheiden wir im Kollektiv. Sehr praktisch. Keiner trägt die Verantwortung. Der neue Begriff löst offenbar nahtlos das Allzweckwort Gemeinschaft ab.

NS-Gedankengut? Sie zieht die Augenbrauen hoch. In dieses Schubfach hatten sie schon früher nicht gepasst. Sie spürt plötzlich jemanden im Rücken. Nein, es ist nicht dieser Kollektivmensch. Wie sie sich dreht und wendet, es ist noch ein Dritter im Raum und wartet auf Antwort.

Vom Abendrot zum Morgenlicht ward mancher Kopf zum Greise.

Hanna richtet sich auf und sieht Liedke in die Augen.

Das mit der Gesinnung, sagt sie, das ist die Gretchenfrage, nicht?

Lassen wir das, bestimmt Liedke. Ich möchte Sie bitten, ganz ehrlich zu antworten. Unsere Entscheidung hängt davon nicht ab. Was Sie äußern, bleibt unter uns. Sie haben mein Wort.

Ob ich diesem Gedankengut noch verpflichtet bin? Es wäre, sagt sie stockend, nicht aufrichtig, wenn ich mit Nein antworten würde. Aber, schließt sie an, es wäre auch unvollständig, wenn ich die Frage bejahen würde. Ich habe an meinen Mann geglaubt, habe geglaubt, was er geglaubt hat. Und umgekehrt. Das lasse ich mir nicht wegnehmen.

Aber Ihr Mann ist tot.

Das, was Albin und ich erreichen wollten, sagt sie langsam, das war gut. Davon bin ich überzeugt.

Hm, macht Liedke.

Man kann schwer erklären, ergänzt sie, warum man an etwas glaubt. Man glaubt eben. Das hängt nicht von den Wünschen anderer ab. Zum Glück habe ich nicht jeden Glauben verloren. So gesehen also: Ja.

Das hab' ich befürchtet. Trotzdem, ich danke Ihnen für die Antwort. Nicht ein Einziger hatte bisher den Mut zuzugeben, was ich ohnehin erkenne. Und Sie werden sich wundern. Ich stimme für Sie. Es dauert einige Wochen. Alle Angaben werden überprüft.

Hanna sieht ihn fassungslos an.

Sie stimmen für mich? Mein Mann und ich, wir waren eins. Wir dachten genauso. Wir waren Anhänger der „Bewegung". Hätten Sie denn auch für ihn gestimmt?

Wer weiß das schon? Liedke klappt den Fragebogen zu und legt den Bleistift in eine Glasschale. Er stützt sich auf den Schreibtisch, steht auf und nimmt seinen Stock.

Sie trugen damals das gleiche Kleid, nicht wahr? Er versucht ein Lächeln.

Sie nickt und macht ihm den Weg frei. Dann brechen sie auf. Er schließt alles ab, löscht die Lichter. Sie gehen schweigend die Treppe hinunter.

Übrigens, sagt Hanna, als sie auf der Straße stehen. Egal, wie die Sache ausgeht, ich danke Ihnen.

Sie geben sich die Hand und gehen dann in verschiedene Richtungen. Aus den abendlichen Geräuschen kann Hanna noch lange Liedkes Gangart heraushören. Kurz-lang, kurz-lang. Der Rhythmus der Schritte verschmilzt mit der Melodie des Schubert-Liedes. Kurz-lang, kurz-lang. *Der Reif hat einen weißen Schein mir über's Haar gestreuet.* Kurz-lang. *Da glaubt' ich schon, ein Greis zu sein,* kurz-lang, *und hab' mich sehr gefreuet.*

VIERTES KAPITEL

Schulreform

An einem Morgen Mitte September bringt Hanna Clemens zum ersten Mal in den Kindergarten. Die Räume sind dunkel, die Tapeten alt und speckig. Die Leiterin ist eine Frau mit faltigem Gesicht, gütigen Augen und Bubikopf. Sie mag in ihrer Jugend Sport getrieben und im kirchlichen Dienst gestanden haben. Die Kinder sprechen sie mit Tante Charlotte an.

Du wirst dich hier wohlfühlen, sagt sie zu Klee, nimmt ihn an die Hand und zeigt ihm die Zeichnungen, die im Flur an die Wand gepinnt sind. Bei einem Beschäftigungsraum ist die Tür leicht geöffnet. Im Hintergrund steht ein Junge in der Ecke, mit dem Gesicht zur Wand.

Die Kinder sind den ganzen Vormittag an der Luft, meint die Leiterin vom Ende des Flurs zu Hanna. Dann spricht sie weiter leise mit Klee, der sich bereitwillig herumführen lässt. Zwischendurch hebt sie die Stimme und wendet sich an Hanna: Die Lebensmittelkarte mitbringen und morgens nicht nach acht Uhr kommen. Bitte, fügt sie hinzu.

Hanna stimmt zu und wirft einen Blick in das Zimmer. Steht der Junge zur Strafe dort oder spielen die Kinder Verstecken?

Die Erzieherin kommt langsam näher und sieht, während sie sich mit Klee unterhält, Hanna aufmunternd an.

Wann haben Sie Dienstschluss?

Es gibt noch keinen Dienst.

Keine Arbeit? Die Tante forscht in Hannas Gesicht. Das Lächeln ist weg.

Ich habe mich als Lehrerin beworben.

Das Lächeln kehrt verhalten wieder.

Sie können dann gehen, flüstert sie, als sie wieder auf Hannas Höhe ist.

Und was sehen wir auf diesem Bild?

Klee zählt die gezeichneten Gegenstände auf. Das Schaukelpferd nennt er zweimal.

Genau.

Hanna, auf diskrete Weise abgeschoben, schaut in den Gruppenraum, bevor sie geht. Noch immer muss der Junge in der Ecke stehen. Und die Leiterin gibt sich wie die Güte selbst.

Hanna ist bedrückt, als sie den Heimweg antritt. Es nieselt. Sie ist unausgeschlafen und misslaunig. Es hat am Morgen sehr lange gedauert, bis Klee angezogen war. Hanna muss, wenn es wirklich mit der Arbeit klappt, noch eine Stunde früher fertig sein. Und das jeden Morgen in aller Eile.

Auch Ulrich macht ihr Sorgen. Sie hat Einspruch eingelegt, weil man ihn in eine Vorortschule eingewiesen hat. Es kam nicht einmal eine Antwort. Der Schulweg ist lang. Obwohl sie den Jungen eine Dreiviertelstunde vor Unterrichtsbeginn losschickt, bringt er häufig einen Zettel von der Lehrerin mit:

Heute erschien Ulrich wieder zu spät im Unterricht.

Gezeichnet: Merker.

Nachmittags kommt er meist später als angekündigt. Manchmal sind seine Hosen zerrissen. Aber der Junge erzählt nichts, nicht von sich, nicht von den Mitschülern.

Wenn Hanna nachmittags Schulhefte korrigieren muss, statt Peer bei den Hausaufgaben zu helfen, kann es auch mit ihm Probleme geben. Neulich hörte sie, wie er zu Ulrich sagte: Die ficken miteinander. Einen Moment war sie wie benommen. Ihr Kindermädchen hatte einst gepredigt: Man sagt keine Ausdrücke! Damit wurde alles abgeblockt. Sie nahm Peer beiseite und fragte ihn vorsichtig aus.

Das sagen doch alle, war seine Antwort.

Ursprünglich wollte sie ihre Kinder beizeiten aufklären. Bei Peer hatte sie das verpasst. Jetzt kann sie ihm nicht mehr mit naiven Geschichten kommen. Es ist alles längst besetzt. Liebe, sagte er einmal verächtlich, das ist doch das mit Knutschen und solchen Sauereien. Von wegen schön. Weiber sind blöd!

Da sie möglichst ohne Verbote auskommen möchte, schiebt sie es vorerst auf.

Sie wechselt auf die andere Straßenseite. Ihre Haare sind feucht. Die Nässe kriecht in den Nacken. Beim Schlucken merkt sie, dass sich Halsschmerzen ankündigen. Sie ist anfällig. Kaum wird es kälter, tauchen Beschwerden auf.

Wenn sie nun als Lehrerin krank würde, was dann? Auf einmal fürchtet sie die Aufgabe, die sie herbeisehnt. Muss Albin nicht kommen? In der Not war er immer gekommen. Gewiss, er schläft nur. Aber, zum Teufel, warum schläft er gerade jetzt?!

Zu Hause findet Hanna einen Brief vor. Er liegt auf dem Tischchen in der Diele, unter den hölzernen Sockel der „Minna" geklemmt.

In dem Moment, in dem sie das graue Kuvert hervorzieht, geht leise die Küchentür auf.

Ich hab deine Post separat gelegt, turtelt Helena, damit du sie gleich findest. Helena fragt zwar nichts, doch ihr Gebaren verrät die Neugier.

Danke, meint Hanna kühl. Es ist ihr zuwider, dass Helena immer alles durch die Blume sagt. Sie erkennt die Schrift ihrer Freundin Lisa Abel und steckt das Kuvert scheinbar achtlos in die Jackentasche. Ich geh' dann nach oben, meint sie, und lässt Helena stehen.

Im Wohnzimmer sinkt Hanna auf einem Sessel nieder. Sie streift die Schuhe ab, streckt die Beine aus und liest. Der Brief kündigt Lisas Besuch an. Sie haben sich lange nicht gesehen. Dennoch ist es nicht nur Freude, was Hanna bei der Ankündigung empfindet. Mit Lisa verbindet sie ein inniges Schmerzensband. Schließlich trauern sie um den gleichen Mann. Der Brief enthält vor allem Berichte über die Jenaer Universität. Hanna geht es am meisten um den Professor, bei dem Lisa, Hanna und Albin studiert hatten.

Professor Petersen, teilt Lisa mit, ist seit Oktober 1945 Dekan der Sozialpädagogischen Fakultät. Er leitet weiterhin die Universitätsschule, um, wie schon seit zwei Jahrzehnten, ständig sein Erziehungskonzept erproben zu können.

Wem sagt sie das? Albin hat hier seine ersten Erfahrungen als Lehrer gesammelt. Und bis kurz vor Peers Geburt war Hanna selbst Schulhelferin in dieser Einrichtung. Plötzlich stellt sich eine Erinnerung ein.

Der Professor kam einmal zur Hospitation. Er setzte sich auf einen der kleinen Schülerstühle und hörte ganz aufmerksam zu. Ein unvergessliches Bild: Der lauschende Hüne auf dem Kinderstuhl.

Lisa hat ihrem Brief einen eigenen Artikel beigelegt, der die Prinzipien des Jenaplan mit einfachen Worten darlegt:

... ist ein Merkmal von Petersens Reformprojekt die Zusammenfassung mehrerer Jahrgänge in den Erziehungsverbund. Im Modell der zehnstufigen Volksschule gibt es vier Gruppen, jeweils Jungen und Mädchen gemeinsam ... Ist der Schüler anderen voraus, kann er in die höhere Gruppierung wechseln, hinkt er hinterher, darf er länger im Ausgangsverbund bleiben, wodurch das leidige Sitzenbleiben entfällt. Vom Schulabschluss abgesehen, gibt es nur schriftliche Bewertungen, keine Zensuren ... Bevorzugte Aufmerksamkeit gilt körperlicher und handwerklicher Tätigkeit. Strafen sind verpönt. Kritik wird durch Mangel an Lob ersetzt. Angestrebt wird ein ausgewogenes Verhältnis von Wissensvermittlung und Erziehung. Für Petersen ist Erziehung umfassende Vorbereitung auf die Lebensrealität. Oberstes Gebot ist die stetige Förderung des Gemeinschaftserlebens. Die Schule soll der Ort sein, an dem Erzieher, Kinder und Eltern gemeinsames Handeln üben ...

Hanna wird beim Lesen klar, dass der Jenaplan in der führungsbetonten Schulpraxis der NS-Zeit kaum Fuß fassen konnte. Und in der Nachkriegszeit stehen im Osten mit der dominierenden Einheitsschule die Chancen erneut schlecht. Lisa, die promovierte und allgemein hochgeschätzte Mitarbeiterin Petersens, fungiert als seine Stellvertreterin im pädagogischen Bereich, und sie gibt gleichzeitig Unterricht an der Versuchsschule. Wenn sie, ein zierliches Persönchen, mit Schülergruppen verschiedener Jahrgänge zurechtkommt, muss Hanna das auch schaffen. Sollte es mit dem Schein nicht klappen, hofft sie, würde sie vielleicht bei Petersen in der Uni unterkommen.

Hanna faltet den Brief zusammen und macht es sich auf dem Sessel bequem. Breitbeinig, die Jacke aufgeknöpft, versucht sie, sich den damals verehrten Professor vorzustellen. Ein schöner Mann, ein kluger Mann, der für seine Sache brennt. Sie hatte bei ihm einen Stein im Brett und fühlt seinen Blick auf ihrem Gesicht.

Als sie zu ihm kam, war sie noch ein Alleinmensch. Dann lernte sie Albin kennen. Unwillkürlich rückt sie ein wenig zur Seite und schmiegt sich an das Polster. Seit sie mit ihm zusammen war, empfindet sie sich als Doppelwesen.

Sie spürt die Wärme ihrer Hand, die auf der Hüfte liegt. Von den Füßen her durchströmt sie ein wohliges Gefühl. Sie lässt den Brief fallen und schließt die Augen. Sie sieht große, weiße Kreise vor sich. Es ist, als wäre es nicht ihre Hand, die mit sanftem Druck über ihren Oberschenkel gleitet und in der Schamgegend verharrt. Lust und Schmerz mischen sich. Sie hält die Luft an und presst den Kopf in den Nacken. An der Schläfe tickt das Blut. Sie hält still. Die Zeit bleibt stehen. Allmählich löst sich die Anspannung. Die Kreise verschwinden.

Da sie so mit ausgestreckten Beinen auf dem Sessel liegt und vor sich hinstarrt, kommt von unten eine Störung, ein kurzes Vorspiel auf dem Klavier, dann Gesang. Helena mit ihren annähernd sechzig Jahren macht Stimmübungen. Hanna möchte lachen, aber sie ist verärgert. Es scheint so, als stünde das Klavier im Zimmer. Das Haus ist äußerst hellhörig. Jede Tonleiter wechselt nach kurzer Modulation in die nächsthöhere Tonart, und so schraubt sich der Gesang unbarmherzig immer höher. Hanna hält die Ohren zu und hört alles wie hinter einem Vorhang. Nun kann sie doch lachen. Aber es ist ein Lachen am Rand des Weinens.

Früher hatte sie für Helenas Stimme etwas übrig. Da kam die muntere Wienerin gelegentlich auf einen Sprung aus dem Nachbarhaus herüber, wenn sie bei ihrer Schwester Dorothea Ehrmann zu Besuch war. Sie sang dann einige Lieder, klimperte huldreich mit den Augenlidern, gab mit österreichischem Timbre und kehliger Stimme ein paar sympathische Nichtigkeiten von sich und flatterte wieder davon. Auf Elsner wirkten die Besuche immer wie ein Glas Sekt. Und für Hanna war es auch eine Erinnerung an die zwei Semester, die sie in Wien studiert hatte. Gewiss, als flüchtiger Gast war Helena willkommen gewesen. Aber jetzt gebärdete sich die Dame, als wäre sie die Frau Minister persönlich. Hanna kann nicht glauben, dass Elsner auch nur ein Quäntchen Sympathie für diese Frau empfindet. Er benutzt sie als Haushälterin ohne Bezahlung. Einfach schäbig. Und nun beherrscht diese „Magd als Herrin" das Haus noch durch Singen.

Hanna spürt, dass ihr heiß wird. An jedem Tag Tonleitern, die sich ins Hirn bohren? Nicht auszudenken. Sie versucht, die lästigen Klänge zu überhören.

Petersen also. Ist sie als Witwe immer noch ein Doppelwesen? Auch Lisa Abel war mit Albin verwachsen, wie eng, wusste Hanna nicht genau.

Eifersucht verbot sie sich. So soll es bleiben. Denn streng genommen hatte sie ihrer Freundin Lisa den Mann weggenommen. Daran führt kein Weg vorbei. Das wohlige Gefühl von vorhin meldet sich noch einmal. Diesmal unterdrückt sie es.

Die Tonleitern von unten schneiden in die Gedanken. Hanna schlägt auf die Holzlehne.

Was denkt die sich überhaupt?

Alles an Helenas Kunstübung ist ihr zuwider. Die arpeggierten Akkorde, der vergebliche Versuch, der einst geläufigen Gurgel verschollene Töne abzuringen. Der vollmundige Stil ihres Vortrags erinnert an Kaffeekränzchen. Mit zunehmender Sorge erwartet Hanna das „Ave Maria" von Schubert. Und es kommt dann auch prompt: „Jungfrau mild ..." Unerträgliche Exekution jugendlicher Unschuld durch eine singende Gouvernante.

Hanna ärgert es am meisten, dass sie kein triftiges Argument für ihren Ärger findet. Warum soll die Ministerialgattin in ihrer Freizeit nicht dem erlernten Beruf nachgehen? Dieser pseudokünstlerische Gesang ist fehl am Platz, aber, leider, erlaubt.

Das scheppert!, ruft Hanna. Hört sie das nicht?!

Sie hört es nicht. Unverdrossen trainiert Helena ihre ermattete Kehle.

Hanna steht auf und öffnet die Tür zur Behelfsküche. Der Abwasch ist angewachsen. Auch das abgewaschene Geschirr auf dem Tablett neben dem Waschbecken türmt sich. Sie schließt die Tür. Doch auch im Wohnzimmer wartet dringliche Hausarbeit. Strümpfe müssen gestopft, Hosen genäht werden. Ehe Lisa kommt, sollte alles aufgeräumt sein.

Hanna geht auf und ab. Sie stampft mit den Füßen, wissend, dass unten bei jedem Tritt der kristallene Kronleuchter klingelt. Ein anderer Protest fällt ihr nicht ein. Den aber kostet sie aus.

Helena hat das „Ave Maria" beendet. Ein Augenblick Hoffnung auf Stille. Doch schon folgen wieder Arpeggien.

Ich wusste es, stöhnt Hanna und sinkt willenlos in den Sessel. Gefühlvoll zelebriert Helena das nächste Lied, vermutlich von ihr selbst komponiert.

Hanna flüchtet nach nebenan. Der Raum ist behelfsmäßig mit dem Badezimmer gekoppelt, damit man im Oberstock selbstständig kochen kann. Zwischen Waschbecken und Kochherd steht das Toilettenbecken. Sie setzt den Wasserkessel auf die Herdplatte und beginnt unter fließendem Wasser abzuwaschen. Das Klappern des Geschirrs mildert den gefürchteten Kunsterguss aus dem Erdgeschoss. Allmählich fließen ihre Gedanken ruhiger.

Die Russen, überlegt Hanna, haben vielleicht einen Draht für Petersens Ideen, sonst wäre er längst absorviert, zumal er, wie Lisa mitteilte, im Mai '45, also unter den Amerikanern, ins Amt eingeführt wurde. Das Wasser ist kalt, und Hannas Hände werden klamm. Sie nimmt den Kessel vom Herd und gießt das heiße Wasser ins Waschbecken. Während sie Gabeln, Messer und Löffel durch ihre Hände gleiten lässt, kommt ihr ohne erkennbaren Zusammenhang ein Wort in den Sinn, das sie wachrüttelt: „Bolschewist".

Sie hält inne, trocknet das Besteck ab, will den Kopf freikriegen. Der Singsang von unten dringt nur noch von fern zu ihr. Ein Bild stellt sich bei dem alarmierenden Wort nicht ein. Aber Hanna weiß, dass es vor etwa sieben Jahren etwas gab, das jetzt bedeutsam sein kann.

Niemals, so hatte sie damals gedacht, würde sie das schmale Gesicht des russischen Pädagogen vergessen, der immer nur als Bolschewist bezeichnet wurde. Dennoch war ihr das Bild abhanden gekommen wie ein Gegenstand, der nicht gebraucht wird. Nun, da das markante Gesicht peu à peu zum Vorschein kommt, staunt sie über die unergründlichen Winkelzüge des Unterbewusstseins. Jedenfalls sieht sie, das Geschirrtuch in der einen und ein Küchenmesser in der anderen Hand, klar umrissen den einzigen Russen, dem sie vor Kriegsende begegnet ist.

Kurz nach dem Nichtangriffspakt von 1939 hatte es zwischen Sowjetunion und Deutschem Reich eine Annäherung gegeben. Bei dem zaghaften Austausch von Wissenschaftlern und Künstlern kam ein Moskauer Doktorand nach Deutschland, um hier seine Dissertation vorzubereiten. Da er über die deutsche Reformpädagogik im zwanzigsten Jahrhundert arbeitete, wurde er zu Professor Petersen nach Jena geschickt. Nach jungen Vertretern seines Forschungsbereichs befragt, empfahl Petersen Albin Sewald und verwies den Gast an die Schule in Blankenhain. Dort werde, so der Professor, sein Reformplan zumindest in Ansätzen verwirklicht. Der Doktorand erwirkte, erstaunlich genug, die Erlaubnis, sich in der AHS frei zu bewegen. Sewald war sein Betreuer. Der Bolschewist, dessen Name Hanna entfallen ist, durfte im Unterricht hospitieren. Albin und er diskutierten oft bis in die Nacht. Hanna, die sich für die Gespräche interessierte, erkannte bald, dass zwischen den beiden eine ausgesprochene Männerfreundschaft entstand, die sie nicht stören wollte. Später hatte Albin oft von der merkwürdigen Beziehung gesprochen, die ihn begeistert hatte und verwirrt.

Wiederholt erwähnte der Russe einen sowjetischen Pädagogen, der eine Anstalt für verwahrloste Kinder leitete und angeblich ausführlich darüber geschrieben hatte. Das Verblüffende war, dass Albins Erfahrung in einer Eliteschule mit der, die jener Pädagoge bei einer negativen Schülerauswahl gemacht hatte, erstaunlich übereinstimmte. Auf Zetteln, die vielleicht noch in Albins Papieren existierten und die Albin in einem Artikel auswerten wollte, entwarfen die Männer Gebäude von Zeichen und Zahlen, um dem Phänomen auf die Spur zu kommen. Dabei redeten sie sich die Köpfe heiß, rauchten Pfeife und tranken reichlich Punsch. Wie eng das Verhältnis in der kurzen Zeit geworden war, war daraus zu ersehen, dass Albin dem Gast, der ein schwerfälliges, doch verständliches Deutsch sprach, eigene Gedichte vorlas und dabei politische Verse nicht aussparte. Es war ihr ein Rätsel, wie zwei Männer, die jeder eine entgegengesetzte Weltanschauung verkörperten, ohne Feindschaft verkehren konnten. Sie trafen sich in der Verehrung von Albins Heroen, Rilke und Mozart, wie bei den Heroen des Bolschewisten, Puschkin und Tolstoi. Deren Werke entdeckte der Russe mit kindlicher Freude in Albins Bücherschrank. Sie sprachen viel über Pestalozzi und Comenius, natürlich bevorzugt über die deutsche Reformpädagogik. Ihr Vertrauen reichte so weit, dass sie Einwände gegen das eigene Politikmodell andeuteten. Und manchmal, nach langen Disputen, erreichten sie Übereinstimmung in Grundfragen. Hanna war es unheimlich, als Albin einmal versicherte, er habe selten mit einem Deutschen so harmoniert wie mit diesem Russen. Beim Abschied hatte er ihm geraten, sich in der kommunistischen Ideologie nicht zu verrennen.

Die Briefe, die Albin später nach Moskau schickte, blieben unbeantwortet. Und nach dem Einmarsch Deutschlands in Sowjetrussland hatte Albin nur noch selten über den merkwürdigen Besucher gesprochen. Immerhin musste er fürchten, dass die Beziehung zu einem Bolschewisten als Verrat ausgelegt wurde. Nach den ersten Verlusten der Wehrmacht verschwand der unheimliche Gast in der Versenkung.

Jetzt also, nach Jahren des Schweigens, taucht er auf wie ein Toter im Moor.

Im „Haus mit der Madonna" ist endlich wieder Ruhe eingekehrt, und Hanna kann sich ungestört im Wohnzimmer aufhalten. Durch die Wiedererweckung des Moskauers ist sie verunsichert. Während sie die Kleidungsstücke der Kinder wegräumt, die mittlerweile alle Stühle blockieren, tauchen Zweifel an ihrer Urteilsfähigkeit auf. Die als Götterschule verspottete Lehranstalt erschien ihr bisher wie ein Olymp. Was aber, wenn sie eine Insel war und sie in einer abgeschiedenen Scheinwelt gelebt hatten? Hanna kann nicht begreifen, dass ihr nie der Gedanke an den geheimnisvollen Gast gekommen ist, nicht einmal während der durchwachten Bombennächte im Luftschutzraum.

Vielleicht hat es mit der ungerufenen Erinnerung eine besondere Bewandtnis. Obwohl reine Spekulation, verdichtet sich bei ihr die Fiktion, jener Moskauer Pädagoge, als Kulturoffizier nach Thüringen versetzt, halte im Verborgenen die Hand über Petersen. Anders, denkt sie, kann es gar nicht sein. Mit Lisas Hilfe wird sie bald auf die Spur kommen, und dann muss sie nicht mehr um den Schein bangen.

Hanna stellt sich vor, sie würde Liedke anrufen und ihm triumphierend mitteilen, ihr Antrag wäre überholt. Sie habe mit der Uni Jena einen Vertrag in der Tasche. Diese kühne Vision beflügelt sie. In den folgenden Tagen geht ihr die Hausarbeit leichter von der Hand. Die Kinder zeigen Verständnis dafür, dass die Mutter wenig Zeit hat. Zwar gibt es kleine Kontroversen mit Peer, doch Ulrich springt in die Bresche. Er will anscheinend etwas gutmachen. Noch immer bringt er Zettel nach Hause, gezeichnet Merker. Und die Hose ist auch wieder zerrissen. Da steht der Mutter noch etwas bevor.

Hanna stimmt sich sorgfältig auf das Wiedersehen mit Lisa ein. Sie will souverän sein, wenn ihre beste Freundin eintrifft, die zugleich die Geliebte ihres Mannes war. Doch am Vorabend kommt eine Aufregung dazwischen. Als das Abendbrot vorbereitet wird, kommt Helena nach oben. Sie wirkt fahrig, ein Augenlid zuckt. Die Kinder, bittet sie, sollten möglichst leise sein.

Hast du gesehen?, fragt sie Hanna und zeigt auf das Fenster, das zur Straße führt. Die Jungen rennen zum Fenster. Helena verlangt beschwörend: Leise, Kinder!

Vor dem Haus steht eine schwarze Limousine. An der Gartentür patrouilliert ein russischer Soldat. Mehr ist nicht zu sehen. Es ist schon dämmrig.

Um Gottes willen!, entfährt es Hanna. Denn in der vorletzten Nacht fuhr in der Nachbarschaft ein Russenlaster vor. Ein Mann wurde abgeholt, keiner weiß, was ihm geschieht.

Bitte, nur nicht das, sagt Helena. Sie ist verstört, weshalb Hanna ihr die Hand auf die Schulter legt und flüstert: Beruhige dich, Hella.

Helena quittiert es mit dankbarem Blick.

Ein Offizier ist da, weißt du? Lässt sich alles zeigen. Geht von einem Zimmer ins andere und sagt immerzu, dass es ihm sehr gut gefällt. Es klingt, als hätte er Ansprüche, du verstehst.

Von der Sowjetischen Militäradministration waren schon mehrere Villen der Südstadt beschlagnahmt worden. Solche Häuser machen schon kurz darauf einen beklagenswerten Eindruck.

Still!, befiehlt Hanna den Jungen, die jede Geste des Soldaten kommentieren. Eben hat er offenbar an seinem Gewehr hantiert.

Das können sie nicht machen, beschwichtigt Hanna. Ihr hattet doch schon die Amerikaner im Haus. Außerdem ist Vater Regierungsbeamter.

Ach weißt du. Helena atmet tief ein. Es ist wegen Ministerpräsident Dr. Paul.

Was ist mit ihm?

Er ist verschwunden, erklärt Helena.

Der Ministerpräsident ist verschwunden?, fragt Hanna amüsiert. Die Neuen scheinen den Laden nicht im Griff zu haben.

Er hat sich nach dem Westen abgesetzt. Der Russe, also dieser Offizier, will wissen, ob dein Vater etwas über die Flucht von Dr. Paul weiß. Weil er doch ganz in der Nähe wohnte. Sie vermuten, Paul und Moog und Elsner bilden eine ... – also, sie gehören zusammen.

Ist Moog auch ... verschwunden?, fragt Hanna.

Nein, im Gegenteil. Dr. Moog soll stellvertretender Ministerpräsident werden. Bei ihm war dieser Offizier vorher.

Von der Affäre, die ganz Thüringen in Atem hält, hat Hanna nur Andeutungen gehört. Der Ministerpräsident flüchtet in die Westzonen. Schöne Bescherung. Dabei war der selbst in der SED.

Wenn es nur das ist, meint Hanna, kannst du beruhigt sein. Vater hat ganz bestimmt nichts damit zu tun. Er mochte den Dr. Paul nie besonders. Es gab da eine Geschichte mit seiner Frau ...

Sie reden, sagt Helena, auch noch von einem ... Prozess.

Gegen Vater?

Nein, nicht gegen ihn. Er soll verteidigen.

Als Regierungsmitglied geht das gar nicht, behauptet Hanna, obwohl sie sich nicht ganz sicher ist.

Er soll solche Leute verteidigen, erklärt Helena, die sich bei den Nazis was zuschulden kommen ließen, du weißt schon, mit ... Juden und das.

Die Kinder ducken sich und ziehen die Gardine zu. Der Soldat muss nach oben geschaut haben.

Und er?, fragt Hanna.

Wilhelm sagt mir ja nichts, klagt Helena.

Ich meine, hat Vater Bedenken?

Sie nickt unsicher.

Hanna hört Schritte.

Still, flüstert sie. Das fehlt gerade noch. Die Kinder drängen sich aneinander. Die Schritte kommen näher. Auf der Treppe sind unverständliche Worte zu hören.

Ich muss. Helena räuspert sich auf ihre unnachahmliche Art. Ehe Hanna sie zurückhalten kann, öffnet sie behutsam die Tür. Auf dem Treppenabsatz steht ein sowjetischer Offizier, der ihnen den Rücken zukehrt. Er betrachtet das Bleiglasfenster und äußert etwas, begleitet von einer ausladenden Handbewegung. Ein junger Adjutant dolmetscht. Elsner, in gespannter Haltung, erklärt, was es mit der Madonna auf sich hat. Der Russe gibt anerkennende Laute von sich. Anscheinend hält er die schlichte Kopie für einen wertvollen Kunstgegenstand. Elsner entdeckt die beiden Frauen und gestikuliert. Helena schließt hinter sich die Tür und huscht an den Männern vorbei zur

Treppe. Etwas später hört Hanna erleichtert, dass auch die drei Männer wieder nach unten gehen.

Die Kinder stellen Fragen, doch Hanna schneidet alles ab und tut so, als wäre nichts geschehen. Sie setzen sich an den Abendbrottisch und beginnen zu essen. Es dauert nicht lange, da fährt das Auto fort. Kurz darauf erscheint Elsner in der Tür.

Du wolltest doch ins Rote Schloss kommen?

Ja, nächste Woche.

Er reicht ihr einen Zettel.

Hier, ein Termin. Früher geht's nicht. Kommst du?

Natürlich. Was war denn?

Nichts Schlimmes, sagt Elsner. Wir reden im Dienst darüber. Weg ist er.

Hanna atmet tief durch. Sie bekommt kaum einen Bissen herunter. Jetzt, wo die Kinder reden dürfen, sind sie stumm mit sich beschäftigt. Erst nach einer Weile findet Peer die Sprache wieder.

Bei uns war ein Offizier, meint er halblaut.

Kein Wort in der Schule, ist das klar?!

Hab' doch gar nichts gesagt, erwidert Peer.

Mit einem schwarzen Auto, flüstert Ulrich.

Der Russki hatte ein Gewehr, ergänzt Klee. Russkis haben immer ein Gewehr.

Ruhe jetzt!

Aber warum denn?, hält Peer dagegen.

Weil ich es will.

Damit ist das Gespräch beendet. Aber längst nicht sind die Fragen beantwortet, welche die Kinder beschäftigen und aufgewühlt haben.

Am Tag darauf holt Hanna ihre Freundin Lisa Abel vom Weimarer Hauptbahnhof ab. Als der Zug anhält und die Fahrgäste auf den Bahnsteig strömen, durchfährt es Hanna. Sie hört ganz deutlich den Familienpfiff, ihr Erkennungszeichen mit Albin. Der Pfiff, ein Motiv aus Beethovens Violinkonzert, ist ihr in Fleisch und Blut übergegangen. Automatisch sucht sie die Menge ab. Ist Albin dort verborgen? Wird er jeden Moment leibhaftig vor ihr stehen? Statt Albin entdeckt sie Lisa, die ihr zuwinkt. Hanna muss sich schnell fassen. Es ist eine doppelte

Enttäuschung. Albin hatte den Erkennungspfiff also nicht nur gemeinsam mit ihr.

Ach, Hannchen, sagt Lisa zur Begrüßung und kommt mit ausgestreckten Armen auf sie zu. Es ist das erste Mal seit Albins Tod, dass sie einander gegenüberstehen. In Lisas Blick ist ein kurzes Innehalten. Natürlich, die vergangenen zwei Jahre haben Spuren im Gesicht hinterlassen. Gleich überwiegt aber bei Lisa die Freude über das Wiedersehen. Sie sind beide mit dem Leben davongekommen.

Hanna sitzt die Verwechslung in den Gliedern. Wenn nun wirklich Albin gekommen wäre! Sie fasst die Freundin bei den Schultern, betrachtet sie von oben bis unten. Lisa ist ein ganzes Stück kleiner, hat fast die Gestalt eines Kindes. Arme, Beine, selbst die Hände erscheinen zu klein für eine erwachsene Frau, wenngleich der Körper gut proportioniert ist. Die winzige Nase bildet lediglich eine Unebenheit im runden Gesicht. Wenn Lisa lacht, werden die Augen hinter der runden Brille schmale Schlitze.

Hanna kann nicht anders, sie muss die Freundin umarmen. Die grazile Gestalt und das sanfte Wesen verlangen eine beschützende Geste. Beide suchen nach Worten. Da Hanna nichts anderes einfällt, erzählt sie kurzerhand von dem abendlichen Besucher, der ihre Fantasie noch immer beschäftigt.

Während sie den Heimweg durch die Stadt antreten, hört Lisa geduldig zu. Zuhören war immer ihre Stärke. Das war es wohl, was Albin an ihr geliebt hat. Sie sieht gelegentlich zu Hanna herüber und kommentiert das Gesagte mit einem bedeutungsvollen: Ja. Dieses „Ja" hat verschiedene Nuancen, von Verwunderung über Bestätigung bis zur Frage. Es bezeugt jeweils ihr unbedingtes Interesse.

Hanna findet Lisa kaum verändert. Vielleicht verändern sich kinderlose Frauen nicht so stark. Der stille Ausdruck von Freude erinnert sie an eine frühere Ankunft. Es war damals, während des Krieges, als Lisa auf abenteuerliche Weise aus Südafrika zurückkehrte. Sie war aus Deutschland geflohen, nicht vor der Politik, sondern vor der Liebe. Um die qualvolle Dreiecksbeziehung zu beenden, hatte sie die Flucht ergriffen. Doch das hatte die Sehnsucht nur verstärkt, nicht gemindert.

Lisas sprichwörtliche Unpünktlichkeit hatte ihr bei der Rückreise das Leben gerettet. Bei einem Zwischenhalt in Spanien kam sie eine

Stunde zu spät im Hafen an. Das Schiff war fort. Verärgert über die selbstverschuldete Komplikation, mietete sie ein Zimmer. Dort, in einer dunklen spanischen Pension mit Blick zum Fahrstuhlschacht, hörte sie im Radio auf Englisch die unfassbare Nachricht. Das verpasste Schiff war im Kanal auf eine Miene gefahren und nahe der englischen Küste gekentert. Es gab keine Überlebenden. Albin, der die unfassbare Geschichte gern zum Besten gab, pflegte abschließend zu sagen: So ein Wunder kann nur Lisa passieren.

Lisa muss tatsächlich einen Schutzengel haben. Sonst wäre auch ihr politisches Überleben unerklärlich. Sie hatte nie vom Führer gesprochen, sondern meist vom „Anmaler", was so viel wie „Anstreicher" hieß oder gar „Anschmierer". Was bei anderen zur sicheren Verhaftung geführt hätte, wurde bei Lisa mit erhobenem Zeigefinger abgetan. Auch die Sewalds sahen über diese und andere Marotten von Dr. Lisa Abel gnädig hinweg.

An einer Kreuzung im Stadtzentrum unterbricht Hanna ihren Bericht von dem russischen Besucher. Als sie die andere Straßenseite erreichen, fragt sie, was Lisa von der Geschichte halte. Statt etwas zu erwidern, antwortet die Freundin mit vielsagendem Lächeln.

Ja, sagt sie schließlich langgedehnt, weißt du, Hannchen, der Russ' darf schließlich Gottes Luft atmen, wo es ihm gefällt.

Sie lächelt immer noch, wodurch die obere Reihe ihrer ebenmäßigen Zähne sichtbar wird, die wie Mäusezähne aussehen. Das ist Lisa. Sie ist nicht imstande, unlautere Motive zu unterstellen. Deshalb galt sie als NS-untauglich. Wer nicht hassen kann, sagte Albin, ist für die „Bewegung" ungeeignet. Dieses Geschöpf der Lüfte kann nicht hassen.

Hanna spürt, wie sie schon nach kurzer Zeit unter Lisas Einfluss gerät. Sie bemerkt wieder die ungewöhnliche Ausstrahlung, die von der unscheinbaren Freundin ausgeht. Lisas Blick teilt stets mit: Du kannst mir alles erzählen, in meinem Herzen ist viel Platz. Hanna liebt dieses Talent der anderen. Aber gerade diese Fähigkeit hatte zur folgenschwersten Kollision ihres Lebens geführt. Diese zierliche Frau war, solange Albin lebte, Hannas ärgste Rivalin. Dieser gütige, schutzbedürftige, warmherzige Mensch, dem man nicht böse sein kann, übte auf ihren Mann eine magische Wirkung aus.

Als die Frauen, die sich um Gleichschritt gar nicht erst bemühen, das Stadtzentrum erreichen, haben sie Albin noch nicht erwähnt. Hanna will keinesfalls damit anfangen. Dass Lisa ausreichend Zeit verstreichen lässt, ist selbstverständlich.

Hannchen, was machen die Kinder?, fragt Lisa, nachdem sie eine Weile wortlos nebeneinander gegangen sind.

Das sieht ihr ähnlich. Dass Lisa selbst keine Kinder hat, muss sie schmerzen, wenngleich Hanna keine Äußerung des Bedauerns von ihr kennt. Würde Lisa ihr gegenüber so etwas wie Rivalität empfinden, käme sie kaum von selbst auf die Kinder zu sprechen. Mochte Albin auch wirklich sie beide geliebt haben, entschieden hatte er sich gegen Lisa und für Hanna. Die Kinder waren der lebende Beweis.

Hanna antwortet mit einem knappen Bericht, wobei sie am längsten über Peer redet. Lisa wird schon bald hellhörig und fragt ausdrücklich nach Ulrich. Als Hanna weiter von Peer spricht, bremst sie Hannas Redefluss.

Peer, sagt Lisa, bedächtig Wort für Wort setzend, Peer kommt nach deinem Vater.

Hanna wartet vergeblich auf die Fortsetzung. Bei Lisa muss man oft danach suchen, was gemeint ist. Mitgedacht, aber ungesagt ist, dass sich Hanna mit ihrem Vater nicht gut versteht. Der Vater ist eigensinnig, schwierig, doch lebenstüchtig wie kaum ein anderer. So klingt in dem Satz an, man müsse sich um Peer nicht sorgen. Er gehe wie der Großvater seinen Weg.

Ulrich ist ganz anders, setzt leise Lisa fort.

Hanna sieht zu ihr, um besser zu verstehen. Die Art, wie die andere den prüfenden Blick erwidert, ist bezeichnend. Ich kann mich irren, heißt das. Es gibt nichts, was vollkommen richtig ist.

Auf einmal entdeckt Hanna hinter Lisas Blick Petersens Züge, obwohl sich beide keinesfalls ähneln. Der Professor demonstrierte einmal in einem schulpraktischen Seminar, welche Bedeutung er der Mimik des Erziehers beimaß.

Sie sehen hier die Kinder, erklärte er mit einer andeutenden Handbewegung. Untergruppe, sieben bis zehn Jahre. Unruhe ist eingetreten. Sie neigen zur Ermahnung, wissen aber, dass Sie damit Trotz erzeugen. Da besinnen Sie sich auf die Macht der Augen. Er senkte kurz den Kopf, hob ihn langsam und fixierte dann einen Schüler nach dem andern, jeden mit anderem Blick. Es herrschte atemlose Stille. Der Magier war in seinem Element.

Petersen hatte Lisa geformt. Sie lebte in seinen Grundsätzen. Und nun beherrschte sie sein wortloses Sprechen fast genauso wie der Meister selbst.

Hanna ist durch diese Feststellung leicht verstimmt. Immer, wenn sie mit Lisa zusammentrifft, meldet sich eine unklare Aversion. Noch ist es nicht soweit, aber sie ahnt es und flüchtet in die Distanz.

Wie steht es mit der Universität?

Vorsicht, Hannchen, sagt Lisa und deutet auf ein Auto, das knatternd an ihnen vorbeirauscht. Natürlich ist es unvernünftig, ernste Themen anzuschneiden, während man den Verkehr beachten muss.

Du hast Recht, sagt Hanna ohne nähere Erklärung.

Ja, bestätigt Lisa das Ungesagte. Beide freuen sich über die stille Übereinkunft.

Es gehört zu den Leitsätzen Petersens, dass der Lehrer den Unterricht nicht dominieren soll. Er muss den Schülern helfen, sich durch Worte oder Handlungen zu äußern. Im Studium spielten die Freundinnen manchmal ein seltsames Spiel. Es sollte üben, die innere Verfassung eines Schülers zu erfassen. Bei dem Spiel musste jede von der anderen erraten, woran sie gerade dachte. Anfangs war Lisa, die Jüngere, meist unterlegen, hatte dann aber erstaunlich aufgeholt und war später kaum zu überbieten. Sie erahnte die feinsten Schwingungen im Denken und Fühlen. Auch deshalb war Albin wohl nicht von ihr losgekommen. Hanna bricht das Schweigen und erinnert an das frühere Spiel.

Ich weiß, woran du denkst, sagt sie.

So?

An ihn.

Im gleichen Moment bedauert sie es. Nun hat sie doch zuerst von Albin gesprochen.

Lisa lächelt matt, was Widerspruch, aber auch Zustimmung sein kann.

Und du willst zurück zu Petersen, gibt Lisa zurück.

Hanna könnte zustimmen, versucht aber, sich nichts anmerken zu lassen. Lisa legt das als Bestätigung aus und geht nun doch auf die vorherige Frage nach der Universität ein.

In meinem Brief neulich, meint sie, habe ich alles recht unproblematisch dargestellt. Ich musste einkalkulieren, dass die Post geöffnet wird. Du ahnst sicher, welche Schwierigkeiten Petersen hat. Natürlich hat er Schwierigkeiten. Der Jenaplan passt nicht zur Einheitsschule der SBZ. Wir hofften es, aber wir glaubten es nicht. Sie macht eine Pause.

Hätte mich auch gewundert, wirft Hanna ein.

Es gibt ungute Diskussionen, erklärt Lisa. Petersen ist wie ein König ohne Land. Kritiker sehen ihn als Repräsentanten verquaster bürgerlicher Theorien. Immer weniger Studenten kommen zu uns. Keiner weiß, wo das hingeht.

Und die Schule?, fragt Hanna.

Die Universitätsschule, erwidert Lisa, ist ein Fels in der Brandung. Wir haben die Eltern hinter uns.

Sie erreichen das Südviertel, wo selten Autos fahren.

Habt ihr mit Russen zu tun? Hanna denkt an den russischen Doktoranden.

Es gibt einen Kulturoffizier, der ist Petersen wohlgesonnen. Aber es gibt auch andere.

Wie sieht der Offizier aus?, fragt Hanna lebhaft. Jung, blond, sportlich?

Nein, entgegnet Lisa bestimmt, ein gebildeter alter Herr.

Die liebgewordene Fiktion, der „Bolschewist" sei als Kulturoffizier nach Jena zurückgekehrt, will Hanna nicht gleich aufgeben.

Es gab in Blängsch einen jungen Moskauer Pädagogen ...

Ich weiß, unterbricht Lisa sanft.

Du kanntest ihn?

Albin ..., beginnt Lisa, lässt es aber dabei bewenden.

Er hat dir von ihm erzählt?

Lisa nickt abweisend. Darüber will sie nicht sprechen.

Petersen ist dreiundsechzig geworden, sagt sie nach einer Weile. Er wird bald pensioniert. Spätestens dann werden sie die Fakultät eliminieren. Petersens Ideen passen so wenig in dieses wie in das vorige System.

Unser Professor, ergänzt sie leise, muss auf dem sinkenden Schiff bleiben. Sie versucht ein Lächeln, doch es gelingt nicht.

Und du?

Ach Hannchen, erwidert Lisa. Du bist immer schnell am wunden Punkt.

Entschuldige.

Nein, wehrt Lisa ab. Ganz und gar nicht.

Hannas Interesse flaut auf einmal ab. Die Hoffnung, durch die Freundin aus der Kalamität mit dem Schuldienst zu kommen, war voreilig. Lisa sucht selbst eine Stelle. Und Petersen sitzt mal wieder zwischen allen Stühlen.

Die beiden Frauen sind am „Haus mit der Madonna" angelangt. Hanna ist nachdenklich geworden. Sie gerät hierzulande immer in den gleichen Teufelskreis. Wahrscheinlich bleibt ihr nichts anderes übrig, als die Sowjetzone zu verlassen.

Ich möchte dir einen Vorschlag machen, sagt Lisa.

Hanna bleibt erwartungsvoll stehen.

Später, meint Lisa.

Ein Stichwort, drängt Hanna.

Lisa begutachtet das Elsner'sche Haus. Ihr Blick verharrt kurz bei der Fensterfront mit der Madonna aus farbigem Glas. Sie schiebt die Gartenpforte auf und geht voran. Auf dem ersten Treppenabsatz dreht sie sich um.

Detlef Trott, sagt sie triumphierend.

Hanna versteht nicht. Ein ehemaliger Kommilitone bei Petersen hieß Trott. Lisa hält den Kopf schräg. Die Begriffsstutzigkeit ihrer Freundin scheint sie zu belustigen.

Trott leitet ein Landschulheim, erklärt Lisa. Sie kommt ein paar Stufen zurück. Es liegt ... drüben, flüstert sie. Das letzte Wort begleitet sie mit einer Kopfbewegung.

Na und?

Trott sucht Erzieher, erwidert Lisa.

Bei Hanna beginnt es zu dämmern. Petersen-Schüler?

Ja, Hannchen, bestätigt sie und lacht.

Du meinst, ich, das heißt, wir ...?

Das meine ich. Aber lass uns erst Luft holen.

Hanna schließt die Gartentür und eilt die Stufen hinauf. Ihre Stimmung schlägt um, und die Bedrückung fällt von ihr ab wie ein bleierner Mantel. Sie hüpft ausgelassen von Stufe zu Stufe. Das ist eine Nachricht. Erzieherin in einem Landschulheim. Eine Wohnung in der Lehranstalt. Die Jungen sind im Internat. Keine Fragen nach früher. Bekannte Gesichter. So lässt sich Zukunft aushalten. Sie nimmt die Freundin in den Arm. Lisa, eine Stufe weiter, ist nun mit Hanna auf Augenhöhe.

Sachte, sachte, meint Lisa.

Doch Hanna ist nicht zu bremsen. Sie zieht die andere die Stufen hoch und lässt nicht mehr los, bis beide im oberen Stockwerk angelangt sind. Hanna macht Pläne, sieht alles schon im besten Licht. Auf dem Land leben, experimentieren, die Schulpraxis entwickeln, Beruf und Berufung verbinden. Sie fühlt sich plötzlich jung und stark.

Lisa lacht über die Verwandlung. Sie haben schon früher gern Pläne geschmiedet. Das spontane Abspulen eigenwilliger Zukunftsentwürfe war bei Petersen beliebt. Spinnstube sagte man dazu. Und Lisa lässt Hanna spinnen wie in alten Zeiten.

Im Wohnzimmer ist Hanna wieder bei sich. Bis die Kinder kommen, muss allerhand erledigt werden. Sie geht in den Nebenraum, um das Mittagessen vorzubereiten. Lisa hält es nicht im Wohnzimmer. Sie sucht einen Platz am Ende der Badewanne, wo sie nicht im Weg steht. Die leidige Kombination von Küche und Bad scheint sie gar nicht wahrzunehmen. Hanna schämt sich für den notdürftigen Mehrzweckraum und legt ein Badetuch über die hölzerne Toilettenbrille. Während sie im Stehen Kartoffeln schält, referiert die Freundin über Petersens Reformtheorie.

Für ein autoritäres Staatswesen ist der Jenaplan gänzlich ungeeignet. Diese Theorie basiert auf *freedom and democracy*. Das ist ihr Lebenselixier. Je länger Lisa spricht, umso mehr gerät sie in einen professoralen Tonfall, als stünde sie im Hörsaal. Hanna konzentriert sich auf die Küchenarbeit. Nur gelegentlich zeigen ihre kurzen Seitenblicke, dass sie bei der Sache ist.

In der sowjetischen Erziehungswissenschaft, doziert Lisa weiter, gibt es brauchbare Ideen. Doch der Schulalltag ist hochgradig reglementiert und methodisch monoton. Das belegen schon die Schuluniformen.

Ohne Zweifel wird die ostdeutsche Schule dem russischen Vorbild folgen.

Der möglichen Frage von Hanna zuvorkommend, bemerkt Lisa, dass sie selbst im Gymnasium Russischunterricht hatte. Erst kürzlich habe sie auf Petersens Wunsch Arbeiten sowjetischer Erzieher begutachtet.

Betrachten wir nur die Lehrpläne, setzt Lisa fort und unterstützt ihre Worte durch flinke Handbewegungen, so stellen wir fest, dass die Einheitsschule verbindliche Lehrpläne für alle fordert. Bildungs- und Erziehungsziele sollen genau geplant werden. Das Ziel sind Schulabgänger, die über ein gehobenes Maß an Fähigkeiten und Kenntnissen verfügen. Das klingt sympathisch. Aber!

Hanna schaltet die beiden Platten des kleinen Elektroherdes an, setzt die Kartoffeln auf und schneidet Speck. Dann holt sie aus einem selbstgezimmerten Regal, das durch einen verwaschenen Vorhang verdeckt ist, ein paar Eier.

Lisa verlässt den eingenommenen Platz, und während sie zwischen Badewanne und Waschbecken pendelt, entwickelt sie ihre Gedanken frei.

Vielseitig gebildete Schulabgänger kann man nicht backen. Zu befürchten ist ein Rückfall in den Dauermonolog des allwissenden Lehrers, bei dem die Kinder zu Hörmaschinen schrumpfen. Sie sollen gefälligst Wissensdurst signalisieren. Der Kampf um Zensuren behindert das Streben nach charakterlicher Entfaltung. Das sattsam bekannte Lernen für den Lehrer bremst die Ausformung subjektiver Lebensstrategien. Äußerlich legitimiert wird das Sowjetmodell durch ein starres philosophisches Gerüst, das weder angetastet noch hinterfragt werden darf.

Hanna beobachtet, dass Lisa zur besseren Konzentration die Augen schließt und vor der Stirn die Hände faltet. Vielleicht bereitet sie eine Vorlesung für jenseits der Elbe vor. Denn in Jena wären solche Äußerungen abenteuerlich.

In dem engen schmalen Raum wird es warm. Hanna bahnt sich den Weg zum Fenster, das ganz beschlagen ist, und kippt es an. Lisa lässt sich nicht ablenken. Ihre Sanftheit ist wie weggeblasen.

Selbst für ein derart puritanisches Schulideal, sagt sie, ohne Hanna anzusehen, enthält Petersens System Anschlussstellen. Bei jeder linksorientierten Erziehungswissenschaft muss seine Betonung des Gemeinschaftsgedankens auf fruchtbaren Boden fallen, genau wie die Besinnung auf berufsnahe Ausbildung et cetera. Doch, schließt sie unbeirrt an, ich sehe hier prinzipielle Unverträglichkeiten.

Hanna kann nur mühsam folgen. Während in der Pfanne Speck brutzelt, hofft sie, dass der Vortrag bald zu Ende sei. Doch daran ist nicht zu denken.

Der Gemeinschaftsgedanke, versichert die Freundin unbeirrt, bildet bei Petersen das Gegengewicht zur ungezügelten Profilierungssucht, kurz zur Arroganz der Sonderbegabten. In der sowjetrussischen Pädagogik steht die Gemeinschaft dagegen im Vordergrund. Leistungsstreben und Individualisierung sind eingeschränkt. Bei hochbegabten Kindern wird regelrecht ein Schuldgefühl erzeugt. Nicht Einsicht, sondern schlechtes Gewissen bewegt sie zum Dienst am lernschwachen Mitschüler. Wir beobachten in der einschlägigen Literatur eine extreme Schematisierung sozialer Klassen. Die Unterstützung von Schülern unterprivilegierter Bevölkerungsteile gebiert die latente Demütigung der Kinder bürgerlicher Herkunft.

Hanna nickt. Der Gedanke überzeugt sie. Die ehemalige Kommilitonin hat seit dem Studium hart gearbeitet. Da kann sie nicht mithalten. Unterdessen setzt Lisa zum Fazit an.

Auf diesem Stamm einer normativen und hierarchischen Regelschule, erklärt sie mit weit ausholender Armbewegung, will die Einheitsschule nun kleine Reiser aus Petersens hierarchiefeindlichem und undogmatischem Reformfundus pfropfen: Feierstunden, Lernspiele, Elternvertretungen, Schulgarten und dergleichen. Wie soll das funktionieren?!

Hanna wird nervös. Das Kartoffelwasser brodelt, dem Topf entweicht ein beängstigender Strahl von Wasserdampf. Der Speck in der Pfanne nimmt eine bräunliche Farbe an. Hanna kann ihre Aufmerksamkeit nicht mehr teilen. Sie schlägt die bereitgelegten Eier in die Pfanne und kneift wegen der Fettspritzer ein Auge zu.

Lisa, deren herausfordernde Frage nur rhetorisch gemeint war, versichert mit ausgestrecktem Zeigefinger: In der sowjetischen Schulpraxis herrscht ein harscher Hang zur Disziplinierung, der dem Drill im deutschen Kaiserreich kaum nachsteht. Willkür der Lehrer und Unterwürfigkeit der Kinder gehören zum Alltag. Somit finden sich erstaunliche Parallelen zur gleichgeschalteten Pädagogik im Dritten Reich.

Jetzt horcht Hanna auf. Das möchte sie keinesfalls unwidersprochen lassen. Sie stellt die Herdplatten auf die kleinste Stufe und wendet sich energisch um.

Die Götterschule war eine Einrichtung der HJ und praktizierte dennoch Petersens Ideen.

Darauf habe ich gewartet, antwortet Lisa und lächelt vorsichtig. In der Tat schmückte sich die Thüringer AHS mit Elementen der Schulreform Petersens. Aber sie war eine durchweg normative Lehranstalt. Die bestehenden Normen wurden lediglich auf gemilderte Weise an den Mann gebracht, zu schweigen von den Uniformen, der systematischen Fanatisierung und der Propagierung von Gewalt. Das hatte mit Petersen nichts zu tun!

Hanna wird es zu bunt. Sie nimmt geräuschvoll die Pfanne von der Platte und den Deckel vom Topf. Dabei fallen klatschend die ineinander geschachtelten Eierschalen auf den gekachelten Fußboden.

Was redest du denn?!, fragt sie empört und hält Ausschau nach Abstellmöglichkeit. Habe ich da gelebt oder du? In Blängsch wurde Petersens Grundschulkonzept schöpferisch auf die höhere Schule übertragen. Vorerst behält Hanna Pfanne und Deckel in den Händen und spricht weiter. Du urteilst über das Lebenswerk äußerst fähiger Erzieher. Wie stellst du Albin dar, der dir doch fraglos nahestand? Ich begreife dich nicht!, ruft sie aus und stellt donnernd die Pfanne auf den marmornen Waschtisch.

Lisa, die sich in den Duktus einer Verkünderin gesteigert hat, wirkt plötzlich noch kleiner als sonst.

Entschuldige, Hanna, sagt sie und dreht sich zur Seite, als wolle sie Hannas Heftigkeit ausweichen. Ich will keinen herabsetzen, schon gar nicht Albin. Aber ... Sie zögert. Albin wusste um diese Zwiespältigkeit.

Was soll denn das?! Hanna schreit fast. Soweit ist es gekommen. Diese kleingeratene Person will ihr Albins Seelenleben erklären. Sie ruckt verächtlich an der heißen Pfanne. Dann nimmt sie zwei Topflappen, trägt den Topf zum Waschbecken und gießt das Kartoffelwasser ab. Lisa, die ihr gerade noch ausweichen kann, flieht nach nebenan.

Hanna mag solche Zornausbrüche nicht, besonders bei sich selbst. Nach einigen Minuten wird sie gefasster. Sie trägt das Mittagessen ins Wohnzimmer, deckt den Tisch und lädt Lisa, so freundlich es geht, zum Essen ein. Beide versuchen, das unter Mühen geschaffene Mittagessen zu genießen.

Es schmeckt wunderbar, flüstert Lisa, um Versöhnung bemüht. Hanna brummt zustimmend. Die Kartoffeln sind sehr heiß, und die beiden Frauen überbieten sich, sie durch Pusten abzukühlen. Dadurch lässt die Spannung allmählich nach. Lisa schweigt vorsorglich, und Hanna macht nur lapidare Bemerkungen. Wie verschieden ihre Auffassungen auch sein mögen, Hanna braucht den Kontakt zu Lisa. Mit wem kann sie sonst über solche Dinge reden? Außerdem kann jeden Moment Ulrich nach Hause kommen. Er ist überempfindlich gegenüber Disharmonie und soll nicht durch irgendeine Zwistigkeit beunruhigt werden.

Nach dem Essen überredet Hanna den Gast zum Mittagsschlaf. Sie macht Peers Bett nebenan zurecht und wechselt auf die Couch im Wohnzimmer. Als sie sich hingelegt und zugedeckt hat, denkt sie noch einmal über das leidige Thema nach.

Hannas Erfahrungen mit den Schulen ihrer Söhne sind begrenzt. Aber dennoch stimmen ihre sporadischen Eindrücke mit Lisas Sicht nicht überein. Zwar werden die Schulleiter angehalten, ein spezielles Konzept zu verwirklichen. In Wahrheit kämpfen sie jedoch mit elementaren Problemen. Die Heizung funktioniert nicht. Für die Abdichtung der Fenster fehlt Geld. Handwerker zu bekommen, ist eine Kunst. Die Schulklassen sind viel zu groß und die Lehrer in jeder Hinsicht überfordert. Wenn Hanna auch den latenten Zug zu übertriebener, fast militärischer Disziplin nicht bestreiten kann, so stört sie weniger eine bestimmte Konzeption, als vielmehr allgemeine Konzeptionslosigkeit. Überall in den Schulen gibt es Provisorien, schlecht verborgene Hilflosigkeit, Dilettantismus. Gewiss geben die Lehrer ihr Bestes. Sie wurden vielfach in Schnellkursen ausgebildet, kommen aus anderen Berufen oder direkt von der Schulbank. Kriegsteilnehmer, die vor dem Dienst in der Wehrmacht ein Studium begonnen haben, landen im Schuldienst, obwohl sie die Ausbildung selbst noch bitter nötig haben. Selten beherrscht jemand befriedigend die deutsche Sprache, noch seltener ist einer mit pädagogischen Grundlagen vertraut. Wenn Hanna mit Lehrern zu tun hat, begegnet sie vorwiegend jungen Frauen. Männer sind selten, ältere Lehrkräfte eine Rarität. Bevorzugt werden Menschen aus den unteren Schichten als Neulehrer eingestellt. Doch, das muss sie eingestehen, wenn man den Lehrkörper aus der NS-Zeit wirklich ablösen will, bietet sich kaum ein anderer Weg. Sie glaubt allerdings, dass die Entnazifizierung zu einer Auswahl führt, die dem ursprünglichen Anliegen widerspricht. Wo Lippenbekenntnisse gefordert sind, haben jene, die geschwind ihr Mäntelchen wechseln können, leichtes Spiel. Im allgemeinen Durcheinander kann niemand überprüfen, wie zuverlässig die Aussagen in den diversen Fragebögen sind.

Ihre Gedanken gleiten ab, und sie muss an ihren eigenen Fragebogen denken. Wahrscheinlich war sie viel zu ehrlich. Sie verliert den Faden und ist auf einmal todmüde. Jedenfalls, fällt ihr noch ein, passt Liedke nicht in das Bild, das Lisa von den Gestaltern der neuen Schullandschaft entworfen hat. Lisas Darstellung wirkt abgehoben, von der Kenntnis des Schulalltags kaum getrübt. Hanna bettet ihren Kopf bequem auf dem Kopfkissen. Eigentlich müsste Ulrich jetzt eintreffen. Aber an diesem Tag wäre es ihr recht, wenn er später käme. Unversehens reißt der Gedankenstrom. Auf leisen Sohlen kommt der Schlaf.

Als Hanna aufwacht, spiegelt sich die Sonne rot in der Fensterscheibe. Vom Nebenzimmer sind Stimmen zu hören. Hanna geht in den Flur und bleibt vor der Nachbartür stehen. Ulrich und Lisa sind in ein merkwürdiges Spiel vertieft.

Guten Tag, Fräulein Merker, sagt Ulrich mit verstellter Stimme. Lisa lacht. Hanna öffnet die Tür einen Spalt breit. Ulrich kauert auf dem Fußboden vor Peers Bett, auf dem Lisa sitzt. Hanna sieht von hinten, dass er mit den Kasperpuppen hantiert, die Lisa den Kindern vor Jahren gebastelt hat. In der linken Hand hält er das Moosweibchen, eine rundliche Stoffpuppe mit blaugrünem Kleid, blondem Haar und einem moosgrünen, pilzförmigen Hut. Mit der rechten Hand bewegt er den Kopf des Kaspers, der aus Pappmaché geformt ist und eine lange, scharfe Nase hat. Lisa führt gegenüber die dritte Puppe, ein Bärchen aus weichem hellbraunem Plüsch.

Was sagt denn der böse Kasper zum Moosweibchen?, fragt Lisa, die Hanna mit den Augen andeutet, sie solle den hochwichtigen Dialog nicht unterbrechen.

Du bist eine Petze, gibt Ulrich mit bösem Zischen zurück. Wir machen dich fertig!

Hanna schließt vorsichtig die Tür und hört noch, wie Lisa mit tiefer Stimme markiert: Du blöder Kasper, lass das Moosweibchen in Ruhe!

Ja, du blöder Kasper!, nimmt der Junge den Tonfall auf.

Dem hab ich's gegeben, meint Lisa mit tiefer Stimme.

Euch werd' ich's geben, echot Ulrich triumphierend.

Hanna kehrt ins Wohnzimmer zurück, und es dauert nicht lange, da kommt auch Lisa herüber. Sie strahlt. Ulrich sei einfach hinreißend. Begeistert erzählt sie, wie glänzend sie sich unterhalten hätten. Er habe im Spiel bereitwillig seine Nöte preisgegeben. Hanna will mehr wissen, aber Lisa tut geheimnisvoll. Sie habe Stillschweigen gelobt. Mit leiser Stimme gibt sie dann doch Auskunft.

Zu Beginn des Schuljahrs gab es Streit in der Klasse. Ulrich wurde verdächtigt, der Lehrerin etwas verraten zu haben, was ihm Mitschüler anvertraut hatten. Seitdem, sagt sie, lauern ihm die Dorfjungen täglich im Park auf.

Hanna hat ihm das mit dem Park eingeschärft. Statt auf der verkehrsreichen Hauptstraße solle er durch den Park zur Schule gehen. Das ist der sicherste Weg zu dem Vorort Oberweimar. Von auflauernden Mitschülern hat sie keine Ahnung.

Er würde sich deshalb, berichtet Lisa, morgens bis kurz vor Schulbeginn im Gebüsch verstecken, und deshalb käme er oft zu spät.

Hanna nickt und erwähnt die Zettel der Lehrerin.

Aber die Mitschüler, meint Lisa, hätten ihn trotzdem oft erwischt. Nach der Schule würden sie ihn oft stundenlang jagen. Hanna nickt. Deshalb blaue Flecken und die zerrissene Hose. Sie fragt nach, wie das sein könne. Er sei doch immer hilfsbereit. Lisa hebt die Schultern. Man beschimpft ihn als Städter und als Muttersöhnchen. Ansonsten hat er nur noch von irgendwelchen Schuhen erzählt.

Hanna geht ein Licht auf. Bekannte aus dem Westen hatten ihr ein Paar Mädchenschuhe mit grauem Seehundfell geschickt. Ulrich, dem sie passten, trug sie anfangs gern. Doch dann kehrte er zu seinen abgetretenen Sandalen zurück und lehnte die „Weiberschuhe" rundweg ab.

Und was war mit dem Petzen?, fragt Hanna. Meine Kinder petzen nicht.

Lisa kann es auch nicht erklären. Sie weiß nur, dass Ulrich, nachdem er verprügelt worden war, mit der Lehrerin gesprochen hatte. Die habe ihn regelrecht abgekanzelt und gemeint, ein richtiger Junge dürfe niemals seine Kameraden verpfeifen.

Hanna wiegt fragend den Kopf. Wie hast du das alles nur herausbekommen?, meint sie. Mir hat er nichts erzählt.

Erzählt hat er mir auch nichts. Lisa habe ihm alles in den Mund gelegt. Der Kasper kann das Bärchen nicht leiden und will ihn verprügeln. Nein, so war es nicht, habe Ulrich gesagt, und den wahren Hergang dargestellt.

Hanna überlegt. Sie muss die Lehrerin zur Rede stellen.

Der sage ich die Meinung, sagt sie.

Ach Hannchen, erwidert Lisa sanft. Ulrich hat doch aus Rücksicht auf seine Mutter geschwiegen. Mit Beschwerden kannst du da nichts ausrichten.

Das will Hanna nicht akzeptieren. Sie hasst schwelende Konflikte und überlegt krampfhaft, wie sie das Problem mit einem Schlag aus der Welt schaffen kann. Doch Lisa rät ihr zur Vorsicht. Ulrich müsse spüren, dass die Mutter zu ihm stehe. Der wunde Punkt, sagt sie, ist sein Selbstvertrauen.

Lisa hat gut reden. Nicht eine Woche lang käme sie mit den drei Jungen zurecht. Hanna ist so, als läge ihr ein Stein auf der Brust. Besitzt sie genug Selbstvertrauen, um Ulrich stärken zu können?

Lisa macht eine Andeutung. Es täte ihr leid, aber sie habe morgen früh Vorlesung. Hanna sieht zur Uhr. Um den Zug zu erreichen, müssen sie schnellstens aufbrechen. Bald trifft Peer ein, dann sind Hausaufgaben fällig. Klee muss abgeholt werden. Morgen ist der schwierige Besuch bei Elsner.

Die Mutter bittet Ulrich, den Kleinen abzuholen und, wenn möglich, den Abendbrottisch zu decken. Im Weggehen kehrt sie noch einmal um und streicht ihm über die Haare.

Ich bin stolz auf dich, sagt sie ohne Erklärung. Dann zieht sie im Flur die Straßenschuhe an. Mitten im Aufbruch trifft Peer ein. Er hat an einer Arbeitsgemeinschaft teilgenommen und ist aufgekratzt.

Tante Lisa!, ruft er. Ich muss dir was erzählen.

Er begrüßt Lisa und will nicht, dass er sofort wieder Abschied nehmen soll. Das ist einfach ungerecht!

Das nächste Mal, verspricht Lisa.

Immer das nächste Mal, mault Peer.

Hanna drängt zur Eile. Es wird gemacht, was ich sage, basta!, bestimmt sie mit drohendem Unterton und wendet sich Lisa zu.

Unterwegs legt Hanna ein scharfes Tempo vor. Die Zeit ist knapp. Erst als beide in die Bahnhofstraße einbiegen, wechselt sie in einen mäßigeren Schritt. Hier endlich kommt Lisa auf ihre verheißungsvolle Bemerkung über das Landschulheim zurück.

Wie gesagt, Hanna, Trott sucht Erzieher, die Petersen-Schüler sind. Derzeit sucht er eine Frau. Es muss schnell gehen. Du musst ihm schreiben. Die Adresse kommt umgehend. Du erwähnst, dass du hier politische Probleme hast.

Was habe ich?, fragt Hanna verdutzt.

Etwa nicht?

Nun ja. Hanna denkt nach. So würde sie es eigentlich nicht ausdrücken. Dabei fällt ihr kurz ein, dass sie dringend bei Liedke anrufen muss.

Wir gehen über die grüne Grenze, sagt Lisa, wobei sie kaum die Zähne hebt. Hab' ich schon gemacht. Sie ist außer Atem geraten und bringt die Worte kaum hörbar heraus. Wir nehmen jedes Mal ein Kind mit.

Moment. Hanna geht das zu schnell. Muss sie von politischer Verfolgung sprechen? Darf die Familie getrennt werden? Warum muss das jetzt so eilig sein?

Geht es nicht offiziell?, fragt sie.

Aber Hanna, erwidert Lisa vorwurfsvoll.

Hanna muss an den Umzug denken. Diesmal wäre es ein Umzug ins Ungewisse. Eine Flucht im eigenen Land.

Willst du denn auch zu Trott?, fragt sie.

Ich muss hier weg, sagt Lisa bestimmt.

Hanna drängt sich an sie und hakt sich ein.

Der Abschied am Bahnhof fällt kurz aus. Der Zug ist bereits einge-fahren. Eine flüchtige Umarmung, ein Händedruck. Sie rufen sich noch Wünsche und Ratschläge zu. Kaum ist die Zugtür hinter Lisa zu-geknallt, ruckt der Waggon an. Es riecht nach Dampflokomotive und altem Ruß.

Zurückbleiben!, ruft der Bahnhofssprecher und wiederholt mit Nachdruck: Zurückbleiben!

FÜNFTES KAPITEL

Im Roten Schloss

Der Weimarer Marktplatz liegt in mildem Licht. Die alten Bürgerhäuser mit ihrem verwaschenen Anstrich leuchten in der Morgensonne. An einem der ausgebrannten Häuser an der Nordflanke prangt ein rotes Transparent. Um den Marktbrunnen stehen Bretterbuden. In den Nebenstraßen stehen Pferdefuhrwerke. Wenige Geschäfte haben geöffnet, der Bäcker, eine Drogerie, ein Eckladen mit Tabakwaren. Aus dem Giebelfenster des Rathauses hängt eine lange rot-weiße Fahne. Der kegelförmige Turm des Stadtschlosses grüßt herüber.

Das kleine Fürstentum Sachsen-Weimar, dessen Residenz hier war, scheint fortzuleben. Fürst Carl August hatte die Altstadt von Weimar neu gestalten lassen. Einige städtische Straßenzüge beherrschen das Areal zwischen Markt und Schloss, das sonst aus einem Gewirr von Gassen besteht. Die windschiefen Fachwerkhäuser nehmen sich bescheiden aus gegenüber den angrenzenden massiven Gebäuden aus geschliffenen Sandsteinquadern.

Der seidig weiche blaue Himmel wölbt sich nachsichtig über der Altstadt und lässt vergessen, dass viele Häuser zerstört oder baufällig sind. Hier im alten Mittelpunkt der Stadt hatten berühmte Geister ihr Domizil. Ihr Andenken sichert der Kleinstadt weiterhin den Ruf von Weltläufigkeit. Obwohl nicht die größte Stadt Thüringens, beherbergte Weimar schon während der Ersten Republik die Landesregierung. Die Gauleitung war dem Beispiel gefolgt, und auch die Nachkriegspolitiker residieren im ehemaligen Fürstensitz.

Hanna taucht in die raunende Aura der Altstadt ein und spürt den Zauber, der sie schon als Kind erfüllt hat. Die toten, schwarz umrandeten Fensterhöhlen ignoriert sie, wie auch die ramponierten Dächer, bei denen zwischen Resten von Dachziegeln verkohlte Balken hervorlugen. Sie sieht sich die Häuserfronten zurecht, wie sie sich ihr ganzes gegenwärtiges Leben zurechtsieht. Albin, mit dem sie hier oft promenierte, geht in Gedanken neben ihr. Jetzt, in der Morgenstimmung des Weimarer Marktplatzes, ist alles in Ordnung. Sie und die Stadt haben das Unheil überlebt.

Hanna steuert auf das Rote Schloss zu, das seitwärts liegt, vis-a-vis vom Stadtschloss. Es verdankt seinen Namen dem traditionell roten Anstrich. Stilistisch ist es, gemessen an der früheren Fürstenresidenz, nur dürftiger Abklatsch. Mit dem Elan der Gründerzeit entstand aus dem verwinkelten, mittelalterlichen Stadthaus ein wilhelminisches Amtsgebäude, dem die Reste des alten Stils noch den Anflug von Historie verleihen. Seither haben die Ressorts Justiz und Inneres hier ihren Stammplatz. Alles in Weimar scheint seit Jahrhunderten in gleichem Trott zu gehen. Man beruft sich auf die Behauptung, die Geschicke des Landes seien „schon immer" vom Roten Schloss aus gelenkt worden. Neuerdings sagt man statt „schon immer" bei jeder Gelegenheit „schon vor dreiunddreißig". Doch das ist nur ein anderer Zungenschlag. Die alteingesessenen Bürger verstehen die wechselnden Staatsformen als Austausch von Hüllen, als Neuinszenierung eines Theaterstücks, als eine Art Maskerade.

Hanna erreicht die mit Katzenköpfen gepflasterte Hofeinfahrt, über der ein imposantes steinernes Wappen wacht. Ein schmiedeeisernes Tor versperrt den Weg. Auf der linken Seite ist ein schmaler Durchgang, der an einer Pförtnerloge vorbeiführt. Ein Beamter mit Schirmmütze, der hinter einem Fenster mit barocken Verzierungen thront, beäugt die Ankömmlinge mit blasierter Herablassung.

Hanna nennt im Vorübergehen Elsners Namen. Doch der Pförtner ruft sie zurück und verlangt die schriftliche Vorladung. Sie sei mündlich eingeladen worden, antwortet sie und macht Anstalten, weiterzugehen.

Halt!, bellt der Pförtner. Ohne Passierschein kein Einlass.

Er erkundigt sich nach Hannas Namen und greift zum Telefonhörer.

Hier ist eine Frau Sewald, geborene ... Elsner, sagt er in die Telefonmuschel. Plötzlich weiten sich seine Augen. Er zieht devot den Kopf ein.

Selbstverständlich, wiederholt er mehrmals. Nachdem er aufgelegt hat, beugt er sich weit nach vorn und hält Hanna einen Stift hin.

Unterschreiben Sie bitte, meint er und fügt in vertraulichem Ton hinzu: Das hätten Sie doch sagen können, dass Sie die Tochter vom Herrn Ministerialrat sind. Er winkt einen Mann in dunkler Uniform heran und trägt ihm auf, die „junge Dame" zu begleiten. Dabei reicht er ihm ein Kärtchen, auf dem der Name des Besuchten, die Nummern des Hauses und des Zimmers sowie die Uhrzeit stehen.

Bitte, Frau Sewald. Er deutet eine Verbeugung an, die Hanna unwillkürlich erwidert.

Der Uniformierte geht stumm vor ihr her, zeigt gelegentlich mit einer linkischen Handbewegung die Richtung, sieht Hanna aber nicht an. Die niedrigen Gänge sind mit Gemälden und alten Stichen in prächtigen Rahmen geschmückt. Die mit Goldfarbe lackierten Stühle vor den Amtszimmern haben Polster mit klassizistischen Mustern. An der Decke, mit Stuck überladen, hängen Lüster mit Kristallgehängen. Das Parkett ist frisch gebohnert und in der Mitte durch einen roten Läufer geschützt. Das kunstvolle Geländer im Treppenhaus stellt Figuren aus der Mythologie dar.

Der Uniformierte hält vor einem Portal im oberen Stock, reicht der Besucherin das Kärtchen und verabschiedet sich. Hanna klopft. Zuerst wird die innere Doppeltür geöffnet, dann erscheint Elsner und bittet sie herein. Er verzieht keine Miene, als empfange er einen beliebigen Gast.

Sie gehen durch einen schmalen, abgetrennten Vorraum, in dem die Sekretärin sitzt, und betreten Elsners Amtsstube. Sie ist mit gediegenen alten Möbeln ausgestattet, und Hanna staunt über die Pracht auserlesener Gegenstände. Zwischen den beiden Erkerfenstern, die zum Hof führen und von einer dunkelgrünen Samtgardine eingerahmt werden, hängt ein großer Spiegel, ganz aus Glas gefertigt, mit kunstvoll geschliffenen Ornamenten.

Hanna entdeckt in der hintersten Ecke des Raums ein kleines Ölporträt, das ihre Schwester in jungen Jahren darstellt. Elsner hatte seine beiden Töchter von dem bekannten Weimarer Maler Guck porträtieren lassen. Hannas Konterfei hängt über dem heimischen Telefontisch. Beide Bilder sind in dunklen Farben gehalten.

Sie tritt heran und betrachtet die noch unfertigen Gesichtszüge. Wie mag Felie jetzt aussehen? Es wird Zeit, die Beziehung wieder aufzufrischen. Doch muss das nicht von der Jüngeren ausgehen? Der Vater, der so an ihr hängt, hat sicher schon enge Kontakte.

Ehe ich's vergesse, sagt Elsner, meine Frau tritt demnächst in einem Konzert auf und singt eigene Kompositionen.

Hella?, fragt Hanna überrascht.

Ja, meint er. Es ist eine Matinee mit Werken Thüringer Komponistinnen.

Hanna wendet sich von dem Bild ab. Warum gönnt er ihr nicht die kurze Zwiesprache mit ihrer Schwester? Und was heißt hier Komponistinnen?

Sie muss üben, du verstehst.

Hanna registriert es stumm und misst den Raum mit einem Blick, der zwischen Bewunderung und Spott schwankt.

Das ist ja fürstlich, sagt sie endlich.

Elsner erklärt, bei Amtsantritt sei die gesamte Einrichtung des Roten Schlosses verwüstet gewesen. Der Innenminister habe, baldige Arbeitsfähigkeit anstrebend, genehmigt, Mobiliar aus dem Stadtschloss zu besorgen. Da das Museum ohnehin auf lange Sicht geschlossen bleiben müsse, habe er dort einige der schönsten Stücke quasi ausgeliehen.

Elsner trägt einen grauen Anzug mit schwarzen Streifen, dazu Weste, Hemd mit steifem Kragen und Fliege. Statt der Brille hat er den Zwicker aufgesetzt, wodurch seine Stirnfalte hervortritt. Er steht vor seinem Schreibtisch und wartet darauf, dass sich Hanna setzt.

Ja, fürstlich, meint er, aber der Schein trügt. Übrigens, der „Schein", fährt er fort. Er blinzelt Hanna zu, um zu prüfen, ob sie den Übergang gebührend würdigt. Doch sie ist noch mit der Ausstattung beschäftigt.

Wirklich fürstlich residierst du.

Er sei kürzlich, berichtet Elsner, beim Mittagessen an einen Tisch mit einem Kollegen vom Bildungsministerium geraten. Sie müsse wissen, meint er, das Kabinett der Landesregierung sei gerade umgebildet worden.

Wie du weißt, sagt er, hat sich unser Ministerpräsident Paul nach dem Westen abgesetzt. Wir mussten schnell handeln. Da Paul durch seinen Stellvertreter, den ehemaligen Innenminister Eggerath von der Einheitspartei, ersetzt wurde, haben sich die Machtverhältnisse verschoben. Und da nur noch eine Handvoll bürgerlicher Strategen übrig sind, die wirklich ihr Fach beherrschen, muss ich mich mit solchen Kollegen verbünden.

Ja und?, unterbricht Hanna.

Der vom Bildungsministerium hat mich informiert, setzt Elsner fort, wie es mit der Sache Sewald steht.

So, beim Mittagessen, konstatiert sie und schürzt die Lippen. Sie ahnt Schlimmes.

Den Richtlinien entsprechend, sagt Elsner bedächtig, besteht wenig Aussicht auf Anstellung.

Wie wenig?, fragt sie.

Ich nehme an, du wirst demnächst eine Ablehnung erhalten.

Hanna begreift. Ihr Vater hat sie ins Ministerium bestellt, um ihr im Schutz der amtlichen Atmosphäre beizubringen, dass ihr Antrag abgelehnt wird.

Was geht dich das an?, fragt sie herausfordernd. Hast du nichts Wichtigeres zu tun?

Ich will dir nur sagen, dass ich nicht intervenieren werde. Du sollst es nicht von anderer Seite erfahren.

Wovon redest du?, fragt Hanna, mühsam beherrscht.

Elsner lässt durchblicken, dass der Beamte vom Nachbarministerium offenbar vorfühlen wollte, ob der Kollege bei Ablehnung seiner Tochter ein juristisches Nachspiel anstrebe.

Ich habe ihn beruhigt, sagt er. Ich werde eine negative Entscheidung nicht anfechten.

Da hört doch alles auf!, empört sich Hanna. Der reinste Kuhhandel. Tust du mir nichts, dann tu ich dir auch nichts.

Genau das Gegenteil ist der Fall, erwidert Elsner ruhig. Ich will keine privaten Händel, und ich kann keine Abhängigkeit gebrauchen. Die Liberalen, zu denen mein Chef und ich zählen, haben momentan keinen schlechten Stand. Das kann sich aber schnell ändern.

Er betont, wie schon so oft, dass er für Hanna und die Kinder sorgen werde. Wenn sie aber unbedingt arbeiten wolle, was sie mit Kopfnicken bekräftigt, sei es kein Problem, sie in Lohn und Brot zu bringen. In den

Schulen, meint er, herrschen schlimme Zustände. Man braucht dringend Schreibkräfte. Ich habe eine alte Remington. Sie stammt aus der Zeit, als die Amerikaner hier waren. Damit kannst du üben. Er steht auf, schleppt, geheimnisvoll tuend, aus einem Biedermeierschrank eine hochbeinige alte Schreibmaschine heran und stellt sie vor Hanna auf den Tisch. Schreibmaschinen sind rar und nicht mit Gold aufzuwiegen. Elsner beobachtet, wie seine Tochter das Angebot aufnimmt.

So, muckt Hanna auf. Sekretärin.

Nur vorübergehend, lenkt er ein.

Ich habe dich nicht gebeten, aus meiner Arbeitssuche eine Staatsaktion zu machen.

Es gibt Zusammenhänge, entgegnet Elsner kühl, die ich berücksichtigen muss. Glaub mir, bei deiner schwachen Konstitution ist das jetzt das Richtige. Er sieht auf sie herab. Trotz Anteilnahme kann er nicht verbergen, dass ihm körperliche Schwäche widerstrebt. Und außerdem, erklärt er mit fester Stimme: Jemand wie du sollte in absehbarer Zeit nicht unterrichten.

Nun ist es heraus. Der eigene Vater fällt ihr in den Rücken. Flüchtig erinnert sie sich an eine frühere Situation. Als Albin und sie vor dem Krieg mit ihm abrechneten, war eine Spur von Drohung in seinem Blick. Sie hatte schon damals die Vorahnung, dass er ihr diese Demütigung nie verzeihen würde. Nun ist es so weit. Er gibt den Schlag zurück. Dieser Mensch im Futteral spielt den bürgerlichen Saubermann. Voller Abscheu mustert sie Elsners makellose Garderobe.

Dann gehe ich eben weg!, sagt sie entschieden.

Jeder muss wissen, was er will, antwortet er scharf.

Sie will antworten, kann sich aber gerade noch zurückhalten. Die Sache ist mal wieder total verfahren. Schon nach Minuten geraten sie aneinander. Es ist kein Segen in ihrer Beziehung. Hanna überlegt, was sie erwartete, als sie, durch die herbstliche Sonne beflügelt, den Marktplatz überquerte und das Rote Schloss betrat. Sie war auf eine Erklärung Elsners eingestellt. Was hatte es mit dem Besuch des russischen Offiziers und Helenas dunklen Andeutungen auf sich? Und nun das. Aber sie ist nicht hergekommen, um mit dem Vater ihre Lebenspläne zu erörtern. Am besten, sie sagt gar nichts.

Elsner verlässt das Thema und spricht über die neue Regierung.

Die Umbildung des Kabinetts, sagt er, ist gerade abgeschlossen. Herr Paul war Jurist und ein gestandener Mann. Eggerath, sein Nachfolger, ist ein ehemaliger Bergmann aus dem Ruhrgebiet. Strammer Kommunist. Hat fast zehn Jahre Zuchthaus hinter sich. Kein unrechter Kerl. Nur, wie stellen die sich das vor? Ein Kohlekumpel als Ministerpräsident? Gut, der hat auch ein zwei Bücher geschrieben. Aber Politik will gelernt sein. Das geht nicht mit links.

Hanna nickt. Der Name Eggerath ist ihr geläufig. Er bewohnt ein Haus im Südviertel.

Der, fährt Elsner fort, hat natürlich seine eigene Mannschaft zusammengestellt. Ohne Neuwahlen. Das Bildungsressort übernimmt übrigens eine Frau. Die SED bekommt nun natürlich noch mehr Oberwasser.

Und die Liberalen?, fragt sie.

Einen guten Mann haben sie geholt, den alten Dr. Külz, Vorsitzender der LDP im Osten. Der wird Justizminister. Aber insgesamt haben die Liberalen einen schweren Stand.

Er schiebt ihr einen Zeitungsartikel hin, der die Überschrift trägt „Reaktionäre Tendenzen in der LDP".

Die meisten von der Einheitspartei, meint er verächtlich, können nicht einmal ordentlich rechnen. Da ist keine Basis da. Man muss annehmen, dass diese Volkstribunen in Zukunft immer mehr Macht an sich reißen. Es gibt schon seit langem Spannungen zwischen den Roten und unserem gemäßigten Flügel. Aber nach Pauls Verschwinden wird jeder Schritt der Bürgerlichen argwöhnisch beobachtet. Der Kerl ahnte gar nicht, was er mit seiner Flucht bei uns anrichtet. Wollte nur sein Schäfchen ins Trockene bringen. Ich kann mir jetzt nicht die kleinste Unkorrektheit erlauben. Dazu die Sowjets, meint er, unruhig umhergehend. Bei denen gibt es auch prächtige Leute, aber allzu oft den üblichen Funktionärstyp. Bei Funktionären ist es gleich, ob einer Russisch, Deutsch oder Chinesisch spricht. Alles eine Soße, schließt er und setzt sich wieder. Man sieht es auf den ersten Blick. Sie bilden sich ein, Revolution zu machen und produzieren nichts als Qualm und Chaos. Wehret den Anfängen!

Hanna sieht zu der Zwischenwand, hinter der die Sekretärin auf eine Schreibmaschine einhämmert. Elsner gibt zu verstehen, dass er sich seine Gedankenfreiheit nicht einschränken lässt. Er habe lange genug geschwiegen.

Hanna hat den Streit über ihre Schultauglichkeit nicht vergessen. So mag sie ihren Vater nicht verlassen. Irgendetwas muss er doch mit ihr besprechen wollen. Die Sache mit dem Antrag erscheint ihr wie ein Vorwand. Sie baut ihm eine Brücke.

Ich nehme an, den Offizier von neulich zählst du nicht zu den Funktionärstypen, die Qualm produzieren.

Nein, ist die knappe Antwort.

Was wollte er von dir?

Nichts. Elsner macht ein abweisendes Gesicht, als müsse sie von selbst begreifen, dass er darüber nicht sprechen kann.

Aber so geht das nicht!, begehrt Hanna auf. Da ist doch etwas. Du hast mich nicht nur herbestellt, um mir diese vorsintflutliche Schreibmaschine zu verehren.

Und mein Vorschlag?

Misch dich bitte nicht in meine Angelegenheiten. Sekretärin werde ich jedenfalls nicht.

Beruhige dich, unterbricht er. Seine Stimme wird weicher. Ja, es ist noch etwas. Er erhebt sich von dem goldverzierten Sessel aus dem Weimarer Schlossmuseum.

Hanna erschrickt über die unerwartete Wendung. Für eine Beichte fühlt sie sich im Augenblick nicht stark genug.

Wie du weißt, erklärt Elsner, habe ich unter den Nazis Juden verteidigt, die ihren Besitz verlieren sollten. Der sowjetische Offizier, ein Richter aus Petersburg, hat sich in den Kopf gesetzt, dass ich jetzt als Verteidiger in anstehenden Prozessen fungieren soll. Es geht, er zögert einen Moment, um Verfahren gegen alte Bonzen, die sich vormals den Besitz jüdischer Emigranten angeeignet haben. Ich sei allein dafür prädestiniert, diese Leute zu vertreten.

Als Verteidiger?

Ja.

Hanna kann die Tragweite nicht überblicken, wendet aber ein, es käme ihr seltsam vor, wenn ein Jurist auf einmal die Gegenseite vertreten würde. Auch könne er als Ministerialbeamter doch nicht einfach solch ein brisantes Verfahren übernehmen. Außerdem finde ich, sagt sie ehrlich entrüstet, verbietet es der Anstand, solchen Schweinen, die zweifellos Unrecht getan haben, gerichtlich beizustehen.

Schon richtig, bestätigt er und wirft ihr von der Seite einen anerkennenden Blick zu. Aber die Leute haben hier zuweilen merkwürdige Rechtsauffassungen. Sie spielen Schach mit Menschen. Du wirst gebraucht, also wirst du ins Feld geführt.

Aber da darfst du nicht mitmachen, Vater, beschwört Hanna ihn.

Elsner hebt die Hände. Der Auftrag ist eine Herausforderung. Wenn ich ablehne, steht meine berufliche Ehre auf dem Spiel. Willige ich ein, muss ich allerdings mit unkalkulierbaren Folgen rechnen. Das ist die Crux. Ich werde, sagt er bitter, als Anwalt zwangsläufig mehr für meine Mandanten herausholen, als mir als Angehöriger des Ministeriums lieb sein kann.

Hanna hat den Eindruck, den eigentlichen Grund für ihr Hiersein gefunden zu haben, und will sich gerade ins Zeug legen. Doch er winkt energisch ab. Und als Hanna trotzdem zum Sprechen ansetzt, sagte er: Johanna, das ist meine Angelegenheit!

Es ist zum Verzweifeln. Dieser Mann lässt sich nie wirklich in die Karten schauen. Kaum hat er einen kurzen Einblick gewährt, geht der Vorhang herunter. Statt sich freizureden, geht er lieber an seinen Konflikten zugrunde.

Ich bin empört!, platzt Hanna heraus. Du willst nicht, dass ich unterrichte, weil ich nicht ausreichend „entnazifiziert" bin. Sie schleudert ihm das ungeliebte Wort regelrecht an den Kopf. Aber solche Lumpen, die bei den Nazis wie die Made im Speck gelebt haben, willst du hofieren.

Sie sind enteignet, wendet er beiläufig ein.

Egal, hält sie dagegen. Unrecht bleibt Unrecht.

Recht muss Recht bleiben. Das ist sein Lieblingssatz. Die neue Funktionsschicht, erklärt er, fühlt sich derart im Recht, dass sie jedes Maß verliert. Wenn wir denen nicht Einhalt gebieten, werden sie Gleiches mit Gleichem vergelten.

Einhalt gebieten, höhnt Hanna. Du beschützt Verbrecher, die unsere Bewegung verraten haben.

Verschone mich mit deinem politischen Qualm.

Hanna hält inne. Ihr Vater ist mit allen Wassern gewaschen und kommt ohne ihre Hilfe zurecht. Aber sie, die seiner Hilfe bedarf, will nicht auf ihn angewiesen sein. Das ist der Punkt.

Ich werde gehen, sagt sie leise. Sie zeigt mit dem Kopf in Richtung Westen.

Er versteht es falsch, zieht seine goldene Uhr aus der Westentasche und nickt.

Ja, es ist Zeit.

Hanna klärt den Irrtum nicht auf, obwohl sie noch nicht auf Abschied eingestellt ist.

Die Besucherkarte?, fragt er.

Sie reicht dem Vater das Kärtchen für den Pförtner. Elsner klappt den Messingdeckel des Tintenfasses auf und unterschreibt mit einem Federhalter. Die Feder kratzt auf dem groben Untergrund.

Ich lasse dann die Schreibmaschine nach Hause bringen, sagt er.

Meinetwegen, murmelt sie. Er hat sie nie verstanden und wird sie nie verstehen. Schmerzlich ist nur, dass sie immer wieder den Eindruck hat, der Wall zwischen ihnen sei kurz vor dem Einsturz.

Hanna steht auf und meint, nachdem sie sich noch einmal umgesehen hat: *Wie hast du's doch so herrlich weit gebracht.*

Er blättert mit eisiger Miene in seinem Kalender. Als Hanna die Tür öffnet, ruft er der Sekretärin zu, der nächste Besucher könne eintreten.

Hanna verlässt das Rote Schloss so schnell wie möglich. In Gedanken beschimpft sie hemmungslos ihren Vater. Er hat es mal wieder geschafft, ihr Selbstbewusstsein zu durchlöchern. Sie schlägt den Weg zum Park ein, obwohl das Gerücht umgeht, entlaufene russische Gefangene würden dort ihr Unwesen treiben. Man spricht von Vergewaltigung und Totschlag. Doch ihr ist jetzt alles egal. Sie fühlt sich, als wäre sie verprügelt worden. Der Park nimmt sie auf, und die dicht umwachsenen Wege schützen sie vor den neugierigen Blicken der Städter.

Die Sonne durchleuchtet die herbstlichen Blätter der stattlichen Bäume. Geruhsam segeln gelbe und rote Blätter herunter und fallen direkt vor ihre Füße. Entfernt sind Axtschläge zu hören. Also ist sie nicht ganz allein. Es stimmt zwar, dass es Ausbrüche aus dem Militärgefängnis oberhalb des Parks gab, doch Hanna glaubt nicht, dass ihr am helllichten Tag etwas zustoßen kann. Sie sortiert ihre Gedanken. Gegenüber Frauen versucht Elsner immer, die männliche Überlegenheit herauszukehren. So ausgleichend er in seinem Wirkungskreis ist, so auftrumpfend verhält er sich in der Familie. Er will Frauen ständig der Schwäche und Gefühlsduselei überführen. Er muss siegen und bestimmen. Sobald sich eine wie Helena freiwillig unterwirft, ist er zufrieden. Wenn aber eine wie ihre Mutter der kühlen Ratio mit Emotionen begegnet, ruht er nicht, bis er der unbestrittene Sieger ist. Er hat seine Frau zerstört, indem er ihr jede Zuwendung versagte. Dasselbe versucht er mit ihr. Hanna kommt sich vor wie die dumme Göre von einst, die wagte, einen eigenen Lebensplan durchzusetzen. Falls sich bestätigt, dass er ihre Anstellung behindert hat, sind sie geschiedene Leute.

Die Schläge werden lauter. Es müssen mehrere Holzarbeiter am Werk sein. Ein bisschen unheimlich ist das schon. Die Parkwege sind menschenleer und die nächsten Häuser außer Rufweite. Wenn nun plötzlich jemand aus dem dichten Gebüsch auftaucht?

Ein Gefühl der Ohnmacht beschleicht sie. Elsner hat ihren wunden Punkt getroffen. Es stimmt ja, sie hat eine schwächliche Konstitution, und sie überschätzt leicht ihre Kräfte. Stimmungen und Vorsätze schlagen leicht um. Es fehlt ihr an Überblick. Und von den politischen Differenzen im Roten Schloss hat sie keine blasse Ahnung. Der Erziehung der eigenen Kinder kaum gewachsen, will sie sich noch mehr Verantwortung aufbürden. Sie will ihren Mann stehen, statt, was er normal findet, einen Mann zu suchen.

Die Idee mit der Schreibmaschine erscheint ihr auf einmal gar nicht so abwegig. Als Sekretärin in einer Schule könnte sie den Schulalltag studieren und dann neu entscheiden.

Doch es wehrt sich etwas in ihr gegen den Vorschlag. Vielleicht ist es Standesdünkel. Einmal im Fahrwasser der Selbstbezichtigung, schlägt sie nun selbst auf sich ein. Ja, sie glaubt, etwas Besseres zu sein, scheut subalterne Dienste.

Sie reckt sich hoch, drückt den Rücken durch. Das könnte ihrem Vater so passen. Der Vorschlag ist eine Falle. Nachgeben bedeutet Eingeständnis von Schuld. Sie ist sich keiner Schuld bewusst. Mit erhobenem Kopf denkt sie an Schillers Gedicht von der deutschen Größe.

Darf der Deutsche ... sein Haupt erheben / und mit Selbstgefühl auftreten? ... / Ja, er darf's! / Er geht unglücklich aus dem Kampf, / aber das, was seinen Wert ausmacht, / hat er nicht verloren ...

Die Axtschläge kommen nun ganz aus der Nähe. Hanna schrickt zusammen. Einer der riesigen alten Bäume saust krachend herab und reißt andere mit sich. Das ist pure Barbarei. Der Park gilt als heilig. Wie können hier Bäume gefällt werden? Und was, wenn sie erschlagen worden wäre? Ein zweiter Baum kracht zu Boden. Hanna sieht es jetzt genau. Mitten im historischen Park, der Hinterlassenschaft des Fürsten Carl August und seines allgegenwärtigen Ministers, wird ein quadratischer Kahlschlag geschaffen. Uniformierte laufen durcheinander, lachen, schlagen sich auf die Schenkel. Es sind russische Soldaten, wenn auch keine Sträflinge. Vielleicht soll sie umkehren, doch ihre Neugier überwiegt. Nach einer Wegbiegung entdeckt sie einen Soldaten mit roter Armbinde, der aufgeregt gestikuliert. Er ruft ihr mit deutschen Brocken zu, sie müsse sofort den Weg verlassen. Sie drängt sich ins Gebüsch, beobachtet dabei aber das bedrohliche Geschehen.

Was tun Sie da?, fragt sie, als sie bei dem Russen angelangt ist.

Wir bauen Friedhof, antwortet er. Friedhof für sowjetische Helden.

Hanna beißt die Zähne zusammen. Unglaublich! Mitten im Goethe-Park neben dem Liszt-Denkmal brennen die Besatzer als Zeichen ihrer Allmacht ein Wundmal ein. Und die hiesigen Behörden sehen tatenlos zu. Um die Gräber deutscher Soldaten kümmert sich niemand. Ihr Hass richtet sich weniger auf die Rote Armee, als vielmehr auf das Rote Schloss und jenen Regierungsbeamten, der ihr Vater ist.

Die Russen haben Hanna entdeckt und winken ausgelassen zu ihr herüber. Sie geht schneller und vermeidet den Blickkontakt.

Hallo, deutsche Frau, kommen hierher!, versteht sie. Hanna beeilt sich, das Blickfeld zu verlassen.

Trotz ihrer anfänglichen Angst hat das lustige Treiben der jungen Burschen ihre Stimmung ein wenig aufgehellt. Mögen die Russen auch ein primitives Volk sein, aber sie ehren ihre Toten, wie es sich gehört. Sie selbst hat es noch nicht fertiggebracht, ihrem Mann einen würdigen Grabstein zu setzen. Sie scheut die Endgültigkeit. Noch immer steht auf seinem Grabhügel jenes Holzkreuz, das Dorfbewohner provisorisch aufgestellt haben. Sollte sie wirklich in Weimar die Zelte abbrechen, muss sie das zuvor erledigen.

Die nachhallenden Axtschläge werden leiser. Noch immer segeln gelbe und rote Blätter herab. Hanna bleibt streng in der Mitte des Weges. Sie atmet tief durch. Die Sonne scheint ihr ins Gesicht. Die Zerschlagenheit lässt nach. Der niederschmetternde Eindruck vom Besuch bei Elsner verliert an Schärfe. Sie wird ohne ihn auskommen und ihre Schwäche beherrschen lernen. Sie wird es ihm beweisen und sich selbst.

Zuhause angekommen, ruft Hanna bei Liedke an. Sie will aus erster Hand erfahren, was geschehen ist.

Hallo, Hanna!, begrüßt er sie. Ehe sie etwas fragen kann, setzt er zu einer Erklärung an, wobei seine Stimme einen bedauernden Ton bekommt. Sie hätten es sich in der Kommission nicht leicht gemacht, und er habe zur Sicherheit im Ministerium um Rat gebeten.

Aber ...?

Er berichtet weiter, man habe sich dort mit ihrem Vater verständigt. Dr. Elsner hätte selbst für die Ablehnung plädiert, zugleich aber vorgeschlagen, man solle ihr eine Stelle als Schreibkraft im schulischen Bereich anbieten. In diesem Sinn, schloss er, haben wir dir geschrieben. Der Brief liegt vor mir.

Hanna schweigt.

Falls eine neue Situation eintritt, hörst du von mir. Ansonsten melde dich, sobald die notwendige Qualifikation vorliegt. Steno ist nicht nötig. Schreibmaschine genügt.

Jetzt muss sie etwas sagen, sonst legt er auf.

Rudi, beginnt sie. Ich darf Sie doch so nennen?

Selbstredend.

Die Sache ist für mich abgeschlossen. Aber eins verstehe ich nicht. Ihr sucht händeringend Lehrer. Ihr macht massenhaft junge Hüpfer mit Kurzlehrgang zu Neulehrern. Und jemanden mit einer soliden akademischen Ausbildung lehnt ihr ab. Das ist doch absurd.

Ganz und gar nicht, antwortet Liedke ruhig. Das ist auch eine Klassenfrage. Es geht um die Brechung des Bildungsprivilegs.

Hanna liegt auf der Zunge, er solle den Qualm lassen, möchte aber Elsners Formulierung vermeiden. So bittet sie um Fortsetzung.

Das Bürgertum, erläutert er, besaß seit jeher das Bildungsprivileg, Wie sich gezeigt hat, handelt es aber immer im eigenen Interesse. Dadurch wuchs die Kluft zu den einfachen Menschen ins Unermessliche. Deshalb müssen endlich Kader aus den werktätigen Schichten herangezogen werden. Nur sie können die Interessen ihrer Klasse wirklich vertreten. Mit der Benachteiligung von Arbeiterkindern muss Schluss sein. Im Gegenteil, sie müssen die besten Bedingungen erhalten, damit sie selbst die Geschicke der Gesellschaft in die Hand nehmen können.

Er spricht schnell, fast gehetzt. Im Hintergrund sind Stimmen zu hören.

Aber Sie stammen doch selbst aus bürgerlichen Kreisen, meint Hanna.

Ja, erwidert er langgedehnt. Aber ... Ich muss jetzt Schluss machen.

Bitte, sagt Hanna. Ich möchte es begreifen.

Also gut. Er macht eine kurze Pause und verfällt dann wieder in das eilige Tempo. Nach Marx fällt der Arbeiterklasse die historische Mission zu, eine allseits gerechte Gesellschaft zu schaffen. Dazu braucht sie Verbündete aus der Bauernschaft, dem fortschrittlichen Bürgertum, der Intelligenz. Ein großer Teil des Bürgertums hat sich in Deutschland durch Kollaboration mit den Faschisten diskreditiert. Umso mehr sind jene gefordert, die, wie beispielsweise Ihr Vater, den Nazis die Stirn boten.

Ja aber, wendet Hanna ein, sind denn die Arbeiter nicht jene ehemaligen Volksgenossen, die den Krieg geführt haben?

Sie wurden missbraucht, meint Liedke. Die Arbeiter führten keinen Krieg, sie wurden verheizt. Das ist ein Unterschied.

Und die Bürgerlichen?

Das Bürgertum hat paktiert, antwortet Liedke. Es musste auf Grund seiner Bildung wissen, worauf es sich einlässt. Es hat die KZ gebilligt, in denen Tausende ums Leben kamen. Es wollte profitieren von den Raubzügen der Nationalisten.

Das erscheint mir doch sehr simpel, sagt Hanna und kann nicht verbergen, dass sie die Darstellung komisch findet.

Das mag dich amüsieren, Hanna, sagt er bissig. Aber eigentlich sind du und deinesgleichen verärgert, dass ihr mit all euerm angehäuften Wissen nicht mehr unentbehrlich seid.

Hanna ist nicht zum Streit aufgelegt. Aber das Gesellschaftsschema erscheint ihr alles andere als schlüssig. Sie hat sich von ihren Eltern und deren bürgerlicher Welt bewusst losgesagt. Als junge Leute rebellierten sie gegen die verstaubten Konventionen der Älteren, vertauschten im Wandervogel die Gelehrtenstuben mit der freien Natur. Gemeinsam mit allen Volksteilen waren sie dann in der nationalen Bewegung aufgegangen. Warum holte der Mann jetzt alte Begriffe wie Klassen und Schichten aus der Mottenkiste?

Sie bringt nur ein wiederholtes „Aber" hervor. Liedke setzt fort, ehe sie ihre Überlegungen artikulieren kann.

Die Proletarier verändern die Welt. Sie formen die Zukunft, nicht nur hier, überall. Wir haben die Wahl: Abseitsstehen oder unser Scherflein beitragen. Er bricht ab. Ich muss wirklich Schluss machen.

Ja, sagt Hanna nachdenklich. Und Sie glauben das alles? Oder ist jemand im Zimmer?

Ich beginne zu begreifen, sagt er und fügt freimütig hinzu: Vielleicht wirkt es noch ein bisschen angelesen. Ich stehe ganz am Anfang. Aber ich kann nur sagen, es fällt mir wie Schuppen von den Augen. Wir haben doch früher immer nur Gretchens enges Kämmerlein gesehen, meint er spöttisch. Wir ahnten nichts von Gesetzmäßigkeiten. Der Sieg der Arbeiterklasse ist gerecht. Wer die Werte schafft, soll die Macht ausüben.

Jetzt verstehe ich, erwidert Hanna, warum ihr mich ablehnt. Ich hab' die falsche Großmutter, wie bei den Nazis.

Blödsinn!, ruft Liedke. Die Anspielung auf den Arier-Nachweis sei äußerst unangebracht. Es wäre keine biologische, sondern eine soziale Frage.

Nichts für ungut, meint Hanna besänftigend. Ich danke für die Aufklärung.

Liedke murmelt noch etwas von einem unerhörten Vergleich, versichert aber, er werde ihr trotzdem helfen, sobald sie Fortschritte auf der Schreibmaschine mache. Dann legt er auf.

Hanna geht mit schweren Schritten die Stufen hinauf. In ihrem Kopf wirbelt alles durcheinander. Man wirft ihr Herkunft und Gesinnung vor. Sie ist also doppelt belastet. Reizend. Nicht mal als Bündnispartner kommt sie in Frage. Freilich können solche Verbündete schnell fallengelassen werden.

Im Wohnzimmer zieht sie den Mantel aus, wirft ihn über einen Stuhl, setzt sich. Auf dem runden Esstisch steht noch das Geschirr vom Frühstück. Sie schiebt es beiseite, streift mit der rechten Hand die Krümel vom Tischtuch und fängt sie mit der linken auf. Dann holt sie Schreibzeug. Da sie den Füllfederhalter lange nicht benutzt hat, ist die Tinte eingetrocknet. Sie findet einen Kopierstift und spitzt ihn an. Lisas Brief mit der Adresse des gemeinsamen Kommilitonen Detlef Trott legt sie neben das Schreibpapier auf die rot-weiß karierte Tischdecke und zieht den Stuhl heran.

Nachdem Anrede und Datum auf dem Blatt stehen, zögert sie. Das Leben in den westlichen Sektoren hat sie kaum verfolgt. Sie weiß nicht, womit sich die früheren Freunde herumschlagen. Die Pakete, die regelmäßig kurz vor Weihnachten eintreffen, geben wenig Auskunft. „Geschenksendung/Keine Handelsware" steht darauf. Der Inhalt, Köstlichkeiten wie Apfelsinen oder Schokolade, aber auch Nützliches wie Reis und Nudeln, lässt auf gesicherte Verhältnisse schließen. Aber in den wenigen Zeilen, die dem Inhaltsverzeichnis beiliegen, steht nichts über nähere Lebensumstände.

Beinahe alle ihre Bekannten sind aus der russischen Besatzungszone geflohen. Die Frau eines ehemaligen Erziehers aus Blängsch hatte ihr einmal etwas anvertraut. Als ihr Mann zum letzten Mal zur Front abkommandiert wurde, nahm er ihr ein Versprechen ab. Falls es nicht zum Endsieg käme, müsse sie das Einflussgebiet der Russen sofort verlassen. Das war sein letzter Wille. Ich habe es ihm geschworen, hatte die Frau gesagt. Albin wusste wenig von der Absicht der Alliierten. Sonst hätte er wohl dasselbe verlangt.

Sie starrt auf das Bild über der Couch, ohne es zu sehen, eine Reproduktion der „Roten Pferde" von Franz Marc. Sie muss an Liedke denken. In seiner Sicht gerinnen Menschen zu einer amorphen Masse: Diskreditiertes Bürgertum, Punkt. Trotzdem hat sie Sympathien für ihn, was vermutlich auf Gegenseitigkeit beruht. Er glaubt an ein Ideal, denkt nicht nur an sich, hat etwas vor. Freilich ist da ein Graben. Sie ahnt auf einmal, was ihr Vater meinte, als er von Spannungen zwischen Roten und Liberalen sprach. Sollte sich der Machtkampf von Kommunisten und Bürgerlichen einmal zuspitzen, wird sie zwangsläufig ins Lager des Vaters geraten, ob sie will oder nicht.

Sie konzentriert sich auf den Brief und schildert in Kurzfassung, wie es ihr in den Jahren des Nachkriegsfriedens ergangen ist. Ungewollt schleicht sich ein Klageton ein. Dabei will sie gerade nicht als politisches Opfer gelten. Ihre Gedanken schweifen ab, und der Stift entgleitet der Hand.

Was sind das eigentlich für Leute, die im Roten Schloss regieren? Bisher hielt sie die meisten der neuen Machthaber für ausgemachte Vaterlandsverräter und Nestbeschmutzer. Solches Gesindel wurde vor dem Zusammenbruch ganz zu Recht in Konzentrationslagern zusammengefasst. Der gesunde Volkskörper hatte durch solche Parasiten nicht infiziert werden dürfen. Aber irgendwie passt das nicht zu dem, was sie inzwischen gesehen und gehört hat. Die neuen Leute konnten doch nicht alle heimgekehrte Häftlinge oder Emigranten sein. Sie mussten, wie Elsner, als brave, unauffällige Bürger in unmittelbarer Nähe gelebt haben.

Sie steht auf, tritt ans Fenster und sieht in den Nachbargarten.

Was ist überhaupt aus der „Volksgemeinschaft" geworden, dieser imaginären Kraft, die so viel Geborgenheit versprach. Ein Magnet, der über Nacht seine magische Kraft verlor. Plötzlich gibt es nur noch Schrott, rostige Nägel, unansehnliche Eisenspäne, Ersatzteile. Der Einzelne wurde ohne Abschied aus der Gemeinschaft entlassen. Keiner ist zuständig. Sie gehört zu niemandem, ist ausgeschieden, diskreditiertes Bürgertum eben. Und ausgerechnet sie, Johanna Sewald, soll jetzt die Verantwortung für die Toten im KZ Buchenwald übernehmen?

Das Bild von der festgefügten Gemeinschaft, an die Hanna, trotz aller Anfechtung, wacker geglaubt hat, bekommt rückwirkend einen Sprung. Wo sind sie hin, die heroischen Deutschen?

Liedkes Spitze mit Gretchens Kämmerlein stimmt natürlich. Hanna hat in der Idylle gelebt. Eine Zeitung hatten die Sewalds nicht abonniert. Ins Kino ging man in ihren Kreisen nicht. Albin hörte im Radio fast nur Musik, höchstens noch die obligatorischen Führerreden, später die Frontberichte. Das reichte. In politischen Dingen hatte sie auf Albins Weitsicht vertraut. Sie war für die Familie zuständig, er für das „Reich", die größte und heiligste Familie. Hatte er Zweifel, redete sie ihm zu. Das war ihre Pflicht als Frau und Mutter. Ihr Glauben war nie durch kleinliches Misstrauen getrübt worden. Vielleicht, denkt sie, indem sie die Augen zusammenkneift und das farbige Laub der Obstbäume im Nachbargarten wie ein zerfließendes Aquarell wahrnimmt, vielleicht war das ein Fehler.

Auf einmal wird sie von Erinnerungen überschwemmt. Sie sieht ihren Mann, als er vom Ettersberg zurückkam. Er hatte eine Stunde lang ununterbrochen erzählt. Von der glänzenden Organisation, der Häftlingspolizei, der Bibliothek. Mehrere Tausend Bände standen den Häftlingen zur Verfügung, darunter die Creme der deutschen Literatur. Mehr konnte man nicht verlangen. Dann die Gewerke. Die Korbflechterei hatte er geschildert, die Weberei, die Tischlerei. Andererseits stimmte es auch, dass er kreidebleich war, als er das erzählte.

Sie überlegt. Ist es denkbar, dass Albin ihr etwas verschwieg? Nein, eher wurde er selbst hinters Licht geführt. Doch um die Gerüchte vom Steinbruch zu entkräften, war er ja ins KZ gefahren.

Kann es überhaupt sein, fragt sie, die Lippen stumm bewegend, dass dort Tausende umgekommen sind? Aus der Kindheit kennt sie den Steinbruch am Nordhang des Berges und sieht ihn in der verwunschenen Gestalt von damals.

Rein theoretisch betrachtet, muss sie einräumen, wäre es möglich. Nur setzt das voraus, dass die verantwortlichen Wachleute, ausgesuchte Parteigenossen, allesamt Lügner waren. Sie hätten nicht nur Albin, sondern auch die ausländischen Delegationen vom Roten Kreuz hinters Licht führen müssen. Das erscheint ihr unglaubwürdig. Da fällt ihr noch etwas ein. Sie war immer davon ausgegangen, dass die Diener und Träger der Bewegung ebenso dachten und fühlten wie sie selbst. Und da sie meinte, ohne Falsch zu sein, traute sie auch anderen keine Unlauterkeit zu.

Ihr wird plötzlich übel. Sie schiebt die Erinnerungen gewaltsam beiseite. Warum geht ihr das alles gerade durch den Kopf, da sie die Flucht vorbereitet? Sie muss ihre eigene Haut retten. Schließlich gibt es inzwischen das Internierungslager der Russen. Sie selbst kann auf den Ettersberg kommen.

Doch sie kann der Frage nicht ausweichen. Waren jene Inhaftierten im KZ vielleicht ganz normale Menschen? Nicht anders als sie selbst? Nein, das kann nicht sein. Die damaligen Häftlinge waren Gesetzesbrecher, egal, ob aus rassischen, völkischen oder politischen Gründen. Das

Gesetz musste geschützt werden. Sie jedenfalls hat nie das Gesetz gebrochen.

Das überzeugt Hanna einigermaßen, und sie nimmt wieder den Stift zur Hand. So nüchtern wie möglich beschreibt sie die Geschichte ihrer Ablehnung. Irgendwo muss es doch einen Kreis geben, in den sie passt. Und wären es nur die Jünger Petersens und des Jenaplans.

Vor dem eigentlichen Anliegen ihres Briefes scheut sie zurück. Sie klopft mit den Fingern auf den Tisch. Es ist Unsinn, was Liedke von der bürgerlichen Pädagogik behauptet. Petersen hat immer an die unteren Schichten gedacht. Sein ganzes System zielte auf Annäherung der sozialen Gruppen. Das sogenannte Bildungsprivileg des Bürgertums ist eine Schutzbehauptung. Sie werden schon sehen, was aus ihrer Gesellschaft wird, wenn man die Gebildeten vertreibt.

Allmählich findet Hanna ihr Gleichgewicht. Sie berichtet dem einstigen Kommilitonen von ihrer Sehnsucht nach sinnvoller Arbeit. Sie habe von Lisa nur Bestes über das Landschulheim Burg Neuhaus gehört. Trott sei sicher ein guter Anwalt der schulreformerischen Ideen, die für Albin und sie immer ein Lebensquell gewesen seien. Deshalb frage sie an, ob er sie als Erzieherin gebrauchen könne.

Wenn ich und meine drei Söhne in der Lehranstalt Platz finden, schreibt sie, *würde ich sofort nach Niedersachsen übersiedeln. Der Stil im Osten geht mir gegen den Strich. Grüße und Wünsche ...*

Sie liest den Brief noch einmal durch. Aus Angst, die Sache zu verzögern, ändert sie nichts. Sie klebt das Kuvert zu, adressiert und frankiert. Dann verlässt sie das Haus und bringt den Brief zum Briefkasten.

SECHSTES KAPITEL

Betrogen

Der Schreibkurs, den Hanna seit Januar 1948 an einem Abend in der Woche besucht, findet im ehemaligen Tanzlokal „Bavaria" statt. Das Gebäude des Restaurants am Weimarer Postplatz wurde nach dem Krieg enteignet und der Freien Deutschen Jugend übertragen, dem einzigen in der sowjetischen Besatzungszone zugelassenen Jugendverband. Man hatte es weißgetüncht und das Schild mit dem Tanzpaar über dem Eingang durch ein überdimensionales Emblem ersetzt. Es zeigt eine mit Strahlen umrahmte große Sonne auf blauem Grund und darüber die Abkürzung FDJ. Hanna fällt immer wieder auf, dass über der Sonne drei Buchstaben stehen, nicht zwei wie bei den Nazis. Von der HJ ist lediglich das J übriggeblieben.

Das alte „Bavaria" heißt nun Klubhaus. Der Kurs wird im ehemaligen Tanzsaal abgehalten. Das Mobiliar wurde herausgerissen. Hinten steht ein Ofen mit einem langen, mehrfach an der Decke befestigten Ofenrohr, das zum Schornstein führt. Die dreißig Kursantinnen sitzen an niedrigen Schultischen. Auf jedem Tisch liegt ein gedruckter Plan, auf dem alle Tasten der Schreibmaschine abgebildet sind. Mit Hilfe dieses Blattes wird das Zehnfinger-System erlernt. Jede Woche kommt ein neuer Buchstabe hinzu, der dann mit Rotstift umrandet wird. Der Kursleiter Dr. Hansbach spricht die Aufgabe vor. Die Frauen müssen sie laut wiederholen und ohne hinzusehen die abgebildeten Tasten treffen. Erst danach wird praktisch geübt, denn es gibt nur eine Schreibmaschine. Sie steht auf dem Tisch des Kursleiters, der das wertvolle Gerät mit Argusaugen bewacht.

Hansbach, ein kleiner dicklicher Mann mit hoher Stimme, trägt ein auffälliges Abzeichen am Revers. Bei jeder Gelegenheit flicht er ein, dass sein Vater „Opfer des Faschismus" sei. Auf die Frauen macht das wenig Eindruck. In Weimar gibt es derzeit erstaunlich viele Widerstandskämpfer.

Zu den Teilnehmerinnen des Kurses gehört eine Gruppe sudetendeutscher Frauen, die nach der Flucht in den umliegenden Dörfern untergekommen sind. Sie tragen wollene Kopftücher und sprechen einen sympathischen Dialekt. Sie erscheinen immer gemeinsam und besetzen die ersten Reihen. Meistens müssen sie früher aufbrechen, um den letzten Bus zu erreichen.

Hanna hat die hinterste Reihe in Beschlag genommen, die nur aus zwei Plätzen besteht. Hier ist es am wärmsten. Am Anfang saß eine kleine, verschüchterte Frau neben ihr. Nachdem das Gerücht aufkam, sie sei die Witwe eines Sturmbannführers, blieb der Platz leer.

Eines Abends im März sitzt eine Neue auf Hannas Nachbarstuhl. Sie wirkt ziemlich aufgeputzt und hat eine neumodische Frisur. Unter einer Männerjacke trägt sie ein ausgeschnittenes Kleid und dazu Hackenschuhe.

Greta Matuschke, sagt sie zur Begrüßung.

Angenehm, Hanna Sewald. Sie hat Mühe, nicht auf den freigiebigen Ausschnitt zu starren.

Die Neue ist äußerst gesprächig. Sie sucht ständig Anknüpfungspunkte, greift die leiseste Reaktion auf und redet in schwindelerregendem Tempo.

Hansbachs Unterricht ist zäh, so dass Hanna die Dauerreden mit Gleichmut aufnimmt. Zum Kurs kommt sie nur, damit sie zur Prüfung zugelassen wird. Sie hat im Antiquariat eine Anleitung aus den Zwanzigerjahren erstanden und übt so oft wie möglich an jener alten Remington, welche die Amerikaner im „Haus mit der Madonna" zurückgelassen hatten. Dabei tippt sie Artikel aus der „Thüringer Landes-Zeitung" oder aus dem SED-Blatt „Das Volk" ab.

Greta kennt sich in Weimar glänzend aus. Sie war früher Bedienerin im Casino der Parkkaserne und wohnt im Bahnhofsviertel, nahe beim Schlachthof.

Am Sonnabend, berichtet sie, gibt es Freibankfleisch, billig und ohne Marken. Alle meine Leute kaufen dort.

Hanna sieht kurz auf, was die Nachbarin als Aufforderung auffasst. Mit ungebremster Lautstärke preist sie die segensreiche Einrichtung.

Ohne Freibank hätte ich nicht überlebt. Man kann zwar nur Pferdefleisch kaufen, ist nicht jedermanns Sache. Mir schmeckt es aber hervorragend ...

Bitte, Fräulein, ermahnt sie der kleine Doktor Hansbach sanft.

Für Sie immer noch Frau Matuschke, schießt Greta zurück. Hansbach stöhnt, und die Frauen kichern.

Am besten war es bei den Amerikanern, meint die Nachbarin leise und verdreht schwärmerisch die Augen. Jetzt ist alles vorüber. Sie summt den Anfang eines Schlagers.

Wieso?, fragt Hanna, was sich als Fehler erweist. Denn nun folgt eine lange Geschichte. Kurz vor Kriegsende hatte Greta beim Tanzen einen schmucken Soldaten kennen gelernt, der im Fronturlaub nach Weimar kam. Zu einer Ferntrauung war es nicht mehr gekommen. Als sie dann nichts mehr von ihm hörte, bandelte sie mit einem amerikanischen Offizier an, der sie angeblich heiraten wollte. Als die Russen die Amerikaner ablösten, verlor sie ihre Stelle im Casino. Der Offizier verschwand auf Nimmerwiedersehen. Eines Tages kehrte aber der deutsche Soldat zurück und suchte bei ihr einen Unterschlupf. Der Mann hatte nur noch ein Bein und ging auf Krücken. Er war ein einziges Häufchen Elend, wie sie sagt. Nun hab' ich einen Krüppel am Hals. Dabei könnte ich drüben Fettlebe machen.

Bevor sie zur nächsten Geschichte übergehen kann, ziehen die Sudetendeutschen geschlossen aus dem Saal. Nach kurzem Überlegen entlässt Dr. Hansbach auch die übrigen Frauen. Hanna will wegen der Kinder schnellstens nach Hause, doch das lässt die Neue nicht zu. Sie fragt nach Wohnung, Beruf, Auskommen. Hanna gibt spärlich Antwort und strebt zur Garderobe. Die andere lässt sich nicht abschütteln.

Wenn Sie was brauchen, meint sie, Greta Matuschke besorgt alles.

Alles? Hanna bleibt stehen. In diesen Zeiten?

Alles, was Sie wollen.

Auch einen Grabstein?, fragt Hanna.

Absolut, versichert Greta. Sie spricht von einem Bekannten im Travertin-Werk und einem Bekannten, der als Steinmetz arbeitet. Sie hat offenbar viele Bekannte.

Hanna geht nicht darauf ein. Endlich kann sie entwischen. Sie behauptet, ihr Bus komme gleich, nimmt den Mantel über den Arm und zieht ihn erst draußen an. Als sie im Schatten untergetaucht ist, erwägt sie, das nächste Mal den Platz zu wechseln. Allerdings könnte sie über die gesprächige Nachbarin nützliche Beziehungen knüpfen. So jemand wie Greta weiß bestimmt auch über die Grenze Bescheid. Das kann noch einmal nützlich sein.

Greta, sagt sie halblaut und muss schmunzeln. Wie kann man nur Greta Matuschke heißen?

Seit Hanna allein für ihre Familie sorgen muss, widmet sie einen Tag im Monat der Haushaltsplanung. Wenn es kurz vor Monatsbeginn die neuen Lebensmittelkarten gibt, lässt sie alles andere liegen und macht Inventur.

Nach dem Umzug übernahm sie Albins Schreibschrank für schriftliche Arbeiten. In den beiden Fächern oberhalb der Schreibplatte, wo die Lieblingsbücher ihres Mannes standen, sind nun ihre wichtigsten Habseligkeiten untergebracht. Bargeld und alte Sparbücher bewahrt sie in einem verschließbaren Holzkästchen auf. Daneben liegt eine zerschlissene, ebenfalls abschließbare Mappe für Marken und Bezugsscheine. Außerdem gibt es mehrere Hefter für Dokumente. Kernstück ihrer Bürosachen ist ein altes, schwarzes Kontorbuch aus Elsners Praxis, aus dem die ersten Seiten herausgerissen wurden.

Als Hanna Ende Februar wieder einmal die Schreibplatte herunterklappt, um sich Klarheit über die Finanzen zu verschaffen, weckt der Geruch von Möbelpolitur zwiespältige Empfindungen. Durch das quietschende Geräusch des Scharniers wird sie an die Episode mit der versteckten Pistole erinnert. Sobald sie aber sitzt und mit beiden Händen das gemaserte Holz betastet, muss sie an ihren Mann denken. Der Platz, an dem Albin viele Gedichte verfasst hatte, flößt ihr immer noch Scheu ein. Zur Furcht vor Entweihung kommt die Angst vor einem Minus bei der Abrechnung. Trotzdem fiebert Hanna dem monatlichen Ritus entgegen. Er verheißt kleine Siege im Kampf gegen den großen

Mangel. Das Einsparen betrachtet sie als einen Sport. Einsparen heißt, einem Meer Land abzuringen. Sie trennt mit der Schere alle Marken von den Lebensmittelkarten ab und heftet das, was für eine Woche reichen muss, mit Büroklammern zusammen. Die Brotmarken reichen nie, das weiß sie. Dagegen werden die Abschnitte für Fleisch und Wurst selten aufgebraucht.

Nachdem die Marken eingeteilt und gebündelt sind, rechnet Hanna im Kontorbuch den letzten Monat ab. Im Holzkästchen ist nur noch Kleingeld. Aber immerhin konnte sie erneut ohne Verlust auskommen. Sie zehrt davon, dass sie die schwierige Klippe von Weihnachten und Silvester ungeschoren überstanden hat. Doch nun, am Ende des Winters, erwacht neue Kühnheit. Unten gluckst das Schmelzwasser im Gully. In den Blautannen gegenüber schreien die Elstern. Am Morgen hat sie gesehen, dass aus den nassen Beeten im Vorgarten die ersten Spitzen der Schneeglöckchen hervorlugen. Es geht aufwärts. Sie hat das Unwahrscheinliche geschafft, nun geht es ans Unmögliche.

Sie will zwei zusätzliche Monatsraten herauswirtschaften. Nur so kann zusammenkommen, was sie bis zum Sommer braucht, eine Rücklage für Albins Grabstein und das Fahrgeld nach Burg Neuhaus.

Sie schlägt eine neue Seite im Kontorbuch auf und schreibt Zahlen untereinander. Die Liste der Einnahmen, mit der sie beginnt, ist kurz. Die staatliche Unterstützung besteht aus der schmalen Witwenrente, aufgestockt durch die Halbwaisenrente für jedes Kind. Den größeren Teil ihrer monatlichen Einnahmen steuert nach wie vor ihr Vater bei, der den Betrag nach Hannas Einzug stillschweigend erhöht hat. Schließlich kommt eine Kleinigkeit für das Klavier hinzu, das die Sewalds vor Jahren an einen Musiker vermietet haben.

Die Liste der Ausgaben ist dagegen schier endlos. Hanna überträgt sie jeden Monat von der vorhergehenden Seite, immer auf der Suche nach Verzichtbarem. Sie schreibt solche Zahlen nicht ohne Groll. Bei den niedrigen Kosten für Schulspeisung, Volksküche und Kindergarten kann sie einfach nichts herausholen. Zum Glück ist der neue Schreibkurs unentgeltlich. Dafür kostet er Zeit. Die Prüfung soll erst nach sechs Monaten abgelegt werden.

Bleiben noch unerlässliche Ausgaben für den Haushalt. Jede Rolle Garn, jedes Päckchen Scheuersand, jedes Stück Kernseife für die Wäsche muss bedacht und bis zum letzten Gran ausgenutzt werden. Schulhefte und Schreibmaterial für die Kinder geraten zum ständigen Streitpunkt. Kleidung anzuschaffen, hält Hanna für grobe Verschwendung. Sie hat auf dem Boden einen geräumigen Kleiderschrank deponiert, in dem Elsners ausrangierte Hemden und Anzüge hängen. Daraus zaubert sie an der Singer-Nähmaschine neue Hosen, Hemden und Jacken jeder Größe.

Ein Problem sind die Schuhe. Sie selbst trägt Schuhe, die, weil vor dem Krieg gekauft, als „Friedensware" firmieren. Leider steigen die Ausgaben für den Schuster bedrohlich an. Für die Jungen ist ein Paar Schuhe pro Jahr eigentlich unerlässlich. Aber das ist noch ein fernes Ziel.

Sie zieht einen Strich unter die Zahlenkolonnen und dämpft ihre Hoffnung. Obwohl sie knapp kalkuliert hat, bleibt so gut wie nichts übrig. Doch noch ist nicht alles verloren. Nach dem Zusammenzählen folgt erst der eigentliche Hauptvorgang, das Kürzen. Sie rechnet, streicht, fügt wieder hinzu, rechnet erneut. Der Rest ist klein. Es würde eine Ewigkeit dauern, bis sich etwas summiert.

Als sie das Kontorbuch zuschlägt, ist sie unzufrieden. Wenn sie in Weimar die Zelte abbrechen will, muss sie unbedingt an zusätzliches Geld kommen. Wie sie auch überlegt, es bleibt nur ihr Vater. Obwohl am Jahresende eine Entspannung eingetreten ist, schwelt zwischen Elsner und ihr noch ein uneingestandenes Zerwürfnis. Sie legt die Unterlagen in die Mappe und räumt alles wieder auf seinen Platz. Vielleicht fällt die nächste Abrechnung besser aus. Als sie die Schreibplatte hochklappt, meldet sich wieder das quietschende Scharnier.

Kurz vor Frühlingsbeginn, als Hanna schon daran zweifelt, dass ihr ehemaliger Studienfreund wirklich Erzieher für seine Schule sucht, trifft ein dicker Brief aus Burg Neuhaus ein.

Detlef Trott geht ausführlich auf Hannas Bericht ein, den er verständnisvoll kommentiert. Noch ausführlicher schildert er den schwierigen Anfang seines Landschulheims. Erst ganz am Schluss folgt ein kurzer Abschnitt zu ihrem Anliegen. Sie überfliegt die dicht gedrängten Zeilen und sucht den entscheidenden Satz. Der wichtigste Teil der Antwort endet in kleiner, kaum entzifferbarer Schrift auf dem Rand des letzten Blattes. Demnächst werde vermutlich eine Erzieherstelle vakant. Nach Ostern, wenn in der britischen Zone das neue Schuljahr beginnt, werde er Klarheit haben. Sie solle aber schon jetzt eine offizielle Bewerbung an ihn richten. Die Kinder, schreibt er, könnten sofort eingeschult werden. In der Burg wäre noch ein kleines Zimmer frei, im Dorf aber ausreichend Wohnraum. Als Postskriptum steht am gegenüberliegenden Rand: Liebe Hanna, rufe bitte Lisa Abel an.

Wenn der Brief auch keine Absage enthält, vermisst Hanna doch ein klares Wort. Selbstverständlich wird sie die Bewerbung in den nächsten Tagen absenden. Aber allem Anschein nach hat eine alleinstehende Frau mit drei Kindern auch in den Westzonen schlechte Aussichten. Sie liest alles noch einmal durch und bleibt an zwei Sätzen hängen.

Trott schreibt, er wolle alles tun, um den Kindern von Albin Sewald eine Heimstatt zu geben. Ein merkwürdiger Vorsatz. Schließlich hat sie aus beruflichen Gründen bei ihm angeklopft. Es klingt so, als suche er eigentlich Nachwuchs für seine Schule und als sei die Mutter nur eine Zugabe, die man in Kauf nimmt.

Noch eine andere Stelle stört Hanna. Natürlich, heißt es da, will ich, dass ihr den Fängen der kommunistischen Herrschaft entkommt. Sie begreift nicht, wie er aus ihrer sachlichen Darstellung zu solchem Rückschluss kommen kann. Gewiss, sie könnte sich als Opfer darstellen, aber das widerstrebt ihr. Wenn sie darauf eingeht, tut sie Liedke Unrecht und macht aus ihrem Vater einen willfährigen Erfüllungsgehilfen der Kommunisten.

Hanna faltet den Brief zusammen und geht ihren täglichen Beschäftigungen nach. Dabei muss sie noch an ihren einstigen Kommilitonen denken. Sie räumt auf und stellt die Remington auf den Tisch. Dann holt sie Zeitungen aus der Ablage und sucht nach einem Artikel, der zum Abtippen geeignet ist. Im Politikteil der Weimarer Zeitung findet sie etwas über die Nürnberger Prozesse. Das Verfahren vor dem internationalen Militärtribunal und die langwierigen Folgeprozesse hat Hanna gelegentlich im Radio verfolgt. Nach ihrem Verständnis entziehen sich Kriegshandlungen prinzipiell der juristischen Verfolgung. Dabei wird ein ehernes Gesetz verletzt: Ein Gericht muss unparteiisch sein. Die Siegermächte, Russen wie Amerikaner, sind zwangsläufig befangen.

Der Artikel schildert ein Nachfolgeverfahren, das nur für die amerikanisch besetzte Zone gilt. Im Auftrag der US-Regierung verhandelt das Militärgericht gegen Mitarbeiter des Konzerns IG-Farben. Es geht um den Vorwurf direkter und indirekter Kriegsverbrechen. Die Wiedergabe ist kümmerlich. In sinnlos verschachtelten Sätzen, gespickt mit Termini der Einheitspartei, wird die Verhandlungsführung wegen zu großer Milde kritisiert. Dennoch üben Berichte von politischen Ereignissen in den Westzonen starke Anziehungskraft auf Hanna aus. Wenn sie geduldig die mageren Informationen aus den wuchernden Sätzen filtert, fühlt sie sich wie ein Dolmetscher, der Deutsch in Deutsch übersetzt.

Sie zieht ein neues Blatt in die Maschine, legt die Finger streng nach Vorschrift auf die Tasten und beginnt, den Artikel abzutippen. Während sie schreibt, hat sie Trott vor Augen. Nach ihrer Erinnerung war er groß, ging etwas nach vorn gebeugt, den Blick auf den Boden geheftet. Er sprach leise, hatte für alles Verständnis, vermied Entscheidungen. Was mag der jetzige Direktor eines westdeutschen Landschulheims davon halten, dass deutsche Landsleute von amerikanischen Richtern angeklagt und verurteilt werden?

Nachdem sie fertig ist, entdeckt Hanna in der „Täglichen Rundschau", dem von der „Roten Armee" herausgegebenen Blatt der Sowjetischen Militäradministration, einen Artikel, der ihre Stimmung in die Höhe schnellen lässt. Darin wird behauptet, die Renten würden demnächst angehoben. Nach ihrer Berechnung müsste sie dadurch monatlich stolze hundert Mark mehr bekommen. Aus der Nachzahlung ergäbe sich ein ansehnlicher Grundstock für außerplanmäßige Ausgaben. Weil im Osten die Renten erhöht würden, steigen also ihre Chancen, in den Westen zu kommen.

Sie tippt die Mitteilung in allen Einzelheiten ab. Was ihr zusteht, will sie auch einfordern, selbst wenn es von Russen und Kommunisten stammt.

In der Eile hat sie sich verschrieben. Noch bevor sie das Wort verbessern kann, klingelt es. Unten ist Helenas Stimme zu hören. Kurz danach kommt jemand die Treppe herauf. Hanna geht in den Flur. Es ist Peer. Seine Haare stehen zu Berge, die Jacke ist offen. Er atmet schwer. Als er bei Hanna anlangt, lässt er den Ranzen fallen und lehnt sich an ihren Körper. Sie will etwas fragen, lässt es aber, als sie sein Schluchzen hört. Sie drückt seinen Kopf an ihre Brust und redet ihm zu.

Peer verharrt eine Weile in ihrer Umarmung, macht sich dann frei und torkelt ins Wohnzimmer. Von der Couch kommt ein knarrendes Geräusch.

Was ist?, fragt sie.

Nichts!, sagt er patzig.

Hanna sammelt Schuhe, Jacke und Schal zusammen und bringt den Ranzen ins Zimmer. Die Schule kann nicht zu Ende sein. Es muss andere Gründe haben, dass er so früh zu Hause ist. Doch sie will vorerst keine Fragen stellen.

Es ist also nichts passiert, sagt sie und setzt sich ans Fußende.

Peer erzählt ansonsten viel von schulischen Dingen. Im Gegensatz zu Ulrich kann er manchmal gar nicht aufhören. Dabei ahmt er gern Eigenheiten seiner Lehrer nach. Das sind richtige Kabinettstückchen. Bei solchen improvisierten Szenen hat sie schon eine Ausbildung als Schauspieler erwogen. Sie nimmt seine Hand, die er, anders als sonst, nicht zurückzieht.

Als Peer sich beruhigt hat, versucht Hanna eine Annäherung, wobei ihr Tonfall ein Verzeihen vorwegnimmt.

Hast du Unsinn gemacht oder eine schlechte Zensur bekommen?

Nein.

Du bist verprügelt worden.

Sie haben Herrn Röbel verhaftet, sagt Peer fast tonlos.

Hanna lässt seine Hand los. Dass dieser Junge alles dramatisieren muss.

Sieh mich nicht so an, erwidert er heftig. Es ist wahr. Zur Bekräftigung wiederholt er: Ja, wahr! Zwei Männer kamen in die Klasse und haben Herrn Röbel abgeführt.

Im Unterricht?!

Ja doch.

Nun mal der Reihe nach.

Der eine hat gesagt: Sie sind festgenommen. Der andere hat ihm den Arm auf den Rücken gedreht. So. Er deutet es mit ihrem Arm an. Polizeigriff, verstehst du.

Das gibt es doch nicht! Hanna ballt die Hände zu Fäusten und steht mit einem Ruck auf.

Ich wusste es!, ruft Peer und dreht sich zur Wand.

Ich glaub' dir ja, versichert Hanna und fügt weich hinzu: Wirklich, Peer. Nur, wie konnte das geschehen? War jemand dabei?

Der Direx.

Und? Hat er geredet?

Peer nickt.

Es war so ein Fremdwort. Ich weiß nicht. Wie Sabogent.

Sabotage, Agent?, fragt Hanna. Peer stimmt eifrig zu.

Und weiter?

Herr Röbel, hat der Direx gesagt, wollte mit einigen Schülern die Achtbogenbrücke sprengen.

Unsinn! Hanna schüttelt den Kopf. Die Geschichte kommt ihr spanisch vor. Doch so etwas kann Peer nicht aus der Luft greifen, auch wenn er zur Übertreibung neigt.

Zwei Männer?, fragt sie. Was für Männer?

Peer zuckt mit den Schultern. Männer eben. Hab' sie noch nie gesehen. Solche Schränke.

Polizei?

Hatten gewöhnliche Sachen an, antwortet der Junge. Der Direx hat gesagt: Herr Röbel ist gemeingefährlich. Dann hat er uns nach Hause geschickt.

Hanna überlegt. Sie muss mit jemandem sprechen. Aber mit wem?

Nun gut, meint Peer kleinlaut, das mit dem Polizeigriff stimmt nicht. Aber, alles andere ist wahr. Ich schwöre es.

Hanna nimmt wieder seine Hand und streichelt sie. Für ihr Vorhaben mit Burg Neuhaus ist es höchste Zeit, mit ihm zu sprechen. Sie hätte schon früher anfangen müssen.

Das kann man doch mit Kindern nicht machen, sagt sie und verbessert gleich: Ich meine, mit großen Jungen.

Naja. Er wehrt ab. Nicht wegen uns. Herr Röbel ist der einzige vernünftige Lehrer.

Der Russischlehrer hatte Peer in letzter Zeit mehrmals wegen seiner guten Aussprache gelobt. Der Junge kann die russische Sprachmelodie glänzend imitieren. Dabei ist kaum zu merken, dass er mit wenigen

Vokabeln auskommt und die Lücken durch erfundenes Beiwerk schließt.

Hanna denkt kurz an den Bericht über die Prozesse in Nürnberg. Vielleicht gibt es auch in Thüringen noch fanatische Anhänger der Bewegung, die mit solchen Aktionen Zeichen setzen wollen. Aber eine Brücke sprengen, zusammen mit Kindern? Sehr plausibel erscheint das nicht. Röbel passt nicht in die Landschaft. Das wird der eigentliche Grund sein.

Ihr fällt Ulla Demut ein. Mit ihr muss sie sprechen. Sie legt die Hand auf Peers Stirn. Fieber hat er nicht, obwohl es so wirkt.

Bleib liegen, sagt sie. Ich geh' der Sache nach.

Und Opa?, fragt er. Der kennt sich doch aus.

Nein, Peer, antwortet sie entschieden. Das mache ich allein.

Was sie unternehmen wird, ist noch unklar. Sie weiß nur, Röbels Verhaftung ist ein Anlass, den Kontakt mit Ulla Demut aufzunehmen, was sie ohnehin vorhat. Am Abend findet der nächste Schreibkurs statt. Das lässt sich miteinander verbinden. Sie sucht die Adresse heraus und bespricht mit Peer den Ablauf des weiteren Tages. Bis zum Nachmittag hat sie das Wichtigste geregelt. Kurz entschlossen zieht sie sich um und bricht auf.

Ulla wohnt in einem Mietshaus in der Nähe des Kleinbahnhofs. Sie ist über den unerwarteten Gast nicht erfreut, lässt Hanna aber herein und bittet sie, in einem weiträumigen Zimmer zu warten. Die Fenster liegen auf der Südseite. Man sieht auf die Gleise der Kleinbahn. Das Zimmer wirkt vollgestellt. In einer Ecke stehen zwei Betten, in der anderen ein Ecksofa mit einem Küchentisch. Kleiderschränke, ein Büffet und Bücherregale füllen die Wände. Der ganze Platz ist genutzt.

Hanna will sich setzen, da fällt ihr Blick auf ein gerahmtes Foto, das neben einer Grünpflanze auf dem Bücherbord steht. Das Foto zeigt keineswegs Ullas verstorbenen Mann, sondern eine kräftige Gestalt in langem Militärmantel mit kantigem Gesicht und Schnauzbart. Hanna tritt heran und versucht die Unterschrift zu entziffern. Unten am Rand steht in Druckbuchstaben Josef Wissarionowitsch Dschugaschwili und dahinter in Klammern STALIN.

Der abgebildete Mann mit Feldherrengeste und Adlerblick ist also niemand anders als jener Generalissimus, der den deutschen Truppen eine schmachvolle Niederlage beigebracht hat. Hanna ist schockiert.

Am liebsten würde sie das Zimmer klammheimlich verlassen. Dass sie dem Porträt des russischen Diktators bei ihrer einst so zurückhaltenden Schulfreundin begegnet, bringt sie aus der Fassung.

Aus der Küche sind scharfe Anweisungen zu hören.

Abwaschen, abtrocknen, aufräumen! Du gehst ins Bad. Keine Widerrede! Dieter muss lesen. Ihr habt eine halbe Stunde.

Die Tür geht. Hanna nimmt Platz auf dem Ecksofa. Ulla kommt gleich zur Sache. Sie müsse noch arbeiten. Ihre Zeit sei genau aufgeteilt.

Hanna hat Mühe, den Einstieg zu finden. Verschiedene Eindrücke überlagern sich. Wenn jemand unangemeldet zu ihr käme, wäre die Wohnung nicht so aufgeräumt, soviel steht fest. Auch hätte sie mit knappen Befehlen bei ihren Kindern kaum Erfolg. Es würde Widerspruch hageln. Die andere ist genauso alt. Man sieht ihr an, dass sie in ständiger Anspannung lebt. Einen Mann wird sie in ihrer Situation nicht mehr finden. Da braucht man kein Prophet zu sein.

So kurz wie möglich erklärt Hanna ihren Besuch. Ulla hantiert mit Büchern und Heften, gibt aber in Abständen zu erkennen, dass sie zuhört. Sie kann ihre schlechte Laune nicht verbergen. Je länger Hanna spricht, desto unwilliger werden Ullas Reaktionen.

Langer Rede, kurzer Sinn, meint sie schließlich, der Röbel tut dir leid. Sie zieht die Augenbrauen hoch und sieht abwechselnd in Hannas Augen und auf die Spitzen ihrer Schuhe. Ihr Blick ist unverhohlen spöttisch. Hanna zwinkert irritiert. Mit solcher Herablassung hat sie lange niemand angesehen. Sie räuspert sich. Das ist ja, als müsse sie selbst um Pardon bitten. Dabei muss doch gefälligst Röbels Berufskollegin die dunkle Geschichte aufhellen. Hanna dreht den Kopf zur Seite und schaut unwillkürlich zu dem Foto.

Gut, sagt Ulla, bleibt immer noch stehen, stützt sich aber auf eine Stuhllehne. Ganz abgesehen davon, dass solche Sachen in eurer Zeit an der Tagesordnung waren, ist es auffällig, dass alle die armen Kinder bedauern, die einer Verhaftung beiwohnen mussten. Niemand spricht von den Kindern, die der feine Herr echter Lebensgefahr ausgesetzt hat. Ich meine, Sprengstoff ist kein Spielzeug.

Der Sprengstoff ist pure Behauptung, erwidert Hanna.

Natürlich, die bösen Kommunisten, meint Ulla. Das Lied steht mir bis hier!

Ihre Stimme wird scharf, und ihr Gesicht hat einen zupackenden Ausdruck. Hanna lässt sich nicht einschüchtern.

Euer Ehren, ich will nur wissen, ob Herr Röbel nachweislich eine Brücke sprengen wollte.

Verstehe, höhnt die andere. Das gibt sich ganz bieder. Das will nicht hetzen, beileibe nicht.

Ulla, unterbricht Hanna und hebt bittend die Hände. Ich komme mit einfachen Fragen. Es steht nichts in der Zeitung.

Ihre Hände zittern. Sie legt die Fingerspitzen aneinander.

Es war Sabotage, versetzt Ulla ruhig. Du kannst es glauben. Fingerabdrücke auf den Sprengsätzen. Die Zeichnung für eine Fernzündung unter der Einlegesohle. Telefonnummern von westlichen Geheimdiensten. Das reicht doch wohl.

Wie schön für dich, sagt Hanna, dass du gut informiert bist.

Hinter vorgehaltener Hand hatte sie von Grausamkeiten in den Stalin'schen Lagern gehört, gegen Ärzte, Dichter, Juden. Sicher würde man für sie auch griffige Anschuldigungen finden. Sie weiß aber zu wenig, um argumentieren zu können.

Wir werden eingehend darüber berichten, erklärt Ulla, auch in der Zeitung. Röbel ist kein Einzelfall. Es gibt eine Front in Deutschland. Hier wird Krieg geführt, mitten im Frieden.

Wenn ihr berichtet, erwidert Hanna, ist es ja gut.

Sie steht auf. Ihr Blick streift wieder das Bild neben der Grünpflanze. Die Schulfreundin von damals hat eine festgefügte Orientierung, eine Art Denkmuster. Beinahe beneidenswert. Hanna kommt das von früherer Zeit bekannt vor. Sie verleiht ihren Bewegungen den Anschein von Sicherheit. Klein beigeben will sie nicht.

Ich muss zum Abendkurs, sagt sie. Entschuldige den Überfall.

Geht es vorwärts?, fragt Ulla interessiert.

Hanna nickt. Sie entdeckt die kleinen Lachfalten unter Ullas Schläfen. Früher hatte die Mitschülerin zu ihr aufgesehen. Nun sind die Rollen vertauscht. Hanna ist unten und Ulla oben. Statt einer richtigen Antwort reicht sie der anderen die Hand. Ullas schlechte Laune hat sich jetzt auf sie übertragen. Beide gehen schweigend zum Ausgang.

Ich drück' dir die Daumen, sagt Ulla.

Ich dir auch, antwortet Hanna.

Sie ist froh, als die Tür hinter ihr mit einem leichten Klicken ins Schloss schnappt.

Unter dem Sonnenemblem des FDJ-Klubhauses am Postplatz wartet bereits Greta Matuschke. Stolz übergibt sie Hanna einen Zettel, auf dem in Blockschrift zwei Adressen notiert sind. Darunter stehen Zahlen, aus denen, wie Greta wortreich erklärt, der Preis für einen Grabstein hervorgeht, falls die angebotene Hilfe beansprucht wird. Hanna reagiert kühl. Es rührt sie zwar, wie das neue Mitglied des Schreibkurses um Zuwendung wirbt, zumal Hanna seit dem Tod ihres Mannes nicht mit Aufmerksamkeit verwöhnt wurde. Aber sie ahnt, dass der Zettel eine kleine Bestechung darstellt.

Darf ich Sie nach Hause begleiten?, fragt Greta dann auch, als sie im Saal Platz genommen haben.

Hanna lässt sich Zeit.

Ich kann im Südviertel in den neuen O-Bus einsteigen, erklärt die Nachbarin. Der fährt alle dreißig Minuten. Als immer noch keine Antwort kommt, schließt sie mit der merkwürdigen Feststellung: Ich kenne sonst keinen da draußen.

Hm, macht Hanna. Ihr Blick gleitet über Gretas mit Blümchen übersäte, wieder stark ausgeschnittene Bluse. Das adrette Persönchen muss mindestens zehn Jahre jünger sein, etwa so alt wie Felie, Hannas Schwester. Genau genommen ist die Neue ziemlich aufdringlich. Aber nach dem herben Empfang bei Ulla ist die resolute Annäherung direkt wohltuend.

Warum nicht?, meint Hanna und setzt freundlich hinzu: Dafür lassen Sie mich jetzt bitte in Ruhe.

Greta verspricht es. Obwohl ihr das sichtlich Mühe macht, hält sie es über eine Stunde aus, so lange, bis die sudetendeutschen Frauen demonstrativ ihre wollenen Kopftücher umbinden und damit das Signal zum Aufbruch geben.

Als aber der kleine Dr. Hansbach mit dem auffälligen Abzeichen am Revers die Kursantinnen verabschiedet hat, prasselt Gretas Wortschwall umso heftiger auf Hanna ein. Sie scheint auszuprobieren, womit sie bei der Banknachbarin am besten ankommt. Kaum haben sie das Haus verlassen, wechselt Greta das Thema. Eben ging es noch um den amerikanischen Offizier, der sie beinahe geheiratet hätte, da folgt ein früheres amouröses Abenteuer. Auf einmal ist die Rede von ihrem Vater, einem Eisenbahner, der seit über dreißig Jahren als Schaffner gearbeitet hat. In drei Reichen, wie die Erzählerin betont. Schließlich wird eine neue Bezugsquelle für Holz und Kohlen angepriesen, von der Greta durch einen Bekannten beim Güterbahnhof erfahren hat.

Hanna braucht nicht zu sprechen, das besorgt die junge Frau mit der frischen Dauerwelle allein. Es ist keineswegs langweilig, ihren Geschichten zu lauschen.

Während Greta nahezu pausenlos spricht, klappern die Absätze ihrer Schuhe auf dem Pflaster des Trottoirs. Es weht ein kühler Wind. Das Licht ist spärlich. Jede zweite Lampe der Straßenbeleuchtung wurde aus Ersparnisgründen abgeschaltet. Der Weg führt am Theater vorbei, wo gerade „Faust" gegeben wird. Die Leuchtschrift am Theater-Casino flackert bläulich wie eine verlöschende Kerze.

Hanna versucht, den Redefluss der anderen in genehme Bahnen zu lenken.

Waren Sie schon drüben?, fragt sie.

Selbstredend, erwidert Greta und erzählt ohne Übergang, sie sei auf dem Arbeitsamt in Nürnberg gewesen und habe dort mit Hilfe ihrer Beredsamkeit beinahe eine Stelle als Chefsekretärin ergattert.

Und die Grenze?, fragt Hanna. Offiziell oder anders?

Anders natürlich, antwortet die Jüngere. Das dauert sonst zu lang. Die holen alle aus dem Zug. Dann die Kontrolle. Elende Warterei! Und zurück will man ja auch wieder. Das gibt Probleme mit den Papieren ...

Wie ist das mit der grünen Grenze?, unterbricht Hanna.

Was soll ich sagen? Greta ist leider nicht so gesprächig, wenn ihr die Richtung vorgegeben wird. Hanna erfährt lediglich, es gäbe in nahezu jedem Dorf an der Demarkationslinie Leute, die für Geld Grenzgänger durch unwegsames Gelände schleusen. Statt des erwünschten Berichts schwenkt die Erzählerin zu weitläufigen politischen Mutmaßungen über.

Wissen Sie, meint sie und reckt den Hals in Hannas Richtung, der Quatsch mit den Zonen hört bald auf. Die Sieger wollen nur ihre Abrechnung mit uns Deutschen, ist doch klar. Bei dem, was unsere dort hinten angestellt haben, in Polen und vor allem in Russland. Geht auf keine Kuhhaut.

Und?, hilft Hanna nach.

Das ist alles abgegessen, fährt Greta fort. Die großkopfigen Nazis haben ihre Strafe bei diesem internationalen Tribunal bekommen. Jetzt fallen in Nürnberg noch ein paar mittlere Köpfe. Dann ist Schluss. Selbst die Russen hören mit der Entnazifizierung auf.

Wieso?, fragt Hanna.

Na, lesen Sie keine Zeitung? Im Frühjahr gab es einen Befehl. In der Sowjetzone sollen alle Kommissionen ihre Arbeit einstellen. Jetzt wird nur noch gefragt, ob man bei der SS war und so was. Alle anderen können wieder in ihrem Beruf arbeiten.

Was sagen Sie da?!, fragt Hanna verwirrt.

Heißt das, denkt sie, ihrer Anstellung als Lehrerin steht bald nichts mehr im Weg? Aber warum hat Ulla nichts davon gesagt? Sie wusste doch von der Ablehnung. Und vor allem Liedke. Er hatte versprochen, sich bei einer Änderung sofort zu melden. Und sie trottet brav jede Woche zu diesem dämlichen Schreibkurs, damit sie wenigstens als Sekretärin arbeiten kann. Vielleicht muss sie gar nicht in den Westen gehen? Alles wäre wieder offen. Sie kann es einfach nicht glauben und schüttelt entschieden den Kopf.

Ich weiß es ganz genau, versichert Greta. Die Hiesigen müssen einfach aufhören mit dem Quatsch. Sonst geht noch die ganze Intelligenz rüber.

Hanna nickt, schweigt aber. Sie muss bei Greta genau abwägen, was sie sagt und was sie nicht sagt.

Die da drüben, fährt Greta fort, machen das alles viel schlauer. Die Franzosen haben die Überprüfungen schon eingestellt. Und die andern sind kurz davor. Amis und Engländer haben ja schon die Bi-Zone gegründet, und sicher bilden sie bald mit den Franzmännern 'ne Tri-Zone. Die denken: Lieber 'n kleines Deutschland als gar keins. Die Russen sind eigentlich schon aus dem Rennen. Das machen die Westler unter sich aus.

Und wir im Osten?

Tja, erwidert sie. Ich denke mal, wir müssen klein beigeben.

Das ist ja Erpressung, sagt Hanna empört.

Unsinn!, antwortet Greta. Das ist Politik. Mal ehrlich. Wie soll der Russe hier Grund reinkriegen? Schafft er nicht mal zu Hause. Und außerdem haben die hier alles demontiert. Die Ostzone kann nicht allein existieren, die ist längst schachmatt. Glauben Sie mir, die Auswärtigen machen sich bald aus dem Staub. Alle. Das ist doch viel zu teuer. Und wenn die Westmächte abziehen, muss der Russe auch weg. Gut, die nehmen mit, was nicht niet- und nagelfest ist. Aber wir Deutschen kommen schon wieder hoch. Können Sie glauben. Dann ist nichts mehr mit Zonen und Grenze und Sozialismus und all dem. Deswegen sagt Greta immer: Abhauen ist idiotisch.

Hm.

Absolut, bestätigt die andere im Brustton der Überzeugung. Man kriegt nur Ärger.

Greta spricht zu laut für ihre gewagten Theorien. Hanna stößt sie an und legt den Finger auf den Mund.

Ist doch wahr, versichert die Begleiterin leise. Rübergehn bringt nichts. Ist sowieso alles bald eins. Bleibe im Lande, wie der Dichter sagt. Glauben Sie Greta Matuschke. Die weiß das.

Hanna kommt sich vor wie im Kabarett.

Die beiden ungleichen Frauen erreichen eine Haltestelle. Hanna bleibt stehen und will sich verabschieden. Aber Greta scheint an dem abendlichen Spaziergang Gefallen zu finden. Sie zieht Hanna am Arm auf die andere Straßenseite.

Sie, ich zeig' Ihnen was, meint sie ausgelassen. Davon haben Sie keine blasse Ahnung.

Jenseits der Straße beginnt das Südviertel. Was kann eine aus der Bahnhofsgegend Hanna hier zeigen? Sie gibt aber nach. So muss sie nicht allein durch die Dunkelheit ziehen.

Nun beginnt eine erstaunliche Vorführung. Greta bleibt vor einem Haus stehen, spult ihre mannigfaltigen Kenntnisse ab und drängt zum nächsten. Bei fast allen Gebäuden weiß sie, wer darin wohnt, wer vor dem Umbruch darin gelebt hat und wie es zum Neubezug kam.

Hier, heißt es etwa vor einem zweistöckigen Prachtbau, residierte der Oberste von der hiesigen NSDAP, ehe sie ihn geschnappt haben. Abgehauen! Mit Sack und Pack. Jetzt haust hier der Oberste von der Einheitstruppe, SED, wie die sich nennen.

Hanna will nachhaken, doch sie wird schon zum nächsten Grundstück gezogen.

Reichsarbeitsdienst, meint Greta, eine hohe Charge vom Gau Thüringen. Abgehauen!, wiederholt sie. Na, wer wohnt jetzt drin?

Hanna hebt die Schultern.

Ein Emigrant, Künstler oder so.

Eine Querstraße weiter meldet Greta: Russen. Sieht man ja. Sie weist auf die Fenster ohne Scheibengardinen. Hanna erkennt eine mit Zeitungen abgedeckte Glasscheibe und eine Kellerluke, die mit Brettern vernagelt ist.

Das folgende Haus mit alten Koniferen im Vorgarten erregt die besondere Aufmerksamkeit der jungen Führerin.

In dieser trauten Villa, erzählt sie raunend, ist der alte Schultze-Naumburg untergetaucht und heißt nur noch Schultze, ohne Naumburg. Mit ihrem Zeigefinger zeichnet sie schwingend die Rhododendron-Büsche und die schlanken Lebensbäume hinter dem Gitterzaun nach. Dabei gurgelt sie genüsslich. Jaja, sagt sie, feine Leute.

Paul Schultze-Naumburg, der einstige Direktor der Weimarer Kunsthochschule, war der Autor des Pamphlets „Kunst und Rasse". Als Architekt hatte er die monströsen Entwürfe von Speer auf gemäßigtes Format gestutzt und so zahlreiche staatliche Aufträge für Thüringen ergattert. Hanna hätte geschworen, dass der Nazi-Berater der Aktion „Entartete Kunst" überall gelandet war, nur nicht im Weimarer Südviertel in nächster Nachbarschaft.

Allerhand, sagt sie. Woher wissen Sie das alles?

Greta tut geheimnisvoll. Man hat sein Gedächtnis. Außerdem, räumt sie ein, schreibe ich tageweise bei der Meldestelle. Die nehmen mich ganz, wenn ich mit zehn Fingern tippen kann.

Hanna drückt durch Kopfnicken ihre Anerkennung aus.

Dann wissen Sie auch, wo ich wohne?, fragt sie.

Natürlich, bestätigt Greta und zeigt die Richtung an. Zwischen zwei Villen wird in Umrissen das Elsner'sche Haus sichtbar.

Das mit der Madonna und den komischen Kirchenfenstern, meint sie. Elsner-Sewald. Weiß doch jeder.

Hanna hört nicht richtig zu. Sie ist beunruhigt. Denn durch die Zweige der Obstbäume hat sie gesehen, dass in ihrem Wohnzimmer

Licht brennt. Kein gutes Zeichen. Sie ist länger als sonst außer Haus geblieben. Hoffentlich ist es nichts Schlimmes. Vielleicht erzählen die Kinder noch. Aber warum das Licht? Wenn Peer sich nun beim Brotschneiden verletzt hat? Was kann nicht alles passiert sein?

Ich muss heim, entscheidet sie. Es tut mir leid.

Greta schweigt. Ihr Gesicht ist nur schwach beleuchtet. Hanna wartet einen Augenblick.

Ich muss, meint sie zur Bekräftigung.

Ja, kommt es leise zurück.

Es hört sich merkwürdig an. Greta dreht ihren Kopf zur Seite. Jetzt sieht Hanna, dass sich die gewitzte Begleiterin verstohlen eine Träne wegwischt.

Greta? Der Name will Hanna nicht recht über die Lippen gehen.

Ja!, wiederholt die andere, diesmal trotzig.

Hanna, beunruhigt wegen ihrer Kinder, nimmt die junge Frau in den Arm, wobei sie den Kopf auf ihre Schulter legt.

Die, schluchzt Greta, die haben uns alle beschissen. Besonders uns Frauen. Die Kerle können sich alles raussuchen. Weiber, Posten, alles. Ihre ganze Verzweiflung bricht sich Bahn. Aber wer hat denn den Krieg gemacht? Wir vielleicht?

Hanna klopft ihr schüchtern auf den Rücken.

Er säuft, und er schlägt mich, sagt Greta. Ich wollte nur ein bisschen Luft schnappen.

Das Häufchen Elend?, fragt Hanna.

Das müssen Sie mal sehen. Greta schnieft wie eine Straßengöre. Nichts kann der. Aber prügeln, Tag für Tag.

Hanna schielt zum Elsner'schen Haus. Sie kann nicht länger warten. Sie gibt Greta einen Klaps und rennt los. An der Straßenecke hält sie an.

Tschüss, Greta! Du bist in Ordnung.

Tschüss, kommt es kläglich zurück. In der Dunkelheit wirkt Greta selbst wie ein Häufchen Elend.

Bevor Hanna ins Haus tritt, zieht sie die Schuhe aus. Sie hastet die Treppe hinauf. Alles ist still. Sie wirft erst einen Blick ins Wohnzimmer, dann ins Kinderzimmer. Es ist nichts Beunruhigendes zu erkennen. Peer, Ulrich und Clemens liegen dicht bei dicht in einem Bett.

Hanna trägt die beiden Kleineren in ihre Betten, dann deckt sie alle sorgfältig zu. Erst nachdem sie die Wärme der Kinder an ihrem Körper spürt, lässt ihre Unruhe nach. Greta Matuschke hat wahrlich ihr Päckchen zu tragen. Aber Hanna ist schließlich nicht für das Elend der Welt zuständig. Doch Recht hat die ulkige Weibsperson.

Betrogen, murmelt sie müde. Ja, betrogen.

In der Woche vor Ostern kreisen Hannas Gedanken um den Abschied, der bedrohlich näher rückt. Obwohl sie noch nicht weiß, was kommen wird, bereitet sie die Feiertage so gründlich vor, als würde das Fest danach nie mehr in herkömmlicher Form begangen. Sie vermutet, in der nebelhaft vor ihr liegenden Zukunft wird alles anders sein, auch Weihnachten und Ostern, jene Familienfeste, die selbst im Krieg ihren Glanz behalten haben.

Der vehement einsetzende Frühling ermuntert Hanna, ins Auge zu fassen, was auf sie zukommt, wenn sie wirklich nach Burg Neuhaus übersiedelt. Vor allem muss sie mit Peer sprechen. Er muss eingeweiht sein. Ulrich, Klee und auch Elsner sollen dagegen noch nichts erfahren. Erst muss sicher sein, dass bei ihrem Plan nichts schief geht.

Der schulfreie Karfreitag ist traditionell für das Eierfärben reserviert. Als Vorbereitung hat Hanna ausgeblasene Eier gesammelt. Sie liegen, gründlich gewaschen, in einer Schüssel und harren der Bearbeitung. Beizeiten hat Hanna auch einen Strauß mit Forsythien in den großen braunen Krug gestellt und die kahlen Zweige mit verzierten Ostereiern der Vorjahre geschmückt.

Der Freitagmorgen fällt prächtig aus. Der Wohnzimmertisch, zum Schutz mit einer Wachstuchdecke versehen, liegt im Lichtkegel der Frühlingssonne. Hanna weist jedem Kind einen Stuhl zu und rüstet die Plätze mit den notwendigen Utensilien aus. Dazu kommt ein Stapel gewichtiger, doch wenig wertvoller Bücher. Zwischen zwei obenauf liegende Bände wird ein Löffel geklemmt, der mit Wachsresten gefüllt ist. Durch einen Kerzenstummel unter dem Löffelbecken werden die Bröckchen darin erhitzt, so dass sich das flüssige Wachs bequem auf die Eierschale aufbringen lässt.

Das Eierfärben ist stets ein heimlicher Familienwettbewerb und Peer darin der Meister. Er fixiert das jungfräulich weiße Ei in seiner Linken, indem er ein Auge zukneift. Mit Daumen und Zeigefinger umspannt er die dünnwandige Hülle, wobei er sie geschickt mit dem kleinen Finger weiterdreht. Mit der Rechten führt er den Federkiel, den er schwungvoll zwischen Wachsmulde und Eihülle pendeln lässt.

Während Hanna fast mechanisch mit dem Federdreieck hantiert, beobachtet sie immer abwechselnd das Tun ihrer Kinder. Besonders auf Klee muss sie aufpassen. Aus Furcht vor Wachsflecken hat sie Zeitungen unter seinen Stuhl gelegt. Gesprochen wird wenig. Nur kurze Andeutungen unterbrechen die angespannte Stille.

Ich muss mit dir reden, sagt Hanna nach langem Schweigen.

Peer, den Blick auf das Ei geheftet, brummt zustimmend. Ulrich lässt sich nicht ablenken. Klee sieht fragend zu ihm. Warum muss die Mutter immer mit dem Ältesten reden?

Es knackt bedenklich. Nach einem kurzen Aufschrei reibt sich Klee heftig die Finger. Die Eierschale ist völlig zerdrückt. Das heiße Wachs war an seine Haut geraten. Die Blicke der Brüder schwanken zwischen Mitgefühl und Schadenfreude. Hanna hebt Klees Hand zum Mund und pustet.

Nimm ein neues, meint sie und beseitigt die Wachsreste vom Fußboden. Klee kämpft mit den Tränen. Er hat sich doch so angestrengt.

Allmählich füllt sich die Schüssel. Die Stimmung wird entspannter. Einige der hohlen Eier müssen übrigbleiben. Da sie mit Kratztechnik bearbeitet werden, kann man sie erst nach dem Färben behandeln.

Peer lehnt sich zurück.

Du willst wegen Herrn Röbel mit mir reden, sagt er.

Nein, antwortet Hanna, ohne aufzusehen.

Du wolltest dich darum kümmern, sagt er in vorwurfsvollem Ton.

Hab' ich auch, meint sie. Aber ... Sie hält den Atem an und fährt fort, Dreiecksmuster auf die glatte Oberfläche zu tupfen. Ich fürchte, schließt sie an, euer Lehrer ist wirklich verwickelt.

Verwickelt?, fragt Peer entrüstet.

Ulrich und Klee folgen dem Gespräch mit argwöhnischen Blicken.

Man versteht gar nichts, sagt Ulrich.

Schon gut. Hanna winkt ab. Wir reden später.

Unterdessen sind Geräusche aus dem Garten zu hören. Am Karfreitag lässt Elsner es sich nie nehmen, die Beete vom überjährigen

Laub zu befreien. Das Harken und Kratzen, das Klappern der Gartenschere und das Fahrgeräusch der eisernen Schubkarre sind für Hanna die passende Umrahmung des österlichen Zeremoniells. Es kommt ihr so vor, als hätte sie die Szene auf die gleiche Weise schon einmal erlebt.

Kurz vor Mittag kommt der Großvater nach oben und bewundert die Geduld der fleißigen Osterhasen, wie er sagt. Die bearbeiteten Eier liegen in den verschiedenen Farbtöpfen. Die zahlreichen Hilfsmittel werden gerade zusammengelegt und die zur Löffelstütze degradierten Bücher ins Regal entlassen.

Elsner erinnert an die Einladung zum Essen. Beiläufig bemerkt er, dass er an den Feiertagen mit Hanna reden müsse.

Alle müssen hier miteinander reden, sagt Ulrich. Seinem Gesicht ist anzusehen, dass er sich vernachlässigt fühlt.

Pass auf, was du tust!, weist ihn Hanna zurecht. Eine Schüssel, die er versehentlich mit dem Ellenbogen berührt hat, ist übergeschwappt. Er wischt, trotzig schweigend, die farbige Flüssigkeit von der Tischdecke.

Dann will ich nicht weiter stören, meint Elsner und geht.

Die letzten Handgriffe bleiben Hanna vorbehalten. Die gefärbten Eier müssen trocknen und, nachdem das Wachs entfernt ist, eingefettet werden, damit sie glänzen. Erst dann kommt das Muster voll zur Geltung. Die Kinder wollen sich stillschweigend verdrücken. Doch Hanna hält ihren Ältesten zurück. Obwohl ihn die Brüder um seine Vorzugsrolle beneiden, geht er Besprechungen mit der Mutter gern aus dem Weg. Er fläzt sich auf einen Sessel und starrt auf den Boden.

Hanna hat sich einige Sätze zurechtgelegt. Sie spricht allgemein über eine besondere Schule, von der sie gehört hat. Dort sei ein Vorfall, wie der mit Herrn Röbel, völlig ausgeschlossen. Vielleicht, meint sie mit gebotener Vorsicht, dürfe er diese ausgezeichnete Schule besuchen. Sie sei allerdings nicht in Weimar.

Nicht in Weimar?, fragt Peer in scharfem Ton.

Sie ist auch nicht in Thüringen, fügt Hanna hinzu.

Ich bin kein kleines Kind, versetzt Peer. Willst du mich abschieben?

Quatsch! Wir sind doch eine Familie.

Wir wollen also abhauen?

Es wird sehr still. Hanna hat so unverfänglich wie möglich begonnen. Nun kann sie nicht zurück und muss die Frage angemessen beantworten.

Wer sagt, dass du ein kleines Kind bist?, rechtfertigt sie sich. Würde deine Mutter sonst so wichtige Dinge mit dir besprechen?

Ich hab' hier Freunde, sagt Peer entschieden. Die will ich behalten.

Du wirst neue Freunde haben, pariert Hanna. Auch neue Lehrer. Es wird dir gefallen.

Woher willst du das wissen?, erwidert er schroff.

Ich brauche deine Hilfe, Peer.

Er antwortet mit einem Knurren. Womöglich fürchtet er Vereinnahmung. Gerade das scheint ihm nicht zu passen, dass sie seine Hilfe braucht.

Dann muss ich eben Ulrich..

Ich sag' ja nichts, lenkt Peer ein. Was ist das für eine Schule? Die Frage klingt gelangweilt.

Hanna erzählt, was geeignet ist, einem Zwölfjährigen zu imponieren. Sie macht Peer das Landschulheim so schmackhaft, dass er sich beim Zuhören aufrichtet und schließlich jedes Wort von ihren Lippen abliest. Zur Sicherheit flicht sie ein, es sei noch nichts beschlossen.

Ich soll nicht darüber reden, meint er, indem er aufsteht.

Hanna schweigt. Der Junge macht es ihr wirklich nicht leicht.

Wenn du es sagst, meint sie beiläufig, dann wird es schon stimmen.

Bei uns hauen dauernd welche ab, versichert Peer. Fast jeden Monat wird jemand aus dem Klassenbuch gestrichen. Das ist nichts Besonderes.

Und? Wie denkst du über die Schule?

Du machst sowieso, was du willst, zischt er und dreht sich zur Tür.

Bleib hier!, befiehlt sie. Ich mache, was ich muss, nicht, was ich will.

Warum fragst du mich dann?, murmelt er und verlässt blitzschnell das Zimmer.

Weil ..., ruft sie ihm nach, lässt es aber dabei bewenden, weil ihr keine knappe Begründung einfällt. Sie macht sich in Gedanken Luft. Mit seinem Widerspruchsgeist werde Peer sie noch zur Verzweiflung bringen. Er vermittelt ihr oft den Eindruck, alles falsch zu machen. Vielleicht liegt es an ihr. Sie findet nicht den richtigen Zugang. Ihm fehlt der Vater. Aber, sie hat nur ihren Kopf. Dem muss sie folgen. Alles andere ist graue Theorie.

Helena ruft von unten zum Mittagessen. Es gibt Reiseintopf mit Gänseklein, als Vorgeschmack für den Festtagsbraten am Sonntag. Elsner erzählt aus seiner Kindheit, wodurch die Aufmerksamkeit der Kinder vollauf gesichert ist. Besonders beeindrucken sie die Tischsitten, so wie Elsner sie bei seinen Großeltern in einem entlegenen Dorf in Südthüringen erlebt hatte. Alle Hausbewohner saßen gemeinsam am Küchentisch. In der Mitte stand die große Suppenschüssel. Die Urgroßmutter sprach das Vaterunser. Nach dem Amen tauchte jeder seinen Löffel in die Schüssel und kämpfte um die raren Fleischbrocken. Wer schneller aß, bekam mehr.

Elsner will es demonstrieren. Er nimmt einen Löffel voll Suppe aus der Terrine, führt ihn zum Mund und füllt den Löffel sofort nach. Die Kinder wollen es gleich nachmachen. Doch Helena erhebt Einspruch. Bei solch barbarischen Tischsitten werde das weiße Tischtuch verschandelt.

Bäurisch, nicht barbarisch, verbessert Elsner. Er lässt nichts auf seine Vorfahren kommen. Sein Vater war als Knirps von einer hohen Heufuhre gestürzt. Seitdem hinkte er und war für den angestammten Beruf eines Landwirts unbrauchbar. Er musste, der Not gehorchend, wie Elsner betont, die höhere Schule besuchen und wurde Volksschullehrer in seinem Heimatdorf. Für seinen Sohn war es bereits selbstverständlich, dass er ein Studium absolvierte. Elsner hatte in München und Berlin Jura studiert und im Anschluss eine Stelle als Assessor im thüringischen Gera angetreten. Um seinen Werdegang zu belegen, holt er extra eine Urkunde aus dem Schrank und liest den handgeschriebenen Text vor.

Wir Heinrich der Siebenundzwanzigste Erbprinz Reuß beurkunden hiermit, daß Wir die gnädigste Entschließung gefaßt haben, den Gerichtsassessor Dr. jur. Wilhelm Elsner unter Bewilligung des etatsmäßigen Gehaltes von jährlich 3.500 Mark zum Regierungsassessor zu ernennen. Zu Urkund dessen haben Wir das gegenwärtige Dekret ausfertigen lassen und dasselbe unter Beidrückung Unseres Fürstlichen Insiegels eigenhändig unterzeichnet.
Schloß Osterstein, den 22. März 1911

Später war Elsner in die Politik eingestiegen, wurde erst Landrat, avancierte dann zum Vorsitzenden der Thüringischen Kommunalkammer und schließlich zum Ministerialrat im Innenministerium. Seiner steilen Karriere setzte Hugo Frick, der nationalsozialistische Innenminister von Thüringen, 1930 ein vorzeitiges Ende.

Hanna kennt die Geschichten ihres Vaters und hat ihnen früher so gebannt gelauscht, wie es nun ihre Söhne tun. Sie kennt auch die Reihenfolge und weiß, dass ein Bericht bevorsteht, der bei solcher Gelegenheit nie fehlt.

Es war beim Wahlkampf in der Ersten Republik, beginnt Elsner, damals, als noch echte Demokratie gewaltet hat. Er lehnt sich behaglich an die Stuhllehne und wischt mit der Serviette den Mund ab. Nein, verbessert er, es war die Wahl zum Thüringer Landtag, 1926/1927. Er fährt mit dem Handrücken von unten über Hals und Kinn. Jedenfalls, meint er, sich vergewissernd, dass ihn seine Enkel ansehen, fuhren wir zu viert im Auto durch ganz Thüringen. Vorn saß der Fahrer, ein ruppiger Kerl mit einer schwarzen Schirmmütze. Und hinten quetschten wir uns zu dritt auf einer harten Sitzbank. Kein Vergnügen, sag ich euch. Am einen Fenster hatte Sauckel seinen Stammplatz. Das war der spätere „Reichsstatthalter" in Thüringen, also von den Braunen. Am anderen Fenster saß Dr. Theodor Neubauer von den Kommunisten, Abgeordneter im Reichstag, vor meiner Zeit Mitglied der sogenannten Thüringischen Arbeiterregierung. Ich musste im Auftrag des Ministeriums die Kandidaten für die Präsidentschaft begleiten. Wenn wir auf Tour waren, nahmen mich die beiden immer in die Mitte. Als Puffer sozusagen. Denn, als die Stadt hinter uns lag, gerieten die Außenseiter in Erregung. Das hagelte Beschimpfungen und Vorwürfe. Dann dauerte es nicht lange, und ich, der Liberale, musste die Streitigkeiten schlichten.

Einmal, setzt er fort, war mir nicht nach Schlichten. Sie konnten bitten, wie sie wollten. Ich dachte: Lass die sich die Köpfe einschlagen. Was kümmert's mich? Auf einmal hält der Chauffeur an, dreht sich zu mir um und sagt voller Entrüstung: Aber Herr Doktor, haben Sie denn gar nicht Ihr Stichwort gehört?

Elsner lacht, dass seine Goldzähne zum Vorschein kommen und der Bauch wackelt. Verstehst du das?, fragt er Klee, der mit großen Augen zu ihm aufschaut.

Macht nichts, antwortet er sich selbst und lacht weiter. Stichwort hat der gesagt. Der dachte, wir spielen Theater.

Hanna kannte auch den Hintergrund der Geschichte, weil sie im Abiturjahr Zeitgeschichte pauken musste. Seitdem wusste sie auch, dass ihr Vater einiges wegließ.

Der Ausgang der Wahlen, erzählt ihr Vater, war nahezu vorausbestimmt. In Thüringen wurde überwiegend SPD gewählt. Die Sozialdemokraten hatten ausreichend Mitglieder und eine beachtliche finanzielle Ausstattung. Sie konnten sich leisten, den Wahlkampf mit eigenem Auto zu bestreiten. Die Kandidaten sowohl der KPD als auch der NSDAP galten Mitte der Zwanziger noch als chancenlos. Elsner verschwieg tunlichst, dass die Nationalsozialisten in Thüringen bei der folgenden Wahl stärkste Partei wurden und, vor der Machtergreifung, in einer regulär gewählten Landesregierung mitwirkten.

Ich bin dabei nicht schlecht gefahren, stellt Elsner befriedigt fest und leitet damit zum Epilog über, mit dem er neuerdings den Bericht zu beenden pflegt.

Neubauer ist tot, sagt er. Sein Widersacher auf der harten Hinterbank brachte ihn höchstpersönlich ins KZ. Sauckel ist auch tot. Er wurde in Nürnberg zum Tode verurteilt und gehenkt. Aber Elsner, der kleine Mann in der Mitte, der hat überlebt. Er zeigt auf sich und sieht beifallheischend reihum. Mein Standpunkt war vielleicht nicht heroisch, aber sehr gesundheitsfördernd. Kann ich wärmstens empfehlen.

Er steht auf und lässt sich im Sessel nieder. Dann nimmt er eine Zigarre aus dem Kästchen, schneidet mit dem Taschenmesser die Spitze ab und entzündet ein Streichholz.

Sehr zu empfehlen, wiederholt er mit Blick auf die Zigarre. Er pafft sie an, bis sie angebrannt ist.

Hanna äußert keinen Einwand, obgleich ihr die väterliche Lebensphilosophie nicht nur bekannt, sondern auch zuwider ist. Erst als er vorschlägt, die ganze Familie solle am Ostersonntag zur Kirche gehen, meldet sie Widerspruch an.

Du wolltest dich nicht einmischen, mahnt sie. Ich will meine Kinder nicht in der Kirche haben.

Er macht einen Versuch, ihr ins Gewissen zu reden. Die Kinder müssten selbst entscheiden können, und die Mutter dürfe ihnen die

Kirche nicht vorenthalten, zumal Peer getauft sei. Doch als sie durch Gesten ihre Mahnung bekräftigt, bricht er den Versuch ab. Die Tochter kann ihm die Enkel vorenthalten. Das will er nicht riskieren.

Das Telefon klingelt. Helena geht in den Flur. Elsner ruft, er sei nicht zu sprechen. Wider Erwarten wird Hanna verlangt.

Fräulein Abel, sagt Helena leise.

Tante Lisa, ruft Peer und will zum Telefon rennen, was Hanna aber unterbindet. Lisas Stimme klingt fremd. Gegen ihre Gewohnheit spricht sie schnell und ohne die berühmten Pausen. Demnächst treffe die Antwort auf Hannas Bewerbung ein, sagt sie. Es werde zwar keine feste Zusage sein, doch sie stünde auf der Warteliste ganz oben. Für die Übersiedlung reiche das, denn sie hätte durch eine hohe Witwenrente im Westen auf jeden Fall ein gutes Einkommen.

Sie merkt an, dass es in Jena immer schlimmer werde. Seitdem Petersen aus der SED ausgetreten sei, wären Angriffe gegen ihn keine Seltenheit und die Absetzung als Dekan nur eine Frage der Zeit. Ehe Hanna nachfragen kann, kommt Lisa auf das gemeinsame Vorhaben zurück.

Der Fußmarsch, du verstehst?, fragt sie.

Ja, bestätigt Hanna. Sie ist aufgeregt. Es ist ihr unangenehm, am Telefon über den geheimen Plan zu sprechen.

Wir wandern an einem Sonntag, erklärt Lisa. Wir sammeln Beeren und Pilze. Klar?

Klar. Welcher Monat?

Juli, kommt es zurück.

Du hast einen Vertrag?

Ja, nein, stottert Lisa. Sie werde es später erklären.

Hanna besteht auf einer Antwort.

Ich habe, sagt Lisa, einen Vertrag, aber nicht mit Trott. Trotzdem gehen wir zusammen. Noch etwas?

Ist alles in Ordnung?, fragt Hanna.

Es knackt im Telefon.

Lisa!, ruft sie, doch es kommt keine Antwort. Das Amtszeichen ertönt, die Verbindung ist unterbrochen. Hanna legt den Hörer auf, wartet auf einen erneuten Ruf. Offenbar wollte die Freundin am Telefon keine genaue Verabredung treffen. Was heißt das nun: Keine feste Zusage, aber es reicht für die Übersiedlung? Sehr zuversichtlich stimmt es Hanna nicht. Allzu gern hätte sie darüber mit ihrem Vater gesprochen. Doch er würde garantiert abraten.

Ein Sonntag im Juli. So viel steht also fest. Bis dahin müssen alle Vorbereitungen abgeschlossen sein.

Ein erneuter Ruf bleibt aus. Als Hanna ins Wohnzimmer zurückkehrt, schlägt ihr Zigarrengeruch entgegen. Die Schwaden zeichnen sich wie eine ovale Wolke gegen die Gardine ab. Helena ist bereits in der Küche. Die Kinder sitzen im Raum verteilt und lauschen ehrfürchtig. Elsner erzählt mit sichtlichem Vergnügen über Ereignisse aus der Vorkriegszeit. Genüsslich stößt er den Zigarrenrauch aus, indem er den Kopf in den Nacken wirft und wie ein Fisch den Mund rundet. Zuweilen gelingt ihm ein Kringel. Dann wartet er, bis der milchige Ring aufgestiegen und im Dunst verschwunden ist.

War was?, fragt er zwischendurch.

Hanna gibt sich gelassen. Alles in Ordnung.

Elsner kommt nicht auf das angekündigte Gespräch zurück. Zu sehr geht er in seinen Erinnerungen auf. Erst mit der beginnenden Dämmerung flaut seine Erzähllaune ab. Mit der Bemerkung, er habe noch im Garten zu tun, beendet er die Vorstellung. Hanna schickt die Kinder nach oben und bespricht kurz, wie das Eiersuchen vonstatten gehen soll. Sie einigen sich auf einen Spaziergang am Sonntagnachmittag. Helena habe Süßigkeiten besorgt und wolle sie unterwegs verstecken, meint Elsner. Sie sei schon ganz wild darauf.

Die Geschichten des Großvaters tun ihre Wirkung. Die Jungen hocken im Kinderzimmer zusammen und wiederholen das Erzählte. Wie sich herausstellt, hat jeder etwas anderes verstanden, und sie geraten bald in Streit über Einzelheiten. Hanna muss klären. Sie kommt sich vor wie der schlichtende Mittler aus dem Wahlkampfauto.

Mit der Zeit wird die Stimmung besser und die Idee geäußert, man könne etwas singen. Zwar findet das keine ungeteilte Zustimmung, doch Hanna steht sofort auf und holt die Gitarre. Sie ruht auf dem Boden des Kleiderschranks und wurde seit Weihnachten nicht mehr benutzt. Hanna stimmt Saite für Saite. Peer muss die Liederbücher aus dem Bücherregal heranschaffen. Es ist eine stattliche Zahl. Die meisten sind abgegriffen oder regelrecht zerfleddert.

„Nun will der Lenz", sagt Hanna, als er sich wieder gesetzt hat. Sie schlägt einen Akkord an und gibt mit dem Kopf den Einsatz. Nachdem die Jungen die Melodie aufgenommen haben, geht Hanna zur zweiten Stimme über. Peer kündigt das nächste Lied an. „Im Märzen der Bauer". Die Jungen nicken beim Singen im Takt. Hanna kommt kaum hinterher. Ihre Finger sind untrainiert, und die Saiten schneiden in die Fingerkuppen.

Beim Nachhall des Schlussakkords gibt sie das nächste Lied an:

„Alle Vögel sind schon da". Sie ermuntert Klee zum Mitsingen. Das Lied war im Kindergarten eingeübt worden. Er singt erstaunlich sicher. Hanna hält die Älteren zurück, damit auch der Kleine mal zur Geltung kommt.

Danach erzählt sie etwas über jenen Hoffmann von Fallersleben, der noch ein anderes Lied geschaffen habe.

Es wurde verboten, erklärt sie, wird aber bald wieder gesungen. Es ist eine Hymne, die jeder Deutsche kennen sollte.

„Deutschland, Deutschland über alles", zitiert sie. Die Worte wecken in ihr ein Gefühl, das sie lange nicht mehr hatte. Sie schluckt. Aber, wie gesagt, fährt sie fort, zur Zeit dürfen wir das Lied nicht singen. Das Nächste.

Warum ist das verboten?, will Peer wissen. Hanna geht darüber weg und sieht zu Ulrich. Er soll auch etwas auswählen, doch ihm fällt nichts ein.

„Es ist ein Ros' entsprungen", meint er schließlich. Peer lacht. Dann kann man ja gleich „O Tannenbaum" singen. Ulrich verteidigt sich. Es ist eben mein Lieblingslied.

Vielleicht, lenkt Hanna ein, meinst du „Sah ein Knab' ein Röslein stehn"? Sie stimmt das Lied an, das sie immer an ihre erste Begegnung mit Albin erinnert. Die Jungen singen alle Strophen mit. Ihr Mann hätte an den wackeren Sängern seine Freude. Sie sieht ihn vor sich, beim letzten Abschied. Es war der 10. April 1945, kurz vor seinem Tod. Die Kinder standen im Flur, neun, sechs und drei Jahre alt. Sie hört seine Stimme.

Peer, hilf der Mutti.

Ulrich, du kannst so bleiben.

Klee, du warst sehr schön.

Schläft Albin wirklich? Natürlich ist das nur Beschwichtigung. Wehmut mischt sich mit Stolz. Sie kommt auch ohne ihren Mann über die Runden. Zwar geht es recht und schlecht. Aber immerhin, es geht.

SIEBENTES KAPITEL

Der lange Abschied

Über die Ostertage wartet Hanna auf einen Wink von Elsner. Denn nicht nur er, auch sie sucht die Gelegenheit für ein Gespräch. Doch die Feiertage neigen sich dem Ende entgegen, ohne dass er auf seine Ankündigung zurückkommt. Erst am Ostermontag, nachmittags, als die Festtagsstimmung bereits abebbt, ruft er sie plötzlich ins Büro. Das sieht ihm ähnlich. In den vielen Stunden, die sie gemeinsam verbrachten, ging er jedem ernsthaften Gespräch aus dem Weg. Nun ordnet er es einfach an.

Im Büro, Elsners heimischem Arbeitszimmer, bietet er ihr ein Gläschen Nusslikör an. Sie nimmt einen zaghaften Schluck und dann einen kräftigeren, glaubt aber schon kurz darauf, ein bisschen beschwipst zu sein. Ihr Vater ist, anders als beim Sonntagsessen, unnahbar. Er besteht darauf, dass sie sich setzt, während er beständig umherläuft. Sein Anliegen ist ihm offenbar wichtig.

Wie mir Helena sagte, beginnt er schließlich, übst du jeden Tag auf der Schreibmaschine.

Meine Musik gefällt ihr wohl nicht?, meint Hanna.

Er verzieht keine Miene. Dem Beamten in ihm ist nicht mit ironischen Anspielungen beizukommen.

Kannst du für mich etwas abtippen?, fragt er. Gegen Bezahlung natürlich.

Das muss er ihr schon erklären. Seine Sekretärin kann alle Schreibarbeiten für ihn erledigen. Statt einer Antwort kostet sie noch einmal von dem Likör, der angenehm auf der Zunge brennt. Es kann Jahre her sein, dass sie etwas Alkoholisches getrunken hat. Und sie genießt den Geschmack als Reminiszenz an vergangene Tage.

Elsner erzählt von den Prozessen, die er, trotz innerem Widerstand, übernommen hat. Es komme zunehmend zu einem Interessenkonflikt. Er müsse trennen zwischen den Aufgaben im Ministerium und denen der Rechtsvertretung. Gegenüber seinen Mandanten habe er Stillschweigen zu wahren, was er bei dem Dienst im Roten Schloss schwerlich gewährleisten könne.

Ich brauche jemanden, erklärt er, dem ich blind vertrauen kann.

Hanna spürt, wie sich ein Schleier über ihre Gedanken legt. Sie registriert unscharf, dass er nun doch im Amt bleibt und gleichzeitig die Verteidigung übernimmt. Dagegen beschäftigt sie die Formulierung „blind vertrauen". Ihr ist so, als würde sich das Büro ganz langsam in Bewegung setzen.

Ja, sagt sie, darum bemüht, ihr Gesicht und ihre Stimme unter Kontrolle zu behalten. Aber ich schreibe langsam und mache dafür viele Fehler. Sie findet den Satz komisch.

Macht nichts, erwidert Elsner ernst. Es sind Zeugenaussagen, handschriftlich. Ein Fremder könnte meine Schrift nicht lesen. Mir geht es um Vertraulichkeit.

Das ist doch selbstverständlich, versichert Hanna, wobei ihr die Zunge nicht recht gehorchen will.

Nein, versetzt er, keineswegs.

Warum ist er so schroff? Sie spielt aus Gewohnheit an den beiden Eheringen. Die Verkniffenheit ihres Vaters hat Albin oft beklagt. Er hatte wohl nur diese Seite von ihm kennen gelernt.

Selbst-ver-ständ-lich, wiederholt Hanna, was sie wiederum belustigt.

Also, stell dir vor, erläutert Elsner, da kommt ein Name vor, den du kennst. Jemand aus Weimar. Jemand, den alle schätzen. Sagen wir, jemand wie Möbel-Ackermann.

Der Name macht sie hellhörig. Das Geschäft in der Esplanade verkörpert neben Solidität und Geschmack unbedingte Rechtschaffenheit.

Was heißt das?

Der oder jener Name, antwortet er. Einige der Angeklagten waren meine besten Klienten. Und ich einer ihrer besten Kunden. Man kennt sich.

Angeklagt wegen unrechtmäßiger Bereicherung?, fragt Hanna. Der wohltuende Schleier ist verschwunden.

Elsner betrachtet sie, als wolle er prüfen, ob sie zu absolutem Stillschweigen fähig sei. Erst dann antwortet er.

Ja, so lautet der Vorwurf.

Berechtigt?

Wird der Prozess zeigen.

Und deine Meinung?

Elsner setzt sich wieder in Gang.

Nebensache. Nachdenklich fügt er hinzu: Eine Bedingung. Keine Fragen stellen. Stillschweigen, Vertraulichkeit.

Hanna sieht Elsners Gesicht wie hinter einer regennassen Glasscheibe.

Kann ich etwas Wasser bekommen?

Er steht auf und geht in die Küche. Hanna greift absichtslos nach einer Osterkarte, die auf dem Schreibtisch liegt. Die Schrift kennt sie. Natürlich, von ihrer Schwester Felie. Sie überfliegt die schlichten Grüße. Hanna findet es merkwürdig, dass die Schwester nur an den Vater geschrieben hat, wo sie doch von Hannas Aufenthalt wissen muss.

Elsner bringt ihr ein Glas von dem Wasser, das er direkt von einer Heilquelle bezieht.

Ist was? Er zieht die Stirn kraus.

Hanna deutet auf den Nusslikör, was er mit Unverständnis quittiert. Ihm ist das Zeug zu süß. Er trinkt, wenn überhaupt, nur guten Kognak. Da er Felies Postkarte an Hannas Seite des Schreibtischs entdeckt, meint er, die Schwester wolle nach Thüringen übersiedeln und dann bestimmt zu Besuch kommen. Hanna nimmt die Mitteilung zur Kenntnis, ist aber mit den Gedanken woanders.

Wenn ich kann, sagt sie und nippt noch einmal an dem Wasserglas, helfe ich dir gern. Ich möchte das Geld, das du mir für die Kinder gibst, auch verdienen.

Kommt nicht in Frage, widerspricht er. Ein dienstlicher Auftrag hat nichts mit privater Hilfe zu tun.

Ich versuche es, verspricht Hanna. Sie will keinen Streit.

Gut, sagt er und fordert sie auf, zu ihm zu kommen, wenn sie ihrerseits einen Wunsch hat.

Hanna spürt lästige Schwere in Armen und Beinen. Bitten ist nicht ihre Sache. Aber so eine Gelegenheit darf sie nicht verstreichen lassen.

Über den Übersiedlungsplan kann sie nicht sprechen. Aber da ist die Sache mit dem Stein. Sie gibt sich einen Ruck.

Es wäre da etwas.

Bitte, sagt er.

Ich will einen Grabstein für Albin ...

Selbstverständlich, antwortet er. Rechnungen an mich.

Wirklich?, fragt sie. Ich schaffe es finanziell nicht allein.

Nicht der Rede wert.

Die plötzlich in Aussicht gestellte Lösung eines Problems, das sie seit Monaten belastet, überwältigt sie derart, dass sie seine Hand ergreift. Er zieht sie zurück. Sein Gesicht bleibt unbewegt.

Das ist alles, sagt er und wendet sich ab.

Sie steht langsam auf, achtet darauf, dass sie nicht schwankt. Aber der Likör hat auch sein Gutes. Hanna konstatiert Elsners Aversion gegen körperliche Berührung ohne Groll. Er ist eben so. Da lässt sich nichts machen.

Ja, das ist alles, sagt sie zufrieden. Wieso muss er immer bestimmen, wann das Gespräch endet? Sie kann das genauso.

Die Sicherheit, mit der Hanna beim Abschied von Elsner aufgetreten ist, erweist sich als trügerisch. Kurz nach den Feiertagen gerät sie in jenen Zustand, in dem sie zu keinem vernünftigen Gedanken fähig ist. Nichts will gelingen. Alles, was sie in Angriff nimmt, bleibt in Ansätzen stecken. Ihre Wirkung auf andere Menschen fällt aus. An den Blicken der Männer merkt sie, dass auch ihre weibliche Ausstrahlung versagt. Und sie glaubt, in jeder Bemerkung Vorwurf und Kritik zu erkennen.

Einiges spricht dafür, dass sich eine Grippe ankündigt. Sie hat weder Hunger noch Appetit. Die Verdauung ist in Unordnung. Gelegentlich melden sich Halsschmerzen. Allgemeine Schwäche geht mit anfallartigem Kältegefühl einher. Die Symptome sind aber unbestimmt, so dass Hanna sie nicht als Krankheit anerkennt. Sie will nicht krank sein. Zu vieles muss erledigt werden. Zu vieles hält sie für unaufschiebbar.

Doch ihr guter Wille bringt nichts ein. Wenn sie an der Schreibmaschine sitzt, um die Protokolle zu tippen, die Elsner ihr anvertraut hat, ist sie unkonzentriert. Sie sieht häufig ins Leere, reibt sich die schmerzenden Augen oder atmet stoßweise, als verrichte sie Schwerarbeit.

Ihre Glieder sind bleiern. Nur mühsam kommt sie gegen die Verlockung an, alles stehen und liegen zu lassen.

Beunruhigender ist jedoch, dass mit Schlappheit und Antriebsschwäche auch ihr Selbstbewusstsein leidet. Schon der kleinste Fehlgriff erscheint als Beleg dafür, dass sie versagt, wenn es darauf ankommt. Misserfolge, die lange zurückliegen, werden wieder gegenwärtig. Im Rückblick ist das Leben eine Kette von Fehlleistungen, nur unterbrochen durch seltene Lichtblicke, die zudem meist andere herbeigeführt haben. Es wird beinahe zu einer Lust, Beispiele für die eigene Untauglichkeit zu finden. Anfangs hat sie gehofft, die innere und äußere Schwäche wäre dem monatlichen Unwohlsein geschuldet. Doch es vergehen Wochen ohne Veränderung. Allem Anschein nach hat sie, Johanna Sewald, den verhängnisvollen Drang, alles falsch zu machen. Der Widerstand gegen die Lethargie erlahmt. Sie schwänzt den Schreibkurs. Die Schreibmaschine bleibt unberührt. Elsners Auftrag wirkt auf einmal wie eine unüberwindliche Hürde. Sie steht zwar morgens auf und bringt die Kinder auf den Weg. Gleich danach geht sie aber wieder ins Bett, verkriecht sich unter mehreren Decken. Doch die Kälte, die von innen zu kommen scheint, bleibt. Ihre Gedanken sind dann oft so wirr, dass sie nicht mehr unterscheiden kann, was wirklich erlebt oder nur geträumt ist. Die abstruse Vorstellung entsteht, irgendwelche Bakterien hätten das Hirn befallen und die Denkfähigkeit zerstört.

Sie isst so gut wie nichts, vernachlässigt ihre Pflichten. Zuweilen geht das Brot aus. Sie kommt mit dem Abwasch nicht hinterher. Durchgebrannte Glühbirnen werden tagelang nicht gewechselt. Die Unordnung im Haushalt nimmt beklemmende Formen an, was neue Schuldgefühle auslöst.

In lichten Augenblicken findet Hanna ein wenig Abstand. Dann sucht sie krampfhaft nach Gründen. Doch sie findet keine Erklärung. Denn gerade darin besteht das Problem: Die Einsicht dafür, dass sie von Zeit zu Zeit in solche Krisen gerät, ist ihr versperrt. Sie erwägt nicht einmal, dass es eine handfeste Infektion sein könne. Physische und psychische Blockierung gehen ineinander über, wodurch der Eindruck entsteht, es handle sich um eine Lage, der sie hilflos ausgeliefert sei.

Da ihr die Verquickung von akuter Schwäche und depressiver Anlage verborgen bleibt, sucht sie die Ursache in ihren Entscheidungen.

Womöglich hat sie Angst vor den bevorstehenden Umbrüchen. Man kann wohl nicht einfach per Verstand die heimische Umgebung aufgeben. Vielleicht gibt ihr das Unterbewusstsein warnende Zeichen. Sie fühlt sich in diesem Zustand außerstande zu einer Umsiedlung. Wie soll ihr Hausstand befördert werden? Von offiziellen Umzügen in die Westzonen weiß sie nichts. Sie kann unmöglich alles aufgeben. Mit Grauen denkt sie daran, wie sie die vielen Gepäckstücke zum Bahnhof von Blankenhain gebracht hat. So etwas schafft sie nicht noch einmal. Sie empfindet die Zweifel körperlich. Es kann nicht gelingen. Und es erschreckt sie, dass sie das erst jetzt begreift. Noch ist die offizielle Bestätigung ihrer Bewerbung nicht eingetroffen. Vielleicht verläuft alles im Sand. Im Augenblick scheint das die beste Lösung zu sein.

Greta Matuschke fällt ihr ein und die Behauptung, die Aufteilung in Zonen werde bald rückgängig gemacht. Träfe das zu, wäre die Übersiedlung eine unnötige Strapaze, zumal jetzt, wo es eventuell möglich ist, auch im Osten als Lehrerin zu arbeiten. Andererseits ist sie zu stolz für einen erneuten Anlauf. Man hat sie abgelehnt, während unqualifizierte Kräfte auf die Kinder losgelassen werden. Nun sollen die Leute sehen, wie sie zurechtkommen.

Mit den Grübeleien gelangt sie aber nicht zu Entschlüssen. Argumente dafür und dagegen wechseln, wiederholen sich, verblassen, tauchen wieder auf. Das Ergebnis ist ein allgemeines Gefühl der Ohnmacht.

Erst als Hannas Kraft wieder zunimmt, kann sie die Selbstbezichtigungen abwehren, und ihr fallen passable Erklärungen für die Schwäche ein. Ihre Mutter litt wiederholt an Depressionen. Elsner hatte dafür kein Verständnis gehabt und seine Frau mit Nichtbeachtung gestraft. In Phasen, in denen die Mutter wochenlang dahindämmerte, war Hanna von Kind auf ihre einzige Vertraute gewesen. In der Not hatte die Mutter ihr sogar eheliche Geheimnisse anvertraut. Hanna will sich eine erbliche Belastung nicht eingestehen, zumal das Krankheitsbild anders ist. Nun aber entdeckt sie in vielem Übereinstimmung. Die Ärzte reagieren mit dem gleichen Unverständnis, erklären solche Patienten rundweg als Hypochonder.

Hanna erinnert sich an die Zeiten, in denen die Mutter wieder ganz sie selbst war. Dann hatte sie ihre Nöte völlig vergessen, was Hanna

immer erstaunte. Nun aber ergeht es ihr ebenso. Es ist wie bei Sonnen-
finsternis. Solange der schwarze Mondschatten die Scheibe verdeckt,
bleibt der Eindruck ewiger Trübung. Doch sobald das Licht zunimmt,
wächst die Zuversicht. Sie kann den Vorgang, dem sie wohl oder übel
ausgesetzt ist, nicht als Zyklus begreifen. Hat sie die fatale Stimmung
glücklich überwunden, scheut sie davor zurück, sich auf Wiederholun-
gen einzustellen, zumal der Depression gewöhnlich eine Phase folgt,
in der sie regelrecht über sich hinauswächst.

So ist es auch diesmal. Kaum sind die Gespenster gebannt, fühlt sich
Hanna wie ein andrer Mensch. Die Wohnung, die einem Schlachtfeld
gleicht, ist in kurzer Zeit hergerichtet. Zu den Kindern findet sie auf
einmal wieder ein herzliches Verhältnis. Und seitdem sie wieder unter
Menschen kommt, spürt sie auch, dass ihre weibliche Anziehungskraft
zurückkehrt. Vor allem aber macht ihr die Schreibarbeit wieder Spaß.
Die Prüfung im Schreibkurs, die näher rückt, ist ein Ansporn, sich gewissenhaft vorzubereiten. Die Abschrift für Elsner ist ein ideales
Übungsfeld.

Hanna hat den Auftrag ihres Vaters während der inneren Verdunk-
lung gemieden. Wenn sie doch einmal in den Papieren las, erschien ihr
der Inhalt undurchsichtig. Als sie aber mit frischem Elan die Arbeit
aufnimmt, findet sie mühelos Zugang zu den Protokollen.

Einmal, nachdem sie ihr tägliches Pensum absolviert hat, vertieft sie
sich in die Erinnerungen, die Elsner seinen Mandanten abverlangt hat.

Da ist die Aussage von Tischlermeister Kuhn. Hanna kennt ihn gut.
Seine Firma hatte einst im „Haus mit der Madonna" sämtliche Fenster
angefertigt. Die Fensterfront an der Nordseite des Hauses, zu der das
farbige Bleiglasfenster mit dem Abbild der Madonna gehört, hatte äußerste Präzision verlangt. Kuhn war deshalb oft persönlich erschienen,
hatte nachgemessen, mit Elsner verhandelt und dabei auch immer einige Worte mit der „kleinen Hanna" gewechselt. Elsners Auftrag war
eine Ehre, und Kuhn ahnte wohl, dass der ungewöhnliche Kunden-
wunsch einmal als sein Meisterstück gelten sollte.

Kuhn, so hatte Hanna geglaubt, konnte sicher keiner Fliege etwas
zuleide tun. Aus den Aufzeichnungen ging jedoch hervor, dass Kuhn
Verbindung zur SS hatte. Er erklärte es damit, dass er dort einige private Kunden gehabt habe. Deren politische Auffassungen seien ihm

egal gewesen. Weil er einige Arbeiten in kürzester Zeit erledigen konnte, sei man ihm verpflichtet gewesen. Als das Gesetz über die Enteignung jüdischen Eigentums herauskam, habe er lediglich Interesse an der Tischlerei eines gewissen Goldbaum geäußert.

Kuhn und Goldbaum galten, wie Hanna wusste, nach dem Ersten Weltkrieg als Weimars bekannteste Tischlerwerkstätten. Es mochte ein zäher Konkurrenzkampf zwischen ihnen bestanden haben, worüber aber im Familienkreis nie gesprochen wurde. Kuhn sagte nun aus, die Tischlerei seines einstigen Konkurrenten sei enteignet und danach auf seinen Namen überschrieben worden. Er hätte nur getan, was seine damaligen Kunden ihm empfohlen hatten. Einer Schuld sei er sich nicht bewusst. Schließlich sei dadurch der Familienbetrieb der Goldbaums erhalten geblieben.

Elsner musste zwischendurch aus der Anklageschrift zitiert haben. Denn plötzlich, ohne sinnvollen Zusammenhang, folgt ein Geständnis.

Ich habe mich, heißt es da, *verpflichtet, kriegswichtige Aufträge vorzuziehen und gegebenenfalls zum Herstellerpreis abzugeben.*

Und an anderer Stelle lautet die Aussage:

Goldbaums Werkstatt wurde ohne Entrichtung einer Kaufsumme auf meinen Namen übertragen.

Solche Sätze sind von blumigen Erklärungen umrankt. Er habe alle Arbeiter übernommen und sogar neue eingestellt. Von der Enteignung selbst und dem weiteren Schicksal Goldbaums sei ihm nichts bekannt gewesen. Erst nach dem Krieg habe er von der Geschichte des anderen erfahren. Goldbaum und seine Familie waren deportiert und in einem Vernichtungslager umgebracht worden.

Kuhns gesamter Besitz, so geht aus dem Protokoll hervor, soll nun eingezogen werden, auch der Teil des Betriebs, der ihm vor der Enteignung gehörte. Die Anklage wurde im Namen einer Erbengemeinschaft aus der englischen Besatzungszone vorgebracht. Laut Bestimmungen der sowjetischen Militäradministration sind die Erben aber nicht berechtigt, über den Besitz, falls er ihnen zugesprochen wird, zu verfügen. Die Firma soll insgesamt in einen volkseigenen Betrieb umgewandelt werden. Kuhn droht die Verurteilung wegen unrechtmäßiger Aneignung fremden Besitzes.

Hanna kann die Hintergründe nur erahnen, zumal Elsner bei Hinweisen auf Gesetzestexte Abkürzungen und die Zahlen von Paragraphen notiert hat. Dennoch bleibt in dem verworrenen Bericht ein Makel an Kuhn hängen. Er hat eine Bestechung angenommen und dafür Leistungen erbracht. Der gesamte Betrieb war nach dem Krieg beschlagnahmt worden und wurde seitdem unter sowjetischer Führung kommissarisch geführt. Kuhn hatte anfangs mitgearbeitet, war aber bei Beginn der Ermittlungen entlassen worden. Es geht ihm offenbar schlecht. Alle seine Konten sind gesperrt, und er sagt aus, er wisse nicht, wie er die Anwaltskosten begleichen solle.

Hanna beneidet ihren Vater nicht. Hier zu entscheiden, was Recht und Unrecht ist, erscheint ihr fast unmöglich. Ihrem Rechtsempfinden nach muss Kuhn nach Verbüßung einer Strafe den Familienbetrieb, der seit zweihundert Jahren vom Vater auf den Sohn vererbt wurde, zurückerhalten. Aber wer fragt nach ihrem Rechtsempfinden?

Als Hanna sicher ist, dass sie ihre Krise überwunden hat, sucht sie die Grabmalwerkstatt auf, die Greta ihr empfohlen hat. Der Steinmetz, der die Werkstatt in der dritten Generation führt, ist ein kleiner, kräftig gebauter Mann mit prankenartigen Händen. Sein dunkler Kinnbart ist mit weißen Fäden durchsetzt. Während er in einem düsteren Schuppen Hannas Wünsche notiert, beobachtet er sie aus kleinen flinken Augen. Geduldig lässt er sich aufzeichnen, wie der Stein aussehen soll und quittiert den Spruch, den sie ausgesucht hat, mit einem respektvollen Kopfnicken. Vor allem gefällt Hanna, dass er ihr kein gängiges Modell aufschwatzen will. Wenn sie lacht, hellt sich sein gnomenhaftes Gesicht auf und bekommt einen Zug von Güte. Zuweilen wirft er einen Blick auf ihre Beine, was er jedoch gut zu tarnen weiß. Wie sich herausstellt, geht sein Sohn mit Ulrich in eine Klasse. Auch er wird von den Dorfkindern in Oberweimar gehänselt. Das ergibt ausreichend Gesprächsstoff.

Nach der Bestellung verlässt Hanna das dunkle Büro, bleibt aber noch unschlüssig im Hof stehen und beobachtet den Steinmetz bei der Arbeit. Während er geschickt mit Meißel und dem runden Steinmetzhammer hantiert, plaudern sie über die Merkwürdigkeiten der Nachkriegszeit. Jeder tastet den anderen vorsichtig ab.

Ich könnte, sagt er zwischendurch, den Stein selbst aufstellen. Auch wenn das Grab nicht in der Stadt ist.

Sie stimmt dankbar zu.

Ich war selbst im Krieg, meint er. Habe die meisten meiner Mitschüler verloren. Das kommt Ihnen zugute.

Sein Blick hat etwas Besitzergreifendes. Hanna wendet sich der Gartenpforte zu. Er legt sein Werkzeug ab und folgt ihr.

Sie müssen entschuldigen, sagt er im Gehen, aber es ist wegen der Bezahlung. Ich würde es vorschießen, fügt er schnell hinzu. Dabei huscht sein Blick über ihren ganzen Körper bis zu den Füßen.

Nicht nötig, antwortet sie. Die Rechnung geht an meinen Vater, Dr. Elsner.

Dr. Elsner?, fragt er. Der in der Zeitung stand?

Sie nickt, obwohl sie keinen Artikel kennt.

Das ist Ihr Vater? Offenbar muss er sein Urteil über Hanna korrigieren. Wir haben einen Stein für seine Frau gemacht.

Meine Mutter.

Ja, natürlich. Die Welt ist klein. Ich war damals Geselle. Er hält ihr die Tür auf.

Übrigens, fragt sie, was haben Sie über Elsner gelesen?

Ach, erwidert er ausweichend, es ging um die „Bonzen-Prozesse". Ihrem Vater soll die Parteilichkeit fehlen. Na, Sie wissen schon.

Ach so, meint Hanna leichthin.

Kommen Sie mal wieder vorbei, sagt er und sieht ihr begehrlich nach. Er hatte erwähnt, dass er verwitwet sei.

Warum nicht!, ruft sie und biegt eilig um die Ecke.

Als Hanna nach Hause kommt, ist sie neugierig, was die Zeitung über die Verhandlungen verlautbart, die vom Volksmund „Bonzen-Prozesse" genannt werden. Sie holt alle Zeitungen aus der Ablage unter dem Telefontisch nach oben und sucht nach dem erwähnten Artikel. Hier und dort ist eine kurze Meldung angestrichen. Größere Prozessberichte kann sie nicht finden. Elsners Name kommt in den Zeitungen der letzten Wochen nur zweimal vor. Doch die Formulierungen geben jeweils zu denken. Einmal heißt es:

Die Verteidigung, vertreten durch Dr. Wilhelm Elsner, zeigte viel Verständnis für die verwerflichen Taten des Angeklagten.

In einem anderen Kurzbericht, darauf hatte der Steinmetz ange-
spielt, steht eine stereotype Floskel.

*Der Anwalt Dr. Elsner ließ den parteilichen Standpunkt der Partei der Arbeiter-
klasse vermissen.*

Hanna hört, als sie das liest, ihr Herz pochen. Ihr fällt ein, was ihr
Vater bei dem Besuch im Roten Schloss gesagt hat. Er werde als Verteidiger mehr für seine Mandanten herausholen, als dem Ministerialbeamten in ihm lieb sein könne. Er hat es also gewusst und ist trotzdem nicht ausgewichen. Sie empfindet Stolz, aber auch Mitgefühl. Es
ist schon merkwürdig. Mit Abstand liebt sie ihren Vater. Doch kaum
sitzt er ihr gegenüber, regt sich Widerwillen, manchmal sogar Hass.

Hanna schneidet die beiden Meldungen aus. Dann blättert sie flüchtig die verbliebenen Zeitungen durch. Sie will den Stapel gerade nach
unten bringen, als plötzlich ein Kuvert zu Boden fällt. Sie bückt sich
und erschrickt. Dort liegt ein an sie adressierter Brief von der Schulbehörde Braunschweig. Offenbar wurde diese Zeitung gar nicht auf-
geschlagen. Sie reißt das Kuvert auf und liest.

Das Schreiben, das über eine Woche im Zeitungsstapel gelegen haben muss, wirkt wohlwollend. Die Schulbehörde sei bemüht, ihr in
Burg Neuhaus oder einer ähnlichen Bildungsstätte in der Region eine
angemessene Anstellung zu vermitteln. Dabei wolle man nach Mög-
lichkeit ihre schwierige politische Situation und, wie es heißt, ihre vorzügliche Ausbildung berücksichtigen.

Sie springt auf, in der Hand die wertvolle Nachricht. Sie liest den
Text noch einmal durch, streicht liebevoll das weiße Papier glatt.
Welch ein Glück! Alles scheint sich zum Guten zu wenden.

Als sie das Blatt zusammenlegt, fällt ihr Blick auf die ausgeschnitte-
nen Zeitungsmeldungen. Sie hält inne. Ausgerechnet jetzt, da Elsner
in Bedrängnis gerät, plant seine Tochter die Flucht und bringt ihn in
Teufels Küche. So hat sie die Sache noch nicht gesehen.

Sie bringt die Zeitungen wieder zurück und versucht, sich zu beruhigen. Jetzt muss eine endgültige Entscheidung her. Für und Wider
halten sich die Waage. Wenn sie nur mit jemandem sprechen könnte.
Sie denkt an ihren Mann. Was würde Albin dazu sagen? Sie schließt die
Augen und lauscht. Auf einmal glaubt sie, eine Antwort zu hören. Wie
immer, prägnant.

Dein Vater kommt allein durch. Die Kinder haben hier jedoch keine Chance.

Ja, so ungefähr wäre seine Meinung. Noch immer regen sich Zweifel, aber sie stimmt dennoch zu. Dort drüben gibt es jedenfalls Leute, die ein Examen bei Professor Petersen zu schätzen wissen. *Ihre vorzügliche Ausbildung.* Sie hat es doch gewusst. Ihre Stunde wird kommen. Endlich. Die Entscheidung ist gefallen. Ja, sie muss es tun, für sich und ihre Kinder.

Obwohl Hanna den Schreibkurs sechs Wochen lang nicht besucht hat, bereitet ihr die Prüfung keine Schwierigkeiten. Der Zufall will es, dass ein Artikel aus der „Täglichen Rundschau" abgeschrieben werden muss, den sie schon einmal zu Hause überflogen hat. Er trägt den unfreiwillig komischen Titel „Warum die Bevölkerung Bizoniens hungern muss".

Für die Prüfung wurden alle möglichen abgetakelten Schreibmaschinen zusammengetragen. Es rattert wie in einer Maschinenfabrik. Und dauernd beschwert sich jemand, weil das Farbband verklemmt ist.

Greta, die neben Hanna sitzt, kann es nicht lassen, spitze Bemerkungen zu machen.

So einen Hunger lass' ich mir gefallen, flüstert sie zu Hanna.

Der kleine Herr Hansbach ermahnt sie sanft.

Schon gut, meint Greta. Mir tun die Leute im Westen nur so leid, verstehen Sie? Dass die nun alle hungern müssen.

Ein Murmeln durchzieht den Raum.

Bitte, meine Herrschaften, sagt Hansbach. Ich habe den Text nicht ausgewählt. Es geht auch nicht um den Inhalt.

Es wird leise gekichert.

Und außerdem, rechtfertigt sich Hansbach, wird schon was dran sein, wenn's in der Zeitung steht.

Das Kichern verstummt. Die Frauen verkriechen sich hinter ihren ratternden Wracks. Einige murren, andere stimmen ein.

Schluss jetzt!, verlangt Hansbach. Allmählich wird das Murren vom Geräusch der Schreibmaschinen übertönt. Hanna amüsiert sich über die wortlosen Kommentare der Frauen. Gewiss, hungern tun auch sie nicht. Aber der Mangel ist ihnen deutlich anzusehen.

Hanna wird als eine der Ersten fertig. Es bleibt noch genügend Zeit, alles durchzulesen. Außer ein paar Flüchtigkeitsfehlern ist die Abschrift in Ordnung. Während die anderen noch heftig auf ihre Maschinen einhämmern, kann sie bereits gehen. Greta will sie noch aufhalten, aber Hanna entzieht sich. Das Kapitel „Schreibkurs" ist für sie abgeschlossen.

Hanna und ihr Vater treffen sich manchmal morgens, wenn er zum Dienst aufbricht und sie Klee zum Kindergarten bringt. Als beide an einem regnerischen Morgen Mitte Juni das Haus verlassen, meint Elsner, er müsse Hanna etwas mitteilen, das auch sie beträfe.

Bist du demnächst unterwegs?, fragt er, den Kopf ein wenig zur Seite gewandt. Er trägt einen dunklen Staubmantel über dem Anzug und geht voran, wie immer. Sie, den Jungen am Arm, versucht, Schritt zu halten.

Wir fahren am Wochenende zum Friedhof in Rüdersdorf, sagt Hanna.

Das solltest du verschieben.

Sie widerspricht nicht, obwohl sie die Verschiebung vermeiden möchte. Sie hat den Termin mit dem Steinmetz abgestimmt. Außerdem ist Kirschenzeit, und sie will von der Plantage bei Rüdersdorf ein paar Körbe mitbringen. Am Wochenende danach kann es zu spät sein. Sie ermahnt Klee, der schwer an ihrem Arm hängt.

Beeil dich. Opa will etwas Wichtiges sagen.

Stimmt, bestätigt Elsner. Die drei Westzonen führen kommenden Sonntag eine Währungsreform durch. Das wurde in aller Stille vorbereitet. Eine „Deutsche Mark" ersetzt dann die Reichsmark. Vermutlich wird unsere Zone von entwertetem Geld überschwemmt. Eine heikle Sache.

Hanna wird heiß. Sie sieht Gefahr für ihren Fluchtplan.

Und was werdet ihr tun? Kriegen wir auch neues Geld?

Schnellstmöglich. Nächsten Donnerstag beginnt die Aktion.

Klee trippelt hinterher, während Elsner unbeirrt vorauseilt.

Schon vor Monaten habe ich gewarnt, meint er.

Bemüht, Anschluss zu halten!, feuert Hanna den Jungen mit einem energischen Blick an.

Das musst du unbedingt für dich behalten, sagt er. Alle Reichsmark-Scheine erhalten aufgeklebte Kupons. Scheine ohne Kupons werden sofort ungültig. Die Münzen bleiben im Verkehr. Spätestens in sechs Wochen gibt es hier auch neue Geldscheine. Daran wird fieberhaft gearbeitet. Mit dem Umtausch sind unangenehme Regelungen verbunden. Nur kleine Beträge werden eins zu eins getauscht. Alles andere wird drastisch abgewertet. Die Warendecke ist zu knapp. Bei Sparguthaben bis tausend Reichsmark ist der Kurs eins zu fünf ...

Für mich ist das nicht unangenehm, meint Hanna spöttisch.

Ich meine nur, sagt er ärgerlich. Du solltest die Stadt vorerst nicht verlassen. Es wird wahnsinnigen Andrang geben. Alle Sparbücher müssen kontrolliert werden. Jeder muss unnötigen Verlust vermeiden.

Verstehe schon. Währungsumstellung eben.

Ein Jahr lang hatten sie Zeit. Dilettantismus!, schimpft er.

Sie weiß nicht, ob er die Russen, die SED-Leute, sein Ministerium oder alle zusammen meint. Jedenfalls hält er die Situation für selbstverschuldet und für gefährlich. Ihm steht unendlich viel Arbeit bevor. Ist er deshalb so gereizt? Fürchtet er, Geld zu verlieren?

Nun komm doch!, blafft Hanna Klee an, der das Tempo nicht mithalten kann.

Ich gehe dann schon, sagt Elsner. Mit dem Ansatz eines Lächelns meint er zu Klee: Du musst mehr essen, Junge.

Ich hab' die Prüfung im Schreibkurs bestanden, bringt Hanna schnell hervor.

Gut!, pariert Elsner. Übrigens, dieser Bildungsmensch wartet auf deinen Anruf.

Die Abschrift ist auch fertig, fügt sie hinzu.

Aha. Elsner nickt. Er stürmt voran, wendet sich nach einigen Metern aber noch einmal um.

Der Prozess ist auf meinen Antrag hin vertagt worden. Schreib mir eine Rechnung für die Abschrift. Ich zahle nach dem Geldumtausch. Kannst du noch mehr tippen?

Im Augenblick nicht, erwidert Hanna.

Wir reden darüber. Macht's gut.

Mach's gut, Opa!, ruft Klee.

Du auch, kleiner Mann! Mehr essen, verstanden? Er winkt, ehe er mit langen Schritten davonzieht.

Hanna lässt sich zurückfallen. Liedke wartet auf ihren Anruf? Da kann er lange warten. Wenn alles vorbei ist, wird sie ihm eine Postkarte aus Burg Neuhaus schicken. Der Vorsatz weicht einem unbestimmten Gefühl. Aus Elsners Mitteilung lässt sich schließen, dass etwas in der Luft liegt. Die Währungsreform ist der Vorbote. Deutschland mit zwei Währungen. Vorwärts ins neunzehnte Jahrhundert. Wenn die Westzonen zusammengehen, wird sich die Ostzone selbständig machen. Eine kommunistische Schweiz. Wo soll das hinführen? Sie schüttelt den Kopf.

Klee glaubt, er wäre gemeint.

Ich gehe bald zur Schule, sagt er. Dann muss mich niemand mehr bringen.

Sie schweigt. Kürzlich hat sie ihn für die Schule angemeldet. Ob er aber in der Stadt oder in einem Vorort eingeschult wird, ist unklar.

Krieg' ich eine Zuckertüte?, fragt er.

Ja.

Und einen Schulranzen?

Bitte, drängt sie. Wir kommen zu spät.

Er legt sich kräftig ins Zeug. Er will unbedingt einen eigenen Schulranzen haben.

Trotz Elsners Warnung fährt Hanna am Wochenende mit den beiden Großen zu Albins Grab. Klee ist für den Ausflug zu klein, und Helena war bereit, ihn zu versorgen. Der Zug tuckert über die altersschwachen Gleise. Peer und Ulrich schlafen friedlich aneinander gekuschelt auf der Holzbank.

Hanna betrachtet sie mit Zufriedenheit. Allem Anschein nach entwickeln sie sich derzeit gut. Auch die Geldreform macht ihr nicht mehr so große Angst. Wahrscheinlich wird sie mit dem Umtausch zurechtkommen. Am Monatsende blieb nie viel Bargeld übrig. Und die schmale eiserne Reserve, verteilt auf die Sparbücher für sich und jedes Kind, wird hoffentlich übertragen. Nur bei Albins Sparbuch kann es Fragen geben. Sie hat es nie angerührt, für den Fall des Wiederkommens. Einmal erkundigte sich die Landesbank nach Testament und Erbschein, begnügte sich dann aber mit der Sterbeurkunde, dem einzigen Beleg für seinen Tod.

Hanna denkt in letzter Zeit nur noch selten an eine Rückkehr. Als der Steinmetz ihr den fertigen Grabstein zeigte, geschah etwas mit ihr. Seitdem hat sie immerzu das eingemeißelte Todesdatum vor Augen: 13. April 1945. Gewiss, Albin schläft nur. Doch allem Anschein nach schläft er für immer.

Wenn es stimmt, was ihr Vater angekündigt hat, dann wird an diesem vorletzten Junisonntag des vierten Nachkriegssommers in drei deutschen Zonen neues Geld eingeführt. Auf einen Schlag. Wie, um Gottes Willen, kann so etwas im Stillen geschehen? Werden nicht viele Leute noch schnell einkaufen, was das Zeug hält? Bis gestern hatte das Geld noch Wert. Ab heute ist es nichts als Papier ... Auf einmal macht ihr die Reform doch Angst. Wenn sie, so der aktuelle Plan, am letzten Julisonntag über die Grenze gehen will, muss Geld für die Westzone da sein. Aber wie? Muss sie Lisa anbetteln? Da ist also ein neues Problem zu lösen.

Kurz vor Kraftsdorf weckt sie die Kinder. Den Ort kennt sie von früher. Nach dem ersten Krieg, als sie selbst Kind war, hatte sie jedes Jahr im Juni ihren Vater hierher begleitet. Schon damals konnte man in der weitläufigen Plantage zum Abholpreis Kirschen pflücken.

Sie steigen aus und machen sich auf den Weg. Bis nach Rüdersdorf sind es fünf Kilometer. Kurz nach dem Ortsausgang verlassen sie die Landstraße und biegen in einen Feldweg ein. Peer geht rechts von der Mutter, Ulrich auf der linken Seite. Jeder trägt einen Rucksack. Der Wanderweg schlängelt sich durch Wiesen, Kornfelder und Rübenäcker. Auf der Landstraße kommt man schneller ans Ziel, doch Hanna wählt mit Bedacht den Umweg. In Gedanken hat sie jeden Abschnitt abgeschritten.

Das Getreide wechselt gerade die Farbe. Saftiges Grün geht in sandiges Gelb über. Darunter mischt sich grelles Rot vom Mohn mit dem Blau der Kornblumen. Der Wind fährt durch die Ähren. Wellen rollen über die schmiegsame Fläche, brechen sich, ebben ab, setzen neu an.

Ulrich läuft wie ein junger Schäferhund, der endlich freien Auslauf hat. Peer boxt Hanna freundschaftlich auf den Arm und sieht zu ihr hoch, als wolle er sagen: Für eine Frau bist du eigentlich ganz in Ordnung.

Das ist meine Mutter, sagt Ulrich.

Peer geht lässig auf das alte Kinderspiel ein.

Meine Mutter, antwortet er.

Nein, meine.

Meine!

Hanna achtet darauf, dass es nicht zum Streit kommt.

Sie würde sich gern auf die Stimmung der Kinder einlassen. Doch seit dem Morgen steht sie unter Spannung. Vor drei Jahren, als sie zum ersten Mal hier war, lagen die Äcker brach. Der Wald wurde gerade nach Kriegsgerät abgesucht. Unterhalb des Dorfes schütteten Frauen die letzten Schützengräben zu.

Hörst du das?, fragt Peer.

Ja, die Autobahn. Hanna nickt. Alles geht nach Plan.

Das ist die Autobahn, nicht irgendeine.

Verstehe ich nicht, sagt Ulrich.

Ja, natürlich, erwidert Peer. Hier wurde er erschossen.

Wer? Ulrich sieht fragend zu ihm.

Na, mein ... ich meine, unser Vater.

Ich zeige euch die Stelle, sagt Hanna.

Ich denke, er ist im Krieg – gefallen, meldet sich Ulrich.

Das sagt man so. Passt jetzt auf!

Sie haben ein Waldstück erreicht. Durch dichtes Gestrüpp wird die Böschung der Autobahn sichtbar.

Bleibt in meiner Nähe, sagt Hanna und fasst Ulrich an der Hand. Peer geht voraus. Ab und an kommt ein Auto vorüber, ansonsten liegt sonntägliche Ruhe über der Landschaft. Sie erklimmen den Hang und stehen auf dem schmalen Seitenstreifen. So muss es damals auch gewesen sein.

Hanna hält Peer am Arm fest.

Du läufst als Erster, sagt sie leise. Erst bis zum Grünstreifen, dann auf die andere Seite. Aber nicht rennen! Los! Sie gibt ihm Schwung.

Peer überwindet mühelos die Fahrbahn, blickt kurz nach rechts, läuft zum gegenüberliegenden Straßenrand.

Jetzt du. Hanna flüstert.

Allein?, fragt Ulrich.

Ja, geradeaus. Nicht rennen.

Er gehorcht. Bald steht er neben Peer.

Damals fuhren hier Panzer. Albins Schüler mussten abwarten, bis sie in einer Lücke über die Fahrbahn huschen konnten. Sturmgepäck auf dem Rücken.

Sie läuft los.

Lass dir Zeit!, ruft Peer. Es kommt ja nichts.

Tatsächlich ist weit und breit kein Auto zu sehen.

Sie kommt tief atmend bei den Kindern an und nimmt sie in die Arme. Peer macht sich los.

Was ist schon dabei?

Er ist nicht einmal vier Jahre jünger als die Jungen von damals. Hanna zwängt sich durch das angrenzende Dickicht und klettert die Böschung hinunter. Peer und Ulrich sind lange vor ihr unten und sehen sie erwartungsvoll an. Solche Ausflüge machen sie in letzter Zeit nur noch allein. Hanna legt den Rucksack ab und zieht die Jacke aus. Sie fächelt sich Luft zu. Dann breitet sie die Jacke auf dem Boden aus und setzt sich. Die Jungen folgen ihrem Beispiel, jeder auf einer Seite. Vor ihnen liegt eine Lichtung, von hohem Gras bewachsen und mit Blumen durchsetzt. Ein Sonnenstrahl fällt in die Mitte. Es sieht friedlich aus.

Hier war es, sagt sie. Euer Vater und ein andrer Erzieher. Sie führten einen Trupp von fünfzehnjährigen Schülern aus Blängsch. Die sollten kurz vor Kriegsende Deutschland retten.

Sie macht eine Pause. Die Lichtung ist von Mischwald umgeben, Kiefern mit Eichen durchsetzt. Der Boden ist dicht bewachsen. Büsche versperren die Sicht. Die Schützenlöcher kann man nur noch als leichte Unebenheit ausmachen.

Erzähl!, bettelt Ulrich.

Sie haben sich hier eingegraben und den Abend abgewartet.

Tacktacktack!, macht Peer und umfasst ein imaginäres Gewehr.

Ruhe!, verlangt Hanna. Verstehst du denn gar nichts? Hier ist dein Vater gestorben.

Ja, doch, knurrt er.

Wie war das nun?, drängt Ulrich.

Sie kamen von da. Sie zeigt auf einen Weg, der in die Lichtung mündet. Hier machten sie Rast. Der andere Erzieher pirschte sich nach oben, hier die Böschung hinauf. Sie deutet schleichende Bewegungen an. Oben wartete er. Dann kam der Nächste. Euer Vater schickte von hier aus einen nach dem anderen nach oben.

Spannend, flüstert Ulrich. Und dann?

Dann waren alle Jungen oben. Der Erzieher überquerte die Autobahn. Immer, wenn ein Panzer vorüber war, folgte einer der Jungen.

Welche Panzer?

Die Amerikaner rückten nach Westen vor. Als alle Jungen drüben waren, erzählt sie weiter, hörten sie Schüsse von dieser Seite. Also dort, wo euer Vater war.

Von dieser Seite?, fragt Peer. Aber das ist doch komisch. Warum haben die Amis nicht früher geschossen? Die hätten doch alle abknallen können.

Was ist los?, fragt Ulrich, der nicht versteht.

Dort seitlich im Gebüsch, erklärt Hanna, die Richtung zeigend, war ein Nest von den Amerikanern. Ein Maschinengewehr mit zwei Schützen.

Peer springt auf. Ulrich läuft hinterher. Sie sind nicht aufzuhalten. Hanna macht einige Schritte in die gewiesene Richtung.

Passt auf!, warnt sie. Munition!

Aber Peer hat schon etwas entdeckt. Mit Siegesgeheul verkündet er seinen Fund.

Hier! Ich hab' es! Er imitiert das Geräusch von Schüssen. Tacktacktack!

Um Himmelswillen!, ruft Hanna und arbeitet sich durch das hohe Gras bis zu den Kindern vor.

Nicht anfassen!

Ein Rohr lugt aus dem tiefen Laub hervor. Sie räumen vorsichtig einige Äste beiseite und legen die verrosteten Reste eines Maschinengewehrs frei. Die Stützen sind ausgefahren. Der vermoderte Patronengurt steckt in der Waffe. Alles ist feucht und mit glitschigem Laub bedeckt.

Nicht anfassen!, wiederholt Hanna. Peer gehorcht widerwillig. Ulrich drückt sich an sie.

Es scheint so, als wäre das Gewehr noch immer auf die Lichtung gerichtet. Sie stehen alle drei schweigend vor dem rostigen Gerät. Hatte er noch etwas gesagt oder gerufen? Warum hatten die Amerikaner so lange gezögert? Erkannten sie, dass der Deutsche Anführer von Kindern war?

Hanna berichtet alles, was sie weiß. Die Uniform wäre ganz durchlöchert gewesen, alle Einschüsse auf der Vorderseite. Das Gepäck fehlte, überhaupt alles, was er mitgeführt hatte, die Meldertasche, Waffe und Koppel, Erkennungsmarke, Ausweise, Papiere. Den Ehering hatte er zu Hause gelassen. In der linken Brusttasche war ein zerknittertes Foto gefunden worden. Es zeigte die Aula von Blängsch bei einer Feierstunde.

Und wie hat man ihn gefunden?, fragt Ulrich.

Das war doch eine Frau aus der Bücherei, erinnert sich Peer.

Ja, unsere Bibliothekarin. Sie war bei Verwandten in Rüdersdorf untergekommen. Die haben dann alles geregelt. Die Frau brachte mir das Foto.

Hanna schiebt ihre Söhne zurück in die Richtung des Rastplatzes. Sie nehmen ihr Gepäck auf, überqueren die Lichtung und folgen dem Weg. Hinter dem Waldstreifen öffnet sich der Blick. An ein morastiges Wiesenstück schließt ein langgedehnter Hügel mit einem großen Rübenschlag. Am Horizont tauchen die ersten Gehöfte auf, Fachwerkhäuser mit verwaschener Farbe, überragt vom Kirchturm mit der runden, schiefergedeckten Haube. Beim Anstieg zum Dorf geraten die Kinder ins Schwitzen. Sie ziehen ihre Jacken aus und schnallen sie auf die Rucksäcke.

Auf diesem Acker hatte Albins Volkssturmtrupp in hastig ausgehobenen Schützengräben Stellung bezogen. Vom Wald aus waren sie beschossen worden. Leute im Dorf erzählten, es wäre wie bei einer Hasenjagd gewesen. Kaum hätte einer der Jungen den Kopf herausgesteckt, hätten die Amerikaner losgefeuert. Vielleicht wollten sie die halbwüchsigen Retter nur erschrecken, denn es wurde niemand getroffen. Einige Jungen behaupteten später, die Amis hätten absichtlich in die Luft geschossen.

Ulrich bittet, die Mutter solle weitererzählen. Doch Hanna reagiert nicht. Ihre Kinder sollen mit diesem Ort keine schlechte Erinnerung verbinden. Nur vergessen sollen sie ihn nicht.

Wir müssen uns stärken, bestimmt sie. Wie auf Kommando setzen sich Peer und Ulrich an den Wegrand. Stullen werden ausgepackt. Ein Marmeladenglas mit sauren Gurken kommt zum Vorschein. Der Malzkaffee aus der Thermosflasche löscht herrlich den Durst. Und als Krönung gibt es für jeden ein gekochtes Ei.

Mit frischem Elan erreichen sie gegen Mittag das Dorf. Die Straßen sind wie ausgestorben. Und doch fühlt sich Hanna beobachtet. In einem Bauernhof ist ein zusammengewürfelter Maschinenpark. Es sieht fast wie ein Schrottplatz aus. Auf einem Transparent steht „Maschinen-Traktoren-Station". Der Friedhof liegt etwas erhöht mitten im Dorf. Die Häuser umringen die Kirche wie die Herde den Hirten.

Sewalds Grab liegt neben dem Eingang. Man hat den Fremden einfach auf der Wiese eingegraben. Inzwischen ist eine Gräberreihe entstanden, akkurat, mit Kieselsteinen auf den Wegen. Hanna ist gespannt auf den neuen Grabstein. Der helle Stein, ein stilisiertes Kreuz, sticht von der Umgebung ab. Die schwarze Schrift glänzt in der Sonne. Der Steinmetz hat gute Arbeit geleistet.

„Tod ist des Menschen Botenbrot", steht über dem Namen. Peer liest halblaut die Daten, dann die Inschrift.

Was heißt das?, flüstert er. *Tod ist des Menschen Botenbrot.*

Pst! Auf dem Friedhof ist man still. Die nächste Frage schneidet sie mit einer energischen Handbewegung ab.

Lass uns erst ankommen, fügt sie versöhnlich hinzu.

Sie kauert sich neben das Grab, klaubt hier ein welkes Blatt auf, kappt dort eine Ranke. Der Efeu, den sie beim letzten Mal angepflanzt hat, bildet ein dichtes Gestrüpp. In der Mitte, nahezu überwuchert, ragt die Wölbung des Stahlhelms hervor. Die Dörfler hatten ihn auf den aufgeschütteten Grabhügel gelegt. Statt Blumen.

Ulrich klopft vorsichtig auf den Helm.

Ist das ... von ihm?

Ja, den haben sie ihm gelassen.

Peer steht hinter ihnen und starrt auf die eingemeißelte Schrift.

Man kann nicht alles erklären, sagt Hanna. Der Spruch stammt aus einem Gedicht. Ich fand ihn passend.

Das meine ich nicht, sagt er. Er hat am gleichen Tag Geburtstag wie ich.

Ja, am gleichen Tag. Es war sein 24. Geburtstag, als du geboren wurdest.

Hanna holt das Grabscheit aus dem Rucksack und lockert den Boden. Hier und da zupft sie ein Grasbüschel heraus. Sie entdeckt am Ende der Einfriedung Reste von Stiefmütterchen. Also hat im Frühjahr jemand gepflanzt. Noch vor dem Aufbruch muss sie für eine geregelte Grabpflege sorgen. Sie schiebt den Gedanken beiseite und erhebt sich, senkt den Kopf, legt die Hände übereinander.

Ihr wisst, wir glauben nicht an Gott, auch nicht an ein Dasein nach dem Tod. Aber wir wollen an ihn denken, als würde er hier leben. Er hatte euch sehr lieb.

Sie sehen beide zu ihr, halten verlegen die Hände ineinander. Ulrich sieht zur Mutter, als wolle er wissen, ob er ein trauriges Gesicht machen müsse.

Nicht weinen, sagt sie sanft. Sieh mal, es ist doch nur ein kleines Beet und ein Stein, auf dem sein Name steht. Er spürt nichts mehr. Es ist nichts Trauriges dabei. Ich möchte nur, dass ihr euch die Stelle merkt.

Ulrich will seinen Kopf an ihren Arm schmiegen, lässt es aber, da sich Peer nicht von der Stelle rührt.

Sie bückt sich wieder. Sie schickt die Kinder auf die Suche nach einem Wasserhahn und einem Gefäß. Sie sollen die Tränen nicht sehen, die auf die dunkelgrünen Blätter tropfen. Es ist kein Schmerz mehr, nur noch die Erinnerung an Schmerz. Sie zieht die welken Pflanzen der Stiefmütterchen aus der Erde und bringt sie zur Abfallgrube. Aus dem Rucksack nimmt sie die Pflanzen, die sie zu Hause ausgegraben und in Zeitungspapier eingewickelt hat, eine Kletterrose und viel Immergrün. Der Stein soll seine Nacktheit verlieren, der Stahlhelm unter dem Grün verschwinden.

Sie hatte immer etwas gegen Gräber. Und nun hat sie Wochen damit zugebracht, eine kleine Kultstätte zu errichten. Bei sich selbst würde sie das ablehnen. Aber bei Albin ist es eine Pflicht. Am besten, denkt sie, man lässt Gräber unter dem Pflanzengewirr verschwinden. Sie liest ein paar Steinbrocken auf, die vom Aufstellen des Steins herrühren. Der Steinmetz ist schon eine Woche zuvor hergefahren. Jedenfalls hat er Wort gehalten.

Peer und Ulrich schleppen einträchtig eine volle Gießkanne heran. Peer ist besonders eifrig. Hanna ahnt den Grund. Er will sie aufheitern. Er mag nicht, dass seine Mutter weint.

Ihr seid prima, lobt sie. Kommt, wir machen es zusammen. Sie gibt jedem eine Pflanze und zeigt, wie man sie in die Erde einbringt. Als alles eingepflanzt ist, nimmt sie die Gießkanne. Peer fasst mit am Griff an, Ulrich drängelt sich mit seiner kleinen Hand dazwischen. Obwohl sie einander im Weg sind, schaffen sie es, das Wasser gleichmäßig zu verteilen.

Das wäre eigentlich alles, sagt Hanna schließlich und lässt Peer die Kanne zurückbringen.

Liegt er wirklich hier?, fragt Ulrich.

Die Frage ist nicht abwegig. Ein wirkliches Beweisstück fehlt. Das Gesicht des Toten war angeblich völlig entstellt. Der Bibliothekarin waren die Hände aufgefallen. Niemand hätte so lange, schmale Finger wie er. Es stimmt schon, seine Hände waren unverkennbar. Aber genau weiß niemand, wer hier liegt.

Ja, sagt sie. Er liegt wirklich hier. Sie nimmt seinen Kopf und drückt ihn an sich.

Wir wollen uns verabschieden, sagt sie, als Peer zurückgehastet kommt.

Wir kommen jetzt öfter, verspricht Ulrich.

Sein Bruder will widersprechen. Hanna gibt ihm ein Zeichen und deutet an, dass Ulrich nichts von dem Umzug weiß. Peer versteht.

Ja, sagt er lang gezogen. Wir kommen so oft wie möglich.

Hanna nickt ihm zu und wendet sich dann zum Gehen. Die Kirchturmglocke schlägt. Weit und breit ist niemand zu sehen.

Kommt, sagt sie und strebt dem Ausgang zu.

Kaum haben sie das Dorf verlassen, überfällt Hanna lähmende Müdigkeit. Jeder Schritt fällt ihr schwer. Die Schuhe drücken. Es ist heiß. Sie schleppt sich von Baum zu Baum die Landstraße entlang. Die Kinder sind dagegen ausgelassen. Sie rennen um die Wette, kehren johlend zurück, lassen sich ins Gras fallen und jagen wieder los. Lange genug haben sie stillgehalten und die mütterlichen Gebote befolgt. Als sie merken, dass Hanna kaum noch vorankommt, spielen sie Eisenbahn.

Abwechselnd schieben sie die Mutter vorwärts, indem sie sich mit beiden Händen in ihren Rücken stemmen.

Auf der Plantage, die sie schließlich erreichen, herrscht Hochbetrieb. Bauern aus den umliegenden Dörfern, aber auch Städter sind hergepilgert, ausgerüstet mit Körben, Eimern und Obststiegen, um die süße Last unbeschadet nach Hause zu bringen. Die Bäume hängen voller reifer Kirschen, tiefschwarz oder knackig dunkelrot. Einige Äste sind unter dem Gewicht der Früchte gebrochen.

Am Eingang des eingezäunten Areals steht ein klappriges Holzhäuschen. Hier werden die Bäume zugeteilt, leere Körbe verkauft und Leitern ausgeliehen. Als Eintrittsgeld muss eine Pfandgebühr entrichtet werden.

Peer und Ulrich albern herum und bewerfen sich mit Kirschkernen. Hanna herrscht sie an, was sie zumindest vorübergehend zur Besinnung bringt. Denn es lockt die märchenhafte Gelegenheit, sich einmal nach Herzenslust den Bauch mit Kirschen vollzuschlagen. Zu dritt tragen sie die Leiter zu dem Baum mit der zugeteilten Nummer. Unten ist bereits alles abgeerntet. Die Leiter reicht gerade bis zur Mitte. Peer klettert voraus, Ulrich folgt. Jeder hat einen eigenen Korb. Sie überbieten sich darin, die entlegensten Stellen zu erreichen.

Ulrich pflückt, als wolle er einen heimlichen Wettbewerb gewinnen. Peer dagegen hängt seinen Korb an einen Ast und isst sich erst einmal satt. Die Kerne spuckt er in hohem Bogen nach unten. Die Mutter ist abgemeldet und er das eigentliche Familienoberhaupt.

Hanna beobachtet jeden Handgriff der Kinder mit Argwohn. Die Angst hält sie wach. Ihre Ermahnungen verpuffen. Da kann sie fordern, was sie will.

Peer steht auf einer Astgabel. Sein Oberkörper ragt bis zum Gürtel aus dem Blattwerk. Er spielt Pfarrer auf der Kanzel.

Liebe Gemeinde, tönt er pastoral und hebt segnend eine Hand. Nehmet die Früchte, die euch der Herr zuteil werden ließ. Dabei schiebt er sich wieder einige Kirschen in den Mund

Ein Ast knackt. Hanna schreit auf.

Es kann überhaupt nichts passieren, versichert Peer und hält sich mit beiden Händen fest. Schon im nächsten Augenblick wechselt er den Tonfall und imitiert einen sächsisch sprechenden Parteifunktionär, was bei einem unsichtbaren Pflücker im Nachbarbaum meckerndes Gelächter hervorruft.

Hör dir den an!, ruft jemand.

Der Erfolg beflügelt Peer. Mit hoher, verstellter Stimme, dem butterweichen sächsischen Idiom und der unverkennbaren Eigenart des dankbaren Nachahmungsobjekts verbreitet er von seinem luftigen Rednerpult allerlei Weisheiten über den „Aufbau des Sozialismus" und „die Machenschaften der westdeutschen Kriegstreiber". Vom Gelächter angespornt, krönt er seine Ansprache mit den Worten:

Die Basis, Genossen, ist die Grundlage aller Fundamente.

Hanna kann sich der Komik nicht entziehen. Dennoch zittern ihr die Knie.

Hör auf, Peer. Du machst uns noch alle unglücklich.

Er lacht triumphierend. Seine Stimme überschlägt sich.

Ich habe, setzt er in schönstem Sächsisch fort, schon zwanzig Kirschen in meinem Korb. Das ist Weltniveau, ja?!

Hanna blickt hilfesuchend in die Runde. Ein alter Bauer meint voller Bewunderung: Begoabt, der Junge. Sehr begoabt.

Hanna stöhnt. Mir würde reichen, denkt sie, wenn er nur halb so begabt wäre. Sie lehnt sich an den Baum und schließt die Augen. Unterdessen steigt Ulrich die Leiter hinunter und zeigt stolz seinen Korb.

Nimm doch!, fordert er Hanna auf. Ich hole gleich noch mehr.

Bleib du wenigstens hier, sagt sie entnervt. Wortlos macht er sich über die frisch gepflückten Kirschen her.

Nach einer Weile klettert auch Peer hinunter. Er zeigt seinen vollen Korb mit strahlender Miene.

Mach das nicht wieder, sagt Hanna. Es sind schon welche wegen solchem Unsinn ins Gefängnis gekommen. Und außerdem ... Sie gibt auf.

Peer widmet sich genüsslich den Kirschen. Im Schneidersitz hockt er sich ins Gras und futtert. Hanna sieht ihm zu. Man kann dem Burschen einfach nicht böse sein.

Die beiden Jungen pflücken dann noch fleißig, bis drei Körbe randvoll gefüllt sind. Mehr lässt sich nicht wegtragen. Nachdem die Leiter abgeliefert und der Pächter bezahlt ist, brechen sie auf in Richtung Bahnhof.

Im Zug dauert es nicht lange, bis Peer und Ulrich eingeschlafen sind. Hanna stellt die Kirschkörbe unter die Bank und macht es sich in einer Ecke bequem. Als der Zug in Weimar anhält, schreckt sie hoch. Sie weckt die Kinder und kann gerade noch rechtzeitig das Gepäck auf den Bahnsteig bringen. Dort werden sie von Elsner und Klee empfangen, die schon zwei Züge abgewartet haben. Klee hat vom Großvater einen großen graublauen Stoffelefanten geschenkt bekommen. Er trägt das Ungetüm auf Rädern wie ein Heiligtum vor sich her. Seine Augen glänzen.

Elsner nimmt Hanna die schweren Körbe ab. Wie ein Patriarch schreitet er voran, gefolgt von der kleinen Prozession erschöpfter Ausflügler. Vor dem Bahnhofsgebäude steuert er auf ein leeres Taxi zu.

Hanna protestiert. Doch ihre Kinder überstimmen sie und folgen dem Großvater. Voller Ehrfurcht betasten sie die Sitze, ehe sie mit glasigem Blick in die Polster sinken.

Kann losgehen, sagt Elsner.

Wohin mit der müden Fuhre?, fragt der Chauffeur.

Südviertel. „Haus mit der Madonna".

Der Mann nickt und startet sein Auto.

ACHTES KAPITEL

Burg Neuhaus

Die kleine Schar, die an einem Morgen Ende Juli 1948 von dem an-haltischen Dorf Holthausen aufgebrochen ist, um von der sowjetischen in die englische Besatzungszone zu wechseln, strebt schweigend dem schützenden Wald zu. In der Mitte, alle anderen überragend, geht Beck-mann, der Schmied. Wochenende für Wochenende verdient er sich ein Zubrot, indem er mit angereisten Städtern in den Wald zieht. Angeb-lich sammelt man Beeren und Pilze. In Wirklichkeit schleust er aber Flüchtlinge über die grüne Grenze. Alle halten Kontakt zu dem wort-kargen Hünen, dem sie sich für Stunden rückhaltlos anvertraut haben.

Lisa kennt Beckmann und seine sonntägliche Route von früheren Grenzgängen. Wie ein Kind, das nicht von der Seite des Vaters weicht, sucht sie seine Nähe. Denn am Vorabend, als sie mit Hanna und Peer in Holthausen eintraf, gab es Ärger.

Kinder sind zu gefährlich, versicherte Beckmann. So war das nicht ausgemacht.

Wollen Sie Mutter und Kind auseinanderreißen?, beschwor ihn Lisa. Ich bezahle für Peer den vollen Preis. Außerdem ist er schon halb erwachsen.

Dass ich nicht lache.

Ja, ein halber Erwachsener. Als promovierte Pädagogin kann ich das beurteilen.

Es bedurfte großer Überredungskunst, bis die zierliche Lisa den kraftstrotzenden Mann zum Nachgeben bewegen konnte.

In der Nacht, die man auf Strohsäcken in der Scheune verbrachte, schärfte Hanna Peer immer wieder ein, er müsse beim bevorstehenden

„Schicksalsgang" unbedingt gehorchen. Wenn nur einer die Anweisungen missachte, kämen alle in Gefahr.

Dieses eine Mal, verlangte sie, musst du den Mund halten. Komme, was wolle.

Doch nun, als Hanna auf dem verwachsenen Feldweg vorwärtsstrebt, fürchtet sie mehr das eigene Versagen als einen Fehltritt ihres ungestümen Sohns. Die Angst sitzt ihr im Nacken. Sie ist heilfroh, dass sie nicht auch noch Koffer und Taschen schleppen muss. Die Mitnahme von Gepäck wurde verboten. Fast alles, was Hanna aus Thüringen herangebuckelt hat, bleibt in Holthausen. Auf dem Rückweg, wenn Peer in Neuhaus untergebracht ist, muss sie es wieder nach Weimar bringen. Das Einzige, was die Leute an dem diesigen Morgen bei sich tragen, sind Kochgeschirre und kleine Spankörbe, zur Hälfte gefüllt mit Heidelbeeren oder Pfifferlingen, die Beckmann zur Tarnung beschafft hat.

Die Grenzpatrouillen der Russen sind zwar nahezu unberechenbar, aber der Schmied hat mit der Zeit herausgefunden, dass sich die beiden Postenführer, die den Abschnitt bewachen, gegen neun Uhr zum Frühstück treffen und nach einer halben Stunde in entgegengesetzter Richtung davonziehen. Doch die Zeiten schwanken, und manchmal fällt das gemeinsame Frühstück ganz weg. Man muss immer auf Überraschungen gefasst sein.

Als die Gruppe den Wald erreicht, gibt Beckmann eine neue Order aus.

Ausschwärmen, verlangt er. Beeren und Pilze sammeln. Aber keine Messer, fügt er mit Nachdruck hinzu. Jedes Messer, das gefunden wird, kann zur Verhaftung führen.

Dabei hat er schon beim Aufbruch jeden der Grenzgänger untersucht. Hanna verlässt den Weg, hält nach Heidelbeerkraut Ausschau und lässt Beckmann nicht aus den Augen. Lisa löst sich von dem Anführer und folgt ihr.

Beckmann ist schon einmal an der Grenze mit einer Gruppe gefasst worden, meint sie, um ein unverfängliches Gespräch bemüht. Nur dank seiner Schlagfertigkeit hatte er das Häuflein schweigender Flüchtlinge als Trupp von Beerensuchern ausgeben können. Deshalb forderte er am Vorabend: Ihr könnt ruhig ein wenig schwatzen, wie ihr Städter das immer tut.

Das Wetter ist ein Geschenk, säuselt Lisa. Es hätte auch regnen können. Wer geht da in die Pilze?

Ihr quatscht ja selbst!, protestiert Peer, verstummt aber sofort, denn augenblicklich heftet sich Beckmanns Blick auf ihn.

Hier sind Heidelbeeren, sagt Hanna streng. Die oberste Schicht in deinem Becher muss frisch aussehen.

Ohne Widerrede zupft er die reifen Beeren vom Gesträuch.

Hanna bedankt sich noch einmal für das Geld, das sie von Lisa für die Reise bekommen hat. Wegen der Währungsreform hätte der Ausflug sonst ins Wasser fallen müssen. Lisa winkt energisch ab, als wäre ihre Hilfe selbstverständlich. Nach einer Weile fragt Hanna nach Professor Petersen.

Ja, sagt die Freundin lang gezogen, richtet sich auf und sieht bedeutungsvoll zu Hanna. Sie wirkt unter ihrem Kopftuch richtig zünftig. Offenbar will sie kein wirkliches Gespräch. Hanna argumentiert im Stillen gegen zu viel Vorsicht. Die Posten der Russen verstehen sowieso nichts.

Petersen ist krank, sagt Lisa und bückt sich wieder zu den Beerenbüscheln. Hanna nimmt mit einem flüchtigen Blick wahr, dass sich die andere denkbar ungeschickt anstellt.

Wie krank?, fragt sie.

Wirklich schwer krank, versichert Lisa. Er nimmt alles persönlich. Wenn es zu schlimm kommt, geht er auch über die grüne Grenze.

Hanna streift mit geübter Hand Beeren vom Kraut und lässt sie ins Kochgeschirr gleiten. Beckmann geht voraus und sondiert das Terrain. Dann gibt er Handzeichen. Die Gruppe soll unmerklich nachrücken, was von den meisten befolgt wird.

Eine Kollegin deines Vaters, setzt Lisa fort, macht Petersen das Leben schwer. Sie ist der einzige weibliche Minister in ganz Deutschland. Eine Frau Thorhorst, Volksbildung Thüringen. Die hat den Teufel im Leib.

Hanna hört nur mit halbem Ohr zu und hat lediglich aufgeschnappt, dass es irgendwo einen weiblichen Minister gibt, was ihr befremdlich erscheint.

Und?, fragt sie, damit das Gespräch nicht abreißt.

Sie will Petersen um jeden Preis ausbooten. Er habe mit den Nazis ... na, du weißt schon.

Was so nicht stimmt, sagt Hanna.

Lisa zögert mit der Antwort, was wie Unentschlossenheit erscheint. In Wirklichkeit mag sie jetzt keine Diskussion über das heikle Thema.

Du hast Recht, meint Hanna, als ob es denen um Wahrheit ginge.

Ihr fällt ein, dass Lisa noch immer mit ihren Plänen hinter dem Berg hält. Das beunruhigt sie.

Warum gehst du eigentlich nicht nach Burg Neuhaus?, fragt sie. Eine Internatsschule ist dir wohl nicht gut genug.

Lisa sieht in die Runde, als fürchte sie unerwünschte Zuhörer.

Ich will, flüstert sie, neue Jenaplan-Schulen gründen, verstehst du? Im Auftrag von ...

Ehe sie weitersprechen kann, bringt sich Peer in Erinnerung.

Grüne Grenze, sagt er. Was bedeutet das überhaupt? Gibt's auch 'ne rote?

Jetzt nicht, verlangt Hanna. Dagegen bemüht sich Lisa um eine altersgerechte Antwort.

Grün, weil sie im Wald versteckt ist.

Quatsch!, erwidert Hanna. Sie kann überall verlaufen.

Hier gibt es überhaupt keine Russen, behauptet Peer. Warum brechen wir nicht einfach durch? Brrrmm! Er imitiert ein Panzerfahrzeug, das durch morsches Unterholz prescht und zur Attacke übergeht.

Peer!, ruft Hanna mit unterdrückter Stimme. Sie spürt Beckmanns Blick im Rücken. Und wirklich kommt der Hüne herüber und packt mit seiner gewaltigen Hand den Jungen an der Schulter.

Ich brech' dir alle Knochen!, zischt er und grinst mit zusammengebissenen Zähnen. Sein Gesicht berührt fast die Stirn des Jungen. Halber Erwachsener sagt die Pädagogin, murmelt er verächtlich zu Lisa. Peer will sich losmachen. Beckmann fasst ihn aber blitzschnell am Arm, so dass er nachgibt.

Dort drüben bei den Freimaurern kannst du rumschreien. Beckmann zeigt ins Waldinnere. Offenbar meint er die Schule in Neuhaus. Der Grenzführer scheint Burg Neuhaus für den Sitz einer Sekte zu halten. Hier hab' ich das Kommando, verstanden?!

Warum nicht?, antwortet Peer. Als Zeichen seiner Gutwilligkeit weist er auf den Becher, der bis zum Rand mit Blaubeeren gefüllt ist.

Wir können dann!, ruft der Schmied im Abdrehen und stakt durch das hohe Gras zu einem anderen Grüppchen.

Wir können, flüstert Hanna zu den beiden anderen. Das heißt, die eigentliche Flucht geht los.

Nach und nach kehren die morgendlichen Waldläufer auf den Weg zurück. Die Gruppe, die sich wieder um Beckmann formiert, kommt allmählich in Gang.

Hanna zittert vor Angst. Diesen Martergang soll sie noch zweimal wiederholen. Unvorstellbar. Sie kommt sich vor wie eine Katze, die ein Junges nach dem anderen in Sicherheit bringt. Sie denkt an die beiden Kleineren. Wie schwer wird es sein, Klee zum Stillschweigen zu bewegen. Und jedes Mal kann etwas schief gehen. Sie will sich eine Katastrophe nicht vorstellen. Zur Ablenkung kommt sie auf ihre Frage nach Lisas Zukunft zurück.

Du gehst also nicht nach Neuhaus?

Nein, antwortet Lisa. Ich bin in Kontakt mit der Pädagogischen Hochschule Braunschweig. Aber ich besuche deine Kinder, so oft ich kann.

Du kommst nicht mit zurück?, fragt Hanna erschrocken.

Lisa schüttelt den Kopf. Unsere Wege trennen sich hinter diesem Wald.

Und was wird mit dem Ausweis? Hanna kann ihre Angst nicht unterdrücken. Der Grenzführer hat allen die Ausweise abgenommen. Er trägt sie, zusammen mit einigen Wertsachen, in einem Brustbeutel unter dem Hemd. Angeblich eine Sicherheitsmaßnahme. Doch Hanna traut dem Frieden nicht. Ohne Ausweis kommt sie nie wieder nach Hause.

Du bekommst deinen Ausweis, Hannchen, beteuert Lisa. Der Mann ist verlässlich. Keine Sorge.

Ich sterbe vor Angst, gesteht Hanna und versucht dabei ein Lächeln. Es macht ihr zu schaffen, dass sie bei einer Festnahme behaupten soll, ihre Papiere seien verschwunden. Sie hat sich immer viel darauf zugute gehalten, nicht lügen zu können.

Lügen musst du lernen, versicherte Lisa am Abend mit großen Kinderaugen. Und keine Angst haben.

Ich hab' doch keine Angst, meint Hanna nun salopp. Lisa prustet. Von allen Seiten kommen geflüsterte Ermahnungen.

Sie erreichen eine Feuerstelle, die noch raucht. Es riecht nach Urin. Im Gras liegt eine leere Flasche ohne Etikett. Papierfetzen mit kyrillischer Schrift bestätigen, was alle vermuten. Beckmann prüft sachkundig den Rastplatz. Er stochert in der Asche, schnuppert an der Flasche, zählt die Zigarettenkippen.

Alles in Ordnung, sagt er dann. Hier verläuft die „Markation".

Hanna und Lisa werfen sich einen Blick zu. Er meint die Demarkationslinie.

Los jetzt!, ruft er und legt ein forsches Tempo vor. Die beiden Frauen nehmen Peer in die Mitte und schreiten kräftig aus.

Plötzlich hallt ein Schuss durch den Wald. Hanna ringt nach Luft. Es ist, als berste ihre Lunge. Ein zweiter Schuss folgt. Sie sackt in sich zusammen und flüstert: Ich hab's geahnt.

Das Herz schlägt ihr im Hals. Sie umklammert mit beiden Händen den Arm von Peer, der sie mit aller Kraft nach oben zieht. Sie muss sich genau ausmalen, wie ihr der Junge von grobschlächtigen Kerlen entrissen wird.

Was du nur hast?, sagt Peer nahe an ihrem Ohr. Es ist weit weg, mindestens zwei Kilometer. Das haben wir bei den Pimpfen gelernt.

Keine Beunruhigung, meint Beckmann laut vernehmbar. Das sind etwa zwei Kilometer.

Hanna schüttelt sich. Sie friert. Der Schreck sitzt ihr in den Gliedern. Nach einer Weile steht sie wieder aufrecht.

Ich habe ...

... überhaupt keine Angst, setzt Peer fort.

Nicht doch, bittet Hanna. Wir dürfen nicht lachen.

Angst?, meint Peer, die Stimme verstellend. Weiß gar nicht, was das ist.

Bitte!, fleht sie und wischt die Tränen ab.

Peer probiert sein wieherndes Triumphlachen.

Gleich ist es geschafft, lässt Beckmann von hinten vernehmen.

Hanna rafft sich auf und trottet los. Alle drei stapfen über den moosbedeckten Waldboden. Die Grenze liegt bereits hinter ihnen. Doch sicher kann man erst beim ersten Gehöft sein.

Toll!, flüstert Peer in Hannas Richtung. Hier sprechen die Bäume Englisch. Welcome!

Lisa lacht in sich hinein. Hanna reagiert nicht. Bei ihr will sich keine Erleichterung einstellen. Ein gelber Schleier schimmert hinter den

Bäumen. Der Wald lichtet sich. Wenig später stehen sie auf freiem Feld. Kornfelder, so weit das Auge reicht. In einer Senke liegt ein einzelner Bauernhof. Ein Hund bellt. Schwalben stürzen schreiend herab. Es scheint so, als wollten sie die Köpfe der Grenzgänger berühren.

Seitlich entdeckt Hanna ein Dorf mit einem klobigen viereckigen Turm.

Hier geht es nach Burg Neuhaus, junge Frau, sagt Beckmann und reicht ihr den Ausweis. Wir müssen zum Bahnhof. Er winkt Lisa zu sich. Bis nächsten Sonntag. Seien Sie pünktlich.

Hanna umarmt Lisa und schaukelt mit ihr übermütig hin und her. Dieser Moment ist die Entschädigung für wochenlange Ungewissheit. So hat sie sich als Kind die Freiheit vorgestellt: Aus dichtem Wald treten, weiten Ausblick gewinnen, tief durchatmen.

Viel Glück!, ruft Lisa, sich entfernend.

Hanna wankt mehr, als dass sie geht. Sie will sich freuen, doch es gelingt nicht.

Das ist nicht die Zeit für Glück, denkt sie, und fasst den Jungen fest an der Hand.

Allmählich findet sich Hanna in der Ortschaft zurecht, von der ihr Lisa einen Prospekt mit zahlreichen Fotos geschickt hat. Der Flecken Neuhaus ist von Feldern umgeben. Um den imposanten, an einem langgestreckten Teich liegenden Feldsteinbau der Burg mit dem viereckigen Turm gruppieren sich gediegene Bauernhöfe mit frischgestrichenen Fassaden. Viele Höfe bestehen aus Wohnhaus, Scheune mit Stallungen und weitläufigen Obstgärten. Noch in der Weimarer Republik diente das mittelalterliche Wasserschloss als Amtssitz und landwirtschaftliche Domäne des Herzogtums Braunschweig. 1934 wurde eine Reichsschule für Leibesübungen eingerichtet, die im Volksmund „Bauernschule" hieß. Dort, so erzählte Lisa, hatten Hunderte Jungen und Mädchen aus bäuerlichen Familien Kurse mit sportlichen Übungen und Volkstänzen absolviert. Die Teilnehmer sollten den Grundstock einer künftigen nordischen Elite bilden. Schulgründer war der Leiter des Rasseamtes der SS und Reichsminister für Ernährung Richard Walther Darré, auch als „Blut-und-Boden-Minister" tituliert, der seine Lebensaufgabe im Heranbilden einer rassischen Vorhut sah.

Nach dem Zweiten Weltkrieg und einer Phase schleichender Verwahrlosung wurde in der Burg ein Landerziehungsheim gegründet, das sich der Methodik des Jenaplans zuwandte. So ging der Ruf an die Universität Jena mit der Bitte an Professor Peter Petersen, einen Leiter vorzuschlagen, der mit seiner Theorie vertraut war. Die Wahl fiel auf Trott. Das wusste Hanna aus einem Zeitungsartikel, den ihr frühere Kommilitonen geschickt hatten. Trott, den sie flüchtig vom Studium kannte, stand, bevor er eingezogen wurde, kurz vor dem Examen. Aber Petersen empfahl den Heimkehrer auch ohne Examen, weil er aus der Schülerschaft des nahegelegenen Landschulheims Am Solling hervorgegangen war.

In kurzer Zeit bauten Trott und seine spätere Frau Almuth mit großem Einsatz den Schulbetrieb auf und folgten dabei den Gegebenheiten ihres pädagogischen Konzepts. Während Trott offiziell die Leitung ausübte, so hatte Lisa berichtet, galt seine Frau als die graue Eminenz der Einrichtung. Gemeinsam mit einer Handvoll gleichgesinnter Erzieher rief das Leitungspaar dann eine Stiftung ins Leben, die das Anwesen pachtete, später kaufte. Das durch den zeitweiligen Aufenthalt von Umsiedlern und Flüchtlingen ramponierte Bauwerk wurde schrittweise wieder hergerichtet. In der privat geführten Internatsschule bestritt man mit schmalsten Mitteln die Ausbildung. Als einige wohlsituierte Eltern das Vorhaben unterstützten, vergrößerten sich Schülerkreis und Ansehen.

Über die jüngsten Schwierigkeiten weiß Hanna durch einen Brief von Trott Bescheid. Er kämpft dafür, dass Neuhaus den Prinzipien des Jenaplans verpflichtet bleibt. Doch erst wiederholte Gutachten erreichten, dass Petersen, trotz seiner Professur in der sowjetischen Besatzungszone, als geeignetes Vorbild für westdeutsche Erzieher anerkannt wird.

Nachdem die beiden müden Ankömmlinge die Brücke über dem Burggraben erreicht haben, stemmt sich Hanna gegen das schwere Holztor. Im Innenhof steht eine mächtig ausgreifende Eiche. Darunter sind Tischtennisplatten aufgebaut, um die sich ein Pulk von Jungen drängelt. Die Spieler werden lautstark angefeuert. Im Schatten an der Seite stehen Bänke, dicht belagert von Schülern. Obwohl der gepflasterte Burghof jedes Geräusch verstärkt, hält sich der Lärm in Grenzen.

Hanna bleibt unschlüssig am Eingangstor stehen und hält Peer zurück. Die Glocke der Turmuhr läutet. Das klickende Geräusch der Bälle hallt von allen Seiten wider.

Ich sehe gar keine Mädchen, sagt Hanna erstaunt. Sind hier nur Jungen?

Was heißt nur?, meint Peer. Das Treiben an den Sperrholzplatten zieht ihn magisch an. Er drängt sich an die Zuschauer und sucht eine Stelle, von der aus er das Spiel verfolgen kann.

Hanna hält Ausschau nach jemandem, der ihr Auskunft gibt. Ihr fällt ein Schüler mit semmelblonden Haaren auf. Sein Gesicht hat einige mehlige Stellen, als hätte er lange in der Sonne gelegen. Als sie näher kommt, tritt er zur Seite, deutet ein Kopfnicken an. Er weicht ihrem Blick nicht aus.

Entschuldige, wir wollen ... Sie zieht Peer am Hemdsärmel heran. Wir wollen uns anmelden.

Der Blonde mustert Peer.

Zum ersten Mal hier?, fragt er. Seine Stimme ist angenehm, und sein Benehmen zeigt jene Wohlerzogenheit, die Erwachsene an Heranwachsenden schätzen. Hanna macht aus ihrer Sympathie keinen Hehl. Indem sie zu Peer sieht, spürt sie, dass es dieses Auftreten ist, das sie bei ihrem Ältesten vermisst.

Peer hat die Frage bejaht und den anderen ebenfalls eingehend gemustert.

Wolfger, sagt der Blonde zu Peer gewandt, der unentwegt das Spiel verfolgt.

Hör doch mal zu!, weist Hanna ihn zurecht.

Was? Peer sieht auf die ausgestreckte Hand des anderen, schlägt ein und sagt kurz seinen Namen. Einen Augenblick forscht Hanna dem Gefühl nach, das die Namen in ihr auslösen. Die Vorliebe für nordische Namen, einst gang und gäbe, erweist sich im Nachhinein als verräterisch. Ein Leben lang gelten diese Kinder nun als Nachwuchs aus Nazi-Familien.

Der Blondschopf mit der mehligen Haut entschuldigt sich. Er gibt ihr auch die Hand und stellt sich vor. Hanna merkt nur, dass vor dem Familiennamen ein Von steht. Schon hat er sie wieder ausgeblendet und bemüht sich um Peers Aufmerksamkeit.

Obergruppe, achte Klassenstufe, sagt er. Und du?

Komme in sieben, antwortet Peer.

Schade, aber macht nichts, versetzt der mit dem Adelsnamen. Wir sind im Unterricht altersübergreifend. Ja, die Anmeldung, erinnert er sich. Ich führe Sie zur Heimleitung.

Trott?, fragt Hanna.

Ja, das Ehepaar Trott. Er wirft einen prüfenden Blick auf Hannas ramponierte Schuhe und geht voran, bemüht, den Blickkontakt nicht abreißen zu lassen.

Netter Junge, flüstert sie zu ihrem Sohn.

Peer zieht die Schultern hoch. Was interessiert ihn, wen Erwachsene nett finden.

Trott öffnet die Tür. Er kaut. Als er Hanna erkennt, schluckt er schnell herunter.

Ah, macht er, scheinbar überrascht. Die Haare des Mitdreißigers hängen wirr in die Stirn, und er streicht sie mit der flachen Hand zur Seite. Er trägt Hauspantoffeln. Seine Hemdsärmel sind hochgekrempelt.

Wir sind beim Essen, meint er. Kommt rein.

Das ist Peer. Hanna zeigt stolz auf ihren Ältesten, dem die förmliche Vorstellung unangenehm ist. Trott kneift ein wenig die Augen zusammen.

Er kommt mehr nach dir, stellt er fest, was heißen soll, er kann keine Ähnlichkeit mit Albin erkennen. Peer tuschelt mit dem Jungen, der sie begleitet.

Dürfen wir zum Tischtennis?, fragt Wolfger.

Nichts dagegen, antwortet Trott. Hanna widerspricht nicht. Als die beiden eilig davonziehen, gibt es ihr einen Stich. So einfach ist sie abgemeldet. Freilich, sie kann nur wünschen, dass er schnell Anschluss findet. Wenigstens zwei Monate muss er allein zurechtkommen. Früher kann sie nicht zurücksein.

Komm rein, wiederholt Trott und deutet eine Umarmung an. Ist ja eine Ewigkeit her.

Hanna tritt in die schwach beleuchtete Diele. Über dem Spiegel, neben der Garderobe, hängt ein Kreuz. Sie stutzt einen Moment. War der einstige Kommilitone nicht auch während des Studiums aus der

Kirche ausgetreten? Und überhaupt: Sollte das Landschulheim christlich angehaucht sein? Das hat sie nicht in Betracht gezogen.

Ist alles gut gegangen?, erkundigt sich der Schulleiter und hält ihr die Tür auf. Am Esstisch sitzt seine Frau, die, als sie den Gast bemerkt, aufsteht und die Hände an der Serviette abwischt.

Hannchen, sagt sie so, als käme unverhoffter Besuch. Setz dich. Ich hole einen Teller.

Macht euch keine Umstände, meint Hanna. Dabei läuft ihr bei dem Gedanken an eine warme Mahlzeit das Wasser im Mund zusammen. Almuth ist Sportlehrerin. Das sieht man ihr an, kurzer Haarschnitt, sportliche Figur, forsches Auftreten. Hanna hatte sie in Jena nur einige Male getroffen, zuletzt bei einer Geburtstagsfeier. Geheiratet hatten Trotts erst nach der Jenaer Zeit. Die Beziehung zu ihnen war nach ihrer ersten Schwangerschaft abgebrochen. Petersen hatte Burg Neuhaus gelegentlich als Musterschule für sein System erwähnt, aber der Ort lag weit weg. Außerdem war Albin kurz nach Trotts Abschied selbst in die Praxis gegangen und hatte, wie man damals glaubte, die zukunftsträchtigste Einrichtung gewählt, die Eliteschule von Blankenhain. Das stellt sich nun anders dar.

Auch im Wohnzimmer entdeckt Hanna ein Kreuz, ein großes Holzkreuz, das über der schwarzen Anrichte befestigt ist. Sonst findet sie den Raum ähnlich eingerichtet wie bei den meisten Bekannten, kunstgewerbliche Lampen, Stühle mit Binsenlehne, der Hase von Dürer, eine selbstgeformte Tonfigur, schwarz eingefärbt, und natürlich ein Bücherregal, das bis an die Decke reicht. An der Wand hängt ein Holzteller mit einem Ornament in der Mitte. Unschwer zu erkennen, dass der gedrechselte Teller ein Hakenkreuz trug, das zum Rad mit vier Speichen umgeformt wurde.

Als sie gemeinsam essen, erzählt Hanna vom Grenzübertritt. Sie schildert den Schreck, den ihr der Schuss eingejagt hat. Und sie behauptet, zu ihrer eigenen Überraschung, sie hätte nachempfunden, was Albin im letzten Moment seines Lebens empfand. Sie hätte ganz deutlich wahrgenommen, wie das Geschoss ihren Körper durchbohrte. Ihr hätten Bilder aus frühester Kindheit vor Augen gestanden.

Es war ein kleiner Tod, sagt sie noch.

Die beiden Zuhörer senken angemessen den Blick und kauen an dem reichlich zäh geratenen Gulasch. Trott spricht über die unselige Spaltung Deutschlands und kommt zu dem Schluss, es gehe überall nur noch um Geld.

Idealisten wie Albin, merkt er an, würden an der heutigen Nüchternheit zerbrechen.

Hanna horcht auf. Man bezeichnet hier also ehemalige Verfechter des Nationalsozialismus als Idealisten. Das ist neu für sie. Damit kann auch sie gemeint sein. Die Gastgeber demonstrieren Distanz zu jenen, wie Trott sagt, bedauernswert Gläubigen. Sie halten sich für praxisverbunden und realitätsnah, nicht aber für nüchtern. Die Warnung vor zu großer Nüchternheit verwundert Hanna. Was mag gemeint sein? In der Ostzone trifft das jedenfalls nicht zu. Besonders bleibt aber die Auslegung des Wortes „Idealist" haften, diese Missbilligung mit Samthandschuhen statt mit der Keule.

Hanna geht nicht auf Trotts Bemerkung ein, obwohl sie im Landschulheim schon wiederholt aufgehorcht hat. Sie wird noch Zeit zur Nachfrage haben. Zunächst beschäftigt sie vor allem das zähe Fleisch.

Wie geht's euch da drüben?, fragt Almuth. In ihrem Gesicht mischen sich Ablehnung und Mitgefühl.

Bei uns haben viele durch die Währungsunion viel verloren, meint Hanna. Bei euch scheinen viele gewonnen zu haben.

Das meine ich nicht, antwortet Almuth, das Thema strikt übergehend. Wie steht es bei euch mit Unfreiheit und Diktatur?

Uns geht's wie überall, antwortet Hanna schroff.

Die Eheleute wechseln einen Blick. Trott setzt zum Sprechen an.

Kommunistische Tyrannei, meint Hanna, das ist alles Unsinn.

Wir lesen doch Zeitung, entgegnet Trott.

Wir leben nahe der Grenze, sekundiert Almuth. Uns kann man nichts vormachen.

Hanna schluckt den indirekten Vorwurf und besinnt sich auf ihre Vorsätze. Es reicht, dass sie Streit mit ihrem Vater hat.

Ich wollte nur eure Meinung testen, sagt sie und lächelt.

Gott sei Dank, entfährt es Trott. Ich dachte schon, du wärst zu den Roten desertiert.

Die Roten, meint sie, jedes Wort abwägend, behindern meine Berufsausübung.

Dieser Satz ruft Genugtuung hervor. Das ärgert Hanna. Auf keinen Fall soll man sie zu einer einseitigen Darstellung nötigen. Sie verdrängt ihren unterschwelligen Ärger. Es gab keinen Zwischenfall an der Grenze. Sie darf hier sitzen und etwas Warmes essen. Beides ein Geschenk.

Ich bin froh, hier zu sein, sagt sie.

Das wird mit Befriedigung aufgenommen. Hanna registriert, dass sie nicht nach alten Idealen gefragt wird, schon gar nicht nach Missbrauch der Ideale. Es gibt eine stumme Übereinkunft: Idealisten sind entweder abwesend oder tot.

Als Hanna nach dem Essen in einem bequemen Sessel landet, hüpft das Gespräch wie der flache Stein, der über die Wasserfläche springt. Endlich verebbt der Wechsel von Frage und Antwort. Trott gähnt, seine Frau wird angesteckt und bittet um Verzeihung. Da fällt Hanna etwas ein.

Trott erwähnte an einer Stelle beträchtliche Schulgebühren, meinte aber zur Beruhigung, Peer werde kostenlos eingeschult. Denn für solche Fälle stehe der Flüchtlingsfonds bereit. Als Hanna den Stand ihrer Bewerbung ansprach, konnte sie sich des Eindrucks nicht erwehren, dass Trott auswich. Nun will sie eine klare Antwort.

Was ist nun mit meiner Anstellung?

Wir haben vorgesorgt, erwidert Trott. Sein Blick streift Almuth. Bei Entscheidungen hat sie den wichtigeren Part.

So würde ich das nicht ausdrücken, bremst sie.

Wie stellt ihr euch das vor?, begehrt Hanna auf. Ich komme nicht hierher, um Almosen zu empfangen.

Natürlich nicht. Trott krault sich das Kinn. Es scheint etwas zu geben, das beide überspielen wollen.

Heraus mit der Sprache!, fordert Hanna. Ich halte das aus.

Vom Burghof klingt Beifall herüber. Trott reckt sich und blickt durchs Fenster.

Deiner spielt tüchtig mit, sagt er und beginnt dann: Also, Frau Schmalfuß ...

Bitte!, unterbricht seine Frau unerwartet scharf.

... meine Stellvertreterin, erklärt Trott. Sie kommt als Einzige nicht von der Reformpädagogik.

Das tut nichts zur Sache, meint Almuth.

Jedenfalls will sie zum Jahresende aufhören, fährt ihr Mann fort.

So kann man das nicht sagen, widerspricht Frau Trott.

Doch schon, beharrt ihr sanftmütiger Mann. Umständlich erklärt er, besagte Lehrerin habe im Gespräch den Wechsel zu einer anderen Einrichtung angekündigt. Bei ihrem Ausscheiden würde Margund nachrücken, die Hanna von Jena kennt und die zu den gestandenen Erziehern gehört. Hanna wiederum habe er dem Stiftungsrat wärmstens zur Neueinstellung empfohlen, um die Lücke in der Untergruppe zu schließen.

Was hat der Stiftungsrat damit zu tun?, fragt Hanna.

Das erkläre ich dir später. Trott winkt ab. Wir haben doch Zeit.

Hanna will widersprechen. Doch die Erwähnung von Margund, der Gefährtin aus der Wandervogel-Zeit, stimmt sie versöhnlich. Die geduldige Muse, die so zauberhaft Gitarre spielt, wird ihr Rückhalt geben. Trotzdem muss Hanna die Sache weiter hinterfragen, sobald sie die Schule näher kennen gelernt hat.

Ich habe also dein Wort?, fragt sie, ohne zu erklären, wofür.

Durchaus, entgegnet Trott. In seiner Antwort schwingt Ärger mit. Das habe ich doch alles mit Lisa besprochen. Auch, dass es keine Garantie gibt. Aber wir bringen alles zu einem guten Ende.

Hanna nickt. Er hat Recht. Sie möchte ihre gute Stimmung behalten.

Ich zeige dir dein Zimmer, sagt Almuth und fasst Hanna am Arm. Sie verlassen die Wohnung und steigen die Treppe zum Turm hinauf. Ganz oben, in Höhe der Turmuhr, ist eine Kammer für Gäste, ein spartanisches Stübchen mit unverputzten Wänden aus groben Steinquadern und zwei kleinen Fensterluken. Es riecht nach frischer Wäsche. Hanna freut sich über die Aussicht auf eine ungestörte Mittagsruhe. Die Müdigkeit drückt auf ihre Augenlider. Sie legt sich auf das niedrige Bett mit dem altvertrauten blau-weiß karierten Bezug.

Schlaf dich aus, Hannchen. Almuth beteuert, bevor sie geht, man werde das Beste für sie tun.

Hanna räkelt sich. Ihre Füße schmerzen. Sie spürt eine Welle von unstillbarem Schlafbedürfnis.

Es wird schon, denkt sie und schiebt das Kopfkissen zurecht.

Die Tür wird von außen geschlossen. Die Schritte verhallen.

Im Juli ruht in Burg Neuhaus der Unterricht. Dennoch bleibt ein Teil der Schüler in der Schule. Zum Heimfahren fehlt manchen das Geld, und einige ältere Jungen halten es im häuslichen Trott nicht lange aus. Auch glauben sie, man würde in der Ferienzeit zu viel versäumen.

Bei Wolfger liegen die Dinge anders. Seine weitverzweigte Familie fehlt ihm. Er spielt aber im Schülertheater mit, das in den Ferien proben und auftreten muss. Peer freut sich, dass er bleibt. Denn Wolfger kann ihm beim Eingewöhnen helfen. Hanna beobachtet erstaunt, wie gut beide harmonieren. Dem Jungen mit dem Adelsnamen mangelt es an Spontaneität. Andererseits ist er reifer, nicht auf Überlegenheit bedacht. Die Autorität, die er genießt, kommt Peer zugute. So bleiben dem Neuen vielleicht die üblichen Hahnenkämpfe erspart.

Hanna hat mehrmals nach ihrem Sohn gesehen, stieß aber dabei auf Ablehnung. Peer möchte nicht am Rockzipfel der Mutter hängen. So merkt Hanna bald, dass ihre kurze Anwesenheit ausreicht, um seinen Einstieg zu sichern. Das kann ihr nur recht sein. Die Zeit ist knapp, die Lage unwägbar. Ein bisschen Ausspannen kann nicht schaden. Daheim wartet viel Arbeit.

Schon am ersten Abend in Neuhaus trifft Hanna ihre Freundin Margund, deren Anwesenheit sie für eine glückliche Fügung hält. Margund, eine stille, unauffällige Erscheinung, wirkt allgemein etwas blass. Aber sie war immer redlich, verlässlich, unaufgeregt. Albin hatte sie „patent" genannt. Das umschrieb taktvoll den Mangel an weiblichen Reizen, würdigte aber die zupackende Mütterlichkeit. Mit Margund kommt Hanna bestens aus. Beide spüren Vergangenem nach, tauschen sich über ihr früheres Weltverständnis aus, suchen nach Mustern zur Einordnung neuer Ereignisse. Selbst um die Partnerlosigkeit machen sie keinen Bogen. Bei dem kriegsbedingten Männerdefizit ist kaum mit Änderung zu rechnen.

Margund ist es auch, die als Einzige nach den Verwerfungen fragt, welche die westliche Währungsreform im Osten ausgelöst hat. Hanna kann noch nicht viel dazu sagen. Es gab nur das Gerücht, dass es Nachbarn wirklich schwer getroffen habe.

Einmal, als sie unter der Eiche auf der Bank im Burghof sitzen und die Sonne genießen, nimmt das Gespräch unversehens eine verfängliche

Wendung. Als Hanna über Weimar und das Internierungslager Buchenwald spricht, klinkt sich Margund plötzlich ein.

Wir hatten auch Internierungslager, sagt sie. In Bad Kreuznach, bei den Amerikanern, sind deutsche Gefangene gestorben wie die Fliegen. Der Vater eines Schülers hat sich mir anvertraut. Im Westen ist es nicht zuträglich, darüber zu reden.

Sie muss sich beim Sprechen anstrengen. Direkt neben ihr umlagern die Jungen die Tischtennisplatten, und ihre Stimme ist nicht stark. Die Parteien werden leidenschaftlich angefeuert. Der unentwegte Trubel absorbiert alle anderen Geräusche. Trotzdem bleibt Margund bei der Sache. Sie kritisiert ungeniert die Praktiken der Besatzungsmächte. Damit muss die östliche Freundin erst zurechtkommen. Freier kann man sich hierzulande bewegen. Daran ist kein Zweifel.

Ich weiß wenig über euch, entgegnet Hanna, während sie nachdenklich die Steine unter ihren Füßen betrachtet. Ich wusste vor dem Zusammenbruch nicht viel von Politik und weiß jetzt nicht viel. Eigentlich zum Verzweifeln. Da lebt man als Zeitzeuge und kann nur wenig bezeugen. Sie zuckt mit den Schultern. Dabei begreift sich jeder als Zeuge seiner Zeit. Manchmal scheint mir, ich habe keine Ahnung von dem, was in Deutschland passiert ist. Es könnte jemand kommen, der nichts von den Nazis gesehen hat und der doch viel besser Bescheid weiß.

Margund ist auch über östliche Internierungslager erstaunlich gut informiert. In Buchenwald, sagt sie, seien kürzlich einige der rund dreißigtausend Internierten auf amerikanische Intervention hin entlassen worden. Im Westen habe das in allen großen Zeitungen gestanden. Geblieben seien die Gruppen Wirtschaft, Justiz, Stabsoffiziere sowie in Ungnade gefallene Anhänger des neuen Regimes. Das ist es, fügt sie hinzu, was mir Angst macht, vor allem wegen meiner Magdeburger Verwandtschaft. Ich besuche sie manchmal und bin immer froh, wenn ich heil heimkomme.

Da Hanna nicht antwortet, setzt Margund fort.

Dass sie bei euch die alten Nazis einsperren, das verstehe ich. Aber Anhänger des neuen Regimes? Wie auch immer. So etwas machen die Westmächte nicht.

Es ist nicht nur der Bericht, der Hanna schweigen lässt. Sie hat das sichere Gefühl, beobachtet zu werden. Sie sucht alles ab, kann aber nichts finden. Während Margund berichtet, wie sie mit ihrer Mutter aus dem brennenden Magdeburg westwärts floh, entdeckt Hanna, dass sich ein Fensterflügel bewegt und von innen verriegelt wird. Unscharf erkennt sie ein hageres Männergesicht, das gleich darauf im Schatten untertaucht. Kurze Zeit später läuft, leicht nach vorn gebeugt, ein Mann über den Hof, der mehrmals in ihre Richtung sieht. Der Schädel ist scharfkantig, die Stirn für das zu vermutende Alter Anfang dreißig zu hoch. Die knochige Nase ragt wie ein Fremdkörper aus dem Gesicht.

Die Entfernung ist groß, so dass sich Hanna einbilden kann, der hagere Mann sähe Albin ähnlich.

Wer ist das?, fragt sie mitten in Margunds Erzählung.

Bertram, unser Zeichenlehrer. Unglücklicher Mensch. Dabei begabt. Sie sagt noch etwas von einer Schüleraufführung, die am Wochenende wiederholt wird.

Ein guter Erzieher?, fragt sie.

Schwer zu sagen. Ohne weitere Erklärung kehrt sie zur Schilderung ihrer Kriegserlebnisse zurück. Doch Hanna unterbricht. Eine Frage läge ihr noch besonders am Herzen.

Wer ist eigentlich für meine Bewerbung zuständig?

Der Stiftungsrat, antwortet Margund.

Und die Schulbehörde?

Hat nichts damit zu tun. Das Landesschulamt muss die Anstellung nur bestätigen. Die Stiftung arbeitet autonom. Bei wem hast du dich beworben?

Bei Trott, erwidert Hanna. Antwort bekam ich aber aus Braunschweig von der Schulverwaltung.

Kannst du vergessen. Es zählt nur, ob die Stiftung einen schriftlichen Antrag vorliegen hat. Wenn nicht, dann gute Nacht, Marie!

Aber Trott hat gesagt, Frau Schmalfuß würde aufhören.

Trott sagt viel. Nur eins kann er nicht sagen: Nein.

Hanna hält die Hände vor die Augen. Wenn das stimmt, ist sie ganz am Anfang. Sie muss handeln, nicht die Zeit vertrödeln.

Sie entschuldigt sich, steht auf und eilt zu Trotts Wohnung. Eine Aufwartefrau erklärt ihr, der Direktor sei in der Stadt. Hanna fragt nach einer Telefonnummer. Sie will nicht länger warten. Die Frau stöhnt ein wenig, zeigt ihr dann aber das Telefon, vor dem ein Zettel mit der Nummer liegt. Es dauert eine Weile, bis sich Hanna durchgefragt hat. Schließlich erkennt sie Trotts Stimme.

Was ist denn?, kommt es unwillig.

Hat der Stiftungsrat meine Bewerbung?, fragt Hanna in herausforderndem Ton.

Trott will ablenken, aber Hanna geht nicht darauf ein.

Hat er nicht, gesteht er.

Wieso nicht?

Es gibt noch keine Vakanz. Ohne Vakanz keine Anstellung.

So ist das also, murmelt Hanna.

Lass dir doch erklären, hält Trott dagegen. Ich habe mündlich alles vorbereitet. Sobald die Kündigung kommt, bist du präsent. Und die Kündigung kommt. Ich hab' dir mein Wort gegeben.

Allerdings. Hannas Ärger schlägt um in eine schlecht verhüllte Verlegenheit. Versteh' mich, sagt sie kleinlaut.

Schon gut. Nach einer Pause fügt er aufmunternd hinzu: Das geht schon klar, Hannchen.

Sie legt auf und stiehlt sich aus der Wohnung. Ihr Misstrauen ist eigentlich beschämend. Schließlich hat der Mann mehr am Hals als ihre Bewerbung.

Am folgenden Tag kommt Hanna beim gemeinschaftlichen Mittagessen neben Almuth Trott zu sitzen. Im Essensaal gab es gerade Turbulenzen. Plötzlich erscheint Frau Schmalfuß und müht sich um Klärung. Hilde Schmalfuß, Internatsleiterin und Trotts Stellvertreterin, passt nicht ins Bild von Neuhaus. Sie trägt, was hier geradezu idiotisch wirkt, ein in der Taille viel zu enges Dirndl. Im Gegensatz zu Trott ist sie streng, zuweilen laut, immer aber unpersönlich. Aus Sicht des Schulleiters lässt sich nachvollziehen, dass Frau Schmalfuß weg muss. Falls sie aber bleibt, ist mit ihr nicht gut Kirschen essen. Obwohl Hanna mit der Frau erst wenige Worte gewechselt hat, bahnt sich zwischen beiden eine gepflegte Feindschaft an.

Die Internatsleiterin fasst gerade einen Jungen am Ohr und zieht ihn auf seinen Platz.

Das geht zu weit, sagt Almuth leise, jede Geste der anderen verfolgend. Hanna will eingreifen. Almuth meint, das wäre jetzt unpassend. Du bist meine Zeugin, sagt sie eindringlich.

Da kannst du als Petersen-Schülerin zusehen? Hanna ist zu wütend, um abzulassen.

Beruhige dich, fordert Almuth. Das kommt uns gelegen.

Wieso?

Das reicht ... für den Rausschmiss.

Hanna nickt halbherzig. Die Wendung kommt ihr nicht geheuer vor. Wird sie auch so behandelt, wenn ihr eines Tages die Nerven durchgehen? Heimliche Grabenkämpfe hatte es in Blankenhain sicher auch gegeben. Aber ihr war nichts zu Ohren gekommen.

Merkwürdiges Vorgehen, sagt sie.

Ja, willst du nun hier arbeiten?, fragt die Sportlehrerin.

Selbstredend, versichert Hanna und denkt: Aber nicht so. Doch sie will nicht voreilig urteilen, setzt sich und löffelt lustlos den Eintopf.

Trotz des Versprechens tut sich mit Hannas Anstellung herzlich wenig. Trott ist meist unabkömmlich. Almuth spricht in Rätseln. Margund versichert zwar, sie werde Hanna beistehen, aber es bleibt bei der Absichtserklärung. Als der letzte Wochentag ungenutzt verstrichen ist, beschließt Hanna, von Weimar aus gleich an den Stiftungsrat zu schreiben. Vakanz oder nicht Vakanz. Für sie steht zu viel auf dem Spiel. Auf Trotts Wort kann sie nicht bauen.

Während Hannas Aufenthalt in Neuhaus dem Ende entgegengeht, wird das Gefühl von Freiheit, das sie nach dem Grenzübertritt erfüllte, immer schwächer. Ohnehin liegt es weniger im Politischen als mehr im lockeren Umgang, verstärkt durch die ruhende Verantwortung. Doch die Schlinge von Pflichten, die eine Mutter nie ganz loswird, zieht sich zum Wochenende hin wieder zu. Ihre Kinder sind stets gegenwärtig. Dazu warten tausend Erledigungen. Erstmals meldet sich bei Hanna die Angst vor dem Grenzgang, die sie aber rigoros beiseiteschiebt.

Die mehrfach erwähnte Aufführung des Schülertheaters ist Hanna als Abschluss willkommen. Sie erwartet nichts Weltbewegendes, aber doch ein weiteres Argument dafür, ihr Leben mit dieser Lehranstalt zu verbinden. Die Vorstellung findet im Mittelgebäude der Burg statt. Der großzügige Raum der Turnhalle wird auch als Tenne bezeichnet, weil dort während des Kriegs Korn gedroschen wurde. An der kahlen

Vorderfront, einer gekalkten Brandmauer, hängt ein Plakat mit der Aufschrift: *Ein Stück, das kein Theater spielen und kein Publikum sehen will.* Davor ist ein Holzpodium postiert, auf dem im Halbkreis Stühle stehen. Die übrige Halle, oben von schweren Balken begrenzt, ist mit Holzbänken vollgestellt. Das Publikum besteht zum großen Teil aus Schülern, aber auch aus Erziehern, Eltern und Hilfskräften.

Hanna sitzt zwischen Margund und Peer. Ihr Interesse gilt der Inszenierung, weniger dem Stück, das von einem jungen Talent aus Hamburg stammen soll, einem gewissen Borchert. Als die Darsteller der hell erleuchteten Bühne zustreben, kommt Bewegung in die Reihen. Die Kostüme begeistern und befremden zugleich. Ein General mit roten Streifen an der Hose fällt auf und ein geckenhafter Varieté-Direktor mit Zylinder und Reitpeitsche. Die Frauen, gespielt von Jungen der Schule, erscheinen mit grellrot geschminkten Lippen und prall ausgestopften Brüsten.

Die Spieler nehmen auf den Stühlen Platz, und ein Erzähler betritt die Bühnenmitte.

Ein Mann kommt nach Deutschland. Er war lange weg. Und er kommt anders wieder, als er wegging.

Während er spricht, monoton und emotionslos, stellt sich einer an die Wand. Das Profil wirft eine schwarze Silhouette auf die gekalkte Mauer. Der Darsteller ist älter als die anderen, trägt eine Gasmaskenbrille und eine zerschlissene Uniformhose. Er bleibt reglos an der Wand.

Einer von denen, so der Erzähler, *die nach Hause kommen und doch nicht nach Haus kommen, weil für sie kein Zuhause mehr da ist.*

Das Spiel fächert sich auf. Der Heimkehrer heißt Beckmann wie der Schmied an der Grenze. Er klopft, bittet um Einlass, wird abgewiesen. Für solche ist kein Platz.

Der Tod erscheint. Auf schwarzem Umhang ein weißes Gerippe. Es folgt ein alter Mann, der Gott genannt wird. Danach eine Frau. Ihr Mann gilt als vermisst, taucht dann aber als Einbeiniger auf und sorgt für Verwirrung. Selbst die Elbe kommt vor. Der Darsteller ist mit einem Reifrock, übergroßen Brüsten und ölverschmierter Perückenmähne ausstaffiert. Selbst der Fluss stößt den Heimkehrer zurück. Er rülpst immerzu: *Glatt überfressen.*

Hanna, auf eine Posse gefasst, gerät zusehends in den Sog der Handlung. Als ein Kind stirbt, denkt sie an ihr totes Kind, begräbt es zum zweiten Mal auf der Wiese hinter dem Hof. Sie hadert mit Gott, stellt ihn zur Rede.

Du hast es zugelassen. Du hast nicht hingehört, als er schrie und die Geschosse brüllten.

Sie, Johanna Sewald, im Dunkel des Zuschauerraums, fühlt sich als die Mutter, die von einem Dutzendweib verspottet wird. *Die Alte konnte nicht mehr. Hatte sich ein bisschen verausgabt im Dritten Reich. Konnte die Juden nicht verknusen. Und als es nun vorbei war mit den braunen Jungs, da haben sie ihr ein bisschen auf den Zahn gefühlt. Und der Zahn, der war ganz oberfaul.*

Niemand sonst als sie ist es, die eines Tages steif und blau in der Küche liegt. *Von dem Gas,* sagt die Dutzendfrau, *hätte man einen ganzen Monat kochen können.*

Es ist Genosse Liedke, der als Einbeiniger über das Podest humpelt. *Teck-tock-teck-tock! Immer lauter! Immer näher.*

Und Albin, der Vermisste, liegt nicht auf dem Thüringer Dorffriedhof, sondern kehrt mit Gasmaskenbrille und zerschlissener Uniformhose heim, erscheint vor der Tür von Greta Matuschke als Häufchen Elend. Auf dem Grab in Rüdersdorf kriecht der Tod unter dem Stahlhelm hervor und rülpst. *Ein Dichter ist es nicht. Dichter haben längere Haare.*

Hanna ist die Frau, die den Heimkehrer aufnimmt, weil seine Stimme so traurig klingt. Und der scharfzüngige Dr. Elsner flüstert als der Andere: *So sind sie, die Zweibeiner. Ganz sonderbare Leute. Erst sind sie ganz wild aufs Sterben. Aber dann kommt zufällig so ein anderer Zweibeiner, so einer mit Rock, mit einem Busen und langen Locken. Und dann ist das Leben plötzlich wieder ganz herrlich und süß.*

Hanna rückt unruhig hin und her. Die Bank ist hart, doch das ist es nicht. Der todesmüde Heimkehrer, der die Gasmaskenbrille abgenommen hat und ins Publikum starrt, scheint sie zu fixieren. Nicht eigentlich ihre Augen sucht er, sondern die Stelle darunter, an der Nasenwurzel. Sein Blick wandert zu Mund, Hals und Brust, schnellt wieder nach oben. Es ist, als spräche sie der Mann mit der knarrenden Stimme an, dessen Kopf aussieht wie ein Totenschädel.

Jawohl, bin irgendwo mit eingestiegen. In Stalingrad. Aber die Tour ging schief, und sie haben uns gegriffen. Drei Jahre haben wir gekriegt. Und die anderen lagen unterm Schnee und hatten Steppensand im Mund. Die Kopfamputierten waren noch die Glücklichsten.

Wer ist das?, fragt Hanna ihre Nachbarin leise.

Bertram, der Zeichenlehrer, antwortet Margund. Der auf dem Burghof.

Hanna nickt. Jetzt erkennt sie den stechenden Blick aus tiefen Augenhöhlen.

Er spielt fantastisch, schwärmt Margund.

Spielt er denn? Hanna ist verschreckt durch die Wucht des Geschehens. Sie nimmt Peers Hand und klemmt sie unter ihren Arm. Dabei ist sie es, die Trost braucht.

Ich bringe Ihnen, sagt der mit dem stechenden Blick, *die Verantwortung zurück. Haben Sie das ganz vergessen? ‚Unteroffizier, ich übergebe Ihnen die Verantwortung für zwanzig Mann.'*

Leutnant Sewald, hört Hanna, ich übergebe Ihnen die Verantwortung für zwanzig Halbwüchsige aus Blankenhain. Sie sieht Albin im Schützengraben, dann über den Acker kriechend, wo jetzt Rüben wachsen. Wie Hasen jagten die Amerikaner den Kindertrupp. Er hatte die Verantwortung. Und er fand keinen, dem er sie zurückgeben konnte.

Sie sucht nach Worten, wird aber hineingerissen in den bitterernsten Strudel des Spiels.

Der Beifall am Ende ist wild. Die Zuschauer stehen auf. Die jungen Darsteller nehmen die Perücken ab. Die Frau des Einbeinigen ist niemand anders als der Junge mit den weißen Flecken im Gesicht. Peer klatscht stehend für seinen neuen Freund Beifall.

Wieder nimmt der Kahlköpfige Hanna ins Visier. In dem kantigen Gesicht ist kein Lächeln, kein mildes Entlassen aus der wahren Fiktion.

Der ist voriges Jahr gestorben, meint Margund und schickt sich an, die Reihe zu verlassen.

Wer?

Der das geschrieben hat, antwortet sie, Wolfgang Borchert.

Hanna hält inne. Sie hat keine Lust zu solcherart Nachlese. Obwohl es ihr letzter Abend ist, schlägt sie Margunds Einladung auf ein Glas Wein aus und verabschiedet sich, sobald Peer in seinem Zimmer ist. Danach flüchtet sie durch den dunklen Hof in den Turm. Sie weiß, alles, was sie gesehen hat, muss sie noch einmal durchleben. Eine gnadenlose Flaschenpost, durch gezielten Zufall an ihr Ufer gespült.

In ihrem Turmstübchen angelangt, ist sie aufgekratzt. Die Bilder hängen ihr an, vor allem die personifizierte Elbe, von einem Halbwüchsigen beklemmend dargestellt.

Glatt überfressen. Sie hört es direkt, und das Lachen bleibt ihr im Hals stecken. Was muss einer gesehen haben, der das erfunden hat? Wieso erfunden? Sie knipst das Lämpchen neben dem Bett an und löscht die Deckenlampe, deren grelles Licht sie fürchtet. Sie geht auf und ab. Hinter den dicken Mauern ist es furchtbar still und furchtbar kalt. Am besten, sie verkriecht sich im Bett wie als Kind, wenn sie unglücklich war. Eben will sie den Rock abstreifen, als von draußen Geräusche kommen. Hat sie abgeschlossen? Kam es wirklich von draußen? Sicher hat nur eine Diele geknarrt. Wer soll sich hierher verirren?

Dieses verdammte Theaterstück kriecht ihr bis unter die Haarwurzeln.

Es klopft. Es ist ein leichtes Klopfen, dennoch unüberhörbar.

Ja?

Die Klinke wird heruntergedrückt. Gott sei Dank, die Tür ist verschlossen. Wer kann das sein? Es ist nach elf Uhr. Almuth würde nicht stumm hinter der Tür stehen.

Ich muss mit Ihnen reden, hört sie von draußen. Eine Männerstimme, die jung klingt. Darauf ist Hanna nicht gefasst. Sie überlegt. Der stechende Blick des Heimkehrers fällt ihr ein. Sie spürt ihn an der Nasenwurzel. Sie hat den Hageren auf keinen Fall ermutigt. Eine bodenlose Frechheit! Nein, die Stimme ist zu jung für den Lehrer. Es muss ein Schüler sein. Vielleicht ist etwas mit Peer? Als er im Internat verschwand, hat er blass ausgesehen.

Sie geht zur Tür, legt die linke Hand auf die Klinke und fasst mit der rechten nach dem Schlüssel, ohne aufzuschließen.

Hat das nicht bis morgen Zeit?, fragt sie.

Ich kannte Ihren Mann, kommt es zurück.

Also kein Schüler.

Ist was mit Peer?

Alle in der Burg schlafen, sagt der Mann. Außer Ihnen und mir.

Das kann nicht stimmen. Es ist zu hören, dass irgendwo gefeiert wird.

Ich bin müde, antwortet sie. Sind Sie der ...?

Ja, Bertram. Ich will nichts, was Sie nicht wollen.

Das ist ja reizend, denkt sie. Wenn sie nicht öffnet, ist es egal, was er will.

Sie wollen also etwas, stellt sie sachlich fest. Ihr Atem geht schneller. Ihre rechte Hand fingert am Schlüssel. Haben Sie gar keine Angst? Man hört jedes Wort im Treppenhaus. Trott könnte herkommen und nach dem Rechten sehen.

Dann machen Sie auf, kommt es zurück.

Warum?

Die Antwort lässt auf sich warten.

Seit ich weiß, wie schnell alles vorbei sein kann, sagt der Mann draußen vor der Tür, verschiebe ich nichts mehr. Verstehen Sie?

Anscheinend eine Anspielung auf Kriegserlebnisse. Hanna denkt an Greta Matuschkes Häufchen Elend. Bertram oder Beckmann? Egal. Der Mann kannte Albin. Damit rückt er heraus, nachdem er fast eine Woche lang um sie herumgeschlichen ist. Aber sie will nicht zu denen gehören, die Kriegsheimkehrer abweisen. Sie dreht den Schlüssel herum, stemmt aber den Fuß gegen die Tür. Die Klinke wird wieder heruntergedrückt. Hanna gibt etwas nach. Noch kann niemand eintreten. Sie sieht sein Gesicht. Er senkt den Blick, lässt sich in Augenschein nehmen.

Idiotisch, flüstert sie.

Allerdings, erwidert er und sieht kurz auf.

Nachdem sie sicher ist, dass er die Tür nicht gewaltsam öffnet, unterdrückt sie ihre Angst. Der Mann ist mindestens zehn Jahre jünger als sie. Ein lautes Wort, und Trott kommt zu Hilfe. Außerdem erscheint es unwahrscheinlich, dass sich ein Erwachsener unter diesen Umständen einer künftigen Kollegin annähern will.

Hanna lässt behutsam die Tür los. Sie sieht auf ihre nackten Füße. Ganz unten, im Halbdunkel ihres Bewusstseins, bildet sich die vage Vorstellung von Nähe und Berührung. Den Gedanken findet sie nicht so absurd wie erwartet. Solange sie reglos dasteht, das ist sicher, kann es dazu kommen. Also muss sie sich in Bewegung setzen, reden. Sie geht zur Zimmermitte, sieht auf die Dielenbretter.

Sie wollen unbedingt jetzt mit mir sprechen?

Er schließt die Tür und macht ein paar Schritte. Sie beobachtet ihn über die Schulter. Da es im Turmzimmer keinen Stuhl gibt, geht er zum Bett und setzt sich. Allerhand, wie er den Raum in Beschlag nimmt. Sie quittiert es mit einem amüsierten Blick, den er auffängt, als hätte sie ihm einen Ball zugeworfen.

Sie haben doch nichts dagegen? Da sie nicht gleich antwortet, fährt er fort: Wir haben in der Scheiße gesessen. Und sie, diese edlen Offiziere, haben uns in der Scheiße sitzen lassen. Ich war in Stalingrad, im Kessel. Wollen Sie wissen, wie ich aussah?

Er greift in die Brusttasche seines Hemds und zieht eine zerknitterte Fotografie heraus.

Bitte! Er wirft ihr das Foto vor die Füße.

Sie muss sich nicht bücken. Der Abgebildete wirkt wie ein Leichnam. Die herunterhängende Hand ist nur Haut und Knochen.

Hanna sucht nach einer Sitzgelegenheit. Außer dem niedrigen Tischchen bleibt allein der Platz neben dem Mann auf dem Bett. Also bleibt sie stehen. Es scheint so, als wäre eine Weiche gestellt worden. Sie kann getrost warten, bis sich der Mann alles von der Seele geredet hat. Er muss sprechen, nicht unbedingt mit ihr. Sie soll Samariter sein, nicht Frau. Es ist etwas Bedauern dabei, als sie das begreift.

Ich verachte die Deutschen!, faucht er. Die deutschen Dichter und die deutschen Lehrer. Wenn ich an das schale Deutschtum denke, das sie uns eingetrichtert haben, muss ich kotzen.

Wer?, fragt er aufblickend. Na, diese schneidig-sentimentalen Ritter von der Ordensburg. Ich war in Sonthofen, diesem Hort des Edlen und Guten.

In der Leitanstalt der Adolf-Hitler-Schulen hatte Albin zeitweise unterrichtet.

Dort hat man uns nicht gesagt:

dass die Deutschen die Klarheit hassen,

dass die Deutschen den Reiz der Wahrheit nicht kennen,

dass den Deutschen Dunst und Rausch und

jedwedes Unmaß teuer sind,

dass sie sich jedem verzückten Schurken gläubig hingeben,

der ihr Niedrigstes aufruft,

sie in ihren Lastern bestärkt und sie lehrt,

Nationalität als Isolierung und Rohheit zu begreifen,
dass sie, diese Deutschen,
sich immer erst groß und herrlich vorkommen,
wenn all ihre Würde gründlich verspielt ist.

Er steigert sich von Abschnitt zu Abschnitt. Jedes „Dass" schleudert er ihr entgegen, um schließlich krächzend auszurufen: Davon war nie die Rede auf der Ordensburg! Auch nicht, fügt er mit bösem Lachen hinzu, bei Ihrem edlen Gatten, Frau Sewald.

Daher weht also der Wind. Hanna dreht sich zur Wand, um ihr Gesicht dem scharfen Blick zu entziehen. Warum hat sie nur den Schlüssel herumgedreht? Nicht ins Bett, in den Dreck will er sie ziehen. Und dazu den Mann, den sie liebte und immer lieben wird. Er beleidigt einen Toten. Dagegen kommt sie nicht an, indem sie einen Helfer ruft. Da hilft nur Zurückschlagen. Genauso voller Hass, ohne Rücksicht. Zu solcher Gegenrede glaubt sie sich in diesem Moment fähig. Von bodenloser Frechheit wird sie sprechen, von beschämender Pietätlosigkeit, von dem würdelosen Versuch, das eigene Versagen einem Toten anzulasten. Scharfe Formulierungen fallen ihr ein, niederschmetternde Beschimpfungen, die sie in ihrem Wortschatz gar nicht vermutete. Aber die Wucht der Sprachkaskade, die auf sie niedergeprasselt ist, zeigt Wirkung.

Dass uns Deutschen Dunst und Rausch teuer sind? Elsner nennt es Qualm. Dass wir uns jedem verzückten Schurken gläubig hingeben? Da denkt jemand in anderen Dimensionen als sie und alle, die sie kennt. Da muss ein Feuer brennen, gegen das Albins beherrschte Leidenschaft wie Kerzenschein wirkt. Da spricht sie eine Verzweiflung an, die ihr eigenes Elend in Schatten stellt. Wie dem begegnen?

Das ist nicht gerecht. Mehr bringt sie nicht hervor.

Gerecht ist es nicht, erwidert Bertram. Übrigens war Sewald von den Schlimmen der Einfühlsamste, von den Gläubigen der Skeptischste, von den Schneidigen der Sanfteste. Es spricht für ihn, dass er selbst ... Hand an sich gelegt hat.

Blödsinn! Hanna lässt ihrer Wut freie Bahn. Wer erzählt solche Märchen?! Es war ein amerikanisches Maschinengewehr. Dafür gibt es Zeugen.

Ja. Aber lassen wir das. Setz dich zu mir.

Hören Sie mal! Kommen hier rein, kurz vor Mitternacht, beschimpfen meinen Mann, setzen Lügen in die Welt, und das war's dann? Im gleichen Augenblick, da sie vor Zorn außer sich gerät, wechselt schlagartig sein Gesichtsausdruck. Da ist, trotz der harten Konturen, auf einmal Hilflosigkeit, ja, Trauer.

Ich weiß, was du denkst, sagt er mit weicher Stimme. Aber ist es nicht so, dass jede Stunde etwas Bestimmtes von uns verlangt? Als ich halbtot im Schützengraben lag, die Füße blau vor Kälte, der Leib ein einziger Schmerz und dazu immer das Blöken der Geschütze, da habe ich begriffen, was eine Stunde wie diese wert ist. Und ich habe mir geschworen, sie niemals durch Worte zu verderben. Es ist kalt. Wir könnten uns wärmen ...

Kein Bedarf. Es klingt weniger schroff als beabsichtigt. Man ist ja erwachsen.

Er steht auf, kommt mit schweren Schritten näher. Wenn sie jetzt schweigt, wird alles Weitere von selbst geschehen. Er legt eine Hand auf ihre Schulter. Sie weicht aus. Er dreht sie zu sich und hält ihr, bevor sie sprechen kann, die Hand auf den Mund. Sie spürt seine Bartstoppeln an ihrem Hals. Sie braucht nur loszulassen, dann hat er leichtes Spiel. Flüchtig denkt sie an den kommenden Morgen, an die Scheu, Peer in die Augen zu sehen. Doch der andere ist immer einen Schritt voraus, drückt ihre Hüften gegen seine Oberschenkel, fasst sie bei den Armen. Sie will etwas sagen. Aber es ist schon zu spät. Sie hat mit den Fingerspitzen seine Lippen berührt. Es geht ihr durch und durch. Er trägt sie zum Bett, löscht das Licht, will ihr den Rock ausziehen.

Ich kann das nicht, flüstert sie.

Er atmet schwer.

Es ist nicht unangenehm, was mit ihr geschieht. Sie wehrt sich erst heftig, allmählich immer weniger.

Ich weiß nicht einmal Ihren Vornamen, sagt sie, als sie sich blind aneinander drängen.

Hanna!, stöhnt er.

Alles andere geht unter in dem Suchen und Finden, dem Abheben vom Augenblick, den mannigfaltigen Lauten der Lust.

Ihr Gesicht glüht. Sie sieht weiße Kreise. Das Blut tickt an der Schläfe. Sie küsst ihn gierig. Er kann sie nicht fest genug an sich drücken. Sie betastet sein Gesicht. Seine Hand gleitet über ihren Kopf zur Schulter. Sie umarmt ihn. Es ist, als hielte sie Albin im Arm.

Wusste ich's doch, flüstert er. Es kann sein, dass er lächelt.

Kein Wort!, befiehlt sie. Sonst bring' ich dich um.

Als Hanna am nächsten Morgen aufwacht, ist sie allein und hat Mühe, sich zurechtzufinden. Die Sonne fällt bereits durch eine der beiden Fensterluken. Sie hat verschlafen. Dann geht alles rasend schnell. Almuth bringt das Frühstück. Danach wird gepackt. Verabredungen mit Margund und Trott. Für langfristige Absprachen fehlt die Zeit, weil Peer nicht zu finden ist. Unter Wolfgers Führung wird nach ihm gesucht. Ein Anruf bei Lisa kommt nach mehreren Versuchen zustande. Aber in der Eile hat Hanna vergessen, was sie der Freundin auftragen wollte.

Sie sperrt sich gegen Erinnerungen an die Nacht. Das, was geschehen ist, geschah nicht ohne ihr Einverständnis, aber doch ohne ihre Zustimmung. Für sie war der Mann mit dem stechenden Blick sowohl der Zeichenlehrer Bertram als auch jener Kriegsheimkehrer, der nach Hause wollte und nicht zu Hause ankam. In der Nacht war er unbemerkt verschwunden. Immerzu hält Hanna Ausschau. Der Mann ist weg, nur sein Blick bleibt. Überall spürt sie ihn, fühlt sich beobachtet. Plötzlich taucht er auf, zusammen mit ihrem Sohn.

Peer zeigt ein paar Zeichnungen, die er unter Bertrams Anleitung angefertigt hat. Sie hätten viel Mühe gekostet, meint er. Dabei weist er auf Bertram, der hinter ihm steht.

Ja, sagt der Mann, ohne ihr in die Augen zu sehen. Künstlerisch beachtlich. Mühe oder nicht, das ist Nebensache. Peer ist zum Zeichnen veranlagt. Ich kümmere mich um ihn, wenn Sie fort sind.

Hanna bedankt sich kühl. Sie kann nicht glauben, dass der Hagere nichts von dem andeutet, was mit ihrer nächtlichen Begegnung zusammenhängt. Sie betrachtet die Zeichnungen. Man sieht darauf altes Gemäuer, sorgfältig wiedergegeben, aber ohne klare Bildidee. So etwas gefällt ihr nicht. Wie schön hatte der Junge als Kind gemalt. Seine Zeichnungen enthielten ganze Geschichten. Was ist dagegen altes Gemäuer? Vielleicht dient Bertrams Auftritt nur als Vorwand. Eigentlich will er sich verabschieden, will aber kein Wort über die Nacht verlieren.

Lebwohl, mein Großer, sagt Hanna und umarmt Peer. Es müsste jetzt so viel gesagt werden. Aber sie löst sich und hastet davon.

So, in ständiger Anspannung, geht es weiter bis sie wirklich aufbrechen kann. Als sie am Treffpunkt anlangt und Beckmann, den Schmied, begrüßt, ist sie innerlich immer noch außer Atem. Der eigentliche Grenzübertritt verläuft dann für die Rückkehrerin fast unbemerkt. Er schildert ihr die Nachkriegsjahre aus Sicht eines anhaltischen Dorfschmieds.

Im Osten, sagt er, konnten die Bauern erst die Felder nicht bestellen, weil Saatgut fehlte. So blieben die Hufe der Ackergäule intakt, und unsereins hatte keine Arbeit. Meine Hoffnung ist die MTS, die Maschinen-Traktoren-Station. Vorläufig muss ich weiter Flüchtlinge schleusen. Ein gefährliches Geschäft. Man kann in Sibirien landen.

Mit solchen Berichten überbrücken sie den Heimweg. Der Begleiter lässt ihr keine Gelegenheit für ängstliche Erwägungen. Immer, wenn der Name Beckmann fällt, muss sie an den nächtlichen Besucher denken.

Richtig zur Besinnung kommt Hanna erst, als sie, ab Magdeburg, im D-Zug nach Weimar sitzt. Die Landschaft zieht vorüber. Hanna sucht den Horizont ab. Irgendwo muss es Erkennungszeichen für das Deutschland geben, das sie kürzlich verlassen hat. Aber die Wälder verschwimmen zu einem dunkelgrünen Farbfleck, und der Himmel weiß nichts von Grenzen und Zonen.

Während Hanna zum Fenster hinausblickt, sieht sie im Spiegel noch etwas anderes als den rötlichen Abendhimmel. Man schaut auf sie. Die Menschen im Zug betrachten sie, als wollten sie auf etwas aufmerksam machen, das mit Worten nicht zu fassen ist.

Schließlich lässt Hanna doch die Rückschau auf die nächtliche Begegnung zu. Scham und Bedauern halten sich die Waage. Es ist eher Verwunderung, was sich einstellt. Wie konnte das passieren? Eben war der fremde Mann noch über Albin hergezogen, hatte frech einen Selbstmord erfunden. Und kurz darauf war sie ihm erlegen. Sie fühlt, wie ihr heiß wird. Gewiss, seine Schmährede über das angeblich so schale Deutschtum hat sie beeindruckt. Indem sie sich in die Situation zurückversetzt, entsteht auf einmal der Eindruck, es sei nicht alles so zufällig abgelaufen. Schon allein dieser literarisch anmutende Monolog, mit dem er sich einführte. Zweifellos wirkungsvoll, aber eigentlich bühnenreif. Diese gebündelten Wortkaskaden, dieses stufenweise Crescendo. Wirkte es nicht wie auswendig gelernt? Bertram hat sonst nicht viel gesprochen. Bei dieser Passage war sie mit einer anderen Sprache konfrontiert. Vielleicht … Sie fragt sich, ob sie den Verdacht zu Ende denken soll. War der Ausbruch die einstudierte Version eines fremden Sprachgefüges? Nicht gerade von Goethe, aber auch von einem gescheiten Mann.

Sie sucht nach Bruchstücken der Rede.

Dass die Deutschen … sich jedem verzückten Schurken … gläubig hingeben.

Sie erschrickt. Der Satz erhält unversehens doppelten Sinn. Nein, ein Schurke ist er nicht, und sie in diesem Fall alles andere als gläubig. Eher ungläubig. Denn, so viel ahnt sie, mit diesem Beckmann-Bertram gibt es kein wirkliches Eins-Sein. Er lebt allein auf der Welt. Seine Einsamkeit lässt sich kurz unterbrechen, aber nie ganz vergessen. Er hat Albin für Augenblicke verdrängt, nicht aber besiegt. Der Tote ist bereits auf die Spielfläche zurückgekehrt. Beckmann muss auch bei ihr vergebens anklopfen. Auch sie muss um ihrer selbst willen den Heimkehrer abweisen. Anders als der Mann kann sie heimkehren. Denn sie hat ein Zuhause.

NEUNTES KAPITEL

Nachkriegsfrieden

Im „Haus mit der Madonna" verlief während Hannas Abwesenheit alles wie gewohnt. Helena versorgte die Kinder gewissenhaft, so dass Ulrich und Klee ihre Mutter nicht allzu sehr vermissten. Elsner war durch den Geldumtausch noch immer extrem gefordert. Überall gab es Komplikationen, die bereinigt werden mussten. Dennoch hatte er sich vor Hannas Abfahrt versichert, dass ihre Pflichten in Sachen Währungsreform restlos erfüllt waren. Niemand im Haus wusste Näheres über die kurzfristig angetretene Reise. Hanna hatte den Eltern eine Geschichte aufgetischt, bei der sich Wahrheit und Lüge bunt mischten. Die Schule, die sie aufnehmen sollte, wurde nach Sachsen-Anhalt verlegt, diesseits der Grenze. Lisa war angeblich Direktorin einer dortigen Heimoberschule auf dem Land geworden und sie selbst als Stellvertreterin vorgesehen. In Badeborn, einem Marktflecken am Fuß des Harzes, werde man demnächst das alte Schulhaus beziehen, in dem Lisa Abel bereits wohne.

An der Geschichte stimmte lediglich, dass es in Badeborn ein leerstehendes Schulhaus gab. Wie Elsner wusste, hatte Lisa nach dem Krieg dort unterrichtet und bis zur Schließung die Lehrerwohnung belegt. Um Hanna zu entlasten, war Klee damals über die Sommerferien zu ihr gekommen. Aufgrund dieser Episode erschienen die Angaben glaubhaft und wurden nicht hinterfragt.

Nun, wo Hanna aus Neuhaus zurück ist, leidet sie unter Anpassungsnöten. Die heimische Welt kommt ihr ärmlich, ja, verkommen vor. Im Vergleich zur Burg wirken Klees Kindergarten und Ulrichs Schule mausgrau, vernachlässigt und übelriechend. Und wenn sie die schmucken Bauernhöfe im Westen mit der Maschinen-Traktoren-Station von Rüdersdorf vergleicht, kommt ihr das kalte Grausen. Dazwischen liegen Welten. Hier verbissene Sorgfalt, dort verschlafene Einfalt. Doch so sehr es sie drängt, über Dinge jenseits der Grenze zu sprechen, Hanna darf nicht einmal Andeutungen machen. Dagegen verlangt ihr die Schule diesseits der Grenze ständig neue Erfindungen ab, die mit früheren übereinstimmen müssen.

Elsner hat weder für die erfundene noch für die wirkliche Schule Interesse. Seine berufliche Beanspruchung verhindert Rückfragen. Gegenüber Helena ist Hanna ohnehin wortkarg. Doch das lässt sich nicht immer durchhalten. Schließlich ist sie ihr Dank schuldig. Nicht genug damit, dass zwei der Kinder über eine Woche in ihrer Obhut waren. Es steht eine weitere Reise bevor. Und diesmal wird die Hilfe für mehr als eine Woche vonnöten sein. Da heißt es, freundlich sein und keine Verstimmung aufkommen lassen.

Damit hängt es zusammen, dass Hanna die Einladung keinesfalls ablehnen darf, die Helena gleich beim Wiedersehen vorbrachte und jetzt bei jeder Begegnung erneuert. Es handelt sich um ein kleines Konzert im „Haus mit der Madonna", das Helena organisiert und gestaltet. Die Aufführung von Werken Thüringer Komponistinnen, die Elsner schon im vergangenen Herbst angekündigt hatte und die immer wieder verschoben wurde, soll zum Jahresende mit Bestimmtheit stattfinden. Helenas Geburtstag im August bietet einen günstigen Anlass für die öffentliche Generalprobe. Dabei will Elsner zugleich seine gesellschaftlichen Verpflichtungen erfüllen, was ihm den Plan sympathischer macht. Sein Chef, Finanzminister Moog, und dessen Frau haben ihr Kommen bereits zugesagt. Da muss nun auch alles klappen wie am Schnürchen.

Hanna hat ähnliche Veranstaltungen bisher peinlich gemieden. Das Gesinge ihrer Stiefmutter empfand sie stets als Brechmittel. Freilich würde sie gute Miene zum öden Spiel machen. Aber sie hasst den Zwang zur Verstellung. Wenn überhaupt etwas für das Spektakel spricht, dann die Gelegenheit, nebenher das überfällige Gespräch mit dem Vater anzubahnen. Dafür ist jeder Anlass willkommen.

Zuvor muss sie aber ihre Zukunft absichern. Sie weiß nicht einmal, ob der Stiftungsrat von Burg Neuhaus ihre Absichten überhaupt kennt. Sollten dort die Bewerbungsunterlagen aber schon vorliegen, müssen die Formalitäten schnell erledigt werden. Spätestens zu Beginn des Jahres will sie unterrichten, Geld verdienen, endlich auf eigenen Füßen stehen.

Bei Licht besehen lässt sich so etwas Kompliziertes per Brief nicht anschieben. Hanna bedauert ihr Zögern nach dem Telefonat mit Trott. Sie hätte unverzüglich bei dem Ratsvorsitzenden vorsprechen müssen. Doch Lamentieren hilft nichts, und bis zum nächsten Grenzübertritt dauert es zu lange.

Sie geht in Gedanken alle Bekannten durch, die Unterstützung zugesagt haben. Dabei fallen ihr Margund und Lisa ein. Margund untersteht als Erzieherin selbst dem zuständigen Gremium und kann Versäumnisse des Direktors nicht scharf genug servieren. Lisa, vorsichtig, zuverlässig, diplomatisch, gilt als Vertraute Petersens. Eigentlich ist sie als Botin denkbar gut geeignet.

Hanna setzt sofort ein Schreiben auf und legt der Freundin nahe, den Herrschaften Hannas Lage persönlich zu schildern: Die Witwe des Petersen-Schülers Albin Sewald wird in der Ostzone durch Sippenhaft bedroht und bei der Arbeitssuche rigoros behindert. Das ist zwar dick aufgetragen, aber unumgänglich. Der Rat möge, unabhängig von der Vakanz, eine schnelle Lösung finden, notfalls eine vorläufige Position schaffen. Als sie fertig ist, merkt sie mit Schrecken, dass ihr Lisas Adresse fehlt. In Neuhaus hat sie aus Sicherheitsgründen nichts aufgeschrieben, den Eintrag ins Adressbuch nach dem Grenzübertritt aber vergessen. Sie entschließt sich, das ganze Konvolut an Margund zu schicken, die es weiterleiten soll. Der Brief gleicht einer Flaschenpost, deren Ankunft ebenso notwendig wie ungewiss ist. Während sie zum Postkasten geht, spürt sie aufkommende Wut. Sie verflucht innerlich die Zerrissenheit des Heimatlandes, in dem drei Jahre nach Kriegsende ein Telefongespräch von Ost nach West zum Kunststück wird. Dabei sucht sie nach einem Wort für diese merkwürdige Zeit. Es herrscht nicht Krieg, nicht Frieden, sondern etwas dazwischen. Sie nennt es Nachkriegsfrieden.

Helenas Hauskonzert steht unter einem guten Stern. Das Wetter ist prächtig. Elsner empfängt die Gäste an der Gartenpforte und führt sie schlendernd durch den Garten. Die Augustrosen stehen gerade in voller

Blüte. Das ovale Rosenbeet auf der Südseite, sein ganzer Stolz, wird ausführlich gewürdigt, ehe man über die Veranda ins Haus tritt.

Helena hat sich sorgfältig hergerichtet. Dem Wetter entsprechend, trägt sie ein eng anliegendes, helles Kleid, wodurch sie größer und schlanker wirkt. Ihr grau meliertes Haar ist frisch onduliert. Die leicht faltige Haut an Hals und Dekolleté wurde offenbar intensiv mit Creme behandelt. Jedenfalls sieht man der Jubilarin ihre sechzig Jahre kaum an.

Hanna will in der Küche helfen, um dem Trubel zu entgehen. Aber Helena, die eine Küchenfrau engagiert hat, lehnt ab. Die ganze Familie soll die Gäste empfangen.

Zunächst treffen Ehrmanns ein. Obwohl Helenas Schwester, ihr Mann und die Tochter Paula im Nebenhaus wohnen, besteht Hannas Kontakt zu ihnen aus knappen Gesprächen über den Gartenzaun. Helena dagegen verbringt manchen Abend bei der Verwandtschaft, wenn ihr Mann, wie so oft, länger arbeitet. Elsner und Ehrmann kommen manchmal mit dem gleichen Dienstwagen aus dem Ministerium. Am Wochenende telefonieren sie häufig miteinander. Doch Hanna nimmt kaum Notiz von Ehrmanns. Die angeheirateten Verwandten bleiben für sie die Nachbarn von einst. Dabei ist Frau Ehrmann eine bemerkenswerte Frau, hat während des Ersten Weltkriegs in Wien Slawistik studiert und schreibt jetzt Kinderbücher. Dennoch hatte Hanna am ehesten Interesse für die Kinder, neben der kleinen ernsten Paula noch ihr älterer Bruder Leo, der mit achtzehn Jahren bei seinem ersten Fronteinsatz gefallen war.

Paula, in letzter Zeit kräftig aufgeschossen, hat gerade das Abitur bestanden. Das gibt Hanna Gelegenheit, Fragen zu stellen und sich den anderen zu entziehen.

Paula, die in Jena Medizin studieren will, wurde schon immatrikuliert und hat einen Platz im Studentenwohnheim ergattert. Sie wirkt abgeklärter als ihre lebhafte Mutter. Das ruhige Wesen der Jüngeren macht Hanna Freude. Sie staunt, wie ganz in ihrer Nähe solch ein interessanter Mensch herangewachsen ist, ohne dass sie es bemerkt hat. Paula wirkte als Kind etwas herb, beinahe mürrisch. Jetzt geht ein Zauber von ihr aus, was Hanna nicht ohne Wehmut wahrnimmt. Dieser Schmelz des ersten Frauseins wurde früher an ihr gerühmt. Albin hatte ihn sogar bedichtet. Seit Peers Geburt sind solche Reaktionen selten.

Hanna verzieht sich mit Paula in eine Ecke des Wohnzimmers. Ihre beiden Kinder stehen beobachtend in der Nähe. Der Raum füllt sich. Auf Helenas Gesicht erscheint ein sanftroter Schimmer, der nur zum Teil von Kosmetik herrührt. Sie ist ständig in Bewegung, reicht jedem Gast ein Getränk, wechselt einige Worte, sorgt für Sitzgelegenheiten. Zwischendurch gibt sie durch die Küchenluke Anweisungen. Alles schwirrt durcheinander. Von der Veranda her strömen neue Besucher ins Zimmer, wo allmählich der Platz knapp wird.

Wie bist du nach dem Umsturz klargekommen, Paula?, fragt Hanna vertraulich. Immerhin war die Abiturientin im „Reich" zur Schule und in der „Zone" zur Prüfung gegangen. Die Lehrer wechselten von heute auf morgen, und mit den Lehrern wechselte die Weltanschauung. Das musste die Schüler durcheinander bringen.

Kein Problem, antwortet Paula und bestätigt es durch eine Geste. Sie hat wohl wirklich keine Probleme gehabt.

Auch nicht politisch?, fragt Hanna nach.

Ich bin nicht politisch, sagt Paula. Für mich sind alle Menschen Patienten. Jeder hat irgendeine Krankheit. Ich auch.

Hanna ist verblüfft. Wird so ein nüchternes Menschenkind jemals verliebt sein? Andererseits, was kümmert so ein junges Ding das Scheitern des Nationalsozialismus? Paula kennt kein Früher, nur Morgen und Übermorgen. Das Leben – ein Buch, das man weiterblättern muss, nicht zurückschlagen. Beneidenswert, aber nicht übertragbar. Eben Jugend.

Plötzlich wird es still. Helena legt den Finger auf den Mund und bedeutet Hanna, auf die Lautstärke der Kinder zu achten.

Dr. Moog, flüstert sie, obwohl der Minister gerade ins Zimmer tritt. Elsner kommt mit dem gleichgroßen Mann zur Flurtür herein. Sie sprechen angeregt, ohne Rücksicht auf Etikette. Um bemerkt zu werden, muss Helena ihnen regelrecht den Weg versperren.

Verehrter Herr Minister, flötet sie.

Aber, aber, macht Moog. Elschen, das Geschenk!, ruft er in den Flur. Die Ministergattin, klein und betulich, reicht ein kleines Päckchen durch, das ihr Mann dem Geburtstagskind mit angedeutetem Handkuss übergibt.

Hanna bleibt fast das Herz stehen. Die Ministergattin, gut zwei Jahrzehnte jünger als Moog, ist niemand anders als Else Krummbiegel, eine ungeliebte Mitschülerin vom Lyzeum. Elschen war, mit Verlaub, in der Schule herzlich unbedarft und entlockte den Lehrern manchen Stoßseufzer. Ach Elschen, hatte man gesagt und gedacht: Was soll aus der mal werden? Jetzt ist sie die Frau eines Ministers der sozialistischen Regierung, die Bestschülerin Hanna Elsner dagegen Witwe eines verschollenen Nazidichters. Albin Sewald gilt als unliebsames Relikt einer Ära, an die niemand erinnert werden will.

Wie Ihre Muse wieder aussieht, raunt Moog dem Hausherrn zu. Zugleich entdeckt er seinen Mitarbeiter Dr. Ehrmann, und seine Miene gerinnt zum höflich-kühlen Dienstlächeln. Er reicht ihm die Hand und wendet sich ab.

Danach werden viele Hände geschüttelt und viele Nettigkeiten gewechselt. Hanna bleibt nicht verschont, obwohl sie im Hintergrund sitzt.

Ganz der Vater, behauptet der Minister, als er zu ihr vordringt. Dabei sieht er Hanna mit solcher Blickgier an, dass es selbst Elsner zu viel wird. Geschickt lenkt er die Aufmerksamkeit des Chefs auf Paula.

Fräulein Ehrmann, sagt er und spielt mit ironischem Lächeln auf ihren tugendhaften Familiennamen an. Die angehende Medizinstudentin reagiert mit lässigem Augenaufschlag.

Kaum ist der Minister ein paar Schritte weg, flieht Hanna, gefolgt von Paula.

Das ist ja wie bei Fürstens, schimpft sie. Das wollen Sozis sein?

Moog ist liberal, widerspricht Paula freundlich, aber bestimmt. Offenbar hat sie auch mit der Landesregierung kein Problem.

Ich weiß schon, erwidert Hanna, es sind Bürgerliche dabei. Aber trotzdem. Sie bricht ab. Als Studentin lehnte sie alles Bürgerliche ab. Auch die „Bewegung" mokierte sich über die Bürgerlichen. Jetzt empfindet sie es als Lichtblick, dass die neue Regierung nicht nur aus Proleten besteht.

Ulrich zappelt herum, brummt irgendetwas und drängt zur Gartentreppe. Das mütterliche Unbehagen an der Gesellschaft ist wohl auf ihn übergegangen. Er sieht sie bittend an. Sie nickt, ehe er etwas fragt. Flugs verschwindet der Junge hinter der nächsten Hecke.

Klee ist ganz anders. Er steht im Türrahmen und blickt zuwendungssüchtig in die Gesichter der Erwachsenen und genießt es, wenn ihm jemand über die seidigen schwarzen Haare streicht.

Vom Klavier kommen die ersten Akkorde. Alles setzt sich und wartet auf die Eröffnung. Und nun geschieht etwas, das einer Opern-Inszenierung alle Ehre machen würde. Vom Garten trottet ein zottiger schwarzer Hund gemächlich die Treppe herauf, gefolgt von einer kleinen, nach vorn gebeugten alten Dame, die zielbewusst der Wohnzimmermitte zustrebt.

Da ist ja die Frau Professor!, ruft Helena mit kehliger Stimme. Sie eilt zur Verandatür und streckt der alten Frau ihre Hand entgegen. Die Gesangspädagogin im Ruhestand kämpft im Alter vehement für die Förderung weiblichen Komponierens. Man erzählt, sie lebe streng vegetarisch und huldige allen möglichen Praktiken der Naturheilkunde. Ihr Äußeres ist wenig vorteilhaft. Ein speckiger schwarzer Pelzmantel voller Hundehaare hängt vornüber und streift die viel zu großen Schuhe. Von einer Frisur kann nicht die Rede sein. Ihr ursprünglich graues Haar, hinten zusammengebunden, ist in einen lehmigen Gelbton übergegangen. Nicht günstiger steht es mit dem Hund, einem altersschwachen Neufundländer, dessen Fell an der Unterseite mit weißen Strähnen durchzogen ist. Jeder Atemzug des beklagenswerten Tiers wird von starkem Röcheln begleitet.

Die Alte ignoriert die angebotene Hand und geht schnurstracks an Helena vorbei. Sie nimmt im Mantel auf einem Sessel Platz, der eilig freigemacht wird.

Geht es los?, kräht sie, was allgemeine Erheiterung hervorruft.

Frau Professor Schultz-Birch, stellt Helena vor. Die Nestorin der neuen Musik in Thüringen.

Es gibt lauen Beifall, auf den die agile kleine Dame mit Ungeduld reagiert. Sie stupst den Hund unsanft auf den Kopf, worauf sich das Tier der Länge nach auf den Boden legt.

Ich beginne also, meint die Gastgeberin. Sie nennt die Lieder, die sie vorträgt, und die Dichter, deren Texte sie vertont hat. Es ist in den meisten Fällen Goethe. Das kommentiert sie mit dem Satz:

Seit ich Goethes Gespräche mit Eckermann kenne, sehe ich die Welt mit neuen Augen.

Da Frau Professor einen knurrenden Laut von sich gibt, lässt es Helena dabei bewenden, rückt den Klavierstuhl heran, fährt noch einmal glättend über die handgeschriebenen Notenblätter und beginnt zu spielen.

_ Nun kommen die von Helena komponierten Lieder.'

Hanna ist aufs Schlimmste gefasst. Die Übungsstunden, die mehrmals in der Woche über sie hereinbrechen, haben abschreckende Erfahrungen beschert. Doch nun, da die zermürbenden Tonleitern wegfallen, klingt der Vortrag recht manierlich. Die Sängerin hat ihre Stimme leidlich im Griff. Es scheppert nicht wie sonst. Und die Klavierakkorde erklingen nur gelegentlich im Arpeggio.

Hanna nimmt dankbar zur Kenntnis, dass Helenas Lieder fest im neunzehnten Jahrhundert verwurzelt sind. Richtige Musik, findet sie, hört mit Schubert auf. Die Ablehnung der Neutöner gehört zu den wenigen Dingen, bei denen die beiden Frauen übereinstimmen. Schönberg oder Hindemith und wie sie alle heißen mögen findet Hanna einfach entsetzlich. Man muss ja nicht gleich den Begriff „entartet" bemühen. Aber „von fremder Art" erscheint ihr moderne Musik schon. Dagegen klingen Helenas plüschige Schöpfungen regelrecht wohltuend, wenn auch abseits jeder Natürlichkeit. Hier und da findet Hanna eine hübsche Wendung. Verdrängt etwas Humor das leidige Pathos, hat sie an diesen Blüten einer verspäteten Spätromantik durchaus Vergnügen.

Das Publikum genießt die satten Klänge. Man räkelt sich wohlig, wispert zuweilen miteinander und gibt sich dann wieder der musikalischen Dusche hin.

Hanna kann von der Veranda alle Zuhörer überblicken. Manchmal ist ihr so, als könne sie den Lauschenden bis in den Grund der Seele schauen. Da ist die kleine Frau Moog und ihr etwas dicklicher Mann, der mit seinem Doppelkinn an den einstigen Reichsmarschall Göring erinnert. Es fehlt nur noch der protzige Lammfellmantel, locker über die Schultern gehängt.

Einen Moment lang will es ihr scheinen, als wären die Nazigrößen durchweg zutiefst abstoßend gewesen. Sie erschrickt über diese Verirrung. Der Führer jedenfalls erschien ihr früher über jeden Zweifel erhaben. Albin hatte in ihm eine Vaterfigur gesehen. Wie kann sie ihn nur mit den Marionetten der kommunistischen Besatzer gleichsetzen? Was ist das für ein Minister, der solch eine Frau hat. Hanna betrachtet die ehemalige Mitschülerin voller Verachtung, wenn auch nicht völlig neidlos. Sie, Johanna Sewald, sitzt am Katzentisch, außerhalb des Geschehens, beinahe im Garten. Welche Symbolik.

217

Ihr Blick streift die alte Dame und ihren Hund, dann Paulas Eltern, ihren Jungen, der ganz Ohr ist, und landet schließlich, nach einem Zwischenblick auf Helena, bei ihrem Vater.

Das mit den Marionetten kann sie in seinem Fall nicht aufrechterhalten. Nein, seine Redlichkeit möchte sie nicht bezweifeln. Ihr fällt auch kein Grund ein, warum sie an der Redlichkeit des liberalen Ministers zweifeln sollte. Überhaupt steht ihr nicht zu, die Redlichkeit von Politikern zu beurteilen. Sie schiebt den ganzen Wust waghalsiger Urteile beiseite. Sie muss ihre kleine Welt in Ordnung bringen. Das heißt aktuell, ein Gespräch mit Elsner über die Flucht herbeiführen. Am besten noch heute.

Helena erreicht das Ende eines Programmteils, wodurch Hannas Gedanke abreißt. Offenbar wirkt die Musik anregend auf ihre Gedanken. Die Sängerin verbeugt sich. Der Beifall ist wohlwollend, vereinzelt sogar heftig. Helena sonnt sich in der lange entbehrten Anerkennung. Hanna entdeckt halb amüsiert, halb erschrocken, wie Klee dem possierlichen Schauspiel mit gebanntem Blick folgt.

Wie geht's eigentlich Tante Felie?, fragt Paula unvermittelt, während sie Helena Beifall zollt.

Wie soll es ihr gehen? Die Erwähnung ihrer Schwester macht Hanna verlegen. In letzter Zeit verdrängte sie Felies Existenz, so gut es ging. Die ständig zunehmende Entfremdung zwischen ihnen war wohl dadurch entstanden, dass die Jüngere ganz auf den Vater und die Ältere stärker auf die Mutter orientiert war.

Sie hat doch, Paula beugt sich zu ihr, in einem KZ gearbeitet.

In was?, fragt Hanna. Nein! So kann man das auf keinen Fall sagen. Ihr energischer Protest zieht die Blicke auf sich. Denn der Beifall ist gerade abgeebbt, und Helena will die folgenden Lieder ansagen.

Meines Wissens, flüstert Hanna, war sie in der Sanitätsstation eines Sammellagers für straffällige Jugendliche.

Paula nickt und antwortet sachlich.

Das Lager gehörte zum Komplex Ravensbrück-Sachsenhausen. Jedenfalls von der Verwaltung her.

Hanna kann nicht widersprechen. Die Adresse auf den sehr knappen Weihnachts- und Geburtstagsgrüßen, die dann auch noch ausgeblieben waren, hieß nur: Fürstenberg/Havel, postlagernd. Das hatte eine solche Deutung nicht nahegelegt. Allerdings war Felie zwangsversetzt worden und wurde nach dem Umbruch rehabilitiert. Nach Elsners Worten ist sie Stationsschwester im Krankenhaus einer mecklenburgischen Kleinstadt und will demnächst nach Thüringen wechseln. Nach dem Krieg hatte sich die liebe Felie nahezu völlig in Schweigen gehüllt. Keiner wusste richtig Bescheid. Doch das mag Hanna gegenüber Paula nicht zugeben.

Wir schreiben uns zwei-, dreimal im Jahr, sagt Paula, als hätte sie den Gedanken erraten.

So?, rutscht es Hanna heraus. Was schreibt sie denn so?

Viel Arbeit.

Da sie einige böse Blicke aus dem Wohnzimmer treffen, verstummt Paula und folgt gefasst dem mild fließenden Gesang.

Hanna dagegen ist aufgewühlt. Diese Musik und diese Mitteilung. Ihre eigene Schwester eine KZ-Angestellte? Unmöglich. Unsereins war nicht im KZ! Weder als Häftling noch als Personal. Davon ist sie überzeugt. Dennoch melden sich Zweifel. Vieles hatte man in der letzten Kriegszeit verdrängt. Vieles war vertuscht und verschwiegen worden, auch in der Familie. Falls die Jüngere wirklich an fragwürdigen Aktionen beteiligt war, hätte man Hanna nichts gesagt. Für Augenblicke überkommt sie Angst. Hatte es in der Parteispitze doch Verbrecher gegeben? Hatten die Wellen gar ihre eigene Familie erreicht?

Nein, es ist anders. Seit Menschengedenken diffamieren die Sieger die Besiegten. Man braucht nur an Versailles zu denken. Die Siegerjustiz nach Versailles sollte gerächt werden. Das war fehlgeschlagen, und nun herrscht ein viel schlimmeres Versailles. Alles muss in den Schmutz gezogen werden, was den Deutschen teuer ist. Das macht selbst vor Elsner nicht Halt. Jedenfalls, bei allen Vorbehalten, Felie ist keine Verbrecherin. Da gibt es keinen Zweifel. Vielleicht hat sie sogar etwas getan, was den neuen Mächtigen heldenhaft erscheint. Sonst wäre sie nicht in jungen Jahren zur Stationsschwester aufgestiegen.

Der Rückschluss befriedigt Hanna. Damit ist die Behauptung von Paula entkräftet. Trotzdem bleibt die Unruhe, als sie sich wieder der Musik zuwendet. Vieles erscheint heute anders, als es tatsächlich war. Aber bei vielem, an das sie unerschütterlich geglaubt hat, ist der Anschein verflogen und einer fremden, unwiderlegbaren Realität gewichen.

219

Helena beendet ihr Programm und empfängt reichlich Beifall. Unversehens steht die kleine Frau Professor auf und tritt ans Klavier. Sie reicht der Sängerin achtlos die linke Hand und verschafft sich mit der Rechten Gehör.

Damen und Herren. Ihre Stimme klingt belegt, weshalb sie die Anrede nach energischem Räuspern wiederholt.

Es ist ein erhabener Augenblick, hebt sie an, dem ersten öffentlichen Vortrag eines Kunstwerks beizuwohnen, besonders, wenn die Entstehung des Werkes jedem Traditionsmuster widerspricht.

Hanna ist verdutzt, und auch andere Zuhörer sehen ungläubig zum Nachbarn.

Ja, sagt sie, Sie haben richtig gehört.

Ruhig, Wotan!, befiehlt sie ihrem altersschwachen Hund, was munteres Gelächter hervorruft.

Es ist, setzt sie unbeirrt fort, ein festes Traditionsmuster, dass Musik von Männern gemacht wird. Frauen, heißt es, taugen nicht zum Komponieren. Dabei haben Männer, sie hob die Stimme, Jahrhunderte lang daran gearbeitet, diese Legende in die Welt zu setzen und dort zu erhalten.

Es wird unruhig. Nach dem gefälligen Kunstgenuss mag man nicht belehrt oder erzogen werden. Außerdem erinnern sich einige der Anwesenden, dass die alte Dame schon in den Zwanzigerjahren die gleichen Ansichten vertrat.

Ja, ich weiß, übertönt sie das skeptische Gemurmel. Das wollen Sie nicht wahrhaben.

Die Fortsetzung geht in Zwischenrufen, Lachen und Stuhlrücken unter. Hanna würde der imponierend energischen Frau Professor gern weiter zuhören, doch in diesem Augenblick erscheint Elschen Moog alias Krummbiegel auf der Veranda, und es bleibt Hanna nichts anderes übrig, als die ehemalige Schulkameradin zu begrüßen.

Ach wie geht es denn?, fragt Elschen mit hoher, affektierter Stimme.

Danke, erwidert Hanna, ohne aufzustehen.

Schön habt ihr's hier, setzt die Kleine neu an.

Es geht so, antwortet Hanna.

Else nimmt noch einen letzten Anlauf.

Ja, die alten Zeiten, sagt sie.

[Handschriftliche Notizen am Rand: Musih: Mendels.(?) Fahus Henzl]

[Handschriftliche Notiz am unteren Rand: „O Trauer der Jugend. O goldener Stern." „ ...(?) auf der Welt" von Goethe]

Hanna bleibt hart. Tja!, meint sie trocken. Sie steht auf, bietet der anderen ihren Korbsessel an und entwischt über die Gartentreppe. Das fehlt noch, vor diesem verklemmten Etwas zu katzbuckeln, weil Vaters Chef sein ehemaliges Dienstmädchen geheiratet hat.

Es dauert einige Zeit, bis Hanna Ulrich entdeckt. Er ist auf die große Trauerweide neben der Haustür geklettert, auf der die Sewald-Kinder eine Baumburg gebaut haben. Die Burg besteht aus den Resten einer Kiste, die mit Nägeln und Draht in einer Astgabel befestigt wurde. Die langen Zweige der Weide, die wie Haarsträhnen herunterhängen, verdecken das bescheidene Bauwerk.

Ulrich, ruft Hanna leise und klopft gegen den Baumstamm.

Die Zweige teilen sich wie ein buschiger Vorhang, und Ulrich steckt seinen Kopf hindurch.

Möchtest du hochkommen?, fragt er.

Hanna lacht über die Vorstellung, mit Rock und Bluse den Baum zu besteigen. Seit Peer aus dem Haus ist, entwickelt sich Ulrich vorteilhaft. Ihr ist fast so, als nähme sie ihn erst richtig wahr. Was ist das für ein aufmerksamer und einfühlsamer Junge. Peer und Klee sind dagegen ganz auf sich bezogen. Ulrich, so scheint es, will es ihr immer recht machen, und er ist traurig, wenn es misslingt. Das würdigt die Mutter viel zu selten. Er fällt nicht auf, weil er keinen Ärger macht.

Ist das endlich vorbei?, fragt er, worauf Hanna wieder lachen muss.

Nicht so laut. Die Leute sind im Garten. Sie brauchen dich nicht zu sehen.

Er verschwindet hinter den Zweigen, bittet aber, sie solle nicht weggehen. Sie lehnt sich an den Weidenstamm, betrachtet die Spaziergänger und berichtet in den Pausen nach oben, wer gerade vorbeikommt.

Elsner biegt um die Hausecke. Er geht neben Moog und Ehrmann, die angeregt miteinander sprechen.

Was machst du denn hier?, fragt der Vater. Hanna winkt ihn zu sich.

Was ist denn?, meint er genervt.

Ich muss dir was beichten, flüstert sie.

Ich will's auch hören, ruft Ulrich aus seinem Versteck.

Still da oben!, fordert Hanna. Ich hab' dich belogen, fährt sie leise fort. Ich ... wir ... wir gehen nicht nach Sachsen-Anhalt.

Jetzt nicht, brummt Elsner, lächelt aber gleich darauf den Gästen zu.

Nie hast du Zeit, beharrt Hanna. Wir gehen nach dem Westen. Peer ist schon da. Weihnachten sind wir alle fort.

Mir steht das Wasser bis hier, flüstert Elsner erregt. Er hält die Hand an den faltigen Hals. Meinst du, ich mache diese Prozedur aus Spaß? Ehrmann und Moog sind meine einzigen Verbündeten. Du darfst jetzt nicht gehen. Das gäbe mir den Rest. Du musst mir helfen. Ich habe Pläne für uns, Hanna.

Er hat schnell gesprochen und sie dabei ungeschickt an der Hand gefasst. Hanna kann sich nicht erinnern, dass er jemals so auf sie eingeredet hat. Ulrich steckt wieder den Kopf zwischen den Zweigen hindurch und fragt: Was für Pläne?

Wirst du den Mund halten!, ruft Elsner, worauf der Junge schnell verschwindet.

Elsner lässt Hannas Hand los, sieht ihr noch mal warnend in die Augen und eilt davon.

Wie gefällt Ihnen mein Domizil?, fragt er die Ministergattin, die, von anderen Frauen umringt, vorbeischlendert.

Sehr gut, pariert sie und wirft Hanna einen herausfordernden Blick zu.

Sehr gut!, äfft Ulrich sie nach. Die einstige Mitschülerin blickt wie ein aufgescheuchtes Huhn nach oben. Elsner nimmt sie versöhnlich am Arm, während Hanna ihr mit unverhohlener Schadenfreude hinterher blickt.

Erst am späten Abend sind alle Besucher aus dem Haus. Hanna bringt Ulrich und Klee ins Bett und geht dann noch einmal nach unten. Elsners Bitte, sie solle jetzt nicht nach dem Westen gehen, lässt ihr keine Ruhe. Es muss etwas Ernstes vorgefallen sein. Vielleicht gibt es Auseinandersetzungen mit Eggerath, dem Ministerpräsidenten von der SED. Greta hatte so etwas angedeutet.

Helena trägt, wie vor Jahren, einen Kittel über dem Auftrittskleid, während Elsner zum Aufräumen seinen alten schwarzen Trainingsanzug angezogen hat. Das Wohnzimmer ist schon einigermaßen hergerichtet. Hanna legt hier und da Hand an. Sie trägt Stühle an ihren Platz. Gläser, die an den unmöglichsten Stellen versteckt sind, stellt sie auf die Durchreiche. Alle drei haben am Nachmittag viel geredet, so dass kein Bedürfnis zum Sprechen besteht. Trotzdem spürt Hanna die schlechte Laune ihres Vaters. Helena tut, als würde sie nichts merken. Sie will ihr Hochgefühl so lang wie möglich erhalten.

Diese Leute!, zischt Elsner.

Das waren alles sehr nette Menschen, flötet Helena.

Überhaupt diese deutschen Kleinbürger, stichelt er weiter.

Ich bin zum Glück Österreicherin, sagt seine Frau, was Elsner nicht von seiner Tirade abhält.

Setze ihnen einen Minister vor die Nase, und sie wälzen sich im Staub.

Du übertreibst. Helena kann ihre Enttäuschung nur schwer verbergen.

Sie geben sich jedem verzückten Schurken hin, oder wie das heißt.

Wovon sprichst du eigentlich?, fragt Helena entrüstet. Es war alles sehr gelungen. Vielleicht möchtest du, fügt sie in devotem Tonfall hinzu, jetzt ein wenig ausruhen?

Elsner winkt ab.

Jedem verzückten Schurken?, fragt Hanna ungläubig. Das kommt mir bekannt vor. Ihr fällt Zeichenlehrer Bertram ein.

Das ist von Goethe, sagt der Vater, wie alles Gescheite.

Helena sieht ihn verständnislos an.

Ein Zitat von Goethe?, fragt Hanna.

Hm, Goethe, brummt er. Ist ganz bekannt. *Daß die Deutschen die Klarheit hassen ...* Er stockt. Ihm scheint etwas einzufallen. Ohne ersichtlichen Grund macht er sich am Bücherschrank zu schaffen. Er nimmt ein Schubfach heraus und sucht mit der ausgestreckten Hand in der Höhlung. Auf einmal kommt ein zusammengefaltetes Stück Papier zum Vorschein. Er bläst den Staub herunter, faltet das Papier auseinander und reicht es ihr.

Da in der Mitte muss es stehen, hab' keine Lesebrille auf. Ich habe es damals versteckt. Das ist Jahre her. Bei deiner Frage fiel es mir ein.

Was ist das? Helena sieht Hanna über die Schulter.

Ein Flugblatt, sagt er. Es muss aus der Kriegszeit sein.

Aus Goethes Gesprächen mit Riemer, liest Hanna die Überschrift. Eine Quellenangabe fehlt. Sie überfliegt den ersten Absatz des mit inzwischen ungewohnten Schrifttypen gedruckten Flugblatts.

Sie trauen deinem Deutschtum nicht, liest sie weiter und rutscht mit dem Finger einige Zeilen tiefer. *Daß die Deutschen die Klarheit hassen, ist nicht recht. Daß sie den Reiz der Wahrheit nicht kennen, ist zu beklagen.*

Das ist ja unerhört, murmelt sie.

Hübsch, nicht wahr?, meint Elsner bissig.

Daß ihnen Dunst und Rausch und all berserkerisches Unmaß so teuer, ist widerwärtig.

Ich dachte, es heißt Qualm statt Dunst, meint der Vater.

Hier! Sie hebt die Stimme. *Daß sie sich jedem verzückten Schurken gläubig hingeben, der ihr Niedrigstes aufruft, sie in ihren Lastern bestärkt und sie lehrt, Nationalität als Isolierung und Rohheit zu begreifen.* Nicht zu glauben, sagt sie.

Daß sie sich immer erst groß und herrlich vorkommen, wenn all ihre Würde gründlich verspielt, und mit so hämischer Galle auf die blicken, in denen die Fremden Deutschland sehen und ehren, ist miserabel. Ich hab mein Deutschtum für mich. Mag sie mitsamt der boshaften Philisterei der Teufel holen. Sie meinen, sie sind Deutschland, aber ich bin's. Und ging's zugrunde mit Stumpf und Stiel, es dauerte in mir. Johann Wolfgang von Goethe

Hanna lässt die Arme sinken.

Ganz meine Meinung, sagt Elsner. Ich hab' damals so manches Mal an diesen Satz gedacht: Die Nazis meinten, sie wären Deutschland. Aber ich war es. Entschuldige, ich habe es auch bei euch gedacht, bei dir und deinem Mann.

Danke, sagt Hanna bitter.

Da hat der alte Knabe schon vor über hundert Jahren gewusst, was für Banausen die lieben Deutschen sind. Und wir brauchten zwölf Jahre und ein paar Millionen Tote.

Ich kann es nicht glauben, wiederholt Hanna und schüttelt den Kopf. Nie war ihr Ähnliches von dem Olympier begegnet. Man müsste den Zusammenhang kennen. Doch wie erfährt man etwas über dieses erstaunliche Zitat? Die anfängliche Faszination schlägt um in Empörung gegenüber Bertram. Jener Beckmann-Verschnitt aus Niedersachsen besaß die Unverfrorenheit, Goethes Sentenzen als eigene Meinung auszugeben. Dazu falsch ausgelegt. Offenbar meinte Goethe nicht „die Deutschen" an sich, sondern jene, die Goethes Deutschtum misstrauten. Das würde sie ihm heimzahlen, diesem tragisch umwölkten

Kriegsheimkehrer. Sie würde sich rächen. Auch wenn ihre Erinnerung an die gemeinsame Nacht gar nicht so abstoßend war.

Gib her, fordert Elsner, ich hebe es auf. Er sucht einen geeigneten Platz, bringt das Flugblatt aber dann in sein Büro. Hanna wartet, bis er zurückkommt, um eine Frage nachzureichen.

Wieso steht dir das Wasser am Hals?

Ich kann noch nicht darüber sprechen, meint er abweisend und schüttelt den Kopf.

Auch gut, erwidert sie und wendet sich an Helena. Dein Konzert hat mir gefallen, sagt sie und gibt ihr die Hand.

Ja, wirklich?, fragt Helena.

Hanna kann mit gutem Gewissen zustimmen. Die Sängerin hat ihre Sache gut gemacht.

Ja, Helena, bestätigt sie, wirklich.

Je näher der Tag der Einschulung rückt, desto häufiger bittet Klee seine Mutter, mit ihm Schulsachen einzukaufen. Bei einer Elternversammlung war ein Zettel verteilt worden, worauf stand, was für die Schule gebraucht wird. Hanna wollte ihren Jüngsten mit Restbeständen der Brüder ausstatten, doch er protestierte. Er musste schon mit Ulrichs Zuckertüte und Peers alter Schultasche vorlieb nehmen. Ein Kleidungsstück für die Feierstunde gab der Etat sowieso nicht her. So wollte er keinesfalls auf neue Schreibsachen verzichten.

Bei dem Einkauf denkt Hanna an ein bestimmtes Geschäft: Lüttich, Schreibwaren und Kunstgewerbe. Durch den Stadtklatsch weiß sie vom Schicksal des Inhabers. Er war zwei Jahre im Internierungslager auf dem Ettersberg gewesen und erst vor kurzem freigekommen. Wie es hieß, sei er denunziert worden. Außer Mitgefühl ist es Neugier, was Hanna bewog, den Kauf bei Lüttich zu tätigen statt in einem staatlichen Laden, wo es niedrigere Preise gibt.

Als sie in die Stadt aufbrechen, will sich Klee nicht an die Hand nehmen lassen. Jemand, der in die Schule kommt, erklärt er, sei schon groß. Hanna widerspricht nicht. Allerdings erweist es sich als mühsam, in der Innenstadt mit ihm voranzukommen. Ständig stößt er an, bleibt zurück oder ist auf einmal verschwunden.

Das Geschäft liegt am Ende der Esplanade, kurz vor dem berühmten Theaterplatz mit Schiller und Goethe. Durch einen schmalen Flur gelangt man zu den Schreibwaren und über eine Treppe in die Kunstgewerbeabteilung, woher vieles der Sewald'schen Wohnung stammt. Durch die Glastür des Geschäfts entdeckt Hanna das knochige Gesicht des Inhabers. Er verkaufte hier schon Schreibwaren, als sie selbst zur Schule ging. Sein Äußeres blieb jahrzehntelang kaum verändert. Doch jetzt durchschneiden tiefe Furchen die eingefallenen Wangen von oben nach unten. Die Hautfarbe ist aschfahl, und die Augen liegen tief in den Höhlen wie bei Lehrer Bertram. Doch im Unterschied dazu strahlt Lüttichs Gesicht Gelassenheit, ja, Abgeklärtheit aus. Er wirkt so, als hätte er mit seinem Leben abgeschlossen.

Hanna nimmt Klee am Arm und drängt sich an den Ladentisch. Der erfahrene Kaufmann entdeckt sie sofort.

Guten Tag, Sie wünschen?

Sie weiß, dass er sie und ihre gesamte Familie kennt. Umgekehrt ist klar, dass sie von seiner schlimmen Geschichte weiß. Doch beide lassen sich nichts anmerken. Hanna legt die Einschulungsliste vor und deutet an, dass sie knapp bei Kasse ist. Er nickt, nimmt da einen Federhalter, dort einen Bleistift, einen Radiergummi, ein Gläschen Tinte und schließlich Hefte verschiedener Größe. Er schreibt die Preise untereinander, zählt zusammen und zeigt ihr die Summe.

Noch etwas?, fragt sie Klee.

Er beäugt aufgeregt die Auslage. Einen Bleistiftspitzer, bitte. Der Radiergummi soll braun sein mit blauer Schrift. Und die Federn wünscht er sich in kupfernem Farbton, nicht silbern. Während er spricht, betrachtet er begehrlich eine rote lederne Federmappe, die sicher viel zu teuer ist.

Ist das alles?, fragt Hanna wieder.

Er nickt tapfer. Seine großen Augen sehen aus, als kämen gleich die Tränen.

Wir haben noch eine, sagt Lüttich leise und beugt sich nach unten. Er holt unter dem Ladentisch eine rote Federmappe hervor und schreibt einen erschwinglichen Preis auf den Zettel. Sie habe einen Webfehler, meint er. In dem erstarrten Gesicht rührt sich nichts. Warum hatte es ausgerechnet diesen gütigen Menschen treffen müssen? Er hatte vermutlich mit den Nazis nichts im Sinn gehabt. Sie bemerkt seine schmalen Hände. Für schwere körperliche Arbeit unter freiem Himmel war er wahrlich nicht geschaffen. Sie spürt ein unbestimmtes Schuldgefühl. Er war stellvertretend eingesperrt. Eigentlich hätte man andere zur Verantwortung ziehen müssen, selbst eine kleine Nazianhängerin wie sie. Hätten Leute wie sie die Bewegung nicht unterstützt, gäbe es jetzt keine Internierung. Der Gedanke ist kaum von der Hand zu weisen, für Hanna aber schwer auszuhalten, so dass sie nur für Augenblicke standhält.

Lüttich sieht sie an, als wolle er ihr Schuldgefühl dämpfen. Wahrscheinlich ist er ein gläubiger Christ und findet seinen Frieden durch die Idee der Vorbestimmung. Er errechnet die Summe und dreht den Zettel zu ihr. Sie stimmt schweren Herzens zu.

Ist das schon der Jüngste?, fragt der Mann, während er alles sorgsam in Zeitungspapier einwickelt. Wie die Zeit vergeht.

Sie ist nahe daran zu fragen, wie er die Haftzeit ertragen habe, erkundigt sich dann aber allgemein nach seinem Befinden.

Es geht mir gut, sagt er mit fester Stimme. Die beinahe barsche Antwort verbietet jede Nachfrage. Hanna bezahlt, verstaut das Päckchen und verabschiedet sich. Lüttich dankt mit unbewegter Miene und wendet sich dem nächsten Kunden zu. Gefühle kann er sich wohl nicht mehr leisten.

Im Flur bleibt Klee stehen. Hanna vermutet, er wolle die erstandenen Schätze bewundern. Doch er will etwas wissen.

Warum hast du den Mann gefragt, wie es ihm geht?

Sie gibt ihm ein Zeichen. Im Gang kann jemand zuhören. Bevor sie aus dem Haus tritt, schwankt sie noch, ob sie ihn einweihen soll.

Herr Lüttich, sagt sie draußen, war in Buchenwald. An seinem Gesicht sieht sie, dass er nicht versteht. Das ist ein Lager von den Russen. Dort oben. Sie zeigt unauffällig mit dem Kopf in die Richtung des Ettersbergs. Dort sperren sie alle ein, die eine falsche Meinung haben. Sein Blick drückt Furcht aus, aber auch Unwillen.

In Sibirien gibt es viele solcher Zwangslager, sagt sie. Dort sind Tausende von Häftlingen. Auch Deutsche. In so einem Lager war dieser Mann eingesperrt. Er hat Schreckliches erlebt.

Warum war er eingesperrt?, fragt Klee laut. Er ist doch so ...

Pst!, unterbricht sie. Sie legt den Finger auf den Mund. Aus Angst vor Mithörern presst sie die andere Hand auf seinen Mund. Sie hockt sich hin und zwingt ihn, ihr in die Augen zu sehen.

Darüber darfst du mit niemandem sprechen. Verstehst du? Zu keinem ein Wort. Niemals! Versprichst du das?!

Ohne zu verstehen, murmelt er verstört, dass er es verspreche. Warum führt sich seine Mutter nur so merkwürdig auf?

Was soll ich eigentlich nicht sagen?, fragt er.

Schluss jetzt!, bestimmt sie und erhebt sich. Die Angst ist ihr durch alle Glieder gefahren. Sie muss so schnell wie möglich weg aus diesem Land. Der Junge kann sich bei jeder Gelegenheit verplappern. Dann ist es zu spät. Sie fasst ihn energisch an der Hand und tritt den Heimweg an.

Hanna hat eben das Schillerhaus passiert, als ihr eine Frau mit zwei vollen Einkaufstaschen entgegenkommt. Sie kennt die Frau, kann sie aber nicht gleich einordnen. Irgendetwas stört. Sind es die weißblonden Haare mit den künstlichen Locken oder das weitausgeschnittene bunte Kleid? Ach, natürlich! Greta Matuschke. Hanna erwidert angestrengt die Geste der Wiedersehensfreude. Gretas Lippen sind stark geschminkt, die Augenbrauen dick nachgezogen, Finger- und Fußnägel lackiert. Dazu die erblondeten Haare. Dabei hatte der brünette Naturton ihr gerade so gut gestanden. Die Kleider, die sie im Schreibkurs trug, waren schon gewagt. Aber, was sie nun trägt, ist an Freizügigkeit kaum zu überbieten. Nachdem sie Hanna lärmend begrüßt hat, beugt sich Greta zu Klee herunter und gewährt den Passanten ungehinderten Einblick in ihr wohlgeformtes Innenleben.

Ihr müsst mit mir feiern!, jubelt sie. Ich hab' mein erstes richtiges Gehalt bekommen.

Wo denn?, fragt Hanna.

VP, meint Greta, Volkspolizei, Meldestelle. Richtig heißt es Einwohnermeldeamt. Nach dem Kurs wurde ich schärfstens überprüft, von wegen Sicherheit. Du verstehst.

Sie gibt Klee, der sie ängstlich mustert, einen Kuss auf die Backe. Das hinterlässt eine kräftige rote Lippenspur, die sie, überdreht lachend, gleich abwischt.

Kommst wohl zur Schule?, fragt sie mit Blick auf die Federtasche, die aus Hannas Gepäck hervorlugt.

Er nickt vorsichtig und versichert sich des Beistands der Mutter.

Süß, urteilt Greta und schraubt sich zu Hannas Erleichterung langsam nach oben.

Ja, mein erstes richtiges Gehalt, wiederholt sie. Wollen wir ins „Resi"? Die haben neu eröffnet.

Das „Resi" gilt als bestes Café in Weimar, war aber seit dem letzten Kriegsjahr geschlossen. Eigentlich heißt es „Residenz-Café" und liegt zwischen Markt und Weißem Schloss. Einst war es ein Treffpunkt der „besseren Kreise". Fast alle Häuser in der näheren Umgebung sind zerbombt. Von einer Renovierung des berühmten Kaffeehauses weiß Hanna nichts, zumal sie es als absoluten Luxus betrachtet, in Lokalitäten aller Art zu verkehren. Sie war nur einmal im „Resi", unmittelbar nach der Konfirmation. Zur Feier des Tages hatte Elsner, der Restaurants prinzipiell ablehnte, eine Ausnahme gemacht.

Klee ist zwar noch unsicher. Die attraktive Fremde macht aber zunehmend Eindruck auf ihn.

Ja, feiern, sagt er bittend zur Mutter.

Ich lade euch ein, meint Greta. Ihr seid meine Gäste.

Klee ist begeistert. Er hüpft wie ein Gummiball auf und nieder und ruft: Gäste, hurra!

Hanna zögert. Am helllichten Tag ins Restaurant gehen und Geld ausgeben? Das ist der Inbegriff von Verschwendung. Außerdem ist sie nicht zurechtgemacht. Sie hat keinen Grund zum Feiern. Doch Greta zerstreut alle Bedenken. Gemeinsam mit Klee redet sie auf Hanna ein und zieht sie so lange mit sich, bis sie nachgibt. Der Krieg ist zu Ende, das Trauerjahr ebenfalls. Warum soll sie nicht auch mal ins „Resi" gehen? Wo es doch seit kurzem wieder geöffnet ist ...

Auf dem Weg schwatzt Greta, dass es eine Art hat. Nachdem sie den Markt erreicht haben, wird seitlich das Rote Schloss sichtbar. Das bringt Hanna auf den Gedanken, sich bei der kundigen Freundin nach Elsner zu erkundigen. Denn Gretas Kenntnisse über alles, was in der Stadt geschieht, sind nach der Anstellung noch beträchtlich gewachsen.

Weißt du Bescheid über meinen ...? Sie gibt zu verstehen, dass Klee nicht alles mitbekommen soll.

Über den Herrn Ministerialrat?, ergänzt Greta. Selbstredend. Mit dem steht es nicht gut.

Ich hab' es ihm gleich gesagt, meint Hanna. Das mit dem Prozess musste schief gehen.

Der Prozess? Mein Gott! Greta blickt kurz nach oben. Das ist Schnee von gestern.

So rede doch, bedrängt Hanna die andere.

Greta lässt sich Zeit. Sie kann gar nicht begreifen, wie wenig ihre Kursbekanntschaft von ihrem eigenen Vater weiß. Information ist für sie das Lebenselixier, neben Geld und Beziehungen das Wichtigste überhaupt. Sie schüttelt vorwurfsvoll den Kopf.

Wo soll ich anfangen?

Sind wir bald da?, fragt Klee, dessen erste Begeisterung verflogen ist. Greta verspricht ihm einen Eisbecher. Das sei etwas, wovon er bisher nicht einmal zu träumen gewagt habe. Mit verhaltener Stimme setzt sie dann zu ihrer Rede an.

Dem Finanzminister wird vorgeworfen, er hätte Absprachen mit den Amerikanern geführt, gleich nach Kriegsende, bevor die Russen kamen, aber auch nach dem amerikanischen Rückzug. Es soll Kontakte nach dem Rheinland geben, wo Herr Paul, der alte Ministerpräsident, jetzt lebt. Das ganze Finanzministerium soll drinhängen. Besonders dein ... Ministerialrat. Klar?

Verstehe. Hanna will nicht gleich widersprechen. Aber der Abzug der Amerikaner liegt drei Jahre zurück. Moog holte Elsner erst ein halbes Jahr nach dem Zusammenbruch ins Amt, und mit den Amerikanern hatte ihr Vater nie etwas am Hut, schon gar nichts mit dem geflohenen Ministerpräsidenten. Hanna ärgern die krausen Gerüchte.

Glaubst du so etwas?, fragt sie.

Unwichtig. Die andere wirft schnippisch die blondgefärbten Locken nach hinten. Nicht wahr, mein Kleiner?

Was ist das, ein Eisbrecher?, fragt Klee.

Greta will sich ausschütten. Du bist mir schon so'n Eisbrecher, sagt sie. Nein, ein Eisbecher ist was ganz Tolles. Sie rollt mit den Augen.

Und zu Hanna meint sie mit halber Stimme, hinter der Affäre könne die Sache mit der „Partei neuen Typs" stecken.

Hanna, die mit dem Begriff nichts anfangen kann, wartet auf eine Erklärung.

Die Einheitspartei will alles unter ihre Krallen kriegen. Greta zeigt ihre rot lackierten, lang gefeilten Fingernägel. Da Hanna noch nicht begreift, ergänzt sie, es gehe gegen die Bürgerlichen. Den Roten hätten die Bürgerlichen zu viel Macht.

Sie langen am „Resi" an, weshalb das Gespräch abbricht.

Hanna fällt noch ein, dass Moog nicht nur Minister ist, sondern auch Parteivorsitzender der Liberalen Partei in Thüringen. LDP und CDU avancieren angeblich gerade zu Lieblingsfeinden der neuen Administration. Aber dass ausgerechnet ihr Vater, der sich immer seiner Parteilosigkeit rühmte, ins Kreuzfeuer eines Parteienkampfes geraten sei, kommt ihr abwegig vor.

Ob die hier Marken wollen?, fragt Greta.

Hanna zuckt mit den Schultern. Das fehlt ja noch. Von den Lebensmittelkarten lässt sich jedenfalls nichts abzweigen. Sie treten in den Gastraum. Besetzt sind nur die Fenstertische Richtung Schloss. Alle Blicke richten sich auf Greta, während die anderen in ihrem Schatten bleiben. Hanna ist nicht neugierig auf Herrschaften, die an einem gewöhnlichen Wochentag im Café rumsitzen. Umso mehr erschrickt sie, als in der Silhouette zwei bekannte Gesichter auftauchen. Wie kommen Rudolf Liedke und Ulla Demut hierher und dazu an einen Tisch? Vor allem, was sucht eine Lehrerin während der Arbeitszeit in einem vornehmen Lokal?

Wir gehen nach oben, sagt sie in verhaltenem Ton. Greta ist einverstanden. Unterdessen wird Liedke auf die Frauen aufmerksam. Er starrt wie gebannt auf Gretas makellose Beine. Zufällig streift sein Blick die Begleitung und bleibt bei Hanna hängen.

Hannchen?, sagt er verdutzt und macht Anstalten, sich zu erheben. Hanna bleibt nichts anderes übrig, als zur Fensterfront einzubiegen. Die Vorstellung verläuft förmlich. Greta irritiert es, dass die weltfremde Kursfreundin den einflussreichen Abteilungsleiter Bildung kennt. Liedke hingegen kann nicht fassen, in welcher Gesellschaft die ehemalige Kommilitonin das neueröffnete „Residenz-Café" betritt. Erst ihr Hinweis auf den gemeinsam bestandenen Schreibkurs beruhigt ihn.

Daran sieht man, sagt er beinahe feierlich, dass wir eine neue Zeit haben. Früher verkehrten hier nur Geheimrats- und Professorenwitwen, Bohémiens, leichte Mädchen und anderes Gelichter.

Er gibt Clemens vergnügt die Hand. Gehst du schon zur Schule?

Im September wird er eingeschult, antwortet Hanna.

Ich habe eine rote Federmappe, erklärt Klee. Aus Leder.

Donnerwetter!, staunt Liedke. Sogar aus Leder.

Als er dann Greta begrüßt, greift er nach dem bereitliegenden Stock und deutet eine Verbeugung an. Ulla stellt er ihr als Kollegin aus dem Schulapparat vor. Er müsse mit ihr über Fragen der Praxis verhandeln.

Für Augenblicke hegt Hanna Vermutungen über ein heimliches Verhältnis. Doch Liedkes Lockerheit spricht dagegen. Er gefällt sich in der Rolle als Hahn im Korb.

Das Gespräch kreist lange um das verführerische Angebot der Konditorei. Es gäbe, heißt es, echte Buttercremetorte und echten Bohnenkaffee. Hanna, die beides nie geschätzt hat und deshalb auch nicht vermisst, ist damit beschäftigt, Greta von übertriebenen Bestellungen abzuhalten. Erst, als für alle etwas Geeignetes gefunden, bestellt und gebracht worden ist, tritt allmählich Ruhe ein. Jeder ist ganz auf die Gaumenfreuden konzentriert. Klee, der sich so herrlich freuen kann, gerät geradezu in Verzückung. Er kostet jedes Häppchen Eis, jedes Stück Obst und jede Löffelspitze Zitronencreme aus und stöhnt dabei so, dass die Frauen an ganz andere Freuden denken, worüber Greta sich hemmungslos amüsiert.

Liedke und Ulla kehren kurz zu ihrem Gespräch zurück. Es geht um den Aufbau einer Parteigruppe an Ullas Schule. Greta beobachtet die beiden mit schmalen Augenschlitzen. Allem Anschein nach kann die Kurskollegin mal wieder wertvolle Informationen erhaschen.

Unvermittelt wendet sich Liedke an Hanna und kommt auf ihre Bewerbung zu sprechen.

Du hast den Schreibkurs beendet, sagst du? Warum hast du dich nicht gemeldet?

Hanna antwortet stockend. Es ging mir den Sommer über nicht gut.

Du kannst sofort in ihrer Schule anfangen, meint er mit Zwischenblick auf Ulla.

Als Lehrerin?, platzt Hanna heraus.

Nein. Liedke lächelt nachsichtig. Als Sekretärin.

Danke, erwidert Hanna. Ich hab' schon etwas in Aussicht. Übrigens ... Sie ist froh, dass ihr ein Einfall kommt, der dem Gespräch eine elegante Wendung geben kann. Sie als Fachmann müssten doch Goethes *Gespräche mit Riemer* kennen? Ich hatte noch nie davon gehört. Mein Vater hat ein Flugblatt.

Eine Tarnschrift, verbessert Liedke.

Ja? Hanna sieht ihn fragend an. Sie wissen Bescheid?

Ich kenne sie sogar sehr gut, sagt er. Dankbar quittiert er die Chance, sich vor den Frauen ins rechte Licht zu setzen.

Es war vor zwei Jahren, beginnt er, während der Hauptverhandlung beim Nürnberger Prozess. Der englische Ankläger Sir Hartley Shawcross flocht in sein Plädoyer ein Zitat ein, seiner Angabe nach aus Goethes *Gesprächen mit Riemer*. Das Zitat geißelt Untugenden, Schwächen, ja, Entartungen unseres Volkes und sorgte weltweit für Aufsehen. Hatte sich doch kaum ein großer Deutscher jemals so abfällig über die eigene Nation geäußert. Doch selbst die ausgefuchstesten Goetheaner konnten besagtes Zitat nicht finden, weder in den spärlichen Notizen von Goethes Sekretär Friedrich Wilhelm Riemer noch an anderer Stelle. Da geriet der tapfere Engländer in Erklärungsnot.

Liedke erweist sich, so wenig gewinnend sein Äußeres wirkt, als gewinnender Erzähler, so dass die drei Frauen und selbst der künftige Schulanfänger dem verhinderten Wissenschaftler voller Andacht lauschen.

Und?, fragt Hanna. Die verschlungene Einleitung hat ihre Neugier noch gesteigert.

Geduld, antwortet Liedke. Ein feines Lächeln um den Mund, rührt er bedächtig in der Kaffeetasse.

Shawcross, jener britische Ankläger, gab also seine Quelle preis. Es war ein Flugblatt mit einer Tarnschrift, die tapfere deutsche Antifaschisten auf raffinierte Weise in Umlauf gebracht hatten, selbstverständlich anonym. Deshalb kann man die Genossen heute weder fragen, noch ihnen danken . Die Lösung des Rätsels stand, so komisch das klingt, am folgenden Tag in der „Times", dem Blatt der Londoner Großbourgeoisie. Der Goethe, welcher selbige Anwürfe gegen die Deutschen äußerte, war mitnichten der Geheimrat selbst. Es war aber eine durchaus respektable literarische Figur gleichen Namens aus dem Roman „Lotte in Weimar", geschaffen von keinem Geringeren als dem Schöpfer der „Buddenbrooks" und des „Zauberberg".

Thomas Mann?, fragt Hanna erschrocken.

Liedke nickt triumphierend und lacht in sich hinein.

Der Name sagt den drei anderen Zuhörern wenig, und der Erzähler macht keine Anstalten zu weiterer Aufklärung. Der Romancier galt bei den Nazis als Verräter. Nun, da sich alles von unten nach oben gekehrt hat, muss Hanna gewärtig sein, dass er keineswegs mehr als verräterischer Nestbeschmutzer gilt, sondern zu einer Art Klassiker hochstilisiert wird. Also ist Zurückhaltung angesagt.

Bei Hanna hinterlässt die effektvolle Geschichte zwiespältige Gefühle. Thomas Mann, wiewohl im Dritten Reich verpönt, gehörte zu den Literaten, deren Bücher Albin in jenem verborgenen Bücherfach aufbewahrt hatte, das er zuweilen interessierten Schülern zugänglich machte. Andererseits hatte dieser Mann die Geschmacklosigkeit besessen, über Feindsender gegen die deutschen Volksgenossen zu hetzen. Was war Verrat und Netzbeschmutzung, wenn nicht das? Nun also hatte dieser Kerl einen Goethe-Roman verfasst und darin den Giganten mit profanen Gedanken reden lassen. Das war Anmaßung und keinerlei Anlass für Gelächter. Und dann hatten Landesverräter mit diesem Pseudo-Goethe Feindpropaganda betrieben. Mit einer Fälschung im Gepäck waren ausländische Rechtsverdreher nach Nürnberg gekommen und hatten Schmutzkübel über deutsche Angeklagte geschüttet. Daran konnte sie nichts Heroisches finden. Denn nicht nur Ausländer nutzten diesen gefälschten Goethe. Auch Leute wie jener Beckmann-Verschnitt mit dem fanatischen Blick missbrauchten die Goethekopie. Hanna liegen böse Bemerkungen auf der Zunge, in denen Diebstahl und Betrug noch die schwächsten Injurien sind. Aber am Aussprechen hindert sie das innere Echo der Wucht, mit der die giftigen Auslassungen beim ersten Mal eingeschlagen haben.

Daß die Deutschen die Klarheit hassen ... daß sie sich jedem verzückten Schurken gläubig hingeben ... daß sie sich immer erst groß und herrlich vorkommen, wenn all ihre Würde gründlich verspielt ist. Das ist schon stark. Wo es herkommt, ist letztlich egal. Die Sätze sind mit jener subversiven Sprengkraft geladen, die echte Literatur auszeichnet. Derbe Kraft lässt nicht zu, dass Gesagtes ungesagt erscheint und Gehörtes ungehört verhallt.

Die Frauen schweigen betreten. Wohl traut man Liedke zu, dass er sein Germanisten-Latein endlos fortspinnen kann, doch weder Greta noch Ulla zeigen Interesse, von Klee ganz abgesehen, der inzwischen auf den Grund des Eisbechers vorgestoßen ist. Alles deutet darauf hin, dass er die ungewohnte Speise nicht vertragen wird. Er hält sich den Bauch, und Hanna kündigt den baldigen Aufbruch an.

Man müsste darüber schreiben, sagt Liedke. Aber es gibt jetzt Wichtigeres. Große Zeiten stehen bevor.

Hanna fällt der Satz ein, den sie bei der Rückbesinnung vergeblich suchte.

Daß ihnen Dunst und Rausch so teuer, ist widerwärtig.

Ja, widerwärtig. Da hat dieser falsche Goethe zufällig Recht. Aber sonst? Wo soll Deutschland hinkommen, wenn sich die Deutschen überbieten, ihr Deutschsein zu besudeln?

Der Abschied ist verhalten. Die Zurückbleibenden haben in dem tristen neuen Welttheater, genannt Sozialismus, ihren Platz gefunden. Für Hanna gibt es im Osten keine Bühne. Schon gar nicht als kleine Sekretärin oder Sachbearbeiterin. Sie wird es ihnen allen schon noch zeigen.

Komm, sagt sie zu Klee. Wir gehen. Dabei wäre Greta allzu gern geblieben.

Einige Wochen lang empfand Hanna die Abwesenheit Peers als Erleichterung. Doch allmählich steigt der Pegel des schlechten Gewissens, was sich schließlich in Handlung niederschlägt. Sie packt ein Päckchen mit kleinen Aufmerksamkeiten für ihn und schickt, als Vorbote des Umzugs, die ersten voluminösen Pakete mit Kleidung und entbehrlichem Hausrat nach Neuhaus. Je länger sie auf die Rückmeldung wartet, umso drängender wird ihre Unruhe. Endlich, als in Weimar die Ferien vorbei sind und die Einschulung von Klee fürs Erste bewältigt ist, fordert Hanna von Peer postwendend ein Lebenszeichen. Wie sich herausstellt, hat er fast jeden Abend ein paar Ereignisse festgehalten, aber, um Porto zu sparen, das Geschriebene gesammelt. Demzufolge bekommt Hanna als Antwort ein Konvolut von Zetteln. Es sind herausgerissene Seiten aus Schulheften, Zeichnungen und sogar Formulare, auf der Rückseite mit schwungvoller Schrift beschrieben.

Peer schildert seinen Schulalltag so anschaulich, dass Hanna sich fasziniert in die Texte vertieft. Sie erfährt dadurch etwas über die verschiedensten Bereiche, besonders den Unterricht, den Peer vermutlich durch die Mitteilung erst richtig wahrnimmt. Unter dem 3. August 1948 liest sie:

Frau Vogel, also Tante Margund, hatte heute bei uns Aushilfe. Sie war sehr nett und sprach nach der Stunde mit mir über die Halbjahresarbeit. Das ist so eine neumodische Sache, die jeder zweimal im Halbjahr abliefern muss. (Sie nennen es Haja.) Das Thema sucht man sich selbst raus. Aber mir fiel zuerst gar nichts ein. An einer Stelle sagte sie zur Erklärung: Es fehlt das Salz in der Suppe. Da musste ich über das Salz nachdenken. Weißt Du, ich fragte mich: Warum ist es überhaupt salzig, und wie kommt es in den Salzstreuer? Und dann die salzigen Tränen und das alles. Du hast doch früher immer ein Märchen vorgelesen, in dem die Prinzessin sagt: Ich liebe dich wie das Salz. Da war der König beleidigt, hat dann aber doch gemerkt, wie sehr ihm das Salz fehlt. Naja, und nun war ich schon in der Bücherei und habe mir Bücher ausgeliehen. Das ist richtig spannend mit dem Salz. Ich mache in der Haja auch ein paar Bilder, zum Beispiel so ...

Darunter ist mit Farbstiften ein Berg skizziert, in dessen Innerem Salzvorkommen lagern. Das Salz ist mit roter Farbe dargestellt. Vor der Stolleneinfahrt steht eine Kipplore, in die ein Mann Salz schaufelt. Zur Erläuterung hat Peer ein Stück Pappe von einer Salzpackung an die Seite geklebt. Darauf steht in Großbuchstaben:

SIEDESALZ / FEINKORN /
FÜR DIE ANSPRUCHSVOLLE KÜCHE

Sie blättert weiter. Unter dem 15. August steht:

Wir waren heute in Wolfsburg. Das ist eine ziemlich große Stadt in der Nähe. Du glaubst nicht, was es da alles zu kaufen gibt. Coca-Cola zum Beispiel und Schokolade, aber auch Autos oder wahnsinnige Radios. Jetzt, nach der Währungsunion, kriegt man alles, was das Herz begehrt. Natürlich braucht man dafür Pinkepinke, was wir alle nicht haben. In W. wird ein Auto gebaut, das Volkswagen heißt. Das ist ein pfiffiges Modell, was aussieht wie ein Mutschekiepchen.

Das bringt Hanna zum Lachen. Es passt zu Peer, dass er schreibt wie er spricht. Das thüringische Wort für Marienkäfer hat sie noch nie geschrieben gesehen.

Ein weiterer Bericht beunruhigt Hanna, zumal er den Schluss bildet.

Gestern kam Frau Schmalfuß, die dumme Kuh, zu mir und fragte scheinheilig, was ich über sie erzählt hätte. (Ich hab' nur mal so gesagt, dass sie weggeht und Du ihre Nachfolgerin wirst. Das hast Du mir ja auch so ähnlich gesagt.) Jedenfalls war ich ganz schön blöd dran. Ich sagte: „Meine Mutter kommt bald selbst, da können Sie sie selbst fragen." Aber damit war die nicht zufrieden. Da sagte ich: „Ich kann mich an gar nichts erinnern." Nun stell Dir die dumme Gans bzw. saublöde Pute vor. Heute im Unterricht fragt sie die andern in der Klasse, was ich über sie und dich gesagt hätte. Mensch, da waren die bei den Pimpfen nicht so hintenrum wie diese ... Tante! Außerdem, was ist dabei? Wolfger war wieder 1 a Klasse! (Wir sind in einer Gruppe, weil immer mehrere Jahrgänge zusammen sind.) Der sagt zu Madam: „Das ist Aufforderung zum Kameraden-Verrat. Da mache ich nicht mit." Toll, was?! So was kann man hier sagen, jedenfalls der Wolfger, weil der doch ein „von" ist und der Vater irgendwo irgendwas zu sagen hat. (Keine Angst, ich sage so was nicht!) Wenn ihr kommt, musst Du mir auseinanderklamüsern, was ich sagen darf und was nicht, damit nicht wieder solcher Mist passiert. Sonst verstehe ich mich sehr gut mit allen. Bertram ist erste Sahne. Wir gehen oft runter zum See und zeichnen zusammen. Auch Trotts sind ganz erträglich. Nur ihr Christengesäusel geht mir unheimlich auf den Senkel. Ich finde Kirche ziemlich langweilig. Übrigens, ich bin jetzt Ersatztormann von der Schulauswahl, mit Aussicht auf Aufstieg.
Bis bald. Viele Grüße von Peer.

Die Briefe, anscheinend nur drollige Ergießungen eines Zwölfjährigen, lösen bei Hanna mannigfache Überlegungen aus. Der Schreiber ist ihr in der Ferne ungleich näher als innerhalb des Familienkorsetts. Anlass zum Nachdenken bietet auch die Reformschule, die zwar bei Peer nicht schlecht wegkommt, aber sicher kein Garten Eden ist. Schließlich lenken die Briefe Hannas Aufmerksamkeit auf ein größeres Thema, die unmerklich fortschreitende Spaltung, die das Land auseinanderreißt. Ihre Gedanken pendeln ständig zwischen bisheriger und künftiger Heimat. Sie selbst soll, so scheint es, wie das einst vergötterte Vaterland auseinandergerissen werden.

Doch vor allem muss sie profane Dinge bedenken. Der Tag der Abreise mit Klee ist nahezu vorgegeben. Denn es ist unvorstellbar, dass Peer seinen Geburtstag allein feiert. Bis zum Oktober bleiben zwei Wochen, in denen unzählige kleine Schritte vollzogen werden müssen. Klee ist noch nicht auf die Reise vorbereitet, Helena wurde nicht um Ulrichs Betreuung gebeten. Die Finanzplanung fordert einige Kopfstände. Kleidungsstücke müssen gewaschen, verpackt und zur Post gebracht werden. Andererseits darf Hannas Aktivität keinen Verdacht erregen. Schließlich ist eine Idee vonnöten, wie man vom Osten die Einbindung in den Westen vorantreibt. Da liegt der Hase im Pfeffer. Es bleibt nur eine kleine Chance, ein nächtliches Telefongespräch mit Lisa.

Hanna lässt den Wecker um drei Uhr nachts klingeln, ruft dann, mit Bademantel unten im Flur stehend, das Fernamt an und meldet im Flüsterton ein Ferngespräch in die englisch besetzte Zone an. Der Kinder wegen, behauptet sie, müsse sie am Apparat bleiben.

Ich muss ja die Gebühren nicht zahlen, antwortet die Telefonistin mit Thüringer Färbung.

Es dauert zum Glück nicht sehr lang.

Fernamt Braunschweig, kommt es geschäftig aus der Muschel. Ich verbinde weiter.

Nach mehreren Freizeichen nimmt die Freundin ab. Ihre Stimme klingt fremd. Lisa ist spät eingeschlafen. Beide verständigen sich durch Andeutungen. Der Antrag sei da, aber erst letzte Woche gekommen. Es gäbe noch keinen Termin. Vielleicht solle man den Brief lediglich persönlich aushändigen. Hanna widerspricht. Nein, Lisa müsse mit dem Empfänger unter Zeugen verhandeln. Sie vereinbaren in aller Eile ein Treffen.

Und du?, fragt Hanna am Schluss.

Ja, sagt Lisa lang gezogen, fügt aber dann hastig hinzu: Es ist schwer, die Abschlüsse, sie wollen hier immer Papiere sehen, nimm mit, was du kannst. Ohne amtliche Bescheide bist du im Westen nichts.

Gut, Lisa, sagt Hanna. Ich stehe im Flur, es soll niemand merken.

Verstehe, Hannchen. Also, tschüss!

Sie legt auf, muss aber weiter warten wegen der Gebühren. Das Herz schlägt ihr im Hals. Warum hat ihr niemand beigebracht, mit gutem Gewissen Verbotenes zu tun? Fast das ganze Leben besteht aus unsinnigen Verboten, gegen die man ungeniert verstoßen muss.

Gehen Sie ruhig ins Bett, meldet sich die Telefonistin. Wir fordern die Gebühren morgen früh ab. Wiederhören.

Eine menschliche Geste. Vielleicht ist die Frau selbst Mutter. Hanna geht auf Zehenspitzen nach oben, durchgefroren und verängstigt. Als sie nach den Kindern sieht, spricht Klee im Schlaf.

Nein, nein! Hab' dir nichts getan!

O Gott, murmelt Hanna. Was haben nur alle gegen meine Kinder?

Sie deckt ihn zu, streichelt ihn. In solchen Momenten hat sie ihre Kinder ganz für sich allein.

Als der Tag des Aufbruchs näher rückt, wird Hanna klar, dass sie ihre Eltern ordentlich informieren muss. Da Elsner bis in die Nacht im Dienst zubringt und sie ihn nicht abpassen kann, bleibt ihr nichts anderes übrig, als einen Brief zu schreiben. Immerhin wird Ulrich zwei bis drei Wochen allein bleiben. Das ist keine Kleinigkeit. Außerdem kann ihr an der Grenze etwas geschehen. Es heißt, freundlich sein, abwiegeln, beschönigen. Alles sei bestens geregelt, schreibt sie. Viele alte Freunde von Blankenhain würden ihr drüben beistehen. Seinem Wunsch, nicht nach dem Westen zu gehen, könne sie nicht entsprechen. Aber vorerst käme sie schnellstmöglich zurück, um alles endgültig zu regeln. Ulrich sei schon recht vernünftig, müsse nur ein wenig betreut werden, was Helena letztes Mal vorzüglich getan habe. Dank im Voraus und dergleichen. Auf Elsners politische Schwierigkeiten geht sie nicht ein. Die Zukunft ihrer Kinder geht vor.

Der Brief bleibt bis zum letzten Tag liegen, weil Hanna immer noch auf ein Gespräch mit Elsner hofft. Erst als sie mit Klee in aller Frühe zum Bahnhof aufbricht, schiebt sie den verschlossenen Umschlag unter die „Minna" im Erdgeschoss. Kurz danach schnappt fast lautlos die Haustür ins Schloss.

ZEHNTES KAPITEL

Wir suchen ein Zuhause

Hanna entscheidet sich für die Bahnverbindung, die Margund ihr empfohlen hat, um diesmal das Geld für den Fluchthelfer zu sparen. Sie hatte noch in Burg Neuhaus mit ihrer Freundin einen gemeinsamen Grenzgang abgesprochen. Also fährt sie nun mit dem Zug nach Magdeburg und steigt dort in die Kleinbahn um. Die Nebenstrecke führt über Haldensleben nach Weferlingen, einem Städtchen nahe der Grenze. Früher fuhr die Bahn bis Helmstedt, doch nach der Grenzziehung ist die Strecke gesperrt. Margund weiß einen Weg durch den Lappwald. Die Route gilt als sicher.

Als Hanna und Klee gegen Mittag mit leichtem Gepäck in der Grenzstation eintreffen, ist der Bahnhof nahezu leer. Nur zwei Bahnpolizisten in dunkelblauer Uniform dösen auf einer Bank in der Mittagssonne. Ein sowjetischer Wachsoldat patrouilliert den Bahnsteig entlang. Margund wartet schon an der Sperre. Sie spielt die liebe Tante, die den Neffen zum Landaufenthalt begrüßt. Klee mustert sie misstrauisch.

Das ist Tante Margund, erklärt Hanna. Weißt du noch, sie hat uns die Kasperpuppen geschenkt.

Hm, ja.

Sie hat die Puppen selbst hergestellt, aus Pappmaché.

Aha.

Es gleicht einer Theaterszene, was die beiden Frauen den Uniformierten vorspielen. Sie schmücken den Dialog liebevoll aus, wenigstens so lange, bis man den Bahnhof und einige holprige Gassen hinter sich hat.

Wie ist die Lage?, fragt Hanna auf dem Marktplatz. Margund schildert den Grenzübertritt, der ohne Zwischenfälle ablief. Wenn der Junge vernünftig bleibt, meint sie, ist nichts zu befürchten. Vorsichtshalber vereinbaren sie eine Legende. Sie sammeln Pilze. Nach dem Regen gibt es in den ausgedehnten Buchenwäldern reichlich Steinpilze. Margund hat einen Korb mitgebracht, den sie offen zur Schau stellt. Klee kann kaum erwarten, aus der Stadt in den Wald zu kommen.

Wenn du Geduld hast, vertröstet ihn Hanna, wirst du eine richtige Ritterburg sehen.

Die Stadt liegt längst hinter ihnen, als Margund von der Landstraße in den Wald abbiegt. Sie mahnt zur Eile und wechselt einen Verständigungsblick mit Hanna.

Fremde Pilzsammler, sagt sie, sieht man hier nicht gern.

Sie tauchen in den Wald ein, mit altem, ehrwürdigem Buchenbestand. Die Frauen schreiten, wie in einer Halle mit durchscheinendem Dach, über den federnden Boden und ziehen Klee sanft voran. Sie wachen darüber, dass er nicht plötzlich laut wird. Von Pilzen ist keine Rede mehr. Der Junge fragt hartnäckig nach der versprochenen Burg, was kurz und bündig abgewehrt wird.

Nach einer Stunde gibt Margund den Flüsterton auf.

Wir sind drüben, sagt sie in normaler Lautstärke.

Warte noch ein bisschen, flüstert Hanna.

Du kannst jetzt laut sprechen, versichert Margund. Hier sind die Engländer zuständig. Die haben für Überläufer kein Interesse und treiben es überhaupt nicht so verrückt wie die Russen.

Hanna lauscht dem Satz hinterher. Engländer also. Sie beugt sich zu Klee herunter und geht auf seine Frage von vorhin ein.

Die Burg, die wir suchen, ist eine alte Wasserburg. Da gibt es einen Rittersaal. Drum herum ist Wasser. Tante Margund wohnt dort. Da gibt es Unterricht wie in deiner Schule in Weimar. In Neuhaus gibt es immer warmes Mittagessen. Willst du dorthin? Peer ist auch da. Sie sieht ihn aufmunternd an.

Die Schule in Weimar hat Klee eigentlich sehr gut gefallen. Er wäre gern dort geblieben. Die Wanderung wird ihm sichtlich zu viel.

Ich kümmere mich um dich, verspricht Hanna.

Ich auch, kleiner Mann, sagt Margund.

Hast du Kinder, Tante?, fragt Klee mit prüfendem Blick.

In der Burg sind ganz viele nette Kinder, weicht sie aus.

Der Junge denkt nach. Wir suchen gar keine Pilze, sagt er ernst. Wir suchen ein Zuhause.

Die Frauen lachen.

Wie kommst du darauf?, fragt Margund.

Er weist lässig auf seinen Rucksack, in dem der blaue Stoffelefant von seinem Großvater verstaut ist. Den braucht man nicht zum Pilzesammeln, sagt er.

Für einen Schulanfänger nicht schlecht, meint Margund.

Doch so verständig der Junge auch manchmal wirkt, so mühsam ist es, ihn über Stunden bei Laune zu halten. An den weitläufigen Grenzwald schließt sich noch eine beträchtliche Strecke auf der Straße an, so dass sie erst bei Dunkelheit in Neuhaus eintreffen. Über dem Burgteich liegt ein Dunststreifen. Die Baumspitzen des Parks leuchten im letzten Abendlicht. Klee stapft mechanisch vorwärts. Zum Weitergehen treibt ihn nur die versprochene Ritterburg, die er sich in den schönsten Farben ausgemalt hat.

Als sie ankommen, kann sich Hanna kaum noch auf den Beinen halten. Sie bittet Margund, Klee ins Bett zu bringen. Vor dem Schlafen muss sie unbedingt nach Peer sehen. Das würde er ihr sonst übelnehmen.

In seinem Zimmer geht es hoch her. Zwar ist Nachtruhe angesagt, aber die zwölf Jungen, die hier wohnen, krakeelen wild herum. Peer hat sich gerade die Schlafanzughose angezogen. Als er Hanna entdeckt, rennt er ihr halbnackt entgegen und umarmt sie. Während er sonst zurückhaltend ist, presst er sich jetzt gegen ihren Leib, so dass sie dem Ansturm kaum standhält.

Na, Großer? Sie legt die Arme um seine nackten Schultern.

Ich hab' das nicht gewollt, erklärt er schuldbewusst. Das mit Frau Schmalfuß.

Schon gut. Sie hat kaum noch daran gedacht. Richtig, auch das muss geklärt werden.

Und sonst? Sie deutet auf die herumstehenden Jungen, die neidisch herüberlugen.

Brauchbar, meint er kopfnickend. Die Schule auch.

Sie drückt ihn an sich und merkt dabei, dass er schon bis an ihr Kinn reicht. Bald muss er nicht mehr hochsehen.

Ich muss dir was erzählen, sagt er und macht sich frei. Hanna will ihm das Oberteil anziehen, was er entschieden ablehnt.

Bleibst du hier?, fragt er dann und fixiert sie.

Einmal muss ich noch, antwortet sie, wegen Ulrich. Klee haben wir heute schon mitgebracht. Aber jetzt bleibe ich erst mal.

Wie lange?

Einige Tage.

Er schweigt. Sie glaubt zu erkennen, dass er allerlei durchgemacht hat. Vielleicht gilt er als Außenseiter, weil er von drüben kommt. Peer spricht nicht über Misserfolge. Und Hanna möchte nicht mehr nachfragen. Sie ist zu erschöpft.

Ich bin total müde, sagt sie und reibt sich die Stirn.

Ein Zug von Enttäuschung geht über sein Gesicht. Wie kann sie jetzt, nachdem sie ihn so lange allein gelassen hat, müde sein?

Ab morgen bin ich für dich da, verspricht sie.

Schon gut. Er boxt sie auf den Oberarm. Das sagst du immer.

Bis morgen, wirklich, sagt sie im Gehen.

Dann holt sie bei Trotts den Schlüssel zum Turmzimmer und schleppt sich die knarrende Holzstiege hinauf. Alle Gedanken und Bilder schiebt sie vehement von sich. Aber es bleibt ein Rest schlechtes Gewissen. Für Peer ist die Phase nicht leicht zu bewältigen. Das Zimmer wurde lange nicht gelüftet, aber das ist jetzt egal. Hanna geht ins Bett, ohne sich auszuziehen.

Dieses ewige schlechte Gewissen, denkt sie noch. Ob das anderen Müttern auch so geht? Zu mehr ist sie nicht mehr fähig.

Am Morgen merkt Hanna, dass sich seit dem letzten Aufenthalt etwas verändert hat. Man behandelt sie anders, nicht mehr als Fremde. Frau Sewald ist eine Bekannte des Schulleiters und die Mutter von Peer. Beim Betreten des Essensaals grüßen einige, die ihr gar nicht in Erinnerung sind. Da Klee meist in ihrer Nähe ist, trifft sie oft ein amüsiertes Lächeln, das eigentlich ihm gilt. Dennoch bleibt Distanz, die entweder am allgemeinen Klima oder an ihr liegt. Aber ein bisschen Distanz kann nicht schaden. Hanna hat Übung darin, unliebsame Begegnungen zu vermeiden. Bertram sieht sie nur von weitem. Frau Schmalfuß muss sie nicht ausweichen, weil das die Dame selbst besorgt.

Ansonsten findet Hanna viel leichter Zugang zu Erziehern und Schülern als vorher. Trott schlägt ihr bei einer kurzen Besprechung vor, sie könne jederzeit hospitieren. Sie schließt daraus: Er hofft auf ihre baldige Mitarbeit.

Anfangs geht sie nur in Peers Gruppe. Dann besucht sie sporadisch den Unterricht von Margund und Almuth Trott sowie die fakultativen Kurse in der Tischlerei. Um Klee muss sie sich nicht sorgen. Er findet überall Spielkameraden und beschäftigt sich notfalls allein.

Als Hanna schon Übung im Hospitieren hat, lädt Peer die Mutter zu einer Stunde bei Trott ein. Der Direktor will zwei Halbjahresarbeiten durchsprechen, darunter die von Peer über das Salz. Hanna hat die Abhandlung vorher durchgeblättert und kam aus dem Staunen nicht heraus. Ihr Großer war bei den Hausaufgaben nie besonders fleißig. Aber hier kann man nichts aussetzen. Die Schrift ist ordentlich, die Gliederung übersichtlich, der Stil anschaulich. Das Beste sind die Zeichnungen. Überall Fantasie, nirgends fehlt Sorgfalt. Und das bei Peer, der in Weimar oft recht genialisch zu Werke ging.

Trott erkennt seine Leistung uneingeschränkt an, kommt aber ohne große Worte aus. Er lenkt das Unterrichtsgespräch behutsam auf das Wesentliche und führt es auch immer wieder unauffällig zurück. Da kann Hanna was lernen.

Trott merkt an, Peer bleibe nicht beim Spartendenken stehen und schweigt dann, was bedeutet, ein Schüler soll den Gedanken aufgreifen.

Sparten, schließt Wolfger an, zu denen der Lehrstoff Salz gehört, sind außer Chemie etwa Bergbau, Meeresbiologie, Landwirtschaft oder Handel. Nicht zuletzt die Kochkunst.

Die Jungen sitzen im Halbkreis um Trott. Man versucht, den geeigneten Zeitpunkt zum Sprechen zu erhaschen.

Aber, sagt ein Mitschüler, wer so weitgehend über das Salz nachdenkt, wird auch andere Felder berühren, etwa die Literatur.

Richtig. Trott nickt. Die Zustimmung gilt weniger dem Schüler als der Aussage. Salz, fährt ein Dritter fort, ist elementar. Wir können ohne Salz nicht leben. Wegen Salz werden Kriege geführt, Menschen getötet. Man könnte eine Historie des Salzes verfassen.

Selbst Geschichte berührt das Thema, bestätigt Trott.

Ein älterer Mitschüler fragt: Wie kann man das Elementare des Stoffes Salz in Worte fassen? Elementar ist ja nicht im Sinn eines chemischen Elements gemeint. Man muss, schlägt er vor, eine gemeinsame Formel finden wie in der Mathematik. Salz ist gleich X.

Versuch es, ermuntert ihn Trott.

Da Hanna direkt hinter dem Halbkreis sitzt und Trott ins Gesicht sieht, merkt sie, dass der Lehrer Farbe bekommen hat. Das Unterrichtsgespräch macht ihm Spaß.

Der Angesprochene macht einen schwachen Versuch, gelangt dann aber zu der Behauptung: Salz kann auch Schaden anrichten. Man kann sogar sagen: Salz kann Leben gefährden.

Interessant!, wirft Trott ein. Peer hatte den medizinischen Aspekt nicht betont, was der Lehrer aber jetzt nicht kritisiert. Stattdessen fordert er weitere Vorschläge.

Ich auch, ruft einer dazwischen.

Bitte ganze Sätze, mahnt Trott.

Peer kommt nicht zu Wort, weil sich ein anderer vordrängt.

Salz ist unersetzlich, muss aber maßvoll gebraucht werden. Das Doppelwesen zeigt sich, wie Peer schreibt, auch in Redewendungen. Einmal: Es fehlt Salz in der Suppe. Und dann: Er will ihm das Süppchen versalzen.

Wie wichtig das Salz ist, bringt Peer in einer kurzen Zäsur unter, zeigt, dass … Er kommt nicht weiter.

Sag es einfach, Peer, meint Trott.

Nun, diese kleinen weißen Kristalle haben es einfach in sich.

Ausgezeichnet, sagt Trott. Er sucht die Seite in Peers Arbeit, auf der ein rhombenförmiges Salzkristall abgebildet ist.

Peer hat hier sehr schön, beginnt er, führt den Satz aber nicht weiter, sondern hält die Zeichnung hoch. Lasst es herumgehen.

Eine Weile ist Ruhe.

Peers Arbeit ist ein voller Erfolg. Dabei bedarf es keiner Zensur, was Hanna erneut für Petersens Methodik einnimmt. Nur eins stört sie, nämlich, dass es in der ganzen Schule keine Mädchen gibt. Bei Petersen war nie von einer reinen Jungenschule die Rede. Es sollte lediglich getrennte Gruppen geben, zumindest in der Pubertät. Und noch etwas scheint ihr zu fehlen. Neben allgemeiner Erziehung zum Denken braucht man auch systematische Bildung in Sparten und Fächern. Erfahren die Schüler bei solchem Vorgehen wirklich genug?

Trotzdem folgt Hanna dem Gespräch mit wachsender Spannung. Immer neue Felder tun sich auf. Die Ausdrucksfähigkeit der Jungen findet sie wirklich beeindruckend, zumal diese Rotzbengel sonst mit Satzfetzen nur so um sich schmeißen. Hanna denkt an ihre mageren Beobachtungen in Weimarer Schulen. Sie fühlt sich gut. Hier will sie bleiben.

Das Hospitieren verstärkt bei ihr das Bedürfnis, sich selbst in den Unterricht einzubringen. Aber vorerst muss die leidige Einstellungsfrage geklärt werden.

Was ihre Zukunft betrifft, setzt Hanna sehr auf Lisa. Deshalb fiebert sie dem vereinbarten Treffen regelrecht entgegen. Als es soweit ist, wartet die Freundin mit einer kleinen Sensation auf. Sie hat ein gebrauchtes Auto gekauft, mit dem sie von Braunschweig herüberkutschiert kam. Es ist solch ein Kleinwagen, den Peer „Mutschekiepchen" genannt hat. Auch sonst sorgt Lisa für Aufsehen, schwarzer Hut mit flotter Krempe, dazu ein adrettes Kostüm und mit blauem Seidentuch. Ist sie gar vorsichtig geschminkt?

Hanna lädt Lisa zu einem Spaziergang ein. Die parkartigen Wege um den Burgteich herum sind seit dem Frühsommer befestigt worden. Herunterhängende Äste wurden gestutzt, so dass die gesamte Anlage einen passablen Eindruck macht, auch wenn die Sicht auf das Wasser fast überall durch dichtes Blattwerk versperrt ist.

Ja, beginnt Lisa lang gezogen, als sie das schilfbewachsene Ufer erreichen. Dabei lächelt sie ihr ansteckendes Lächeln. Trotz des äußeren Wandels ist ihr Verhalten unverändert. Ich hatte viel um die Ohren. Bei Braunschweig habe ich eine neue Schule mit Ausrichtung auf den Jenaplan eröffnet.

Gratuliere, sagt Hanna kurz angebunden.

Ich weiß, erwidert Lisa, du wartest auf meine Antwort. Sie steuert eine Bank dicht am Wasser an. Was du mir aufgetragen hast, hab ich bestens erledigt, berichtet sie stolz. Mir kam ein glücklicher Umstand namens Gotthardt zu Hilfe. Prorektor Horst Gotthardt von meiner TH war in Jena. Sein Sohn ist übrigens Schützling von hier. Und halt dich fest. Mit großen Augen eröffnet sie die erstaunliche Nachricht: Professor Gotthardt gehört zum Stiftungsrat von Burg Neuhaus.

Toll!, ruft Hanna aus und reibt den Ellenbogen sanft an Lisas Schulter. Du bist eben ein Glückskind.

Ach, Hannchen. Lisa sonnt sich in Hannas Begeisterung. Aber es wird noch besser, sagt sie. Professor Gotthardt kannte Albin.

So? Hanna zögert. Kenne ich ihn?

Möglich. Lisa lässt sich Zeit. Er ist eigentlich Germanist, hat aber auch Vorlesungen bei Petersen gehört. Um 1940 war er Gutachter in Sonthofen. Albin hat ihn einmal erwähnt.

Was?! Hannas Frage gerät ziemlich laut. Ihre Freude wird deutlich gedämpft. Plötzlich ist die latente Rivalität wieder da. Das klingt ja so, als wäre Albin Lisas Mann gewesen und nicht ihrer. Ich höre, fügt sie leise hinzu, den Namen zum ersten Mal.

Lisa bemerkt Hannas Irritation und antwortet mit einem sehr langen Ja. Dann kommt sie allmählich in Fahrt. Gotthardt schätzte die Deutschkurse in den AHS ein, gegen Honorar.

Was erwähnte Albin dir gegenüber?, fragt Hanna streng.

Weiß nicht genau, weicht Lisa rasch aus. Gotthardt hat vor uns studiert und lehrte an der Uni München. Sie lässt es dabei bewenden, obwohl Hanna nicht zufrieden ist. Jedenfalls, fährt sie fort, er will seinen Einfluss geltend machen.

Moment. Hanna überlegt. Sie fürchtet auf einmal, es könne sich alles wiederholen und sie dürfe auch im Westen ihren Beruf nicht ausüben. Gibt es denn, fragt sie, wegen Albin Bedenken?

Nein, gar nicht, versichert Lisa und unterstreicht das, indem sie die Augenbrauen hochzieht. Überhaupt nicht.

Hanna ist skeptisch. Gewiss, Lisa hat einen Schutzengel. Aber sie neigt zur Vereinfachung.

Und weiter?, fragt Hanna.

Wir sind eingeladen, Hannchen. Zu Albins und Peers Geburtstag. Er wohnt in Wolfenbüttel, im Haus der Eltern.

Eingeladen?! Über den Geburtstag ihres Sohnes möchte Hanna gefälligst allein entscheiden.

Ich habe von Peer erzählt, erklärt Lisa, auch von dem doppelten Geburtstag mit seinem Vater.

Naja, aber ...

Er hat es angeboten, Hannchen, flötet Lisa.

Ich sage ja nichts, erwidert sie. Die Konstellation sieht eigentlich nicht schlecht aus. Warum ist sie nur verärgert? Aber trat so eine unterschwellige Spannung nicht schon oft bei Treffen mit Lisa auf?

Er lädt Freunde ein, setzt Lisa fort, einen Erzieher aus der einstigen Ordensburg und Schüler von der AHS. Jemand soll Albins Gedichte lesen. Ich dachte, du freust dich?

Jaja, bringt Hanna hervor. Sie steht auf. Sind Kinder dabei?

Der Sohn hier aus der Obergruppe, antwortet Lisa mit Enttäuschung in der Stimme und erhebt sich ebenfalls.

Sie schlendern in Richtung Burg. Das alte Gemäuer ist fast vollständig durch mächtige Baumriesen verdeckt. Hier mussten Peer und Bertram nach der Natur gezeichnet haben. Hanna unterdrückt das anklingende Gefühl und steigt bedächtig die Stufen zur Burg hinauf. Sie kommen an der Brücke vor dem Eingangstor heraus, an der Stelle, wo Lisas Auto steht.

Wer hätte gedacht, meint Hanna, dass du mal Auto fährst?

Ja, sagt Lisa lang gezogen. Es ist vieles anders gekommen.

Lisas eigenmächtige Verabredung beschert Hanna einige Kopfschmerzen. Wer zu dritt fremde Leute besucht, kann nicht mit leeren Händen kommen. Wenn Peer beschenkt wird, müssen andere Kinder ebenfalls bedacht werden. Wahrscheinlich gibt es auch eine Frau des Hauses, ganz zu schweigen vom Gastgeber selbst. Doch das größte Problem ist die Rolle, die Hanna bei solch einer Festivität zufällt. Sie ist noch nie als Dichterwitwe aufgetreten. Alles, was mit Albin zusammenhängt, gilt zu Hause in der SBZ als Makel. Jetzt sollen Gedichte von ihm vorgetragen werden, was einer klugen Auswahl bedarf. Nicht jeder kann in der Lyrik Bleibendes von Überlebtem unterscheiden.

Solche Erwägungen hatte Lisa nicht. Der kleine Engel ist mit dem kleinen Gefährt davongetuckert und glaubte, alles sei bestens geregelt.

In Sonthofen, der Leitstelle aller Adolf-Hitler-Schulen im Allgäu, musste sich Albin gelegentlich einfinden. Am Anfang, bei einem längeren Aufenthalt, hatte ihn die Familie begleitet. Wie soll Hanna dem Gastgeber und den geladenen Gästen begegnen? Wird sie jemanden wiedererkennen? Im Brief an den Vater hatte sie behauptet, im Westen stünden ihr Freunde von der AHS bei. Doch seit dem Abschied in Blankenhain gab es diesbezüglich kaum Kontakte.

All das beschäftigt Hanna nach Lisas Besuch noch, als es zu einem Zusammenstoß mit Bertram kommt. Der Zeichenlehrer, der sie erst geflissentlich übersieht, steht am Abend vor ihrer Tür und will Einlass. Unversehens kommt ihr in den Sinn, dass sie sich an ihm rächen wollte. Sie schiebt den Riegel beiseite und reißt die Tür auf, so dass er ins Zimmer torkelt.

Ich wusste gleich, dass etwas nicht stimmt, sagt sie schroff. Du wolltest mich für dumm verkaufen. Mit einer blöden Erzieherwitwe von drüben kann man's ja machen!

Er stutzt. Auf einen solchen Ton ist er nicht gefasst. Ihrem Blick ausweichend, macht er ein paar Schritte in die Zimmermitte. Dann kneift er ein Auge zusammen und sieht Hanna prüfend von der Seite an.

Es war alles Theater, fährt sie fort. Diese wütende Attitüde von Deutschenhass. Wie war das gleich? *Daß sich die Deutschen jedem verzückten Schurken gläubig hingeben.* Hieß es nicht so?

Er wendet sich ab, schließt die Tür und wartet darauf, wie es weiter geht.

Auswendig gelernt, sagt sie voller Verachtung, nicht mal mit eigenen Worten.

Sagtet ihr früher nicht Volksverhetzung?, fragt er, während er ihr immer noch den Rücken zuwendet.

Was heißt „ihr"?, gibt sie zornig zurück. Jetzt will's keiner gewesen sein. Es tut ihr gut, ihn zu beschimpfen.

Will keiner gewesen sein – das müsst ihr sagen! Er lacht bitter. Sein Adamsapfel zuckt wie der Kopf eines Raubvogels.

Du weißt, was ich meine. Sie geht einen Schritt zurück.

Bertrams tiefliegende Augen wirken im dämmrigen Licht bedrohlich. Aber klein beigeben will sie nicht.

Alles nur Theater, nimmt sie den Faden auf. Die pathetische Selbsterniedrigung, der antinationale Impetus, der dem nationalen so ähnlich ist. Schlechte Kopie durch und durch.

Wieso Kopie?, meint er, ehrlich verwundert.

Man sollte zugeben, wenn man geistige Anleihen nimmt. Aber du hast dich selbst betrogen, mein Lieber. Was du mir als echten Bertram verkaufen wolltest, stammte nicht von jenem Erhabenen, der alles immer schon wusste. Es war nicht von Goethe, sondern gerade mal von – Thomas Mann.

Wovon redest du?

Sie klärt ihn darüber auf, was sie von Elsner und Liedke zu dem Zitat über die „bösen Deutschen" erfahren hat.

Er geht hin und her, hört zu, lässt sich nichts anmerken. Schließlich bleibt er stehen.

Ich habe das vielleicht mal gelesen, mir eingeprägt und versehentlich als meins verwendet. Aber die Aussage bleibt.

Hanna lässt nicht locker.

Versehentlich, Aussage, höhnt sie. Das ist Betrug!

Wider Erwarten tritt plötzlich Ruhe ein. Bertram mag sich fragen, ob die Tiraden wirklich dem bewussten Zitat gelten. Während er auf den Boden starrt, verharrt Hanna in der eingenommenen Körperhaltung. Es wirkt so, als lausche sie nach innen.

Was wisst ihr schon von uns?, fragt er.

Hör doch auf, blockt sie ab. Sie kann es nicht mehr hören, das Gerede vom Wahnsinn in den Schützengräben und den Todesschreien im Traum.

Eigentlich, sagt er leise, wollte ich mich für letztes Mal entschuldigen. Übrigens, es war kein Theater, Hanna.

Ehe sie etwas erwidern kann, ist er an der Tür. Es geht so schnell, dass sie ihm ratlos hinterherblickt und unentschlossen den Arm hebt. Als er draußen ist, weiß sie nicht genau, ob sie enttäuscht oder erleichtert sein soll. Sie behält sein knochiges Gesicht vor Augen, den zynischen Zug um die Mundwinkel, die ruckartigen Bewegungen, aber auch Zeichen der Verletzbarkeit.

Der macht alle kaputt, denkt sie, sich und andere. Vor so etwas muss man auf der Hut sein. Wehe den Anfängen. Sie gibt sich einen Ruck und verriegelt die Tür.

Als der Geburtstag herangekommen ist, fährt Lisa wieder mit dem Auto in Burg Neuhaus vor. Klee will den Sonntag lieber auf dem Schulgelände verbringen. So finden Peer und der junge Friedrich Gotthardt genug Platz auf der hinteren Sitzbank des kleinen Autos.

Lisas Vorgesetzter, Prorektor der Technischen Hochschule Braunschweig, wohnt in Wolfenbüttel. Sein Sohn, ein hochaufgeschossener Bursche, gibt die Richtung an. So erreichen sie ohne Umweg das Haus des Professors. Die Villa am Stadtrand stammt aus den Zwanzigerjahren und ähnelt dem „Haus mit der Madonna". Hier wie dort das typische, aus vier Dreiecken bestehende Dach. Im Parterre leben Gotthardts Eltern. Der Vater ist ein pensionierter Beamter. In der Beletage befindet sich die Gotthardt'sche Wohnung. Unter dem Dach sind noch einige Mansardenstübchen, eins davon gehört Friedrich.

Horst Gotthardt, der die Gäste an der Gartenpforte empfängt, mag fünfzig Jahre alt sein. Er hat kaum noch Haare auf dem Kopf, trägt Cordhosen und hat die Hemdsärmel hochgekrempelt. Er begrüßt Hanna zuerst, ~~danach Lisa und Peer~~. Seinem Sohn fährt er von hinten durch die Haare und schickt ihn in sein Zimmer. Lisa hält eine Vorstellung für unumgänglich.

Ja, sagt sie mit ihrem feinen Lächeln, das ist also Herr Professor Gotthardt. Und das, sie zeigt auf Hanna, ist Frau Sewald, Albins Frau.

Sie geben sich noch einmal die Hand. Man bedankt sich für die Einladung und für das Kommen.

Ich gehe vor, sagt der Professor, der gar nicht professoral wirkt. Während Hanna die kleinen Bildchen im Treppenhaus mustert, überlegt sie, was das gewisse Etwas des Hausherrn ausmacht. Er strahlt jungenhafte Unbefangenheit aus, ein Mann mit dem Habitus eines Naturburschen. Hanna spürt seinen Blick im Gesicht, weder besitzergreifend noch taktlos, aber jedenfalls sehr intensiv. Sein offensichtliches Interesse an ihr kann sie sich noch nicht erklären. Er bringt ihr Hochachtung entgegen, die an Unterwürfigkeit grenzt.

Im Wohnzimmer, einem großen Raum mit hellen Möbeln aus Kiefernholz, stellt Gotthardt Hanna als Witwe des Dichters Albin Sewald vor. Am Fenster steht ein gewisser Rölcke und betrachtet den Garten. Er wirkt überrascht, als Hanna, Lisa und Peer hinter ihm auftauchen. Rölcke war in Sonthofen Musikerzieher und Hanna dort auch begegnet, was bei ihr aber kaum Spuren hinterlassen hat. Außerdem sind noch zwei von den „Jungens" gekommen, Hinrich aus dem Ruhrgebiet und Rudolf aus Hamburg. Beide, inzwischen zwanzig Jahre alt, wirken frühreif. Die Kriegserlebnisse sind ihnen anzusehen. Sie betrachten

Hanna als Respektsperson. Selbst Peer profitiert von der Anhänglichkeit der Schüler an den einstigen Lehrer. Jeder steckt ihm ein kleines Päckchen zu, obwohl die eigentliche Gratulation noch bevorsteht. Lisa hält sich zurück und verschenkt freigiebig ihr Lächeln.

Gotthardt wartet, bis sich Hanna gesetzt hat und flicht dann ein paar Bemerkungen über die Anwesenden ein.

Hinrich war in Blängsch, sagt er, hatte bei Sewald Unterricht.

Aha?, macht Hanna und mustert den jungen Mann. Er ist groß, lacht gern, hat ein markantes Profil. Wie die meisten Schüler der AHS ist er weder blond noch blauäugig. Er müsse im jetzigen Beruf schwer körperlich arbeiten, heißt es, unter Tage.

Rudolf, erklärt der Gastgeber, hat bei einem Bombenangriff seine ganze Familie verloren. Er kam vom Fronteinsatz und fand zu Hause keine Menschenseele mehr. Er kannte Albin nicht, besitzt aber eine Sammlung mit Gedichten der „Bewegung", auch welche von Sewald. Ich bin, meint er, ein Verehrer der Gedichte Ihres Mannes. Sein Blick bekommt wieder den unterwürfigen Zug. Für uns, die wir an die Reinigung unseres Volkes glaubten, war er eine große Hoffnung.

Hanna sieht ihm kurz in die Augen. Der Naturbursche tritt in den Hintergrund. Zum Vorschein kommt einer, der seine beste Zeit hinter sich weiß, aber von seinen Idealen nicht lassen kann.

Lever düard, as Slav, zitiert er, nach vorn gebeugt.

Wie oft hatten sie am Lagerfeuer das alte Geusenlied mit heiligem Schauer in die sternklare Nacht geschmettert. *Lieber tot, als Sklave*. Das waren noch Schwüre, sagt er. Jetzt ist man froh, Sklave und trotzdem am Leben zu sein. Sozusagen: *Lever Slav, as düard*.

Gotthardt beschwört mit seiner sonoren Stimme Erlebnisse von Sonthofen. Auf dem Gipfel des Nebelhorns habe Albin einmal aus dem Stegreif Gedichte vorgetragen.

Die Morgensonne, schwärmt er, schwamm auf einem riesigen Wolkenteppich. Die Hände waren klamm, doch die Herzen heiß. Die Jungens waren wie Adler, die auf dem Horst ihre Flügel ausbreiten, um in die Tiefe zu stürzen. Dieser junge Dichter schmiedete ihre Träume zu Worten. Welch ein Glück, dass ich das miterleben durfte.

Hanna beobachtet ihn. Auf seinem Gesicht liegt ein gelöstes Lächeln. Sie kann seine Verehrung nachfühlen. Wer hatte diesen jungen

Dichter mehr verehrt als sie? Aber die alte Verehrung aufkommen zu lassen, scheut sie sich. Die verschütteten Metaphern bereiten ihr Unbehagen. Sie mag sich die zu Worten geschmiedeten Träume nicht vorstellen, hat von den heißen Herzen genug. Nein, so etwas darf man nicht mehr aussprechen, höchstens noch verstohlen andeuten. Alle Wiedererweckung ist vergebens. Lasst die Toten ruhen. Es muss vergessen sein.

Halten Sie der damaligen Gesinnung noch die Treue?, fragt Gotthardt in die eingetretene Stille.

Hanna hört Liedkes Frage: Fühlen Sie sich diesem Gedankengut noch verpflichtet? Sie kann ein Verlegenheitslächeln nicht unterdrücken. Er muss es missverstehen.

Sie brauchen nicht zu antworten, sagt er.

Gibt es das noch, die damalige Gesinnung?, fragt sie. Und was verstehen Sie unter Treue? Millionen Menschen sind umgekommen.

Gewiss!, unterbricht er.

Ich weiß, setzt sie unbeirrt fort, ich kann es auch nicht mehr hören. Aber wie wollen Sie unsere Ideale von dem trennen, was im Namen der „Bewegung" geschah?

Selbstverständlich, Frau Sewald, kommt es schnell.

Hanna hält sich zurück. Was wünscht sie sich sehnlicher als Ehrenrettung? Aber wo sie hinsieht, ist das Gegenteil. Der Ettersberg fällt ihr ein. Was hilft es, dass jetzt die Kommunisten dort ebenfalls Gräuel verüben. Den unschuldigen Aufbruch gibt es nicht mehr. Die ursprüngliche Reinheit, die Albin anfangs in Versen besang, ist der reine Hohn. Er selbst, glaubt sie, könnte solche Gedichte nicht mehr vortragen.

Was dieser Irrsinnige getan hat, erklärt Gotthardt, war kein Nationalsozialismus. Das Vermächtnis Ihres Mannes, Frau Sewald, ist der Glaube an die Wiedergeburt unseres Volkes. Wann gilt das mehr als da, wo unser Vaterland zerstückelt und entehrt ist? Jetzt ist Opferbereitschaft gefordert. Nicht der Mut des Krieges ist es, der Deutschland rettet, sondern der Heldenmut des Überlebenskampfes. Wir sind aufgerufen ... Er stockt.

Seine Frau, die mit Trippelschritten ins Zimmer kommt, trägt eine Torte mit zwölf brennenden Kerzen und stimmt mit piepsiger Stimme an: *Wir kommen all und gratulieren.*

Hanna steht auf und läuft zu Peer. Wie die anderen, fällt sie in das Lied ein und nimmt dabei das Geburtstagskind an die Hand.

Du musst alle auf einmal, flüstert sie. Er macht sich los. Dass sie ihn immer wie ein Kind behandeln muss. Er pustet. Zwei Kerzen lösen sich aus der Fettcreme und fallen auf den Boden. Frau Gotthardt kreischt.

Austreten!, ruft der Professor.

Peer reagiert prompt und empfängt dann gelassen das Lob der Hausfrau.

Was ihr nur habt?, sagen seine Augen. Das war doch nichts.

Hanna holt vom Garderobenständer im Flur den Beutel mit den Geschenken. Es sind viele, so dass Peer mit dem Auspacken gar nicht hinterherkommt. Als er das Buch von der Häschenschule in Händen hält, das ihm Hanna zugedacht hat, ist er empört. Er betrachtet kurz einige der farbigen Illustrationen und legt das Büchlein verärgert weg. Mit den Kasperpuppen von Margund ist es ähnlich. Mit stoischer Ruhe öffnet er ein Päckchen nach dem andern, ohne auch nur einen Mucks von sich zu geben. Doch als er das Geschenk des Hausherrn ausgewickelt hat, stimmt er ein wahres Freudengeheul an. Es ist ein Taschenmesser mit verschiedenen Klingen, Korkenzieher, Büchsenöffner und Schere. Der dunkelrote Griff glänzt verführerisch. Peer will gleich in den Garten, um das wertvolle Geschenk auszuprobieren.

Hanna flüstert, er müsse sich bedanken.

Ja doch, sagt er patzig. Ohne den Blick von dem Messer abzuwenden, gibt er Gotthardt die Hand und verbeugt sich ungeschickt.

Wie gefällt's dir denn hier so?, meint der Gastgeber und erwartet wohl gar keine Antwort. Peer geht jedoch darauf ein.

Hier gefällt mir alles sehr gut, sagt er. Sein Blick wandert vom Teppich über den Bücherschrank zum Klavier und landet bei einem großen Bild. Mit einer Ausnahme.

Und zwar? Gotthardt schmunzelt.

Das da. Peer zeigt auf das Gemälde mit breitem Rahmen, eine in satten Farben gemalte Herbstlandschaft. Der Professor nimmt Peer behutsam an der Schulter und führt ihn zu dem Bild.

Sag was dazu, meint er aufmunternd.

Tja, meint Peer, das ist eben so 'n richtiger Ölschinken.

Alle brechen in Gelächter aus und wiederholen das wenig schmeichelhafte Urteil. Hanna würde am liebsten im Erdboden versinken. Er meint es nicht so, murmelt sie.

Lassen Sie nur, beschwichtigt Gotthardt. Ist doch interessant. Würdest du anders malen?

Ja, was denn sonst?!

Erzähl mal, fordert der Hausherr.

Peer, der das Taschenmesser immer noch in der Hand hält, kneift ein Auge zu und nimmt den Kopf zur Seite.

Ich würde überhaupt keine Farben nehmen, meint er dann. Nur ein paar Striche, mehr nicht. Er deutet mit einer Handbewegung die Richtung an.

Nur ein paar Striche, wiederholt Gotthardt. Interessant. Er zwinkert Hanna zu. Sie macht eine entschuldigende Geste, die er durch ein Kopfschütteln wegwischt.

Und dieses Bild?, fragt der Professor und wendet sich zur gegenüberliegenden Wand, wo ein Druck von Dürers „Kleinem Rasenstück" hängt. Auch nur ein paar Striche?

Mann, sagt Peer empört. Das ist doch meisterhaft.

Peer, mahnt Hanna.

Nicht doch, wehrt Gotthardt ab. Er bestätigt meine Theorie. Es gibt auch im Ästhetischen Erbanlagen. Das reicht bis in die Urteilskraft. Dieser Junge hat das unbestechliche Auge seines Vaters. Von Erziehung kann er nur sehr sporadisch geprägt sein. Der Sohn hat's im Blut. Ich hab mit Albin fast die gleiche Szene erlebt.

Hanna hebt unentschieden die Schultern. Wenn sie ehrlich ist, fiel ihr bei ihrem Ältesten bisher nichts Derartiges auf. Außerdem kennt Peer von Kind auf den dicken Dürer-Bildband, den Albin vom ersten Lehrergehalt kaufte. Sie möchte dem Herrn Professor nicht widersprechen, hält aber nicht viel von seiner Hypothese.

Gotthardt lässt es dabei bewenden. Er ruft alle zusammen und erklärt, gleich beginne die Lesung. Er schickt nach seinem Sohn, der sich ins Dachgeschoss verzogen hat. Die Hausherrin wünscht, es solle erst Kaffee getrunken werden. Doch der Professor meint, man dürfe die Kunst nie warten lassen.

Die Ankündigung der Lesung löst Geschäftigkeit aus. Hinrich und Rudolf stellen im Halbkreis Stühle auf, wie es in ihrer Blankenhainer Schule üblich war. Gotthardt geht nach unten, um seine Eltern zu holen. Das Dienstmädchen bringt auf einem Silbertablett Gläser und Getränke, während sich Musikerzieher Rölcke rasant auf dem Klavier einspielt.

Die ehemaligen AHS-Schüler weisen Hanna einen Platz in der Mitte der Stuhlreihe zu. Peer soll sich zwischen seine Mutter und Lisa setzen, die hier Frau Doktor Abel genannt wird. Allmählich füllt sich das Zimmer. Es geht diszipliniert zu. Man spricht leise. Alles wurde vorausbedacht. Nur der junge Friedrich Gotthardt sperrt sich und bleibt auf dem Sofa im Hintergrund. Gotthardts Vater begrüßt Hanna, wie zuvor der Sohn, mit an Unterwürfigkeit grenzender Hochachtung. Im Eifer versäumt er, seine Frau vorzustellen, weshalb Hanna der Gattin über ihn hinweg die Hand reicht. Die jungen Männer verrücken das Klavier, damit man den Spieler besser sieht. Dann entzündet Hinrich die Kerzen auf den Klavierleuchtern. Das Dienstmädchen macht noch eine Runde mit dem Tablett. Endlich steht der Professor auf und beginnt, Hanna zugewandt, mit feierlicher Stimme.

Verehrte Frau Sewald, wenn wir heute den Geburtstag Ihres Mannes, des Erziehers und Dichters Albin Sewald, begehen, so erinnern wir uns eines Menschen, der für die Ehre und Würde unseres Vaterlandes alles gegeben hat – zuletzt sein Leben. Ich möchte euch bitten, sich zu seinem Andenken von den Plätzen zu erheben.

Er strafft den Körper, sieht geradeaus. Nachdem das Geräusch der Stühle verebbt, wird es totenstill. Hanna beißt sich auf die Unterlippe. Peer sieht beschwörend zu ihr auf. Jetzt, bedeutet das, bitte keine Peinlichkeit. Die Gedenkminute scheint kein Ende zu nehmen. Einige senken den Blick und falten die Hände. Gotthardt steht aufrecht und sieht mannhaft in unbestimmte Ferne.

Wir danken euch, schließt er endlich. Man setzt sich.

Ich sage wir, hebt er von Neuem an, denn ich spreche auch im Namen der Vereinigung, deren Vorsitz mir anvertraut wurde und der die drei Freunde zugehören, die unsere kleine Feier künstlerisch gestalten. Ich spreche vom Traditionsverein „Erziehungsprojekt Sonthofen", der bereits Anerkennung fand, dessen Eintrag ins Vereinsregister aber bisher hintertrieben wurde.

Hanna schaut über Peers Kopf hinweg zu Lisa. Bisher hat keiner einen Traditionsverein erwähnt. Das könnte ihr in der letzten Zeit im Osten noch Schwierigkeiten bereiten. Doch Lisa gibt sich ebenso überrascht.

Es kann nicht sein, Gotthardt hebt die Stimme, dass unsere gefallenen Kameraden spurlos aus dem Gedächtnis unsrer Gemeinschaft getilgt werden. Auch wenn ausländische Siegermächte sich das wünschen. Das lassen wir nicht zu. Wir haben den Krieg verloren, aber nicht unsre Menschenwürde. Um mit Goethe zu sprechen: *Keine Zeit und keine Macht zerstückelt geprägte Form, die lebend sich entwickelt.*

Er macht eine Kunstpause.

Sewald hat uns mit seiner ausgezeichneten Gedichtsammlung großer Deutscher auf etwas Wesentliches hingewiesen. Den hohen Geist unsrer Nation hat nicht erst der Nationalsozialismus auf seine Fahnen geschrieben. Schon die Heroen der Klassik besangen die „Deutsche Größe", wie etwa unser Schiller im gleichlautenden Bruchstück.

Wie der Deutsche
in der Mitte von Europas Völkern sich befindet,
so ist er der Kern der Menschheit ...
Nicht im Augenblick zu glänzen
und seine Rolle zu spielen ist sein Los,
sondern den großen Prozeß der Zeit zu gewinnen.
Jedes Volk hat seinen Tag in der Geschichte,
doch der Tag des Deutschen
ist die Ernte der ganzen Zeit.

Hanna wird es bei den letzten Worten etwas mulmig. In Gotthardts Stimme schleicht sich jener weihevolle Tonfall ein, der sie an gewisse Reden erinnert. Und so bewundernswert das Schiller'sche Fragment sein mag, so unpassend erscheint es ihr jetzt. Wenn wirklich jedes Volk seinen Tag in der Geschichte hat, gehört die Mitte dieses Jahrhunderts keinesfalls den Deutschen. Da sind auf Jahrzehnte hinaus andere Völker an der Reihe. Die Deutschen sollten erst mal überhaupt nicht vom Gewinnen sprechen, schon gar nicht von der Ernte der ganzen Zeit.

Gotthardt, der in seiner Rede unbeirrt fortfährt, zitiert mit Blick zu Hanna ein Gedicht, das sie nach kurzem Überlegen wiederum Goethe zuschreibt.

Gefühl ist alles;
Name ist Schall und Rauch,
Umnebelnd Himmelsglut.

Wieder lässt Gotthardt Zeit zum inneren Luftholen.

Kommen wir zu Albin Sewald. Dabei sieht er zu den drei Männern, die in Habacht-Stellung um das Klavier geschart sind.

Eines seiner schönsten Gedichte heißt „Auf das Bleibende". Der Schluss, ursprünglich anderen zugedacht, gilt nun ihm selbst. Rudolf erhebt sich und rezitiert.

Was aber bleibet?
Der Liebenden heiliges Tagwerk,
Tat des Mannes, das Vaterland –
Das kann nimmer vergehen,
und immer wieder wird Gott
die Brunnen der Ewigkeit auftun
einem der Unsern,
und die Wasser unvergänglichen Lebens
werden ihn tränken. **

Er setzt sich. Gotthardts Gesichtsausdruck vermittelt den Wunsch, dass man auf Beifall verzichten möge, was verstanden und befolgt wird.

Hanna widersteht den Tränen. Dabei hilft ihr eine Spur von Ärger, welche die Rede auslöst. Die Vermischung von Versen der hohen Klassik mit denen eines jung verstorbenen Deutschlehrers aus Thüringen, auch wenn das ihr Mann war, hat etwas unfreiwillig Denunziatorisches. Wenn ein Poet im Zweiten Weltkrieg das Versmaß des neunzehnten Jahrhunderts derart handhabt, dass sich kaum Unterschiede ausma-

---

** Vergleiche Anmerkung im Impressum.

chen lassen, da kann etwas nicht stimmen. Diesen Eklektizismus auch noch hervorzuheben, ist unangebracht, wenn nicht sogar herabwürdigend.

Rölcke spielt ~~den ersten Satz der „Mondschein-Sonate".~~ Der Musikerzieher zeigt sich nicht gerade als Meisterpianist, zudem das Klavier lange nicht gestimmt wurde. Dennoch kämpft Hanna mit den Elementen. Sie lässt die Tränen einfach tropfen. Dieser Musik zu lauschen, die ihr Mann so einfühlsam vortragen konnte, ist süße Marter. Ein Schluchzen zerreißt die getragene Melodie. Hanna rettet sich in Wut. Verdammt! Was sind das für Leute?! Die müssen Hornhaut auf der Seele haben.

Peer betrachtet abschätzig das feuchte Taschentuch und dreht sich zur Seite. Doch Hanna kann nichts machen. Jede Reibung dieser unerhörten Musik überträgt sich auf ihren Körper. Wie das durchstehen? Schon der weihevolle Ton, zu dem Albins Gedichte verleiten, macht ihr Angst. Die Verse sind vollgesogen mit Bildern, Erinnerungen, Erlebnissen.

Die Vaterlandsverklärung, die sie einst erfasst hatte, erweist sich als äußerst haltbar. Hat ein empfänglicher Geist erst Feuer gefangen, kommt er schwer davon los. Diese Ideenmelange verspricht jedem, was er hören will, vor allem das, was ein schwärmerisches Herz am meisten ersehnt, den Opfertod. Den hatte Albin ja nun auch bekommen. *Tod ist ... Botenbrot ...*

Als die Musik vorbei ist, rezitiert Rudolf weitere Gedichte Sewalds, für alle sichtbar der Zeitschrift „Das Innere Reich" entnommen. Es sind Verse, die während des Krieges dem politischen Kalkül der Redaktion entsprachen. Rudolf trägt ein Gedicht auswendig vor, gelegentlich mit Seitenblick auf Hinrich.

Die wir heimgekehrt sind, Freunde,
wie sind wir verwandelt!
Noch tönt uns im Ohr der frühe Aufbruch ...

Hanna nimmt Peers Hand, da sie glaubt, er brauche ihren Schutz. Doch Peer versucht, ihr die Hand zu entziehen. Es ist ein stummer Kampf, bis Hanna nachgibt.

... Nur daß wir, die leben, doppelt dienen,
macht uns wert, daß sie uns Freunde nannten.
Die wir heimgekehrt sind, wie sind wir verwandelt!

Hanna erhascht einen Blickwechsel zwischen Rudolf und Hinrich, deren Gefühle die Worte auszusprechen scheinen. Dagegen kann man nichts sagen. Verwandelt sind alle, die hier sitzen, und alle müssen irgendwie dienen. Nur wie man Dienen auffasst, das ist der Angelpunkt. Wem und wie dienen? Was darf es nicht sein? Sie sieht in die Runde.

Lisa? Für sie ist Lehre mehr als Dienst zum Verdienst. Sie will wert sein, dass Albin sie Freundin, ja Liebste nannte. Rölcke sieht in dem ehemaligen Kollegen wohl ein nachwirkendes Vorbild. Aus Gotthardt wird sie nicht klug. Womöglich bewundert er alles Kreative, weil ihm das Kreative fehlt. Er ist vermutlich ein Nostalgiker, ein freundlicher Pascha, ein sanftes Hartherz. Wie konnte er nur durch die Entnazifizierung rutschen, da er an seiner Gesinnungstreue doch keinen Zweifel lässt? Immerhin ist der Mann stellvertretender Rektor einer angesehenen westdeutschen Hochschule.

Rudolf übergibt an Hinrich, dessen Stimme herber und für Hannas Gefühlslage erträglicher ist. Er beginnt mit dem Anfang von Albins „Zwischen den Jahren".

Wohin wir fahren.
morgen und alle die Tage?
Alte, uralte Frage
zwischen den Jahren ...

Hier bricht er ab, zieht einen Zettel hervor und liest einen eigenen Text:

In den letzten Tagen des verlöschenden Krieges, in denen wir Jungen auszogen, ein Vaterland zu retten, das längst verloren war, fiel unmittelbar am Feind in Thüringens Wäldern, Albin Sewald.

Wenige Tage vor seinem Tode schrieb er das letzte Gedicht. Uns, die wir heimkehrten, ist es – über alles Niederdrückende, Gemeine hinaus – Vermächtnis und Verpflichtung geworden. Die leuchtenden Konturen unserer Toten, ihr Beispiel und Vorbild ist nun Gleichnis für unser Leben. – „Stirb und werde" ist das Gesetz,

unter dem wir stehen. Alle Entwicklung auf Erden zeugt und dient. – So gilt für
uns keine höhere Forderung, als

MENSCH ZU SEIN
im wahrsten Sinne des Wortes,
reif zu werden,
zu glauben
an das Gute und Hohe im Menschen,
es zu entwickeln und zu entfalten
zum Licht
und diesen Glauben zu leben.

Im Oktober 1948
Hinrich

Er steht auf und geht um den Tisch, so würdevoll es einem in seinem Alter möglich ist. Dann verbeugt er sich kurz vor Hanna und reicht ihr wortlos den beschriebenen Zettel. Sie nimmt ihn, will etwas sagen, bekommt aber keinen Laut heraus. Dabei weiß sie, wie sehr der Junge auf ein Dankeszeichen wartet. Im Namen des verehrten Lehrers müsste sie das Credo dieses gewaltsamen Erwachsen-geworden-Seins absegnen. Aber es gelingt nicht. Sie kann keine *leuchtenden Konturen unserer Toten* entdecken. Und sie will keinem Glauben mehr leben, sondern einem Wissen, das erst allmählich in ihr Gestalt annimmt. Albin hätte das Richtige sagen können. Vielleicht schläft er nur, aber wahrscheinlich wird er, trotz Geburtstag und Heldengedenken, nie mehr erwachen.

Hinrich hat die Rezitation fortgesetzt. Hanna nimmt nur gelegentlich einen Abschnitt wahr.

... Da liegen sie an den Straßen,
darüber der Staubwind weht,
zwei Schuh tief unter dem Rasen
in ihrem schmalen Beet ...

... Grab unter dem Stahlhelm, efeuüberwuchert, eingemeißelt im Stein der Spruch, den Söhnen ein Rätsel ...

Das Gedicht heißt „Gräber im Osten". Ein anderer Osten, viel weiter weg als Rüdersdorf.

Das Land trägt für alle Zeiten
der Toten Gesicht.

Sie nickt unwillkürlich. Was für eine furchtbare Wahrheit. Es sind nicht so sehr die deutschen Toten, deren Gesicht diese östlichen Landschaften für alle Zeiten tragen. Wie konnte es kommen, dass keiner an die anderen Toten dachte? Was geschah mit dem deutschen Gefühl, *Gefühl ist alles*, dass es nur die deutschen Toten betrauerte? Und warum fragt sie sich das alles erst jetzt?

Rölcke spielt ein Klavierstück von Mozart. Überleitung zu einem Liebesgedicht, das Albin Mozart gewidmet hat, für Hanna noch einmal eine schwere Probe. Doch allmählich wächst die Kraft zur Abwehr. Es folgen Naturgedichte, dann einige Kinderverse. Man lächelt bei dieser oder jener Stelle. Auch Peer ruckelt nicht mehr hin und her.

Am Schluss gibt Rölcke ein polyphones Klavierstück. Albin hat es bei der kirchlichen Trauung auf der Orgel gespielt. Am Tag danach traten sie aus der Kirche aus.

Der Beifall trifft sie wie Hagelschlag. Das Klatschen ist einfach barbarisch! Die Jungen überreichen Hanna Blumensträußchen, die Frau Gotthardt ihnen gegeben hat. Hanna dankt für den einfühlsamen Vortrag, hebt Hinrichs Kommentar hervor. Diesmal fehlen ihr nicht die Worte.

Lisa drückt ihr die Hand und umarmt sie. In diesem Augenblick muss jede Rivalität schweigen.

Er hätte sich darüber gefreut, sagt Lisa.

Hanna entdeckt die geröteten Augen der Freundin. Ihr ist auf einmal bewusst, welche Verantwortung ihr Albin aufgebürdet hat. Nicht nur der Kinder wegen. Sie als Rechtsnachfolgerin kann Sewalds Gedichte verbreiten helfen oder verstummen lassen. Beides erscheint ihr unbefriedigend.

Wer weiß denn, worüber er sich gefreut hätte?, fragt sie.

Lisa weicht ihrem Blick aus.

Ja, erwidert sie lang gedehnt. Wer weiß, was aus ihm geworden wäre? Und aus den vielen anderen?

ELFTES KAPITEL

Zwischen Deutschland und Deutschland

Bis Weihnachten wollte Hanna fort sein. Jetzt, Mitte Dezember, ist alles anders. In kurzer Folge kamen zwei „Leider-Briefe", wie Albin die Ablehnungspost von Verlagen nannte. Hanna ist empört. Das schützt vor Enttäuschung. Die Absagen aus dem Westen findet sie besonders schlimm. Dagegen wirkt das Leider im Osten geradezu freundlich. Zuerst schrieb die Braunschweiger Schulbehörde.

Auf die in Ihrem Namen erfolgte Nachfrage von Dr. Lisa Abel teilen wir Ihnen mit, daß zum gegenwärtigen Zeitpunkt leider eine Anstellung im Landschulheim Burg Neuhaus nicht möglich ist, da bei den Erziehern z. Zt. keinerlei Vakanzen bestehen.

Wieso stammt dieses Schreiben vom Schulamt? Sie hört noch die Auskunft von Margund, das Landesschulamt müsse eine Anstellung nur formal bestätigen. Allerdings sprach Lisa stets von der Antwort aus Braunschweig. Wie auch immer, die Sache ist empörend, und Hanna sieht bei sich keine Schuld. Die kleine Hoffnung auf den Stiftungsrat zerschlägt sich am Tag darauf.

… muss ich Ihnen leider mitteilen, schrieb Professor Gotthardt als Vertreter der Stiftung, *daß Frau Schmalfuß von ihrem beabsichtigten Schulwechsel Abstand genommen hat, weshalb zu meinem großen Bedauern demnächst in Burg Neuhaus keine Stelle für Sie frei wird.* Ähnlich wie bei Trott folgt eine Empfehlung. *Nach der Übersiedlung aus der sowjetisch besetzten Zone ins Gebiet der freien Welt kann Ihre Familie mit jeglicher Unterstützung rechnen. Auch sind die Kinder des Dichters und Erziehers Albin Sewald in Burg Neuhaus stets willkommen.*

Wieso nur die Kinder? Hanna, aufs Äußerste empört, ist vorerst auf Nachrichten von Trott oder Gotthardt nicht mehr erpicht. Ganz auf sich zurückgeworfen, sieht sie nur eine Aufgabe: Sie muss ihre Jungen von Neuhaus zurückholen. Die Übersiedlung unter diesen Umständen wäre abenteuerlich. Dennoch, die Ablehnung quasi von den eigenen Leuten ist demütigend. Man braucht sie nicht als Mitarbeiterin, sondern als Almosen-Empfängerin. Das hat sie nicht nötig. Statt sich im Westen alimentieren zu lassen, spielt sie lieber im Osten die Tippse. Schon wegen der Kinder. Egal, was Albin sagen würde.

Doch nun, in der stillen Wohnung im „Haus mit der Madonna", weiß sie nicht, wie es weitergehen soll. In Burg Neuhaus die Zelte abbrechen, mit beiden Kindern heimkehren? Dafür fehlt ihr das Geld und schlimmer, der Mut. Schlimm, weil sie mit keinem darüber reden kann und doch zügig handeln muss. An Albins Schreibschrank sitzend, durchforscht sie ihre Finanzen. Über Weihnachten kommt sie schon sonst so gut wie nie mit dem Geld aus. Wie soll das gehen? Ohne Hilfe darf sie die Heimholung nicht wagen. Wie immer, wenn sie Unterstützung braucht, fällt ihr zuerst ihr Vater ein.

Zum Glück muss sie ihn nicht bitten. Am nächsten Morgen, als sie Ulrich auf den Schulweg schickt, fragt Elsner, ob sie sich vorstellen könne, Sekretärin in seiner Rechtsanwaltspraxis zu sein.

Natürlich, antwortet Hanna, ohne nachzudenken. Ja, das kann ich mir vorstellen.

Elsner, den ein Chauffeur erwartet, zeigt ein kurzes Lächeln.

Du hörst von mir. Schon ist er unterwegs zum Roten Schloss.

Was Hanna allerdings dann am Abend erfährt, als Elsner nach Dienst in ihre Wohnung kommt, erscheint ihr zweischneidig.

Beide Teile Deutschlands, erklärt der Vater sachlich, bereiten die Spaltung vor. Die Ostdeutschen tun es heimlich, die Westdeutschen ganz öffentlich. Es wird also zwei deutsche Halbstaaten geben. Bei so etwas mache ich nicht mit.

Wie, du machst nicht mit? Aus der Geschichte aussteigen oder was?

Damit mache ich mir die Hände nicht schmutzig. Man darf die Spaltung nicht zementieren. Auch wenn ich kein Nationaler bin, liebe ich meine Nation. Und zwar als Ganzes.

Du machst also doch mit.

Lass das, Hanna, die Lage ist ernst. Übrigens, es gibt noch einen anderen Grund für meine ... Kündigung.

Kündigung?!

Schon geschrieben, fehlt nur noch Datum und Unterschrift. Ich muss davor etwas Wichtiges in die Wege leiten.

Und der Ort der Handlung?

Räumlichkeiten hab' ich so gut wie sicher.

Hanna macht große Augen. Überall im Osten fehlt Wohnraum.

Eine Schreibkraft hab' ich auch. Oder?

Ja, die hast du.

Bleibt formaler Kram. Trotzdem, wir werden den Gürtel enger schnallen müssen.

Vielleicht kommt es gar nicht zu der ... Spaltung, sagt Hanna.

Statt der Antwort sieht Elsner fragend zu Ulrich, der im Schlafanzug zuhört. Hanna versichert, sie habe volles Vertrauen.

Ulrich kann alles hören.

Elsner hebt anerkennend seine buschigen Augenbrauen. Die Aussage imponiert ihm wirklich.

Noch etwas, fährt er fort und steht auf. Wenn ihm etwas wichtig ist, scheut er sich, dem Gesprächspartner in die Augen zu sehen.

Das muss unter uns bleiben. Kurzer Blick zu Hanna, dann zu Ulrich. Beide nicken.

Gegen Minister Moog wird intrigiert. Ich, in seinem Schatten, kriege die Folgen zu spüren. In dem angeblich sozialistischen Teilstaat, der hier vorbereitet wird, soll sich die Zahl der Liberalen verringern.

Aha, der Mohr hat seine Schuldigkeit getan, bestätigt Hanna.

Es ist wirklich ernst, Hannchen. Anfangs müssen wir mit sehr knappen Einnahmen rechnen. Übrigens, du bist für die Buchhaltung zuständig.

Kann ich das denn?

Du wirst es können.

Mich ehrt dein Vertrauen, meint Hanna. Es kommt ihr entgegen, dass der Vater ihrem Blick ausweicht. Zum Thema Vertrauen, sagt sie, muss ich vorher etwas gestehen.

Elsner blickt zu Ulrich.

Ich habe keine Geheimnisse vor ihm, meint Hanna aufstehend.

Ich habe dich belogen. Wir wollten nach dem Westen gehen.

Das sagtest du schon neulich, antwortet er kühl.

Ich dachte, du hättest es überhört. Sie geht im Kreis durch das Zimmer, ohne aufzusehen.

Ich habe eine schnelle Auffassungsgabe, mein Kind, ebenfalls im Kreis gehend. Aber wie hast du das alles geschafft?

Über die grüne Grenze. Peer und Klee sind schon drüben.

Allerhand, sagt Elsner ehrlich erstaunt, sieh dir meine unschuldige Tochter an. Und warum willst du nun nicht mehr nach drüben?

Wegen einer Absage aus Braunschweig. Ich soll auf Verdacht nach drüben gehen. Das muss ich ablehnen.

Du gibst also auf.

Ich lehne ab. Basta!

Du willst dich hier auf Experimente einlassen?

Hanna sieht ihren Vater kurz an. Und du? Wird dein Plan ein Experiment?

Vielleicht. Jedenfalls wird der östliche Teilstaat ein russisches Experiment.

Warum gehst du eigentlich nicht weg?, fragt Hanna.

Warum willst du eigentlich hier bleiben?, erwidert Elsner.

Beide sehen sich an und fordern vom andern die Antwort. Der Blick des Jungen wandert zwischen Mutter und Großvater.

Du musst jetzt ins Bett, Ulrich, sagt Hanna. Er erhebt sich, geht auf die Erwachsenen zu und drückt sich an sie. So, zu dritt aneinandergeschmiegt, stehen sie einige Herzschläge lang und schweigen.

Hanna kämpft mit den Tränen. Was für ein verständiger Junge. Ich muss meine Kinder zurückholen, sagt sie leise. Um jeden Preis.

Sag mir, was du brauchst.

Sie will seine Hand ergreifen.

Ist doch keine Frage, wehrt er ab, indem er die Hand zurückzieht. Schreib alles auf. Das Zahlen geht mit Zahlen besser.

Ulrich wiederholt langsam: Das Zahlen geht mit Zahlen besser. Er versteht und wird diesen Satz nie vergessen.

In der Woche vor Weihnachten kommt ein weiterer Brief aus dem Westen. Kein „Leider-Brief", aber Hanna ist wiederum empört. Jener Hinrich, der bei Professor Gotthardt Albins Gedichte vorlas, schreibt, er habe gehört, die Kinder seines verehrten Lehrers müssten das Fest im Schulheim verbringen, weil die Mutter wegen der misslichen politischen Verhältnisse sie nicht kurzfristig abholen könne. Das treffe den Kleinsten besonders hart. Deshalb werde er sofort nach Burg Neuhaus aufbrechen, um Sewalds jüngstem Sohn ein unbeschwertes Weihnachten zu bescheren. Bei seiner Verlobten nahe Wuppertal, in einer kerndeutschen Familie, werde der Junge Unterschlupf finden. *Waltraud war eine vorbildliche BDM-Führerin,* versichert Hinrich im Brief. *Ihr Bräutigam ist kurz vor der Hochzeit im Kampf um Leningrad gefallen. Sie sehnt sich nach der Nähe eines Kindes, das ihr das Schicksal versagt hat.*

Da hört ja alles auf! Hanna ist fassungslos, während sie den akkuraten Schriftzügen folgt. Sie soll ihr Kind entbehren, weil der Krieg eine andere kinderlos bleiben ließ? Mit einem Schlag hat sich der Wind gedreht. Sie muss aufbrechen und das Schlimmste verhindern. Aber wie Trott erreichen, um die Herausgabe des Jungen zu untersagen? Wie sofort Fahrkarten im Interzonenzug bekommen? Was, um Gottes Willen, wird ihr auferlegt?

Allmählich ordnen sich ihre Gedanken. In solchen Fällen, heißt es, solle man die Rückfahrkarte mitlösen, damit die Heimkehr aus der Westzone gesichert wird. Aber was ist mit den Billetts von Peer und Klee? Soll sie etwa Hin- und Rückfahrt lösen, damit es an der Grenze kein Problem gibt? Und was, wenn sie Klee nicht erreicht?

Hanna tut, was sie in schwierigen Situationen gern tut. Sie holt ihre besten Kleidungsstücke aus dem Schrank und richtet sich her. Dann nimmt sie das gesamte Wirtschaftsgeld aus der Schatulle und fährt zum Bahnhof. Dort findet sie einen Informationspunkt nur für Westreisen. Zum Glück bedient sie ein Mann, keine Frau.

Sie tischt ihm eine wahnwitzige Geschichte auf. Der Fahrer von Minister Elsner, ihrem Vater, sei kürzlich bei einer Dienstfahrt versehentlich ins Grenzgebiet geraten, was stimmt. Der Minister hätte seine Enkel dabeigehabt, was nicht stimmt. Die Kinder seien vom Weg abgekommen und, was unsinnig ist, im westlichen Burg Neuhaus gelandet. Sie als Mutter müsse die Kinder dort persönlich in Empfang nehmen. Welch ein Wunder, dass der Mann nicht argwöhnisch wird. Vielleicht wirkt der Titel ihres Vaters. Der Bahnmensch schreitet jedenfalls erhobenen Hauptes zum Interzonenschalter, komplimentiert die Wartenden zur Seite und fordert, wie es auf Hannas Zettel steht, Fahrkarten, kurz vor Weihnachten. Er reicht ihren Personalausweis durch die Luke, zeigt mit dem Finger auf die Namen der Kinder, die dort eingetragen sind. Keine Fluchtgefahr, raunt er dem Untergebenen zu. Für die Enkel des Ministers nur die Rückfahrt, Kollege.

Aber ... Der Schaltermann stutzt. Und die Grenzkontrolle?

Nur die Rückfahrt, betont der Uniformierte und nickt zur Bestätigung. Heimkehrer sind im Osten höchst willkommen und reisen bevorzugt. Das ist bekannt und muss nicht gesagt werden.

22. Dezember Hinfahrt, setzt er hinzu, 23. Dezember Rückfahrt. Wenn alles klappt, wird die Familie gemeinsam Weihnachten feiern. Das wollen Sie doch auch, nicht?

Der Angesprochene nickt irritiert.

Im Zug wird Hanna an die Fahrt im Winter 1947 erinnert, als sie von Blankenhain nach Weimar unterwegs war. Obwohl es jetzt nicht so kalt ist, trägt sie wieder die langschäftigen Männerstiefel und den abgeschabten Wintermantel. Der Waggon ist voll besetzt, aber man hört nur das donnernde Fahrgeräusch. Je mehr sich der Schnellzug der Grenze nähert, desto stiller wird es im Wagen. Um nicht an Neuhaus zu denken, holt sie ein unverfängliches Buch hervor, eine Feldpostausgabe von Mozarts Briefen. Unerklärlich, dass man den Soldaten 1944 so etwas mit an die Front gab. Mozarts Nöte erscheinen ihr anfangs fern. Doch wo sie das Büchlein auch aufschlägt, überall stößt sie auf Stellen, die zu ihrer Lage passen. Mozart findet keine Anstellung. Mozart wird abgewiesen. Mozart hat Streit mit dem Vater. Ärgernisse, Geldmangel, Ablehnung.

Wenn mich Teutschland, mein geliebtes Vaterland, worauf ich stolz bin – deshalb also Feldpost – *nicht aufnehmen will, so muß in Gottes Namen Frankreich oder England wieder um einen geschickten Teutschen reicher werden, und das zur Schande der teutschen Nation.*

Ihre Gedanken rollen im Rhythmus der Räder. Nein, sie wird in Neuhaus nicht klein beigeben. Wer ist sie denn! Auch zu Hause gibt sie nicht mehr klein bei. Sie muss ihre Kinder ernähren, wenn nicht im Westen, dann eben im Osten. Im Buch mit dem schlechten Papier entdeckt sie eine Merkwürdigkeit. Mit zittriger Hand ist unterstrichen: *Keinem Monarchen in der Welt diene ich lieber als dem Kaiser ...* Das passt nicht zu Albin. Wer weiß, wer das in welchem Schützengraben mit einem

Bleistiftstummel unterstrichen hat. Oder war damit der Führer gemeint? Der Satz endet: *... aber erbetteln will ich keinen Dienst.* Hier ist der Strich plötzlich stark und gerade. Sie sinniert über den Lauf der Welt. Sollte alle Entwicklung Wiederholung sein? Wechseln nur Äußerlichkeiten? Da meldet sich Albin, wie so oft, wenn sie allein ist. Er sieht sie nur an. Lass dir nichts gefallen, bedeutet sein Gesichtsausdruck. Gefallen! Das Wort stößt ihr auf. Gefallen, gefallen, gefallen ... Durch das monotone Fahrgeräusch ist sie eingeschlafen.

Auf einmal kommt im Waggon Leben auf. Flüstern und Tuscheln. Taschen werden von der Ablage geholt und geöffnet. Verstohlene Blicke. Die Kontrolle steht bevor. Was kann man schon aus der russischen Zone herausschmuggeln? Haben die Engländer irgendetwas von den Passanten zu befürchten?

Der Zug hält quietschend. Es ist dunkel. Draußen schäbige Baracken. Uniformierte steigen eilig in den Zug. Überall laute Geschäftigkeit. Hanna fühlt ihre Angst und die der anderen.

Dawai, dawai! Reisedokumente zur Kontrolle! Mit rollendem R.

Grund der Reise?, wird sie von einem Deutschen gefragt.

Privat.

Wie privat?

Meine Kinder abholen ... Kinderheim Burg Neuhaus.

Rascheln, Blättern, Lesen.

Die Rückfahrkarte? Rascheln, Blättern.

Und für die Kinder? Blättern.

Gute Weiterfahrt.

Gute Weiterfahrt, erwidert sie.

Nee, nee!, meint der Uniformierte. Kein Bedarf an Weiterfahrt.

Beide lachen.

Die erste Hürde ist geschafft. Die zweite ist nicht der Rede wert.

Von Wolfsburg aus nimmt Hanna ein Taxi, wie es Elsner angeordnet hat. Er wird alle Kosten tragen. Als der Wagen in Burg Neuhaus eintrifft, wirkt alles wie ausgestorben. Der Burghof leer. Die Eiche im Burghof kahl und grau im Dämmerlicht. Krächzende Krähen. Ein kalter Wind. Weit und breit kein Mensch. Als das Auto wegfährt, will Hanna zur Heimleitung, entschließt sich aber, zuerst nach Peer zu sehen. Er braucht jetzt viel Zuwendung. In seinem Gruppenraum sind fünf der sechs Doppelbetten verwaist. Auf einem, oben und unten, liegen Peer und Wolfger. Sie lesen und bemerken nicht, dass die Tür aufgeht.

Na, Großer?, sagt sie in die Stille.

Peer, im unteren Bett, legt ganz langsam das Buch beiseite, als wolle er warten, bis Hanna näher kommt. Scheint es nur so, oder ist er wirklich niedergeschlagen? Es dauert eine Weile, bis er sich hochschraubt und ihr die Hände entgegenstreckt.

Guten Tag, Frau Sewald, sagt Wolfger artig.

Na, ihr beiden? Seid ihr die Einzigen, die übrig sind?

Ich bleibe über die Feiertage, antwortet Wolfger. Meine Eltern können nicht kommen. Aber das macht nichts ...

Sie haben Klee geholt, sagt Peer. In eine kerndeutsche Familie.

Wer hat ihn geholt?

Dieser ... Peer zögert. Die Mutter hat plötzlich ihren strengen Blick.

Der bei dem Professor vorgelesen hat, du weißt schon, das mit *ein Vaterland zu retten* ...

Hinrich. Hanna hat ihn vor sich: Scharfes Profil, gescheiteltes Haar, entschlossener Mund. Auf diesen Typ war man in der AHS stolz. Durfte ein so junger Kerl mit einem Kind durch die Gegend reisen? Bei Klee erscheint ihr das wie Kindesentführung. Wieso konnte der Direktor ohne Einwilligung der Mutter einen Sechsjährigen freigeben?

Wie konnte das geschehen?!

Ich hab' es Herrn Trott ja gesagt, verteidigt sich Peer.

Nein, beruhigt sie ihn, du kannst nichts dafür. Aber, es ist unerhört. Sie kann nicht an sich halten, stürmt aus dem Zimmer, rennt fast, treppauf, treppab, erreicht den Burghof. An der Wohnung von Trott klingelt sie nicht, fällt wahrhaft mit der Tür ins Haus, ruft, ehe sie jemanden sieht: Wo ist mein Kind?!

Almuth wirkt verschlafen. Dabei ist es noch früh.

Clemens ist in guten Händen, antwortet sie bestimmt.

Die Erziehungsberechtigte bin ich!, sagt Hanna laut und tippt sich auf die Brust. Ich entscheide, wo mein Sohn Weihnachten feiert.

Ja doch, Hanna. Almuth wiegelt ab. Wir dachten, du kommst erst im neuen Jahr. Wer denkt denn, dass die Formalitäten so schnell ...

Jaja, schneidet Hanna ihr das Wort ab, es gibt Telefone und Telegramme.

Wir haben alles versucht. Es ist ein Kreuz mit der Verbindung.

Aber Almuth, ihr könnt mir doch mein Kind nicht wegnehmen!

Trott kommt mit gesenktem Kopf aus dem Nachbarzimmer. Er ordnet mit der flachen Hand seine Haare.

Beruhige dich, Hanna. Es hat alles seine Ordnung.

Was denn für eine Ordnung?!

Es gibt eine eidesstattliche Erklärung. Hinrich bringt Klee nach Neujahr zurück.

Dass ich nicht lache. Ist denn der Knabe schon einundzwanzig?

Ist er, bestätigt Almuth. Und sehr vernünftig.

Klee ist begeistert, meint Trott vorsichtig. Wir haben telefoniert. Im Westen ist das ja kein Problem. Diese Waltraud, Hinrichs Verlobte, scheint sich toll um ihn zu kümmern. Dazu ihre ganze Familie. Das wird das Fest seines Lebens.

Bitte, mahnt Almuth, die seine Bemerkung taktlos findet.

Ich meine, verbessert Trott, es wird ihm an nichts mangeln.

Jaja, *der Herr ist mein Hirte*, ergänzt Hanna. Ich bin fassungslos. Was macht ihr mit Kindern, die Gott euch anvertraut hat?

Wir sind sehr verantwortungsvoll, erwidert Almuth mit Nachdruck.

Das würde Professor Petersen anders sehen.

Hanna! Trott hebt die Hände und bedeutet ihr, sich zu fassen.

Kann ich diese Waltraud sprechen?, fragt Hanna nach kurzer Pause.

Ja, selbstverständlich. Trott beeilt sich, ans Telefon zu kommen. Er sucht die Nummer und wählt. Unglaublich, die Verbindung klappt sofort. Dabei wohnt diese Person in einem Nest bei Wuppertal, gut zweihundert Kilometer entfernt.

Ja?, kommt es aus der Muschel. Trott hält den Hörer hoch. Eine Frauenstimme nennt ihren Familiennamen und fragt: Sie wünschen bitte? Es klingt wie bei einem Geschäftsanschluss.

Sind Sie Waltraud? Hanna nimmt den Hörer. Hier Johanna Sewald.

Mutti!, kommt es aus der Muschel. Mutti, Klee ist glücklich!

Hanna atmet tief durch. Sie muss sich hinsetzen. Das Kind lebt. Es geht ihm gut. Fürs Erste ist die Gefahr gebannt.

Junge Frau, Sie haben mir einen mächtigen Schreck eingejagt.

Ja, Frau Sewald. Bitte entschuldigen Sie. Es war eigentlich unverantwortlich. Aber Hinrich ist eben so. Wissen Sie, dieses Verantwortungsgefühl, das hat er von Ihrem Mann. Er muss helfen.

Die Stimme ist sympathisch. Dort spricht durchaus eine reife Frau. Hannas Zorn ist fast verraucht.

Mutti!, kommt es wieder aus dem Hintergrund. Zu Weihnachten bekomme ich einen Bauernhof.

So?, fragt Hanna verwundert.

Wir stellen Holzspielzeug her, erklärt Waltraud. Ein Familienbetrieb. Wir haben beim Weihnachtsmann einen Bauernhof für Klee bestellt.

Ach so, beim Weihnachtsmann, sagt Hanna. Sie haben ja gute Beziehungen.

Erleichtertes Lachen am anderen Ende und auch beim Ehepaar Trott.

Hanna und Waltraud wechseln einige Worte zu Wäsche, Hygiene, Ernährung. Die Frau dort im tiefen Westen scheint Erfahrungen mit Kindern zu haben. Nachdem die Mutter kleine Ermahnungen an den Sohn durchgegeben hat, kommt sie zum Schluss. Man weiß ja, Ferngespräche sind teuer. Als sie auflegt, ist es sehr still im Zimmer.

Alles wird gut, sagt Trott. Hanna lässt zu, dass er sie behutsam in den Arm nimmt. Hauptsache, Klee ist nichts passiert.

Sie schüttelt den Kopf und sagt leise: Was für eine Zeit.

Die meisten Erzieher von Burg Neuhaus sind vor Tagen weggefahren. Auch Margund verbringt die Feiertage bei Verwandten. Hanna spielt am Abend mit den beiden Jungen Mensch-ärgere-dich-nicht, und es gelingt ihr, sich abzulenken. Dann steigt sie in das Turmgemach, wie sie sagt. Als die Glocke zehn geschlagen hat, klopft jemand an die Tür. Das kann nur Bertram sein. Natürlich, so einer ist unbehaust, hat keine Angehörigen. Soll sich Hanna das antun? Wahrscheinlich kommt sie nie wieder hierher, würde ihn jetzt zum letzten Mal sehen. Wäre es den Versuch wert?

Ich habe nicht abgeschlossen, sagt sie endlich.

Die Tür öffnet sich langsam. Bertram sieht aus wie ein Gespenst. In den letzten schulfreien Tagen ist ihm ein zottiger, dunkler Bart gewachsen. Die Haare sind wirr, der Blick auch. Bertram wirkt beinahe ängstlich, sucht einen Stuhl, setzt sich dann einfach auf den Holzfußboden. Hanna hat mit ihm nichts zu bereden. Wenn er etwas will, soll er sprechen. Es dauert mehrere Minuten. Sie geht derweil zu ihrem Koffer, der den Stuhl blockiert, macht ihn frei und legt einige Kleidungsstücke zusammen.

Als ich halbtot im Schützengraben lag, beginnt er, steht auf und setzt sich auf den Stuhl. Da habe ich ...

Hanna lässt ihn nicht aussprechen und fährt selbst fort: ... da habe ich begriffen, was eine Stunde wie diese wert ist. Ich weiß, das ist Ihre Masche. So stimmt man Frauen weich, um sich ihnen leichter zu nähern.

Masche ist ein hartes Wort, erwidert er. Aber es stimmt, ich möchte mich dir nähern. Es ist nämlich so: Ich hatte neulich überlegt, ob ich rübergehe in den Osten. Und du willst von drüben weg in den Westen. Warum?

Ich will nicht mehr, widerspricht Hanna. Sie wollen mich hier nicht. Wir brechen unsere Zelte ab.

Schade, meint Bertram. Schon wegen einem solchen Talent wie Peer, ergänzt er. Ich würde ihn gern unter meinen Fittichen behalten. Jetzt, wo die Teilung marschiert, sehe ich ihn wohl nie wieder.

Ein bisschen kränkt es Hanna, dass er bedauert, Peer zu verlieren, nicht sie. Doch es interessiert sie, was einer wie Bertram über die drohende Spaltung denkt. Allerdings ist noch eine Frage offen.

Warum wollen Sie denn zu den Russen?, fragt sie.

Du, verbessert er. Sag du zu mir. Das geht leichter.

Warum also?

Du weißt doch. Die alten Eliten hockten hier im Westen gleich wieder in den Startlöchern. Mir scheint es drüben anders zu sein. Aber dass du im Osten bleiben willst, finde ich mutig, bei deiner Vergangenheit. Du bist dort immer die Witwe des Nazilehrers. Du musst ständig diverse Fragen beantworten. Eine wie du hat es hier leichter.

Sie wollen mich nicht. Da bleib' ich lieber zu Hause.

Du musst dich nur hinten anstellen und kräftig mit den Armen rudern. Das ist überall so. Aber hier besonders.

Hanna überlegt, ob sie nachsetzen soll.

Warum genau, beharrt sie, will ein Bertram in die russische Besatzungszone wechseln?

Die Antwort beginnt zögerlich. Es wäre eine wahnsinnige Genugtuung, wenn die Mörder, die Anstifter, die Verführer zur Rechenschaft gezogen würden. Da geschieht hier nicht viel.

Genugtuung ist nicht das ganze Leben. Wichtig ist das täglich' Brot und die Freiheit, die ich meine.

Deshalb bleibe ich ja hier, gesteht er und muss grinsen. Aus Feigheit.

Ich kann nicht an eine Spaltung Deutschlands glauben, sagt Hanna. Früher erhofften wir Großdeutschland, und jetzt sollen nur noch zwei schmale Teile übrigbleiben? Undenkbar.

Ja, es ist unglaublich, aber genauso kommt es.

Wer weiß das?

Jeder, der hinguckt.

Sie ist nicht zufrieden, will aber nicht streiten. Nach längerem Schweigen steht Bertram auf und sagt, er gehe davon aus, dass Hanna allein bleiben wolle.

Allerdings, sagt sie, worauf er zur Tür geht.

Viel Glück in der Russenrepublik.

Danke, sagt sie. Viel Glück im wilden Westen.

Als die Tür zu ist, denkt sie: Alles Gerede. Deutschland kann man nicht zerschneiden wie eine Bratwurst. *Teutschland, mein geliebtes Vaterland, auf das ich stolz bin.* Leute wie er denken, wer weiß wie klug sie sind. Sie braucht keinen Bertram. Und zweierlei Deutschland kann es auf Dauer nicht geben.

Am Morgen werden Hanna und Peer mit dem Taxi abgeholt. Sie nehmen die gesamte Habe der beiden Kinder mit. Hanna bezahlt eine horrende Summe. Der Vater hatte die Taxifahrt ausdrücklich verlangt und extra Geld umgetauscht. In Wolfsburg steigen sie in den Interzonenzug. Wie einfach alles ist, wenn man Geld hat. Die Engländer gehen am Grenzpunkt nur durch die Waggons. Sie achten auf unversteuerte Gepäckstücke, nicht auf irgendwelche Papiere. Nachher, bei den Russen, müssen die Passagiere den Zug verlassen. Alle sollen sich auf dem Bahnsteig in eine Schlange einreihen. Es ist kalt. Hanna wickelt ihren Schal eng um Hals und Kopf, so dass nur ein kleines Fenster bleibt. Peer nimmt die Sache sportlich, tritt auf der Stelle und zählt die Schritte.

Passport, Passport!, hört man immer wieder von fern. Die Russen sind vernarrt in Ausweise. Dazwischen heißt es: Biljeti, biljeti!

Während Peer zählt – 501, 502 – konzentriert sich Hanna auf den subtilen Moment, der bevorsteht. Sie muss Antworten parat haben. Warum nur ein Kind? Warum keine Hinfahrkarte für Peer? Dummerweise steht die Rückfahrt für beide Kinder auf einem Fahrschein. Das kann Ärger machen.

Langsam wird die Wartezeit quälend – Peer zählt 3.501, 3.502. Er kämpft tapfer gegen die Kälte. Die Handschuhe sind für diesen Winter zu dünn. Ein Glück, dass Hanna nur auf ein Kind aufpassen muss. Allerdings ist es mit Peer nicht einfach – 5.001, 5.002. Wenn sie in Weimar eintreffen, muss sie einen offiziellen Grund für die lange Abwesenheit vorweisen. Sie legt ihre Hand auf seine Schulter und beugt sich herunter.

Zu Hause, flüstert sie ihm ins Ohr, darfst du nie über Neuhaus sprechen.

Ich bin doch nicht Klee, antwortet er.

Mal ernst, Peer. Wenn du gefragt wirst, wo du warst ...

... erzähl' ich, dass ich im Westen war.

Versteh doch! Das ist wichtig ...

... und ich bin nicht blöd.

Gut. Was sagst du also?

Ich war bei Freunden meiner Eltern.

Wo?

Im Harz. In dem Nest gab es keine Schule.

Der Schulweg in den Nachbarort war zu weit.

Ich krieg' das schon hin, versichert er und macht sich los.

Statt weiterzuzählen, neckt er nun einen Jungen, der hinter ihm wartet. Als dieser drohend die Hand hebt, sucht Peer Schutz bei der Mutter. Hanna bittet ihn, weiter durchzuhalten. Er reagiert nicht. Pubertät, denkt sie. Aber dafür ist jetzt kein Platz.

Der Moment kommt, in dem sie hellwach sein muss. Der russische Soldat, von einem uniformierten Deutschen assistiert, liest angestrengt die Namen im Ausweis.

Sewald, Jochana?

Sie zeigt auf sich.

Sewald, Peer?

Sie zeigt auf den Jungen.

Sewald, Clemens?

Kommt später.

Was?!, fragt der Deutsche. Später? Nein, das geht nicht. Wenn jemand fehlt, können Sie nicht durch.

Ach, du lieber Gott. Hanna hebt ratlos die Hände.

Der Russe lässt sich den Fall vom Deutschen erklären. Beide sprechen Russisch.

Kind Sewald, Clemens, kommen später?, fragt der Russe nach. Wann später?

In sechs Wochen, sagt Hanna. Sie greift weiter als beabsichtigt. Ich hole ihn von seiner Tante ab. Er ist dort über die Feiertage.

Feiertage nicht sechs Wochen, meint der Soldat.

Mein Junge ist krank, erklärt sie. Er muss erst gesund werden.

Kommt sicher nach sechs Wochen, Sewald, Clemens?, fragt der junge Russe.

Hanna nickt. Er ist doch mein Kind. Peer nickt mit.

Tante gudd?, fragt er ihn.

Sehr gudd! Unwillkürlich verfällt Peer in den Ton der Frage. Er hält den Finger an die Lippen und markiert einen Kuss.

Oh, verstehn! Der Russe lacht zufrieden. Passieren Sewald, Jochana. Wiederkommen nach sechs Wochen mit Sewald, Clemens.

Der uniformierte Deutsche macht ein säuerliches Gesicht, verkneift sich aber den Einspruch. Na dann los! Der Nächste!

Es dauert über drei Stunden, bis der Zug endlich anfährt. Hanna und Peer machen es sich auf der Bank im Zug bequem. Nach wenigen Kilometern sind sie eingeschlafen.

Zu Hause, im „Haus mit der Madonna", staunt Hanna, wie wenig Aufsehen Klees Fehlen erregt. Dann kommt er eben später, sagt Dr. Elsner. Und Helena freut sich gar. Der Aufenthalt im Westen sei für Klee ein großartiges Erlebnis. Hanna verzichtet auf die Antwort.

Weihnachten verläuft fast wie gewohnt. Allerdings ist das Geld extrem knapp. Auch macht es Hanna zu schaffen, dass Mal um Mal ein Stuhl frei bleibt, bei der Bescherung, beim Weihnachtssingen, beim Festtagsbraten. Das bedeutet: Hanna muss dringend etwas erledigen.

Aber wie anstellen? Noch einmal der aufwendige Ritt über die Grenze? Selbst Elsners Geld wird da nicht helfen.

Zu Beginn des neuen Jahres kommt der erste Brief von Klee, aufgegeben in einem Vorort von Wuppertal. Waltraud, die sich selbst Tante Waltraud nennt, berichtet haarklein, was mit Klee geschehen ist. Natürlich kommt die Bescherung zuerst.

In unsrer Familie werden alle Geschenke auf den Tisch gelegt, und darüber breiten wir ein Tischtuch. Jeder sitzt da, wo sein Geschenk liegt. Klee sollte das Tuch an seinem Platz anheben. Er zog es aber gleich ganz herunter. Was er zuerst sah, war der Regenschirm für meine Mutter. Oh!, rief er erstaunt aus, ich bekomme einen Regenschirm. Schlagfertig, der Junge. Dann hat er aber verstanden. Besonders freute ihn natürlich der Bauernhof. Den haben wir alle gemeinsam hergestellt. Bei seinem Bauernhof hat sich jeder besonders viel Mühe gegeben.

Die Familie besteht, wie sich zeigt, aus den Eltern und drei erwachsenen Kindern, Waltraud und zwei jüngeren Brüdern, einer offenbar geistig eingeschränkt. Im Familienbetrieb hat jeder eine spezielle Aufgabe. Einer sägt Figuren aus, einer bemalt sie, einer lackiert. Der Vater fährt die Ware aus, die Mutter sichert die Verpflegung. Der Brief wirkt beruhigend auf Hanna. Dort hinten im tiefen Westen scheint alles mit rechten Dingen zuzugehen.

Wenige Tage später kommt der nächste Brief. Darin beschreibt Waltraud Klees ersten Tag in der Dorfschule, einer Einklassenschule mit Kindern der vier unteren Altersgruppen. Ein Lehrer unterrichtet fünfzig Schüler zwischen sechs und zehn Jahren. Am Schluss des Briefs hat Klee seinen vollen Namen geschrieben: *CLEMENS SEWALD*. Etwas krakelig, aber lesbar.

Ein weiterer Brief berichtet vom größten Ereignis der letzten Tage. Der Hahn, dem Waltrauds Vater mit dem Beil den Kopf abgehackt hatte, flog in hohem Bogen über den Gartenzaun und musste mit großem Aufwand aus den Büschen geholt werden. *Das war für Klee ein Riesenschreck,* schrieb Waltraud. *Er hat in der Nacht immerzu erzählt: Der Kopf ist hier, und der Hahn ist dort! Blut, alles voll Blut. Ich habe ihm aus Sperrholz einen Sandmann ausgesägt. Der passt jetzt in der Nacht auf ihn auf.* Diesmal hat der Junge etwas gemalt. Es war ein großes vierblättriges Kleeblatt, und in jedem Blatt stand ein Buchstabe: *K-L-E-E*.

Zu Jahresbeginn kommt im „Haus mit der Madonna" mancherlei in Bewegung. Dr. Elsner hat sein Vorhaben wahrgemacht und per 1. Januar 1949 im Ministerium gekündigt. Das schlägt Wellen. Sogar die Thüringer Zeitungen berichten davon. Die Einrichtung seiner Rechtsanwaltspraxis nimmt ihn voll in Anspruch. An dem Tag, an dem die Räume am Weimarer Wielandplatz bezogen werden, lädt Elsner Hanna und die zwei großen Enkel ein. Peer und Ulrich dürfen das Schild am Eingang anbringen. Es ist aus goldglänzendem Metall gefertigt, angeblich Messing, und trägt die Aufschrift:

Dr. Wilhelm Elsner – Rechtsanwalt und Notar

Die Jungen, die sich beim Bohren und Schrauben recht geschickt anstellen, wissen nicht, was ein Notar ist. Peer belehrt den Bruder über die Aufgaben eines Rechtsanwalts. Hanna hört nur mit halbem Ohr zu. Hauptsache, das Schild wird ordentlich befestigt. Das können die Kinder besser, aber sie trägt die Verantwortung. Davon, wie gut es platziert ist, hängt viel ab. Wenn nicht bald Klienten kommen, wird auch sie nichts verdienen. Andererseits, und das macht ihr Angst, ein Ansturm von Aufträgen würde ihre Fähigkeiten als Sekretärin schnell überfordern.

Leider sitzt das goldfarbene Schild am Ende doch etwas schief. Dabei haben die Jungen lange gemessen und angezeichnet. Elsner, der auf einen Sprung zur Begutachtung kommt, ist enttäuscht. Das Schild war teuer, und nun das. Er lässt den Einsatz trotzdem gelten und gibt jedem Enkel einen Geldschein. Es ist ein orangefarbener Schein mit einer großen Zwei. Die Kinder sind beeindruckt, besonders Ulrich. Er träumt davon, sich damit etwas zusammenzusparen.

Peer darf anstandslos in seine Schule zurückkehren. Er ist nun in der siebenten Klasse. Dass er fast vier Monate gefehlt hat, wird stillschweigend übergangen. Aber Hanna erhält die Mitteilung, dass die Halbjahreszeugnisse für die Bewerbung zur Oberschule herangezogen werden. Da er bisher keinen Unterricht hatte, muss er sich bis Ende Januar anstrengen, um halbwegs gute Zensuren zu ergattern. Hanna bittet um ein Gespräch mit dem Klassenlehrer. Das ist Münnich, der Geschichte und Gegenwartskunde unterrichtet. Davor war er Arbeiter bei der Reichsbahn. Hanna gegenüber wirkt er gehemmt. Er weiß aus den Unterlagen, dass sie eine studierte Pädagogin ist, während er nur den Schnellkurs als Neulehrer durchlaufen hat. Das Lehrerzimmer, in das er sie führt, sieht öde aus und riecht nach Fußbodenöl.

Bald gibt es Zeugnisse, beginnt Hanna. Sie muss den Lehrer dazu bewegen, die Zahl der Fehltage möglichst klein zu halten. Sonst bezeugt das Zeugnis für alle Zeit: Der Schüler Sewald hat monatelang ohne Krankschreibung gefehlt. Das weckt Vermutungen, macht gar den Fluchtversuch aktenkundig.

Ja, die Zeugnisse, erwidert Münnich stöhnend und bietet ihr eine Sitzgelegenheit an. Seine Aussprache verrät die Thüringer Herkunft.

Peer hat lange gefehlt, schließt sie an.

Sehr lange, bestätigt Münnich. Sein Bartwuchs scheint beachtlich zu sein. Obwohl er sich vermutlich morgens rasiert hat, sind die Stoppeln rasant gewachsen.

Wenn ich ein Attest hätte, würden Sie dann ..?, fragt Hanna.

Jetzt hat er begriffen.

Ein medizinisches Attest wäre natürlich sehr vorteilhaft, meint er, beim letzten Wort den Unterkiefer vorschiebend. Weil, unser Direktor, wissen Sie, der stellt gern Fragen. Mir ist das gleich. Peer sieht ja durch. Er wird überall unter Drei sein, denk' ich mal, meistens noch besser.

Das wäre schön, sagt Hanna ehrlich erfreut. Dass ihre Kinder Einsen und Zweien bekommen, findet sie normal. Aber hier liegt der Fall anders. Es gibt nicht genug Plätze für die Oberschule. Peer muss viel Stoff nachholen.

Auch in Gegenwartskunde?, fragt Hanna nach.

Im Gegenteil, mümmelt Münnich. Ich darf Ihnen das eigentlich nicht verraten, aber wirklich, der Junge sieht durch.

Es klingt erstaunt, so, als wären beim politischen Standort der Eltern gute Leistungen gar nicht möglich. Oder hat sie das hineingehört?

Und?, fragt er. Kennen Sie einen Doktor?

Hanna zögert mit der Antwort. Es war dumm, im Voraus anzubieten, dass sie ein Scheinattest besorgen kann. Ja, wissen Sie, mein Peer hat es mit den Füßen.

Ah, mit den Füßen? Sehr gut, sagt der Lehrer. Ich meine, Sie verstehen. Ich wüsste einen Doktor.

Nein, danke. Mein Vater ...

Ach ja, natürlich. Er schiebt den Unterkiefer weit vor.

Ganz wohl ist es Hanna nicht, als sie aufsteht. Aber nach ihrem Eindruck ist Münnich eine ehrliche Haut. Er hat einen schweren Stand und kann selbst keine Probleme gebrauchen.

Es geht auch schon um die Oberschule, nicht?, meint der Unrasierte, während er sich hochschraubt.

Ach ja, die Oberschule.

Er schafft das, meint Münnich leutselig und reicht ihr die Hand.

Hanna bedankt sich. Wofür eigentlich? Beide wissen es: Kleine Geschenke erhalten die Freundschaft.

Auch bei Ulrich geschieht in diesen Wintertagen Aufregendes, ja Alarmierendes. Mitschüler nehmen ihn bei einer Schneeballschlacht in die Zange. Sie verfolgen ihn im Park und lassen erst bei den ersten Häusern von ihm ab. Als er völlig durchnässt zu Hause ankommt, gesteht er der Mutter sofort, was passiert ist. Hanna bittet ihren Vater um Unterstützung. Doch Elsner lehnt rundweg ab. Für Kleinkram sei er nicht zuständig. Er hat andere Dinge im Kopf.

Also meldet sich Hanna auch in Ulrichs Schule an. Sie weiß einige Namen der beteiligten Jungen. Einer ist der Sohn des Hausmeisters. Im Notfall wird sie die Namen nennen, obwohl Ulrich inständig bittet, es zu lassen.

Der Direktor der Vorortschule ist ein anderes Format als Münnich. Er versteht die Situation nach wenigen Worten und fürchtet um den Ruf seiner Schule. Spontan macht er Hanna einen Vorschlag, der sie in Verlegenheit bringt. Sie könne, sagt er, selbst vor die Klasse treten und ihr Anliegen vortragen. Sofort. Darauf ist sie nicht gefasst. Schon hat sie ablehnend die Hände gehoben. Nicht im laufenden Unterricht und nicht unvorbereitet. Er winkt ab.

Wo ist das Problem? Sie machen das mit links.

Die Chance zu prüfen, ob sie noch vor Schülern überzeugend wirkt, reizt Hanna. Also stimmt sie dann doch zu. Sie gehen durch das menschenleere Schulhaus. Die Schritte hallen nach. Von Klassenraum zu Klassenraum sind verschieden starke Geräusche zu hören. Der Direktor sieht hier amüsiert, dort fast schuldbewusst zu ihr. Vermutlich weiß er, dass sie in Jena studiert hat und trotzdem nicht für den Schuldienst zugelassen wurde. Ganz sicher ist ihm bekannt, dass er sie nicht einstellen darf. Dabei herrscht fataler Lehrermangel an seiner Schule.

Dann steht sie vor den Jungen der vierten Klasse. Der Direktor und die Lehrerin, die gerade eine Mathestunde zu geben hat, bleiben an der Seite. Nachdem Hanna vorgestellt wurde, ist sie ganz auf sich gestellt. Sie kennt einige Namen, kann aber nur wenige zuordnen. Trotzdem merkt sie, wer sich besonders wegducken möchte. Während ihrer kleinen Ansprache behält sie unverwandt zwei Schüler im Auge.

Alle Kinder finden schön, beginnt sie, wenn Schnee liegt. Und eine Schneeballschlacht, das ist eine tolle Sache. Aber richtig Spaß macht es nur, wenn alle Spaß daran haben.

Sie fixiert den Schüler, den sie für den Anführer hält. Er ist nicht größer als die anderen, wirkt eher unauffällig. Trotzdem erkennt sie in ihm einen, der zum Anstiften neigt. Flüchtig begegnet sie zwischendurch Ulrichs Blick. Er zwinkert, befürchtet, dass die Mutter alles noch schlimmer macht.

Wenn die Starken auf der einen Seite sind, sagt sie, und die Schwachen auf der anderen, dann kommt mancher nach so einer Schlacht mit total nasser Kleidung aus der Schule. Das ist bei dieser Kälte ziemlich blöd, auch wenn ihr jetzt lacht. Manche erkälten sich. Das kann jedem von euch passieren. Aber, fährt sie fort und sieht dabei zum Direktor, vielleicht organisiert euer Sportlehrer eine faire Schneeballschlacht, sozusagen eine mit Schiedsrichter.

Gute Idee, bestätigt der Direktor. Die Lehrerin sieht verwundert erst zu Hanna, dann zu ihrem Nachbarn. Schneeballschlachten sind verboten, sagt sie durch die Zähne.

Nicht prinzipiell, antwortet der Direktor und geht zur Tür.

Hanna dankt der Klasse und schickt ihrem Sohn einen beinahe unmerklichen Augengruß. Der, den Hanna für den Anführer hält, starrt zum Fenster. Ulrich wirkt erleichtert. Auf dem Flur verabschiedet sich der Direktor. Er ist gut gelaunt. Hanna fühlt sich wohl. Vielleicht hat sie die meisten Schüler erreicht.

Elsner bezeichnet seine Rechtsanwaltspraxis als Kanzlei. Sie besteht aus drei Räumen. Der größte dient als Wartezimmer, einer steht dem Anwalt zu und das Zimmerchen dazwischen wird hochtrabend Sekretariat genannt. Hanna verbringt hier seit Ende Januar viel Zeit. Sie verfügt jetzt über eine moderne Schreibmaschine. Der Vater konnte sie im Ministerium abzweigen. Auch einige Nachbildungen von Biedermeiermöbeln durfte er aus dem Roten Schloss mitnehmen, darunter wertvolle Kopien. Das Chefzimmer schmückt der große Spiegel, der in Elsners altem Büro zwischen den Erkerfenstern hing.

Streng genommen gibt es noch keine festen Klienten, lediglich Laufkundschaft für Rechtsauskünfte. Aber zu schreiben ist schon mehr als genug. Dazu der Telefondienst. Bei jedem Anruf muss Hanna entscheiden, ob sie durchstellt oder nicht. Zwischen ihr und dem Vater herrscht ein unverbindlich-kühler Ton, fast so, als wäre sie die Schreibkraft vom Ministerium.

Elsner hat seine Tochter instruiert, wie sie Besucher behandeln soll. Bevorzugte Gäste bekommen echten Bohnenkaffee mit allem Drum und Dran, also Würfelzucker mit Zuckerzange und, wahrer Luxus, die gute Kaffeesahne aus dem Westen. So ein Gast ist Dr. Ehrmann. Nach zwei vergeblichen Anrufen findet Hanna endlich einen freien Termin, und es kommt zum Treffen der früheren Kollegen.

Hanna, die Ehrmann seit ihrer Kindheit Onkel Georg nennt, gibt ihm die Hand und nimmt den Mantel ab. Dann öffnet sie vorsichtig die Tür zu Elsners Zimmer und schließt sie wieder hinter dem Gast. So bald wie möglich wird der Kaffee serviert. Die Herren haben sich eine Zigarre angesteckt. Gelüftet werden darf aber nicht, Heizmaterial ist teuer. Auf Elsners Schreibtisch liegt eine Hochglanzbroschüre, die keinesfalls im Osten gedruckt wurde. Es gelingt Hanna, einige Bestandteile des Titels zu erhaschen: *Leitziele für ... der Bundesrepublik Deutschland*. Sie erfährt zum ersten Mal von einer solchen Republik, die noch gar nicht existiert. Der Name beschäftigt sie. Es soll demnach eine westdeutsche Teilrepublik entstehen, und für deren Gründung existieren bereits Leitziele. Während sie mehrmals das Zimmer betritt, um zu servieren, schnappt Hanna einige Satzfetzen auf. Manche Begriffe wiederholen sich: Bundestag, Teilung, Einheitspartei, freie Wahlen. Wird drüben etwa schon eine Wahl vorbereitet? Das kommt ihr erschreckend endgültig vor. Falls in den drei Westzonen gemeinsam gewählt wird, bleibt dem Osten nichts anderes übrig, als nachzuziehen. Aber das kann nicht sein. Das ist Theorie. Wie sollten all die Probleme gelöst werden, die sogar ihr, der politisch Unerfahrenen, auf Anhieb einfallen? Zum Glück trägt sie dafür keine Verantwortung. Sie fühlt sich ihren Aufgaben prinzipiell gewachsen, vom Tippen bis zum Gästeempfang, auch wenn das viel Stehvermögen verlangt.

Es gelingt ihr allmählich, wichtige private Dinge nebenher zu erledigen. Ungeklärt ist noch die Heimholung von Klee aus Wuppertal. Das belastet sie. Nachdem erneut Stimmungsberichte von Waltraud eintreffen, bestimmt Hanna den Tag, an dem sie die Abholung wagen will. Notwendig ist, neben dem Besorgen von Geld und Fahrkarten, vor allem die Absprache der Übergabe, die auf dem Bahnhof in Wuppertal stattfinden soll. Eine Übernachtung kommt nicht in Betracht. Hanna möchte einem Gespräch mit Waltraud unbedingt aus dem Weg gehen.

Das Treffen, das ihr vorschwebt, würde durch Lisas Fehlen erschwert. Als Ehrmann noch nach einer Stunde bei Elsner sitzt, ohne dass weiterer Kaffee gewünscht wird, hämmert sie kurzentschlossen einen Brief in die Maschine.

Liebe Lisa, Du weißt sicher, dass Hinrich ohne mein Einverständnis Klee abgeholt und in einer fremden Familie untergebracht hat. Ich habe mich entschieden, ihn selbst abzuholen. Bitte vereinbare mit dieser Familie die Übergabe (bitte die Adresse von Hinrich). Meine einzige Bedingung ist der Zeitpunkt, den ich umgehend mitteile.
Herzlich Hanna

Sie liest den Text eilig durch. Natürlich kann der Umschlag geöffnet werden. Das darf keinen Schaden verursachen. Der geeignete Tag muss gefunden und vorbereitet werden. Gerade als sie den Bogen aus der Maschine zieht, geht die Tür auf. Elsner und Ehrmann kommen, leise sprechend, ins Sekretariat.

... die Entlassung ... selbstredend vertraulich ...

Das ist alles, was Hanna versteht, während sie, ohne aufzusehen, den Brief ablegt. Entlassung? Wurde Onkel Georg auch aus dem Amt gedrängt? Wollen die beiden Juristen vielleicht zusammenarbeiten?

Als Elsner von der Treppe zurückkehrt, legt er den Finger auf den Mund: Es war niemand da, klar?

Hanna hebt nur ganz leicht den Kopf, als würde ein Nicken schon zu viel preisgeben.

Nichts gesehen, nichts gehört, keine Fragen. Elsner fixiert sie, so dass sie das bestätigen muss.

Ja, sagt sie, deshalb hast du mich ja eingestellt.

Aus dem Antwortbrief von Lisa erfährt Hanna wichtige Neuigkeiten. Die Freundin muss demnächst in der Wuppertaler Hochschule vorsprechen. Dabei kann sie Klees Gastfamilie aufsuchen. Die andere Neuigkeit betrifft die Art der Übergabe. Waltrauds Angehörige bestehen darauf, dass Hanna zu ihnen kommt und über Nacht bleibt. Auch Lisa meint, die Gastgeber hätten ein Recht, die Mutter ihres Schützlings kennen zu lernen. In einem Nebensatz heißt es, Hinrich wolle sich Hannas Kritik stellen. Er arbeitet in Gelsenkirchen im Schacht und spart für ein Architekturstudium. Nach dem Examen wolle er, schreibt Lisa, mit Waltraud eine Familie gründen. Obwohl das für Hanna eigentlich nebensächlich ist, flößt es ihr Vertrauen ein. Doch die bittere Weihnachtsüberraschung wirkt bei ihr noch nach.

Nun gilt es, die Reise überhaupt möglich zu machen. Zuerst stehen die leidigen Finanzen im Weg. Hanna geht alle Varianten der Geldbeschaffung durch. Ihr Schmuck bringt nicht genug. Dazu ist es schwer, Käufer zu finden. Außerdem haben fast alle Stücke mit Albin zu tun. Davon kann sie sich unmöglich trennen. Albins kleines Klavichord, das seit Kriegsende in Lisas Obhut ist, kommt erst recht nicht in Frage. Die Bücher haben lediglich ideellen Wert. Andere Reichtümer besitzt sie nicht. So wird der erneute Bittgang zum Vater, den sie nie wiederholen wollte, unvermeidlich.

In der Praxis spricht Hanna das Thema an einem Morgen behutsam an. Es sei ihr peinlich, ständig zu betteln. Aber Klee müsse nun mal aus Wuppertal nach Weimar geholt werden.

Dr. Elsner entschuldigt sich regelrecht, dass er seinen Enkel nicht selbst abholen kann. Aber, erklärt er, als ehemaliges Mitglied der Landesregierung Thüringen könne er im Westen zu internen Aussagen genötigt werden. Als einstiger Vertrauter des Finanzministers sei eine willkommene Quelle für Geheimdienste. Aber so etwas, setzt er entschieden hinzu, macht ein Elsner nicht, weder bei den Deutschen noch bei einer Besatzungsmacht.

Sie lässt ihn sprechen, obwohl sie an eine direkte Mitwirkung nie gedacht hat.

Ein Jurist muss schweigen können, betont Elsner, und ein Politiker erst recht. Mein geheimes Wissen ist mein Kapital. Glaub mir, das Schweigen fiel mir anfangs äußerst schwer.

Elsner hat seiner Tochter selten Einblick in sein Inneres gewährt. Natürlich weiß sie, dass Rechtsanwälte Auskünfte von Klienten oder Vorgesetzten vertraulich behandeln müssen. Womöglich hat das dazu geführt, dass der Vater auch lernte, seine Gefühle abzutöten. Das mag er nicht. Vielleicht bedeutet das eigentlich: Komm mir nicht mit Gefühlen. Gefühlsduselei mag er nicht.

Leonhard Moog, argumentiert Elsner weiter, mein bisheriger Chef, sollte mal von drüben abgeworben werden. Für die Flucht hat man eine ansprechende Summe geboten. Moog ist, hier wie dort, eine wichtige Figur. Für die SED verkörpert er eine sichere Stimme aus dem bürgerlichen Lager. Moog ist Mitglied im Volkskongress ...

Volkskongress?

Die Vorform eines gesamtdeutschen Parlaments, das der Osten anstrebt.

Gesamtdeutsches Parlament? Hanna fehlt es offenbar an politischen Grundkenntnissen.

Die Hiesigen, antwortet Elsner, streben ein sozialistisches Deutschland an. Deshalb werden Bürgerliche aus Ost und West beharrlich umworben.

Und drüben?

Die wollen eine bürgerliche Republik – zur Not allein.

Der Westen will also die Spaltung?, fragt sie.

Das ist ein weites Feld, Johanna, wehrt Elsner ab. Er hat sich schon mehr als genug geöffnet. Jedenfalls, erklärt er, die im Westen kennen meine Nähe zu Moog. Zudem war ich per Du mit Ministerpräsident Paul. Du weißt, der abgehauen ist.

Sie nickt, weil sie weiß, dass Paul abgehauen ist. Aber Elsners Befürchtungen hält sie für übertrieben.

Ich dachte nicht im Traum daran, sagt sie, dass du selbst nach Westdeutschland fährst.

Für meinen Enkel hätte ich das getan, antwortet er. Ansonsten, finanzielle Hilfe ist kein Problem. Die erforderliche Summe wird kostendeckend beglichen.

Als Hanna sich bedankt, gilt das auch dem, was er von sich preisgegeben hat. Ihr ist so, als hätte sie plötzlich ein völlig neues Vaterbild. Ist er nicht durchweg ein ehrenwerter Mann?

Nachdem die finanzielle Seite geregelt ist, erklärt Hanna das erste Februar-Wochenende zum Reisetermin, damit Klee nach der Rückkehr noch eine Woche bis zu den Winterferien in Weimar zur Schule gehen kann. Auch hier wird Diplomatie gefordert sein. Klees Zeugnis darf nicht zu viele Fehltage aufweisen. Zwar war das Attest für Peer kein Problem. Aber es wäre für Hanna beruhigend, wenn Klee ohne Bescheinigung auskäme.

Die Prozedur des Fahrkartenkaufs übernimmt zum Glück Helena. Sie, die Wienerin mit österreichischem Pass, darf offiziell eine Reise nach Westdeutschland unternehmen. Den Vorschlag hat Elsner gemacht, und Helena ist stolz, dass sie die Tochter ihres Mannes unterstützen kann.

Für die Bahnfahrt nach Wuppertal deckt sich Hanna mit Reiseliteratur ein. Besonders auf ein Buch ist sie gespannt. Durch die Zeitung weiß sie von einer Schriftstellerin, die kürzlich aus dem Exil in Mexiko zurückkehrte. Sie wohnt zwar derzeit in Westberlin, gilt aber als Sympathisantin der sowjetisch besetzten Zone. Ihr Bild, das durch die gesamte Presse ging, hat sich bei Hanna festgehakt: Schmales Gesicht, offener Blick, streng zurückgekämmtes Haar, Mittelscheitel und Knoten. Vielleicht sieht Hanna in zehn Jahren ähnlich aus. So sympathisch und doch eine Feindin. Denn, kein Zweifel, diese Anna Sowieso muss eine Feindin sein. In der Liste mit der Pflichtlektüre, die Peer heimbrachte, steht obenan einer ihrer Romane, der, angeblich ganz realistisch, vom Leben in einem deutschen Konzentrationslager berichtet. Das Buch wurde gepriesen, als wäre es Weltliteratur, was Hanna für ausgeschlossen hält. Dennoch ist die Neugier geweckt. Ohnehin will sie Peers gesamte Pflichtlektüre lesen. Wer soll ihn denn vor der roten Propaganda schützen, wenn nicht die Mutter?

Während Hanna mit der Bahn fährt und den Roman zur Hand nimmt, denkt sie daran, wie sie zu Margund sagte, sie wisse wenig über Buchenwald, weder vor noch nach dem Zusammenbruch. Doch das stimmte nur halb. Sie kannte ja den Bericht ihres Mannes über das KZ auf dem Ettersberg, der für sie überzeugender war als alle offiziellen Beschreibungen. Dank seiner Stellung in der AHS hatte man seinen Besuch in Buchenwald anstandslos bewilligt. Man fuhr ihn sogar mit dem Dienstauto der Schule ins Lager. Seinen Bericht über die angebliche Nazihölle hatte Albin mehrmals vorgetragen. Dass diese Schilderung der Wahrheit entsprach, hatte Hanna keinen Moment lang bezweifelt.

Das Lager, pflegte Albin zu beginnen, ist das Muster einer zivilisierten Strafanstalt. Davon konnte ich mich persönlich überzeugen. Ich traf dort Vertreter weltweiter Organisationen, besonders Leute vom Genfer Roten Kreuz. Aber, so sein Fazit, wenn mir jemand etwas von Verbrechen in Buchenwald erzählt, dann sage ich: Ich war dort. Ich bin Augenzeuge.

An diesen Bericht erinnert sich Hanna genau und hätte ihn Wort für Wort aufschreiben können. Deshalb ist sie sich sicher. Über das Leben in einem KZ weiß sie Bescheid. Jede andere Darstellung kann nur Geschichtsfälschung sein.

Aber als Literaturkennerin weiß sie auch, dass es mit einem gut geschriebenen Roman eine vertrackte Sache ist. Irgendwann packt es den Leser. Die Zweifel an der Glaubwürdigkeit schwinden und der Widerstand gegen die Hingabe löst sich auf. Mag auch alles erfunden sein, der Held lässt uns nicht gleichgültig. Hier heißt er Georg Heisler. Hanna hat das Gefühl, niemand könne eine solch lebenspralle Figur erfinden. Erst als sie merkt, dass bei ihr die Schergen des Lagers Abscheu erregen, ruft sie sich zur Ordnung. Hanna, du kennst die Wahrheit! Lass dich nicht beschwatzen! Diese Frau hat sich eine Gruselgeschichte aus den Fingern gesogen. Dennoch, sie ist beim Lesen hin- und hergerissen, gespalten zwischen Mitgefühl und Abwehr.

Unterdessen kommt der Zug dem Grenzbahnhof näher, was Hanna fast entgangen wäre. Wider Erwarten muss man diesmal bei der östlichen Kontrolle nicht aussteigen. Es fehle Personal, munkeln die Leute. Für Ausweis und Fahrkarten gibt es nur einen Kontrolleur, ohne russischen Begleiter. Der Deutsche wirkt übermüdet. Hanna ist von Heislers

Fluchtgeschichte so gefesselt, dass alles ringsum verblasst. Während sie ihre Papiere zeigt, liegt das geschlossene Buch auf ihrem Schoß, so, als wolle sie sagen: Seht her, ein Ost-Roman, „Das siebte Kreuz", Aufbau-Verlag 1947. Doch der Kontrolleur würdigt das Buch keines Blickes. Was ist nur los an der Grenze?

Kurz darauf geht ein anderer Deutscher durch den Zug, auch ohne Begleitung. Er mustert das Buch, während er die Karte locht.

Propaganda, sagt er mit hessischer Färbung.

Zum Glück findet Hanna eine passende Antwort: Das Buch bekam in Darmstadt den Büchner-Preis. Zur Sicherheit setzt sie nach: Also im Westen.

Ich, meint der andere, stamme aus Darmstadt. Trotzdem: Propaganda. Sieht man mit einem Blick. Die Schrift wie bei den Nazis, nur rot. Die Kreuze als Tarnung. Aber, wissen Sie, gnä' Frau, das geht mich nichts an. Wir haben hier Meinungsfreiheit, anders als bei Ihnen. In offiziellem Ton ruft er nach vorn: Die Fahrkarten bitte zur Kontrolle!

Das mit der gnädigen Frau amüsiert Hanna. Eigentlich hielt sie den Roman vor kurzem auch noch für Propaganda. Trotzdem bleibt eine Spur Ärger. Wieso urteilt der Mann über das Buch, das er nicht kennt? Meinungsfreiheit stellt sie sich anders vor. Propaganda oder nicht, es ist ein spannendes Buch.

In Wuppertal wird Hanna mit großem Bahnhof empfangen. Familie Berger erscheint in voller Stärke. Doch die Mutter, die den Zug verlässt, hat nur Augen für ihr Kind. Sie presst Klee an sich, als solle er in ihren Leib zurück. So etwas, denkt sie, darf nie wieder geschehen. Als sie den Kopf hebt, entdeckt sie das verweinte Gesicht einer jungen Frau mit langem, schwarzem Haar. Hanna hat sich Waltraud anders vorgestellt, kühler, beherrschter. Die beiden Frauen umarmen sich wie zwei Mütter des gleichen Sohnes. Eine weint, weil sie ein Kind verliert, die andere, weil sie es zurückgewinnt. Der Krieg nahm der anderen den Bräutigam und ihr den Mann. Hanna spürt Hass auf alle, die den Krieg betrieben, selbst auf Albin. Greta Matuschke hatte Recht: Die haben uns Frauen allesamt betrogen.

Der Krieg, bringt Hanna mühsam hervor. Der Krieg. Mehr kann sie nicht sagen.

Die Bergers scheinen nicht zu verstehen. Egal. Was sagt man nicht alles in solcher Lage.

Mutti, Mutti! Klee drängt sich an Hannas Körper.

Willkommen, sagt Frau Berger und versucht, Hannas Rechte mit beiden Händen zu umfassen. Ihr Mann, der eine Kriegsverletzung hat, nickt ihr freundlich zu.

Frau Se-wald, kommt es etwas unartikuliert von der Seite.

Unser Willi ist geistig ..., erklärt Vater Berger. Nun ja ... von Geburt.

Verstehe, erwidert Hanna schnell und begrüßt den jungen Mann.

Ich bin die Mut-ti von Klee, sagt sie zu ihm, Silbe für Silbe abgesetzt. Han-na Se-wald.

Han-na Se-wald, wiederholt Willi. Von drü-ben.

Alle umringen sie. Jeder will behilflich sein. Waltrauds anderer Bruder stellt sich vor, schließlich auch Hinrich, der gewartet hat.

Frau Sewald?, fragt er schüchtern, Sie erinnern sich? Es klingt nach Entschuldigung.

Ja, natürlich, meint sie aufgeräumt. Die Abreibung kommt später.

Gut, sagt Hinrich. Die Erklärung auch.

Endlich entdeckt Hanna ihre Freundin Lisa, die hinter ihr ausgeharrt hat. Sie liegen sich in den Armen.

Dort stehen die Autos, erklärt Waltraud. Unwillkürlich ergreift sie Klees Hand. Als sie es merkt, übergibt sie den Jungen der Mutter.

In Hannas Kopf geht alles durcheinander. Entsetzlich, denkt sie, dass Liebe immer auch Schmerzen bereitet.

Das Gehöft der Bergers, nach einer knappen Stunde erreicht, ein typisches Einfamilienhaus der Dreißigerjahre, liegt nahe am Wald. Im Garten stehen kahle Bäume und Büsche. Dennoch erinnert das Anwesen an einen Bauernhof, denn hinterm Haus sind Stall und Scheune verborgen. Willi geht in sein Gelass, das im Keller liegt und einen separaten Eingang hat. Hanna wird in den ersten Stock geführt, wo sie Klees Zimmer bewundern soll, das wirklich ein kleines Paradies ist. Über dem Bett hängt eine weiße Tüllgardine, wodurch das schlichte Holzgestell zum Himmelbett wird. An der Wand hängen bemalte Märchenfiguren aus Sperrholz. Unter dem Fenster ist der Bauernhof aufgebaut, von dem im Brief die Rede war, lauter ausgesägte Figuren, Enten, Hühner, Kühe, Pferde und Menschen.

Das bin ich, sagt Klee stolz und zeigt auf den Bauernjungen mit dem karierten Hemd. Und das ist meine Tante Waltraud. Er nimmt die Figur mit der blauen Schürze und drückt sie an die Brust.

Gottchen!, entfährt es Mutter Berger.

Jeder von uns hat bei der Herstellung seine Aufgabe, erklärt Waltraud. Hans schneidet aus. Sie zeigt zum Bruder. Ich besorge die Bemalung. Willi lackiert. Papa fährt aus. Mutter kocht. Ein Rädchen greift ins andere.

Toll! Hanna ist ehrlich beeindruckt.

Klee bittet sie ans Fenster. Er zeigt ihr, wo der Hahn ohne Kopf losgeflogen ist und wo das Tier jenseits des Zauns aufschlug. Dann zieht er sie ins Nachbarzimmer. Hier, sagt er, war die Bescherung. Und er schildert ausführlich die Geschichte mit dem Regenschirm.

Ich sollte nur bei mir ...

... die Tischdecke anheben, assistiert Waltraud.

Hab' aber gleich die ...

... ganze Decke weggezogen.

Ich weiß, sagt Hanna und fährt ihm von hinten durch die Haare.

Ein Regenschirm, meint er. Was soll ich mit einem Regenschirm?!

Dazu im Winter. Hanna freut sich über Klees Freude. Ob sie will oder nicht, sie muss ihren Jungen hochnehmen, obwohl er ihr eigentlich schon zu schwer ist.

Von unten wird zum Essen gerufen. Klee jubelt: Essen, hurra! Hanna merkt, dass sie einen gewaltigen Hunger hat. Das ländliche Abendbrot fällt wirklich prachtvoll aus.

Fast nebenbei findet spät abends die fällige Aussprache mit Hinrich statt. Hanna ist zu erschöpft und kann nicht mehr richtig wütend sein. Natürlich, man hätte unbedingt ihre Zustimmung einholen müssen. Aber Hinrich kann nichts dafür, dass ihr in Neuhaus die versprochene Stelle versagt wurde. Nun ist es, wie es ist. Verlust und Gewinn gleichen sich aus. Nachträglich kann sie dem forschen Burschen sogar dankbar sein. Er verschaffte Klee Erlebnisse fürs Leben. Da hatte Trott Recht. Wer möchte das nicht? Einmal im Mittelpunkt stehen, rundherum umsorgt sein, die angestaute Liebe eines mütterlichen Menschen empfangen. Das alles kann sie ihm nie bieten. Sie kann gerade das Elementare schaffen, Nahrung, Gesundheit, Bildung. Schon das fordert mehr Energie, als sie eigentlich hat.

Auf Lisa kann Hanna sich an diesem Tag nicht richtig einstellen. Will sie etwa den Arbeitsort wechseln? Ist das angeblich so gute Verhältnis mit Professor Gotthardt trügerisch? Sie müssen das fällige Gespräch auf ungewisse Zeit verschieben.

Herr Berger hat durchgesetzt, dass Klee schon hier im Vorort von der Gastfamilie verabschiedet wird.

Um die Arbeitszeit geht es nicht, meint er. Aber der Abschied am Zug wäre eine Zerreißprobe für uns.

Das akzeptiert Hanna, schon, weil er das Familienoberhaupt ist.

Lisa, die in einer Bodenkammer übernachtet hat, fühlt sich morgens wie gerädert. Doch bei der Verabschiedung auf dem Hof, wo alle angetreten sind, bewundert Hanna ihre Umsicht. Es geht der Reihe nach. Erst kommen die Männer. Bei Willi dauert es etwas länger. Die Frauen brauchen noch mehr Zeit. Bei Waltraud muss Lisa schließlich eingreifen.

Wir müssen zum Zug, sagt sie sanft. Bei der Hochbahn über die Wupper gibt es eine Umleitung.

Endlich reißt sich Waltraud los. Alle verstehen, dass sie nicht zum Winken bleibt. Wie es heißt, kann sie nach einer Operation keine Kinder mehr bekommen.

Lisa erfüllt ihren Auftrag als Chauffeur mit schlafwandlerischer Sicherheit, wie alles, was sie tut. Während der Fahrt streift das Gespräch den Hochschulwechsel.

In Wuppertal kann ich eine Professur bekommen, erklärt Lisa. Thema Reformpädagogik.

Hanna wartet mit der Antwort. Keiner wäre für das Thema so geeignet gewesen wie ihr Mann. Aber Albin schläft. Nein, er schläft nicht. Ihm wurde sein Leben genommen. Gestohlen. Das Wort „gestorben" vermeidet sie.

Gratuliere, sagt sie endlich.

Danke. Lisa ist damit beschäftigt, ihr kleines Auto durch den Verkehr zu bugsieren. Auf dem Bahnhof muss alles ganz schnell gehen. Hanna kommandiert: Hier lang, Klee! Schneller! Wir müssen den Zug erreichen!

Dann verzögert sich die Abreise aber um eine Stunde. Da schickt Hanna Lisa weg. Sie nehmen schweigend Abschied. Für Sentimentalität ist jetzt keine Zeit. Und Hanna will jetzt ganz auf Klee eingehen.

Unterwegs hält der Zug mehrmals auf freier Strecke. Bei Hannover wird durchgegeben, ein Güterzug sei entgleist. Anders als geplant, passiert der Zug erst am Abend den Grenzpunkt. Auf östlicher Seite fordert eine Lautsprecherstimme alle Fahrgäste zum Aussteigen auf. Klee, der bisher tapfer durchgehalten hat, ist kaum noch zu bändigen. Die Fahrgäste müssen sich mit Gepäck in einen Warteraum quetschen. Zum Glück wird Klee dort bald schläfrig. Hanna versucht, um jeden Preis wach zu bleiben. Es geht nur ganz langsam voran. Der Raum ist schwach beleuchtet, draußen herrscht gespenstische Dunkelheit. Eine Nacht, von der man nicht träumen möchte.

Die Kontrolle fällt anders als bei Peers Rückkehr aus. Am Tisch sitzt ein distinguierter sowjetischer Offizier, der vorzüglich Deutsch spricht. Meist sagt er nichts, lässt nur seine Blicke schweifen. Ihm zur Seite sitzt eine deutsche Schreibkraft, die ähnlich unbeholfen mit der Schreibmaschine umgeht wie Hanna noch vor kurzem. Immerhin schreibt sie mit Zehnfinger-System.

Was führen Sie in Ihrem Gepäck mit?, fragt der Offizier schließlich.

Einen Bauernhof, antwortet Klee wie aus der Pistole geschossen.

Keine Reaktion auf die begeisterte Antwort.

Bitte, Frau Sewald. Der Uniformierte spricht ohne jeden Akzent.

Kinderkleidung, antwortet sie, Spielzeug, Reiseutensilien.

Geld in westlicher Währung?

Nein.

Kurzer fragender Blick, der einen Moment lang vom Gesicht nach unten wandert. Der Offizier diktiert: Keine Geldmittel …

Tippen.

… in westlicher Währung.

Tippen.

Weitere Fragen. Weiteres Tippen. Es dauert und dauert. Klee muss dringend austreten. Hanna beschwört ihn auszuhalten. Es dauert.

Gute Reise, kommt es dann. Keine Regung im Gesicht.

Sie greifen hastig nach dem Gepäck, das wider Erwarten ungeprüft bleibt. Schnell heraus aus diesem Zimmer, schnell zur Toilette, schnell zum Zugabteil. Es ist empfindlich kalt. Doch das zählt nicht. Es gibt nur noch einen Gedanken. Nach Hause.

Die Sonne ist schon aufgegangen, als sich der Zug dem Ziel nähert. Klee schläft seit Stunden auf Hannas Schoß. Sie ist apathisch, sehnt nur die Ankunft herbei, im „Haus mit der Madonna". In der Morgendämmerung erkennt sie vertraute Umrisse und Gebäude. Der Zug muss bald eintreffen.

Klee, flüstert sie dem Jungen ins Ohr, du musst aufstehen. Wir sind in Weimar.

Der Junge macht sich frei, springt auf, klopft ans Fenster.

Weimar! Weimar, hurra!, ruft er. Immer wieder boxt er mit den Fäusten gegen die Scheibe: Weimar! Weimar, hurra! Eine lang angestaute Spannung entlädt sich.

Zu Hause!, ruft Klee, dass es im Waggon widerhallt. Zu Hause!

ZWÖLFTES KAPITEL

Der Graben wird tiefer

Das Frühjahr bringt für Elsners Praxis neue Klienten und damit viel Arbeit. So kommt Hanna immer seltener zum Lesen. Aber „Das siebte Kreuz" von Anna Seghers liest sie bis zum Schluss. Der Roman hat sie gepackt. Und als sie am Ende anlangt, ist ihr so, als wäre der Schlusssatz für sie geschrieben.

Wir fühlten alle, wie tief und furchtbar die äußeren Mächte in den Menschen hineingreifen können bis in sein Innerstes, aber wir fühlten auch, dass es im Innersten etwas gab, was unangreifbar war und unverletzbar.

Damit kann Hanna etwas anfangen. Und deshalb prägt sie sich den Namen des Verlags ein. Das Buch ist im Aufbau-Verlag erschienen. Als sie im Buchladen eine Zeitschrift mit dem Titel „Aufbau" entdeckt, greift sie ohne Zögern zu. Vieles darin gefällt ihr nicht. Aber eine Äußerung vom Präsidenten der neuen Organisation „Kulturbund" bleibt haften. Ein Dichter namens Johannes R. Becher, der bei der gegenwärtigen Macht großes Ansehen genießt, schrieb darin unmittelbar nach Kriegsende: *Unser Volk ist noch nicht zum Bewusstsein der Größe seiner Niederlage gekommen.*

Dieses Zitat übt auf Hanna eine merkwürdige Wirkung aus. Sie hängt daran wie der Fisch am Angelhaken. Im untergegangenen Reich drehte sich alles um Volkes Größe. Hierbei geht es aber nicht um Größe des Volkes, sondern, was leicht im Schatten bleibt, um die Größe der Niederlage. Das Bedrängende des Dichterworts wirkt auf Hanna wie eine Drohung. *Unser Volk ist noch nicht zum Bewusstsein der Größe seiner Niederlage gekommen.* Auch durch die Lektüre des KZ-Romans spürt Hanna eine latente Bedrohung. Sie, Johanna Sewald, wird mit Volkes Schuld zu tun bekommen. In ihren Augen trugen bisher jene die

Schuld, die den Krieg anzettelten, sowie jene, die ihr seit Kriegsende die Existenzgrundlage streitig machen wollten. Sie war das Opfer, das sich wehren musste. Nach dem Roman ist überhaupt manches anders. Das empfindet sie nicht nur als Gewinn. Es ist eine Last, die andere Lasten belastender macht.

Im aufstrebenden Jahr 1949, das bald den Mai erreicht, kündigt sich Veränderung an. Obwohl Hanna die Spaltung ihrer Heimat anfangs für undenkbar hielt, erfährt sie nach und nach vieles, das Zweifel am Zweifel weckt. In den Westzonen gibt es im August Wahlen zu einem Parlament, das in Frankfurt oder dem rheinischen Provinznest Bonn tagen soll. Das klingt nach Provisorium. Aber dennoch: Drei Zonen begründen eine Einheit, welche die vierte Zone ausschließt.

Mit solcherlei Gedanken ist Hanna ganz allein. Soviel sie auch sucht, es ist kein Gleichgesinnter zu entdecken. Weder Elsner noch Helena sind für solche Gespräche geeignet, weder Lisa noch Bertram, weder Margund und Greta noch Liedke und Ulla. Felie kommt, trotz Verwandtschaft, schon gar nicht in Frage. Wie es heißt, zieht die Schwester nach Jena und wird in der Uniklinik arbeiten. Albin, mit dem sie stets gemeinsame Worte fand, schweigt ohnehin.

In ihrer Not sucht Hanna Kontakt zu Ulla Demut, auch wenn deren Stalin-Foto ihr noch zu schaffen macht. Von Ulla wird erzählt, dass sie das ehemalige Gymnasium als Direktorin übernehmen wird. Da Ulrich und Klee dorthin, in die neue Goethe-Schule, umgeleitet werden sollen, könnte das für Hanna eine gute Wendung sein.

Ulla ist noch stärker in Zeitnot als bisher. Als Hanna anruft, wird sie mit der Frage begrüßt: Hast du ein dringendes Anliegen? Ja, sie findet ihr Anliegen dringend. Es geht um nicht weniger als ihre Zukunft und die Zukunft im Osten. Das Treffen wird dennoch auf eine Stunde befristet. Mehr Zeit kann die Freundin nicht abzweigen.

Hanna bereitet sich vor wie auf eine Prüfung. Die Stunde will genutzt sein. Über ihre Versuche, im Westen Fuß zu fassen, wird sie keinesfalls sprechen. Über die dortige politische Entwicklung würde sie von Ulla sowieso nichts Brauchbares erfahren. Aber die Rückkehrerin möchte wissen, was sie „in der Zone" zu erwarten hat. Denn dass sie auf Jahre unter östlichen Bedingungen leben muss, ist sicher. Da will man wissen, was einen erwartet.

Als in Ullas Wohnung am Kleinbahnhof die Tür aufgeht, erschrickt Hanna. Ullas Gesicht wirkt geradezu zerfurcht. Die einstige Schulfreundin ist, so wie sie, nicht einmal vierzig Jahre alt, sieht aber beinahe wie sechzig aus. Ihr kurzgeschnittenes Haar ist grau mit dunkler Schattierung. Das ist Raubbau, denkt Hanna. So darf man nicht mit sich umgehen.

Als sie ins Wohnzimmer gebeten wird, sucht sie unwillkürlich das Foto vom Generalissimus Stalin, das jetzt hinter der Grünpflanze steht. Vermutlich wurde es beim Staubwischen achtlos beiseite geschoben. Das verschafft Hanna eine gewisse Befriedigung. Alle Götter nutzen sich ab, am ehesten solche, die blutige Kriege geführt haben.

Ulla, die bei den vorigen Treffen so stark gewirkt hat, beklagt sich. Ich werde hemmungslos ausgenutzt, sagt sie. Das ist regelrecht Ausbeutung.

Diese Formulierung erstaunt Hanna. Das Wort „Ausbeutung" benutzen die Roten bei der Charakterisierung neuer Feindbilder. Feinde sind jetzt nicht Juden und Kommunisten, sondern es sind Junker und Kapitalisten. Das sind Ausbeuter, die das Volk auf gemeinste Weise ausbeuten, allen voran die Arbeiterklasse, jene Gruppierung heldenhafter Männer mit aufopferungsvollen Frauen an der Seite. So viel Ideologie ist schon zu Hanna herübergeschwappt.

Du kannst von früh bis in die Nacht schuften, erklärt Ulla, doch der Druck lässt nicht nach. Die Faulenzer lachen sich ins Fäustchen. Übrigens, was tust du für den Aufbau?

Das trifft Hanna wie ein Schlag. Muss sie nicht drei Kinder durchbringen? Wird sie nicht wegen ihrer Weltanschauung schon genug benachteiligt?

Entschuldige mal, gibt sie zurück und schüttelt den Kopf.

Schon gut, erwidert Ulla. Ich meine nur. Müsst ihr Nationalen nicht ein bisschen von der Jahrhundertschuld abtragen? Jeder?

Hanna bedauert ihren Besuch. Doch Ulla rudert zurück. Individuelle Schuldzuweisung befriedigt sie wohl selbst nicht.

Ich meine dich nicht persönlich, sagt sie. Aber euresgleichen hat den Krieg gewollt, hat die Liquidierung von allem Fremden gebilligt. Muss man da nicht etwas gutmachen? Ich meine, als moralisch wertvoller Mensch, der du ja bist. Es gibt da Möglichkeiten. Wir haben wichtige Organisationen, den Kulturbund und die Volkssolidarität. Letztes Jahr haben wir die Nationaldemokratische Partei gegründet, als Auffangbecken für lernwillige Nazis. Die wäre vielleicht geeignet.

Hanna ist sprachlos. Ausgerechnet sie, die kleine Kriegerwitwe, soll jetzt für die Vergehen der Parteiführung einstehen?

Ulla, beginnt sie und weiß noch nicht, was sie sagen wird. Ich wollte dich fragen, wie das weitergeht mit diesem – Sozialismus. Sie verkneift sich zu sagen: mit euerm Sozialismus. Die Jetzigen halten den Nationalsozialismus nicht für Sozialismus.

Es gibt gute Zeichen für die sozialistische Weltbewegung, antwortet Ulla. Kürzlich wurde ein Rat für gegenseitige Wirtschaftshilfe gegründet, für die Sowjetunion und sechs oder sieben europäische Staaten. Aber national gesehen gibt es Rückschläge.

Nun steigt die einstige Mitschülerin von ihrem hohen Ross herunter und wird leise. Mit Bedauern in der Stimme erklärt sie, die Rückwärtsgewandten im Westen würden bald einen Sieg erringen.

Bis vor kurzem gab es glänzende Ansätze für ein geeintes Vaterland, sagt sie. Unsere westlichen Landsleute haben alle Chancen zum Fortschritt verspielt. Nun bleibt nur eins, der Wettstreit auf Biegen und Brechen. Für alle friedliebenden Deutschen stellt das eine Riesenenttäuschung dar.

Ja, setzt sie nach einer Denkpause fort, wir sind im Begriff, einen schweren Misserfolg zu erleiden. Die Kapitalisten sind wieder obenauf und kochen ihr Süppchen. Andererseits, sie zögert, wir erringen in Kürze auch einen Sieg.

Inwiefern?

Wir werden, verkündet Ulla mit optimistischer Miene, einen sozialistischen Staat gründen, die Deutsche Demokratische Republik. Noch im Mai bestätigt der Dritte Volkskongress den Entwurf für eine Verfassung. Das ist eine stolze Errungenschaft, ein Gegenentwurf gegen das bürgerliche Grundgesetz im Westen. Hätten wir aber ein sozialistisches Gesamtdeutschland geschaffen, wäre uns nicht weniger als ein welthistorischer Triumph gelungen.

Welthistorisch? Hanna denkt an Elsners Formulierung: Alles Qualm! Sie überlegt, ob sie etwas Sinnvolles antworten kann. Doch ihr fällt nichts ein.

Wir gründen einen demokratischen Staat, fährt Ulla fort. Im Unterschied zum Westen wird es darin echte Demokratie geben.

Aha, konstatiert Hanna und fragt sich: Wie mag diese echte Demokratie aussehen? Doch sie schweigt.

Tja, sagt sie endlich.

Tja, antwortet Ulla.

Beiden ist bewusst, dass sie verschiedener Meinung sind.

Du willst wissen, wie es bei uns weitergeht, Hanna?, fragt sie dann. Du kannst beruhigt sein. Es wird einen Staat geben, dem das Wohl unserer Kinder am Herzen liegt. Du wirst ein Aufblühen der Kultur erleben. Überfluss wird es nicht geben, aber Gerechtigkeit.

Du sollst Direktorin werden?, fragt Hanna unvermittelt.

Ulla nickt zurückhaltend. Ihr ist offenbar klar, welche Belastung ihr bevorsteht.

Ja, das soll ich, sagt sie und fügt hinzu, einer muss ja die Arbeit machen. Schön, dass du da warst. Sie reicht ihr die Hand.

Hanna hält die Hand einen Moment fest. Nein, umarmen kann sie die ehemalige Freundin nicht. Aber einen guten Start wünscht sie ihr dennoch.

Schon wenige Tage später wird Hanna einer anderen starken Frau begegnen, ihrer Schwester. Sie hat Felie seit drei Jahren nicht gesehen. Seit dem Zerwürfnis zwischen Hanna und Elsner ergriff Felie die Partei ihres Vaters und distanzierte sich von Hannas Familie. Manchmal kamen kleine Geschenke für die Kinder, doch sonst herrschte kühles Schweigen. Das bevorstehende Wiedersehen versetzt Hanna tagelang in Aufregung. Eigentlich möchte sie an die Streitigkeiten von damals gar nicht erinnert werden. Ihre um neun Jahre jüngere „kleine Schwester" mit den rötlichen Haaren stand ihr nie sehr nahe. Schon früh war ihr klar: Sie sind beide zu verschieden, um sich verstehen zu können. Das lag nicht nur am Altersunterschied. Den Ausschlag gab die väterliche Sympathie für seinen ruppigen Liebling. Elsner, der sich in Felie wiedererkennt, liebt sie mehr als alle anderen Familienmitglieder. Dagegen betont er im Umgang mit Hanna geradezu zwanghaft den Unterschied. Und auch die Grobheit zu seinen beiden Frauen fällt auf, bei Helena nicht anders als bei seiner ersten Frau.

Für Felie hat sich seit Kriegsende viel geändert. Sie ist eine angesehene OP-Schwester geworden, wird in Kürze an der berühmten Jenaer Universitäts-Klinik anfangen. Aussicht auf Familie besteht allerdings wenig, schon weil Felie etwas von Elsners Widerborstigkeit hat. Bei der Männerknappheit der Nachkriegszeit haben derart stachlige Frauen wenig Chancen.

Zunächst nehmen Elsner und Helena Felie in Beschlag. Sie und ihre Stiefmutter kennen sich nur flüchtig. Die neue Frau und die neue Tochter brauchen Zeit, um miteinander warm zu werden. So treffen die Schwestern erst am späten Abend zusammen.

Hanna ist durch Paulas Andeutungen beim Hauskonzert noch immer irritiert. Näheres über den KZ-Verdacht war bei Elsner nicht zu erfahren, denn er blockte sofort ab. Dann, beim Gespräch mit Felie im halbdunklen Wohnzimmer, tastet sich Hanna behutsam voran. Ehe sie Fragen stellt, lässt sie die Jüngere reden. Nach drei langen Jahren gibt es genug zu erzählen. Zu Hannas Überraschung spielt der Streit von früher keine Rolle. Und nach einer Stunde steuert Felie selbst das heikle Thema ihrer Vergangenheit an.

Manche denken, sagt sie, ich hätte im KZ gearbeitet. Du bestimmt auch. Sie streicht seitlich das Haar nach hinten, das in einem kleinen Knoten endet.

Dieses vermutende Unterstellen hat Hanna bei Felie immer geärgert.

Hast du?, fragt sie.

Das nicht.

Aber?, meint Hanna.

Du gehst natürlich gleich aufs Schlimme. Felie holt weit aus. In ihrer Arbeitsstelle habe man jugendliche Straftäter aus aller Herren Länder betreut. Betreut, betont sie, nicht eingesperrt. Es sei eine Art Lazarett für Ausländer gewesen, und sie habe als Sanitätsschwester gearbeitet. Allerdings, erklärt sie, verwaltungsmäßig gehörte unsere Station zum Komplex des Konzentrationslagers Ravensbrück/Sachsenhausen.

Oh Gott!, entfährt es Hanna.

Was heißt: Oh Gott?!, fragt Felie bissig. Das ist wieder typisch. Ich sage doch: verwaltungsmäßig. Allerdings ...

Ja?

Es gab Ausnahmefälle.

Juristisch?

Nein, quasi moralisch, erwidert Felie. Ich hatte einmal Nachtdienst. Auf der Station war ein blutjunger russischer Fremdarbeiter. Er klagte über Schmerzen im Bauch. Ich war ganz allein und gerade mal zwanzig Jahre alt. Ich rief also den Diensthabenden an, sagte: Eventuell besteht Lebensgefahr.

Und?

Und!, äfft sie Hanna nach. Was weißt du von diesen Dienstwegen? Du warst nie berufstätig. Das ist kompliziert!, begehrt sie auf. Wir hatten Order, die Patienten nicht um jeden Preis durchzubringen.

Was heißt denn das?, fragt Hanna erschrocken. Dabei merkt sie, dass sich das sommersprossige Gesicht der Schwester entfärbt. Heißt das, sterben lassen?

Das hätte niemand so gesagt, aber es hieß: Nur im Ernstfall handeln.

Und der Eid?, fragt Hanna nach.

Ja, der Eid, erwidert Felie knurrig. Weiß ich selber. Wer hat mich denn dazu gebracht, in diese Partei einzutreten?

Du warst in der NSDAP?

Du und Albin, ihr habt so hochtrabend von eurer Bewegung gesprochen, dass ich als junges Mädchen dachte, da gehöre ich unbedingt rein. Da wird die Musik gemacht. Vergessen?

Mach mal 'n Punkt! Mein Einfluss auf dich war nie ...

So war es aber.

Hast du den Mann sterben lassen?, fragt Hanna nach einer Weile.

Felie wartet mit der Antwort. Ich hätte vielleicht, beginnt sie, seinen Tod verhindern können. Hab' ich aber nicht.

Das ist ja entsetzlich! Mit einem Mal schwimmen Hannas Augen.

Das ist das, was ich an dir so hasse, diese Gefühlsduselei. Mensch, du hast doch keine Ahnung vom wirklichen Leben. Du damals in deinem Naziparadies. Du glaubst doch immer noch an die edlen Absichten des Führers.

Hanna beherrscht sich. Du darfst trotzdem arbeiten?

Ich wurde in allen Punkten entlastet.

Es knistert im Zimmer. Hanna weiß nicht, wo sie hinsehen soll. Ohne den Blick zu heben, fragt sie: Vater wusste Bescheid?

Natürlich, Hanna. Ich hätte unter Zwang gehandelt. Bei Zuwiderhandeln hätte Haft gedroht.

War es so?

So war es schon.

Hanna atmet tief durch. Gab es andere Fälle?

Bei mir nicht. Nun ist Felies Stimme verändert. Aber ich will diese Scharte auswetzen, weißt du. Wir waren auf dem falschen Dampfer, Schwester. Wir müssen bezahlen.

So möchte Hanna das nicht bestätigen. Sie hat nichts Unrechtes getan. Wofür soll sie bezahlen? Albins Tod, das ist für sie die Höchststrafe, lebenslänglich. Es zeigt sich erneut: Sie sind sehr weit auseinander. Trotzdem legt Hanna ihre Hand auf Felies Arm, froh, dass die alten Privatgeschichten ruhen. Sicher hat Felie vielen geholfen, manchen das Leben gerettet. Sie wird überall geschätzt, ist eine tüchtige Person, verdient Respekt. Aber, das weiß Hanna sofort, diesen unbekannten jungen Russen wird sie nie wieder los. Felie schon gar nicht. Und gerade durch ihn könnten sich beide wieder näherkommen.

Für das letzte Wochenende im April erbittet Elsner von seiner mitarbeitenden Tochter einen speziellen Dienst, den sie gern übernimmt. Minister Moog hat ihn und seinen Schwager Ehrmann zu einer privaten Unterredung gebeten. Deren Verlauf soll protokolliert werden, um später eine Erinnerungsstütze zu haben. Als Elsner Hanna vorschlägt, wird das von den anderen begrüßt.

Hanna möchte für das Treffen etwas Passendes anziehen, aber kaufen kann sie nichts. So näht sie bei dem rostroten Kleid den Saum an, der seit geraumer Zeit herunterhängt. Da Hanna ein Politikgespräch erwartet, kauft sie zur Einstimmung am Kiosk die aktuelle „National-Zeitung", das Organ der Partei, die ihr Ulla empfohlen hat. Hanna ist keine Zeitungsleserin und in politischen Dingen unerfahren. In dem Blatt der Blockpartei wimmelt es von Schlagworten und Phrasen, was die Lektüre erschwert. Allerdings erfährt sie Fakten zum Thema „Berliner Blockade", worüber gerade viel gesprochen wird, meist hinter vorgehaltener Hand. Die Russen, so weiß sie, haben den Verkehr nach Westberlin abgeriegelt. Nun versorgen die Westmächte die Bewohner aus der Luft.

Bei einer Osterparade, liest sie, sei ein Rekord aufgestellt worden. Angloamerikanische Bomber hätten über die Luftbrücke an einem Tag zwölftausend Tonnen Lebensmittel nach Westberlin gebracht. Dabei wären fast eintausendvierhundert Einsätze geflogen worden. Das hört sich militärisch an. Doch allzu viel sagt es Hanna nicht. Sie kann lediglich ableiten, dass es den Sowjets nicht gelingt, die Westberliner auszuhungern. Jedenfalls existiert da ein Unruheherd, bei dem von Krieg gesprochen wird, von einem „Kalten Krieg", was nicht gerade beruhigend klingt.

Treffpunkt des vereinbarten Gesprächs mit Moog ist sein Haus in der Weimarer Kantstraße, eine aparte Villa mit akkurat angelegtem Garten. Das Wetter erlaubt, dass man im Freien sitzen kann. Else Moog, geborene Krummbiegel, sorgt für die Bewirtung. Protokollieren kann sie offenbar nicht, was Hanna mit Genugtuung feststellt. Hanna ist an dem Sonntagnachmittag sorgfältig gekleidet, was die drei Herren mit kleinen Komplimenten honorieren. Die Kaffeetafel steht neben der korrekt geschnittenen Hainbuchenhecke. Hanna wird zwischen ihren Vater und den Gastgeber platziert. Elsner sagt, sie müsse nicht alles mitschreiben. Er gäbe Zeichen.

Der Minister meint zu Beginn, er sei stolz, in einer Straße mit dem Namen Immanuel Kant zu wohnen.

Wie Sie wissen, sagt er, schätze ich den „Kategorischen Imperativ", den ich allzu gern zitiere. Mit pathetischer Pose setzt er an: *Du sollst so leben, dass* ... Na, Sie wissen schon!, ergänzt er und ist sich der Lacher sicher. Der Lehrsatz ist doch zum Zitieren gar zu lang.

Es dauert, bis Elsner das verabredete Zeichen gibt. Bei Kaffee und Kuchen wird ausführlich die Weltlage erörtert, zuerst die Westberliner Blockade. Moog, der dienstlich die „Frankfurter Allgemeine" lesen darf, weiß Dinge, die den Mitbürgern verborgen sind.

Am 5. Mai, sagt er, wird ein Abkommen veröffentlicht. Es legt den Plan für das Ende der Blockade fest.

Als Nächstes spricht er von einem sogenannten Grundgesetz, einer Art Verfassung, die im Mai in den drei Westzonen beschlossen wird. Die erste Parlamentswahl finde schon im August statt.

Warum die Herren konspirativ zusammensitzen, ist Hanna so lange unklar, bis der Minister mit einem energischen Rundumblick zur Sache kommt, woraufhin Elsner Hanna mit dem Arm anstößt.

Sie wissen, erklärt Moog, weshalb ich Ihre Mithilfe erbitte. Mir wurde von der Schwesterpartei erneut ein unverschämt gutes Angebot gemacht. Freie Demokraten, von drüben, flüstert Elsner.

Ich habe die Pflicht, alle solche Avancen sofort dem Chef zu melden.

Der Chef, souffliert Elsner, ist Werner Eggerath, der Thüringer Ministerpräsident.

Andererseits, fährt Moog fort, kommt mir die Meldung dieses Angebots wie Verrat vor, Sie verstehen.

Hanna versteht nicht, hält aber alles möglichst wortgetreu fest.

Erklärung später, flüstert Elsner.

Als sich letztes Jahr, sagt Moog, die Liberalen der Trizone vereint haben, wurde uns Ost-Liberalen der Anschluss durch die Sowjets untersagt. Dennoch, wir sind Liberale, hier wie dort, und alles Deutsche.

Ein Interessenkonflikt, merkt Ehrmann an.

Moog würdigt ihn keines Blickes und spricht nur mit Elsner.

Indem, erklärt er, mit der künftigen Bundesrepublik und der hiesigen Einheitsrepublik sich zwei mehr oder weniger selbständige staatliche Subjekte formieren, entsteht, wie im Dritten Reich, der Tatbestand des Landesverrats. Oberste Instanz ist statt der Landesregierung bald die Regierung dieser „demokratischen Zone". Na, Sie wissen schon. Wieder weiß er sich der Lacher sicher.

Deutsche Demokratische Republik, sagt Ehrmann spitz.

Unglücklicher Name, meint der Minister, und zu Hanna gebeugt sagt er: Kommt nicht ins Protokoll.

Diese beiden Staatsgründungen, beginnt Elsner zögernd, werfen staatsrechtliche Fragen auf. Wir haben dann zwei Vaterländer.

Darum geht es, bestätigt der Minister. Sie wissen ja, dieser Rat für Wirtschaftshilfe verbindet Osteuropa zu einer Union. Und im Westen ziehen sie nach. Wie ich hörte, soll ein Europarat gegründet werden. Ein Militärbündnis haben sie schon. Abgekürzt NATO.

Ähnliches ist hier in Vorbereitung, erklärt Ehrmann.

Aber das ist nicht alles, schließt Moog an. Der Chef hat eine Kontrollkommission berufen und sie reich mit Kompetenzen ausgestattet. Wenn diese Schnüffler die kleinste Ungereimtheit in meinem Ministerium aufspüren, ist unsereins schnell in den Schlagzeilen, etwa mit der Überschrift „Minister unterschlägt Volkseigentum".

Das bürgerliche Lager ..., beginnt Ehrmann, doch Moog lässt ihn nicht ausreden.

Ja, sagt er, wir werden langsam aus dem Verkehr gezogen. Die gesamtdeutsche Variante, für die sie uns brauchten, ist vom Tisch. Jetzt wird's mit dem Sozialismus ernst. Der Chef lässt die Minister kontrollieren. Und das nennt sich Demokratie.

Nicht ins Protokoll, meint Elsner, worauf die andern nicken.

So nimmt das Dreiergespräch seinen Gang. Vermutlich will Moog seine Positionen nur bestätigen lassen. Hanna hat alle Mühe, Wichtiges von Unwichtigem zu unterscheiden. Zwischendurch erhascht sie einen bewundernden Blick von Elschen Moog, die hereinhuscht und wortlos eine neue Kaffeekanne auf den Tisch stellt.

Was die Herren eigentlich beraten, bleibt für Hanna undurchsichtig. Aber eins ahnt sie. Moog wird es in der Thüringer Regierung zu heiß. Die östliche Strategie, die auf die deutsche Einheit hinauslief, ist am Ende. Moog mit seinen Kontakten zu Liberalen aller Zonen wird angreifbar. Ein Gefühl verbindet ihn mit den beiden Mitstreitern, das Gefühl, die Schuldigkeit getan zu haben.

Nach konzentriertem Gespräch gibt Elsner Hanna ein Zeichen. Sie darf sich ganz dem Kuchen zuwenden, wofür sie dankbar ist. Vieles kam ihr fremd vor. An einer Stelle benutzte der Minister das Wort „absetzen". Seine Mimik konnte besagen, er wolle im Notfall in den Westzonen untertauchen.

Eigentlich ist das Hanna alles ziemlich gleich. Was ihr nicht egal ist, kommt zum Schluss. Else Moog überreicht ihr einen Briefumschlag mit einhundert Mark der neuen Währung. Der Schein sieht aus, als wäre er frisch gedruckt. Sie verspricht, vom Protokoll werde es nur drei Exemplare geben. Für den Schein würde sie fast alles versprechen.

Bei den Kindern beobachtet Hanna in diesem Frühjahr eine Wandlung. In der Zeit, die sie mit Ulrich allein verbracht hat, ist ihr der Junge noch mehr ans Herz gewachsen. Immer, wenn sie sich elend fühlt, ist er zur Stelle und übernimmt im Haushalt, was man in seinem Alter übernehmen kann. Das Besondere ist, dass er es von selbst tut. Er spürt den Aufforderungscharakter der Dinge. Wenn eingekauft werden muss, merkt er es zuerst. Wenn Hanna schwach ist, bittet er ihr sie, sich auszuruhen. Wenn sonntags gekocht wird, steht er bereit und unterstützt die Mutter. Das, was Albin beim Abschied von Peer gefordert hat – Hilf der Mutter! – das befolgt jetzt Ulrich. Es macht Hanna Freude, bei einem der Söhne solche Eigenschaften zu entdecken. Auch was die Schule anbelangt, ist sie zufrieden. Das Auflauern in der Vorstadt ist seit dem Winter unterblieben. Der Schulwechsel wird solche Auswüchse sicher ganz verhindern.

Die beiden Brüder sind anders als Ulrich. So sehr sie sich unterscheiden, so gibt es, trotz Altersunterschied, doch auch viel Verbindendes. Bei dem Aufenthalt in Burg Neuhaus entstand zwischen ihnen so etwas wie Nähe. Das zeigt sich etwa darin, wenn sie gemeinsam Musik hören. Jeden Sonntagvormittag nehmen sie den kleinen Blaupunkt Super in Beschlag und lauschen der „Bach-Kantate" oder dem „Schatzkästlein" mit kleinen Stücken, Liedern und Versen. Meist folgen sie schweigend der Musik. Manchmal gibt Peer kurze Hinweise. Etwa: Pass auf! Jetzt wird es schnell. Oder: Hier das Cello. Fantastisch! Beim wortlosen Zuhören deuten sie manchmal mit Gesten an, was ihnen besonders gefällt.

Hanna nimmt das nur von fern wahr und oft nicht ohne Groll. Denn die beiden sind dann in einer anderen Welt, vergessen ihre Pflichten und bemerken keine Kümmernisse. Hanna gelingt es meist, ihren Ärger zu unterdrücken. Sie wünscht ja, dass die beiden harmonieren.

Eine kleine Begebenheit geht ihr nahe. Es gibt Orgelmusik, und dabei erklingt jene kleine Ciacona von Pachelbel, die Albin so anrührend spielen konnte.

Das Thema im Bass, erklärt Peer, kommt immer wieder.

Welches Thema?, fragt Klee.

Statt der Antwort singt Peer die Bassnoten. Nach einer Weile summt Klee mit, was Hanna rührt. Vor Jahren war das fast haargenau schon einmal geschehen. Albin hatte das Stück in einer kleinen Dorfkirche gespielt und mittendrin unterbrochen.

Hörst du den Bass, Hanna?, rief er von der Empore.

Warum gerade den Bass?, fragte sie von unten.

Weil er immer wiederkehrt. Er spielte den Grundbass mit den Pedalen, bevor er das Stück fortsetzte. Da kam plötzlich Ordnung in die Musik.

Nun sagt der Sohn das Gleiche und hat es vom Vater nie gehört. Und für den Kleinen wird das Durcheinander plötzlich klarer, wie damals bei ihr. Gewiss, bei solchen Beobachtungen empfindet sie Freude. Aber Ulrich steht ihr nun mal näher.

Im Mai erhält Hanna eine Einladung zum Geburtstag. Es ist nur ein kleiner Zettel, mit Schreibmaschine geschrieben. *Tante Doro wird sechzig und möchte gern die Verwandtschaft um sich scharen.* Dr. Dorothea Ehrmann, im Familienkreis nur Tante Doro genannt und wie Helena, ihre jüngere Schwester, geborene Wienerin, lebt seit fast dreißig Jahren in Deutschland. Trotzdem ist ihre Mundart kaum verändert. Als Onkel Georg sie kennenlernte, hatte sie gerade als eine der ersten Frauen Wiens in der geisteswissenschaftlichen Sektion promoviert. Sie war Slawistin und stand in ihrer neuen Heimat in dem Ruf, russenfreundlich zu sein. Das war ein Missverständnis, denn sie liebte nur alte russische Dichter wie Puschkin und Turgenjew, von denen sie einiges ins Deutsche übersetzt hatte. Als ihre Kinder Leo und Paula klein waren, hatte sie begonnen, Gedichte und Geschichten für Kinder zu schreiben. Inzwischen waren mehrere schmale Bändchen erschienen. Hanna wusste davon, hatte nach dem Krieg aber nicht mehr darauf geachtet. Obwohl sie wenig über Tante Doro weiß, hat sie großen Respekt vor der immens fleißigen Frau. Immer wenn man zum Nachbarhaus sieht, brennt Licht in ihrem Arbeitszimmer.

Dass Hanna von den Nachbarn eingeladen wird, ist lange nicht vorgekommen. Es ist kein Geheimnis, dass sie Albins politische Ausrichtung rundweg ablehnten. So ging man sich lieber aus dem Weg. Nun, in der neuen Zeit, sucht Tante Doro offenbar neuen Kontakt. Hanna ist von der Einladung nicht begeistert, doch Elsner betont, sie dürfe auf keinen Fall absagen.

Bei Ehrmanns geht es kaum anders zu als bei Elsners. Helena ist das Bindeglied, wodurch die Beziehung gut gehalten hat. Wie überall auf dem Hypothekenhügel sitzt man auf der Terrasse, umgeben von üppig wuchernden Büschen. Die Sonne meint es gut und schenkt wärmende Strahlen auf die Kaffeetafel. Rundum gibt es viel Schatten und wenig Sicht zu den Grundstücken nebenan. Ehrmanns haben eine Haushaltshilfe, damit Tante Doro ihrer Arbeit nachgehen kann. So entwickelt sich gleich ein munterer Kaffeeplausch.

Hanna fühlt sich erst ein bisschen fremd, obwohl Paula neben ihr sitzt, mit der sie sich beim Hauskonzert so gut verstand. Doch Doro achtet darauf, dass Einzeldialoge unterbleiben. Sie lenkt den Lauf des Gesprächs, wie sie alles bestimmt, was um sie herum geschieht.

Da es Tante Doro stets einzurichten weiß, als österreichische Bürgerin zu firmieren, sind ihre beruflichen Kontakte nach Wien nie abgerissen. Sie schreibt Artikel in der Fachzeitschrift für Slawistik. Ihre Übersetzungen und die Kindersachen erscheinen regelmäßig in Wiener Verlagen. Ganz unvermittelt kommt sie auf ein Erlebnis zu sprechen, das erst ein paar Tage zurückliegt.

Stellt's euch vor, Kinder, erzählt sie, im Blumenladen am Friedhof sind neulich acht Kränze gelegen. Da stand auf den roten Schleifen in Goldschrift: *Ewiger Dank unsern Befreiern, den heldenhaften Sowjetsoldaten.* Ist das nicht arg? Also Georgl, sagt sie zu ihrem Mann gewandt, ihr seid's doch ein seltsames Völkchen. Eben noch geht's euch euer Deutschland über alles. Und gleich darauf verfallt's ihr in Unterwürfigkeit. Ich mein', so sehr tut's ihr die Sowjetsoldaten nicht lieben, gell? Ja, eigentlich gar ein bisschen verachten, ich will nicht hassen sagen.

Zuspitzen ist Doros Art. Hanna kennt das. Nun möchten sich alle um eine Antwort drücken. Dass die deutsche Karte nicht mehr sticht, ist wahr. Aber der Vorwurf der Unterwürfigkeit, sticht auch nicht. Gewiss, die neue Doktrin ist unpopulär, und gängige Phrasen sind peinlich. Aber darüber parlieren mag Hanna nicht. Paula geht dagegen auf die mütterlichen Provokationen ein.

Mama, meint sie, der Hitler war ja nun mal ein Unglück.

Ach, der Hitler ist's gewesen, pariert Doro. Kinder, wo lebt's ihr denn? Es haben doch alle mitgemacht.

Elsner schüttelt den Kopf, sagt aber nichts. Helena möchte abwiegeln, kommt aber nicht zu Wort. Ehrmann, der seine Frau kennt, möchte dem Gespräch eine mildere Wendung geben.

Meine liebe Doro, „Befreiung" ist wohl nicht das rechte Wort.

Was habt's ihr gegen das Wort?, gibt seine Frau scharf zurück. Ewiger Dank, das ist verlogen. Ihr habt's einen Krieg angezettelt und habt's ihn verloren. Und die Russen, die ihr noch immer Deppen nennt, haben euch gezeigt, was eine Harke ist.

Ach Liebes!, stöhnt Helena. Können wir nicht einfach feiern?

Ach Liebes!, äfft Doro die Schwester nach. Worüber magst denn schwatzen? Frühlingsgefühle? Hier passiert G'schichte, Mädel. Die Deutschen spielen Zauberlehrling. *Die ich rief, die Geister, werd ich nun nicht los.* Als ob uns das nicht bekannt wär'. Die alten Griechen sagten: *Teile und herrsche!*

Die Römer waren das, korrigiert Elsner ärgerlich. Doros Art, ernste Themen burschikos zu behandeln, liegt ihm nicht. Er wirft Ehrmann einen abschätzigen Blick zu. Gegen diese Konversation à la Wiener Kaffeehaus ist kein Kraut gewachsen.

Die Frage ist doch, fährt Tante Doro ruhig fort: Gehorcht die Historia einer inneren Logik? Da haben sich die Leute eben noch gerauft wie die Bäckerburschen, und schon schließen's wieder Bündnisse. Überall Heldenbünde. Die Sowjets gründen ein neues deutsches Reich. Der Westen gründet ein neues deutsches Reich. Und das bisherige hehre Reich der Deutschen? Aus die Maus?

Niemand in der Runde mag Prognosen wagen. Und doch grübelt jeder darüber, was Deutschland bevorsteht. Hanna sieht schwarz.

Nach Übertreibung des Nationalen, sagt Elsner, folgt zwangsläufig die Übertreibung des Internationalen. Das ist Dialektik. Soweit ist Logik in der Geschichte.

Aha!, erwidert Doro interessiert. Das ist mal eine Ansicht. Will jemand Kaffee?

Aber wohin führt das?, fragt Paula, den Gedanken Elsners aufnehmend. Müssen Frauen wieder ihre Söhne beweinen?

Ihre Mutter schüttelt energisch den Kopf. An ihren toten Sohn will sie jetzt partout nicht erinnert werden.

Strengt's euer Hirnskasterl an!, ruft sie. Ich weiß es halt auch nicht.

Ich kann mir nicht vorstellen, bringt Hanna angestrengt hervor, dass wir bald zu den Russen gehören und die drüben zu den Amerikanern. Das ist doch – absurd!

Das letzte Wort ist zu laut geraten. Alle sehen zu ihr. Man weiß, dass Hanna leicht die Contenance verliert.

In gewissem Sinne, erwidert Ehrmann mit Bedacht, waren sie unsere Befreier. Soldaten aus Russland und Amerika, fast aus der ganzen Welt, haben dem Unheil Einhalt geboten.

Danke, Georgl, erwidert Tante Doro mit weicher Stimme. Aber euern Stolz müsst's ihr deshalb nicht an der Garderobe abgeben. Selbst, wo wir Menschen geirrt haben, dürfen wir stolz sein. Ich finde – Dank: ja, Unterwerfung: nein.

Das leuchtet Hanna ein. Auch die anderen lassen Zustimmung erkennen. Nun wird das Gespräch entspannter. Tante Doro weiß aus der Wiener Presse, dass Thomas Mann zuerst einen Goethe-Preis im Westen erhalten soll und danach einen im Osten. Kurz vor dem Goethe-Geburtstag will er jedenfalls Weimar besuchen.

Hanna hat inzwischen den Roman „Lotte in Weimar" ausgeliehen, ist damit aber noch nicht weit gekommen. Die ersten Seiten stimmten sie milder gegen den Autor. Aber dass diesem Kerl, der sich nach Amerika verdrückt hat, nun gleich zwei Preise zu Ehren des Dichterfürsten umgehängt werden, widerstrebt ihr. Sie hält aber ihre Meinung zurück. Paula dagegen ist von der Wahl begeistert.

Ich muss ihn sehen, den Meister der „Buddenbrooks". Ich brauche unbedingt ein Autogramm, wie auch immer.

Richtig, Kleines, sagt ihre Mutter.

Endlich können Ehrmann und Elsner Anekdoten aus der Studienzeit anbringen. So findet Hanna bald Gelegenheit, sich zu verabschieden. Ich möchte die Kinder nicht warten lassen.

Ja, die Kinder, erwidert Tante Doro, die halten uns in Atem. Bis zuletzt. Geh mal, Hanna. War schön, dich zu sehen.

In der Praxis von Dr. Elsner ist in den Sommermonaten Hochbetrieb. Es hat sich herumgesprochen, dass es demnächst im Osten einen neuen Staat geben wird und der Ostteil Berlins die Hauptstadt bilden soll. Die meisten Leute halten nicht viel von dem Projekt. Doch die meinungsbildenden Institutionen arbeiten auf Hochtouren. *Der erste Arbeiter- und Bauern-Staat in der deutschen Geschichte.* In der Presse hagelt es Schlagworte und Superlative. Losungen blühen auf wie grelle Kunstblumen. Aber es gibt auch reichlich Unruhe. Viele, die durch die Bodenreform Land verloren haben, wollen die Entscheidung anfechten.

Viele, die Land gewonnen haben, suchen Rechtsschutz, und möchten den Neubesitz sichern. Wie man munkelt, stehen weitere Enteignungen bevor. Kleine Unternehmer fürchten um ihr Eigentum. Die Rechtsanwaltskanzleien sind überfüllt. Bei Elsner ist das Wartezimmer bis zum späten Abend voll besetzt. Hanna kann das Schreibpensum kaum noch bewältigen. Immer neue Klienten melden sich. Auf alle Fragen, die in der Bevölkerung umgehen, soll der Rechtsanwalt Antworten finden. Dabei muss er stets auf eine Rechtslage verweisen, die noch nicht besteht. Keiner weiß, wohin die Reise geht.

Abends, wenn Hanna zu Hause eintrifft, ist sie todmüde. Trotzdem muss das Notwendigste getan werden, Schularbeiten durchsehen, den Einkauf regeln, häusliche Aufgaben verteilen. Für den Morgen muss Wäsche bereitliegen. Zeit, Konflikte auszutragen, gibt es nicht. Alles, was sich verschieben lässt, wird verschoben. Oft schläft Hanna kurz nach dem Abendbrot ein. Das hat unliebsame Folgen. Denn in der Nacht wacht sie auf und kann nicht wieder einschlafen. Für diesen Fall liegt das Thomas-Mann-Buch auf dem Nachttisch. Es soll ihr die nötige Bettschwere bescheren. Allmählich findet sie Zugang zu dem Goethe-Roman, und sie kann sich mit dem Stil, der ihr anfangs überladen erscheint, anfreunden. Besonders gefällt ihr Mager, der Kellner vom Weimarer Gasthof „Zum Elephanten". Es ist pures Lesevergnügen, wenn der Dichter augenzwinkernde Anmerkungen in ereignissatte Sätze schachtelt.

Der Mann sah sie lächelnd von der Seite an, wahrscheinlich im Gedanken an den auswärtigen Dialekt, den die Reisende gesprochen, und folgte ihr noch in einer Art von spöttischer Versonnenheit mit den Augen, indes sie, nicht ohne unnötige Windungen, Raffungen und Zierlichkeiten, sich vom hohen Sitze hinunterfand. Dann zog er an der Schnur sein Horn vom Rücken und begann zum Wohlgefallen einiger Buben und Frühpassanten, die der Ankunft beiwohnten, sehr empfindsam zu blasen.

Besonders findet die nächtliche Leserin ungetrübte Freude, wenn der alternde Olympier, ebenfalls schlaflos, endlich seinen Auftritt hat.

Was ist die Uhr? Erwacht' ich in die Nacht? Nein, vom Garten blinzelt es schon durch den Laden. Es wird sieben Uhr sein oder nicht weit davon, nach Ordnung und Vorsatz, und kein Dämon wischte das schöne Tableau hinweg, sondern mein eigener Sieben-Uhr-Wille war's, der zur Sache rief und zum Tagesgeschäft.

Wahrhaftig, glaubt Hanna, so könnte es in dem Meister gedacht haben. Der Text ist freilich meilenweit von allem entfernt, was ihr in der Nacht zum Tagesgeschäft einfällt. Als Fremdkörper erscheinen ihr wieder die fatalen Stellen über die bösen Deutschen, die in ihr wie damals im Turm von Burg Neuhaus nichts als Abscheu hervorrufen.

... dass sie die Klarheit hassen, ist nicht recht. Dass sie den Reiz der Wahrheit nicht kennen – Unverschämtheit! *– ist zu beklagen, dass ihnen Dunst und Rausch und all berserkerisches Unmaß so teuer –* ekelhaft! *– ist widerwärtig, dass sie sich jedem verzückten Schurken gläubig hingeben, der ihr Niedrigstes aufruft ... ist miserabel ...*

Ja, miserabel! Genau das ist es. So urteilt man nicht über das Volk, dem man entstammt. Das gehört sich nicht, Herr Dichter! Und dann diese bodenlose Selbstüberhebung: *Sie meinen, sie sind Deutschland, aber ich bin's, und ging's zugrunde mit Stumpf und Stiel, es dauerte in mir.* Sie ereifert sich trotz der nächtlichen Stille über die Arroganz dieses zweifellos genialen Deutschen aus Amerika.

Das zwiespältige Bild, das der Mann in Hanna erzeugt, weckt jedoch den Wunsch, an den ominösen Feierlichkeiten im Weimarer Nationaltheater teilzunehmen. Thomas Mann soll zugleich Ehrender und Geehrter sein. Obwohl die sichere Zusage des Festredners immer noch aussteht, wird öffentlich viel über ihn berichtet. Es scheint vor allem um Prestige zu gehen, nicht um Literatur. Becher, der den Satz zur Größe der deutschen Schuld prägte, möchte den Ausgewanderten offenbar unbedingt in seine Heimat zurückholen, am besten in den „sozialistischen" Teil. Der Gast aus den USA, so heißt es, habe seit 1933 nicht mehr deutschen Boden betreten. Er werde auf eigenen Wunsch zuerst das Goethe-Haus aufsuchen. Das Preisgeld, das der noch nicht proklamierte Oststaat in Aussicht stellt, wolle er dem Aufbau der Stadt zuführen. Auch wenn es in Weimar kaum Kriegsschäden gab, ist den Stadtoberen eine Spende für renovierungsbedürftige Bauten sicher recht willkommen.

Der Zufall will es, dass Hanna an einem Abend, da sie von der Praxis nach Hause hastet, Rudolf Liedke begegnet. Er ist aufgekratzt und lässt sie nicht so schnell wieder los. Im Zuge der anstehenden Goethefeiern dürfe er einen Vortrag im Kulturbund halten und wünsche sich dabei unbedingt Hannas Anwesenheit. Er habe schon immer davon geträumt, zum zweihundertsten Geburtstag des Heroen seine eigenen Forschungsergebnisse darzulegen. Goethe sei für ihn nun mal das Nonplusultra.

Sie müssen kommen, Hanna, bittet er und ist nun einfach ein netter Junge mit Begeisterung in den Augen. Ich werde Sie nicht enttäuschen.

Sie werden es nicht glauben, aber schon damals, als ich Sie in der Aufführung der „Iphigenie" sah, hätte ich Ihnen und Ihrem Mann gern meine Sicht auf Goethe nahegebracht.

Sie möchte nicht ablehnen. Liedke, der Alternativ-Mephisto, war ihr gegenüber immer korrekt. Aber sie weiß, dass sie nach der Arbeit kaum noch Kraft hat.

Ich versuche es, sagt sie und fügt gleich hinzu: Unter einer Bedingung.

Schon erfüllt, antwortet er fröhlich. An diesem Abend wirkt er, trotz Stock und nachgezogenem Bein, jung und elastisch.

Meine Nachbarin, erklärt sie, möchte so gern zum Festakt ins Nationaltheater. Sie ist Medizinstudentin und liebt Thomas Mann. „Buddenbrooks" und so.

Wunderbares Werk, schwärmt Liedke.

Ich würde ihr gern die Freude machen. Wäre es möglich?

Eine Eintrittskarte?, fragt Liedke sachlich. Er überlegt. Ich hätte da Möglichkeiten. Eine Karte oder zwei?

Wenn möglich, zwei.

Ich sehe, was ich tun kann. Gib mir deine Telefonnummer. Wie beim ersten Gespräch geht er unvermittelt zum Du über. Hanna kramt einen Zettel aus der Tasche, schreibt ihre Dienstnummer auf.

Ich arbeite jetzt in der Praxis meines Vaters, erklärt sie.

Aber Hanna, meint er gönnerisch, das wissen wir doch. Und das ist der richtige Weg.

Ich möchte mir ein eigenes Urteil über den hochgepriesenen Autor bilden, sagt sie noch. Er war ja bei uns ...

... verfemt, ergänzt Liedke prompt.

Nun, sagen wir, er war etwas anrüchig.

Naja, meint er, Nestbeschmutzer war noch das mildeste Verdikt. Wir vergessen das nicht.

Ich bilde mir eben gern ein eigenes Urteil, erwidert Hanna bestimmt. Sie muss nach Hause.

Wunderbar! Du bist wirklich auf dem richtigen Weg, Hanna. Wir sehen uns?

Wir sehen uns, sagt sie und hastet davon.

Lange hat Hanna nichts mehr von ihrer Freundin Lisa gehört. Aber die beiden Frauen, die den gleichen Mann liebten, sind einander so nahe, dass sie auch ohne Briefe im inneren Kontakt bleiben. Obwohl eine Grenze zwischen ihnen liegt, die sich ständig verfestigt, sind sie miteinander verbunden wie Geschwister, was jedoch Konkurrenz nicht ausschließt.

Hanna ist nicht im Mindesten überrascht, als im Sommer ein langer Brief von Lisa eintrifft. Er musste kommen. Zu vieles geschieht, was Austausch verlangt. In diesen Tagen wird viel von Spaltung gesprochen. Jedes politische Lager beschuldigt das andere, es würde das Heimatland endgültig auseinanderreißen. So ist Hanna nicht verwundert, dass auch Lisas Brief solche Tendenzen enthält. Auf Grund des größeren Territoriums habe der Westen das größere Recht zur Staatsgründung. Und der Osten könne die Spaltung verhindern, indem er seine separatistischen Bestrebungen aufgäbe und freie Wahlen zuließe. Dann würde sich alles von selbst regeln. Das will Hanna nicht einleuchten. Sie glaubt, derzeit könne nichts gegen den Willen der Siegermächte geschehen. Die Spaltung, scheint ihr, ist vom Westen gewollt und wird jetzt von dort festgeschrieben.

Natürlich geht es in dem mehrseitigen Brief der Freundin wieder ausführlich um Professor Petersen, dessen Wohl ihr wie nichts anderes am Herzen liegt.

... Petersen wird in Jena peu à peu abgebaut. Im Mai wurde die Pädagogische Fakultät von einer sowjetischen Kontrollkommission überprüft. Die Ergebnisse fielen nicht vorteilhaft aus. Etliche der Mitarbeiter würden sich nicht kritisch genug mit der traditionellen Pädagogik auseinandersetzen. Vorlesungen und Forschung seien von Individualismus und Liberalismus geprägt, und die Bücherei schaffe nicht ausreichend fortschrittliche Bestände an. Dabei wird Petersen nicht persönlich angegriffen. Man weiß in Russland, er ist einer der großen deutschen Pädagogen unserer Zeit. Die Kontrolleure haben von ihrem Standpunkt aus sogar recht. Denn die von ihnen favorisierte Einheitsschule steht Petersens Lehre diametral entgegen. Diente ein Schulsystem je freiheitlich-demokratischen Grundsätzen und der freien

Entfaltung der Persönlichkeit, so die Lehre Peter Petersens. Eure Bildungsministe-
rin, Dr. Torhorst, hat ihm das direkt attestiert. „Ohne eine politische Absicht glaube
ich, dass ein Pädagoge wie Petersen in Westdeutschland ein weites Feld für seine
Tätigkeit finden würde ... bei uns ist kein Platz dafür."

Als Dekan der Sozialpädagogischen Fakultät wurde er schon letztes Jahr abge-
setzt. Neulich erhielt er ein Prüfungsverbot für die Staatsexamina. So wird er, wie
viele andere, langsam hinauskomplimentiert. Die Spreu trennt sich vom Weizen. Du
musst nun entscheiden, wozu du gehören willst, zu den Individualisten oder zur Ein-
heitspartei ...

An dieser Stelle legt Hanna den Brief beiseite. Wenn es so einfach wäre. Die Individualisten im Westen haben ihr still und heimlich eine Abfuhr erteilt. Das kann sie nicht besser finden als die offene Ablehnung der Hiesigen. Was zwischen Ost und West Spreu ist und was Weizen, das muss sie noch ergründen.

Der Schluss des Briefs endet mit einer Überraschung. Lisa will in den Semesterferien Petersen besuchen und von Jena aus Station in Weimar machen. Sie hat die Tage ins Auge gefasst, an denen die Feierlichkeiten zum Goethe-Jahr ihrem Höhepunkt zustreben. Das gefällt Hanna eigentlich nicht. Die Stadt wird überfüllt sein, und an der Esplanade hört man dann mehr Fremdsprachen als Deutsch. Schon jetzt fällt es Hanna schwer, ihr Arbeitspensum mit dem öffentlichen Trubel zu vereinbaren. Andererseits gefällt ihr, dass Lisa sich für ein Großereignis in der Ostzone interessiert. Sie könnte auch nach Frankfurt fahren. Offenbar hängt sie an Thüringen. Also muss Hanna eine weitere Karte für den Festakt besorgen.

Nicht nur die Verleihung des Goethe-Preises hält Weimar in Atem. Bereits seit dem Frühjahr wird Goethe überall in der Stadt gefeiert. Das Jubiläum wirkt sogar bis in die Schulen. Während Klee und Ulrich nur nebenbei von dem Ereignis erfahren, wird in Peers Schule sogar der Stundenplan ergänzt. Für die höheren Klassen gibt es einmal pro Woche eine zusätzliche Doppelstunde über Goethe und Weimar, in der alle einschlägigen Gedenkstätten behandelt werden. Trotz der Sommerferien sollen die Schüler Spalier stehen. Die meisten sind für das Nationaltheater eingeteilt. Peer darf, was als große Ehre gilt, zum Goethe-Haus am Frauenplan.

Weil Deutschlehrer knapp sind, übernimmt Peers Klassenlehrer den Zusatzunterricht, weil er auch politische Aspekte berücksichtigen soll, etwa die progressive Rolle Thomas Manns während der Nazizeit. So übernimmt Herr Münnich, der Lehrer für Geschichte und Gegenwartskunde, trotz offenkundiger Probleme mit der deutschen Sprache, die Goethestunden. Schon nach dem ersten Mal erzählt Peer zu Hause haarsträubende Dinge.

Münnich behauptet, dieser Goethe hätte, wie er sagt, dem Volk aufs Maul geschaut. Dabei schiebt er den Unterkiefer vor und fällt in die weiche Thüringer Mundart. In der nächsten Woche bringt er eine neue Blüte von Münnich nach Hause.

Münnich behauptet, sagt er und schiebt wieder den Unterkiefer vor, Goethe soll frankfurtisch gesprochen haben. Er denkt wohl, Dialektsprechen ist prima, weil er es macht. Jedenfalls meinte er, im „Faust" hätte dieser Goethe *neige* mit *reiche* gereimt. Was heißt eigentlich *neige*?

Sie erklärt ihm die Stelle und fügt noch hinzu: Wenn im „Faust" jemand frankfurtisch spricht, dann nicht Goethe, sondern Gretchen. Ich hab' die Rolle ja mal gespielt.

So?, fragt Peer erstaunt, doch Hanna geht darüber weg.

So viel steht fest, sagt sie mit Nachdruck. Goethe hat nicht gesprochen wie Herr Münnich.

Darf ich das sagen?

Junge! Über das, was wir zu Hause besprechen, darfst du nie in der Schule reden.

Als Hanna den Zusatzunterricht schon rundweg ablehnt, kommt Peer an einem Abend begeistert zurück. Statt der zweifelhaften Aufklärung gab es einen Besuch im Goethe-Haus.

Der Goethe, berichtet er, war nicht größer als ich. In sein Bett hätte ich auch gepasst. Außerdem gab es keine normale Toilette, und gewaschen haben die sich auch nicht richtig. Die nahmen immer nur Parfüm. Schweinerei! Aber eine saubere Handschrift hatte der. Und das mit Gänsefedern.

Hanna ist abends zu müde für lange Erklärungen. Wenn der Junge in Weimar lebt, wird er noch genug über den Dichter erfahren.

Wegen Lisas Besuch empfiehlt Elsner seiner Tochter, sie solle beim Einwohnermeldeamt vorsprechen. Für Bürger von jenseits der Zonengrenze bestehe Meldepflicht. Hanna ruft an und fragt nach einer Mitarbeiterin namens Matuschke.

Es dauert eine Weile, bis sie die bekannte Stimme hört.

Hier Greta Matuschke?

Hanna gibt sich zu erkennen und trägt ihr Anliegen vor. Greta ist zurückhaltend. Sie sei im Dienst und dürfe am Telefon keine privaten Anfragen beantworten. Sie könne ihr aber einen Antrag besorgen. Nach Feierabend sei sie im Café „Resi" anzutreffen. Da wäre es doch so gemütlich.

Als Greta am späten Nachmittag dort eintrifft, ist Hanna schon unruhig. Die Ferien haben begonnen, und die Kinder sind seit dem Morgen allein. Nur mittags kocht Helena und sieht nach dem Rechten.

Gretas Äußeres hat sich seit dem letzten Mal verändert. Ihre Haare sind stark gestutzt und nicht mehr superblond. Die Kleidung wirkt wesentlich schlichter. Die neue Kollegin wurde offenbar straff eingebunden.

Mit Westbesuch, sagt sie, gibt es bei uns derzeit Unklarheiten. Sie tut geheimnisvoll. Dieser Schriftsteller aus Amerika bringt alles durcheinander.

Thomas Mann?

Sie nickt. Dieser Festakt ist ein riesiges Politikum. Die ganze obere Garde kommt her, und dieser Glatzkopf mit Brille hält eine Rede.

Becher?

Naja, dieser Dichter, der Kulturminister werden soll.

Hanna fällt Gretas erstaunliches Organisationstalent ein.

Könntest du mir eine Karte für den Festakt besorgen?

Gretas Gesichtsausdruck zeigt an, wie schwierig das ist.

Eine Karte für die Westbesucherin?, fragt sie. Da gelten jetzt neue Bestimmungen. Wo die drüben doch gerade Deutschland spalten.

Hanna sagt nur: Nein, eine Karte für mich.

Das ist was anderes, meint Greta leutselig. Aber du musst es versprechen, sonst krieg' ich Ärger mit meinem Chef. Den muss ich mir warmhalten. Sie rollt mit den Augen. Übrigens, fügt sie leise hinzu, den Heimkehrer hab' ich rausgeschmissen. Wurde auch Zeit. Jetzt, wo ich Behörde bin.

Hanna lacht nicht.

Erwartungsgemäß berichtet Greta nun ausführlich von der neuen Arbeitsstelle.

Im Amt ist der Teufel los. Immerzu Nachfragen, Überprüfungen, dann ständig neue Regelungen. Sie beugt sich vor und flüstert. Wir müssen ab dem siebenten Oktober gleich funktionieren.

Siebenter Oktober?

Ach Hanna! Sie fasst sich an den Kopf. Du weißt wieder gar nichts.

Ach so, diese Gründung?

Deut-sche de-mo-kra-ti-sche Re-pu-blik, DDR, sagt Greta. So heißen wir bald. Kannst immer schon üben. Deutsche demokratische …

Ob das lange hält? Ich weiß nicht.

Das hält, sage ich dir. Wird alles perfekt geplant. Wir kriegen doch Planwirtschaft. Und deinen Kindern geht's gut?, fragt sie nach.

Hanna möchte sich nicht zu lange aufhalten. Doch bis der Kaffee gebracht wird, bleibt Zeit für eine Antwort.

Klee und Peer waren zwischendurch auf einer Internatsschule in …

Ich weiß doch, Hanna. Gut, dass ihr nicht drüben geblieben seid.

Wieso weiß Greta Bescheid?, denkt Hanna.

Du wirst sehen, setzt Greta mit voller Überzeugung fort, das hier im Osten ist gut für uns. Die machen Sozialismus für die kleinen Leute. Du bist doch jetzt auch eine Art Sekretärin. Für uns ist das gut. Sie nickt zur Bestätigung. Und die Dame mit dem Antrag …

Ja?

… die musst du vor Oktober nicht anmelden. Erst, wenn wir zwei Staaten haben.

Hanna vergewissert sich noch einmal. Wirklich keine Meldepflicht?

Hör doch auf Greta Matuschke. Die weiß das.

Beim Abschiednehmen sagt sie: Ich schicke dir die Karte. Aber nur für dich. Ich will keinen Ärger. Weißt du, Hanna? Sie flüstert. Greta ist jetzt endlich frei. Und mein Chef ist erste Sahne.

Der Festakt, auf den seit Wochen alles hinausläuft, findet am 1. August im Weimarer Nationaltheater statt. Greta hat den besten Platz beschafft. Den erhielt Paula, die freudestrahlend im Parkett sitzt. Hanna und Lisa bekamen zwei Restkarten für den Zweiten Rang. Liedkes

Einfluss scheint nachzulassen, denn die Billetts, die er Hanna auf dem Theaterplatz eilig zusteckte, sind ganz oben an der Seite, wo die Sicht zur Bühne angeschnitten ist. Aber das Rednerpult haben die beiden Freundinnen im Blick. Das genügt, denn sie wollen vor allem prüfen, ob in Gottes und Goethes Namen der Mann aus Übersee den Preis wirklich verdient.

Von oben unterm Dach sucht Hanna im Publikum nach bekannten Gesichtern. Sie packt das Opernglas ihrer Mutter aus und stellt es ein. Elsner und Helena vermutet sie bei Moog nahe der Bühne und findet sie auch dort neben Paulas Eltern. Der Minister hatte die beiden Paare eingeladen. Nun entdeckt Hanna Liedke, vorn im Saal an der Seite zwischen Ulla Demuth und seiner Frau. Leider hat Hanna seinen Goethe-Vortrag verpasst. Der Vater brauchte an diesem Abend ihre Hilfe. Bei der Kartenübergabe meinte Liedke: Hat wohl nicht geklappt? Ich hab' jedenfalls Ihre Bedingung erfüllt. Er konnte seine Enttäuschung nicht verbergen.

Die Arbeit, brachte sie entschuldigend hervor.

Hanna entdeckt, dass Paula lebhaft nach oben winkt, und sie winkt zurück. Ein Glück, dass sie ihr den Wunsch erfüllen konnte. Da muss sie Greta noch mal danken.

Die Reihen füllen sich und Hannas Blicke wandern. Dabei fällt ihr die „Iphigenie"-Aufführung ein, die über zehn Jahre zurückliegt. Am Tag vorher, als sie Albin begleiten durfte, saß Reichsminister Goebbels in der Loge. Baldur von Schirach hielt die Festrede. Bruchstücke wabern in ihrem Gedächtnis. Das Blatt von 1937, auf dem Albin einige Stellen der Rede notiert hatte, fand sie beim Umzug. Der Reichsjugendführer sprach die Hoffnung aus, dass jährlich *eine auserlesene Schar der Jugend in Goethes Stadt strömen und eine Woche lang dem Werk des Dichters huldigen* werde. Sie erinnert sich der Auslassung, dass *Feinde der Bewegung das Kleid der Kameradschaft als geistlose Uniformierung* verhöhnt hätten. In diesem Punkt waren Albin und sie entgegengesetzter Meinung. Die Woge der Braunhemden befremdete sie, während ihr Mann in Begeisterung versetzt wurde. Das ist gewaltig, schwärmte er. Das ist Urkraft.

Unten im Saal tauchen jetzt zwischen Zweireihern und Abendkleidern immer mehr Blauhemden auf. Die FDJ macht Front. Wieder Uniformen, denkt Hanna und spürt, Lisa ist das äußerst zuwider. In diesem Moment erkennt Hanna im Parkett Greta Matuschke mit tief ausgeschnittenem Kleid. Neben ihr ein graumelierter Herr, wohl der Chef, den sie sich warmhalten will.

Lisa beugt sich zu ihrer Freundin herüber und versucht, das Gemurmel zu übertönen. 1942 hörte ich hier Hans Carossa, sagt sie, in dem Jahr, als er mit Albin zusammentraf. Er nannte Goethe eine geistig-seelische Weltmacht. Das klang ziemlich kriegerisch.

Hanna schweigt und überlegt. Damals wurde Klee geboren, und sie konnte zu dem Auftritt nicht mitkommen. Wahrscheinlich war Albin mit Lisa hier. Die Freundin wechselt zur Dankesrede des Preisträgers, deren Wortlaut sie aus einer Frankfurter Zeitung kennt. Nun, meint Lisa, bin ich auf die Vorrede gespannt. Interessant ist vor allem, ob sich Thomas Mann zur deutschen Einheit bekennt? Er hat ausdrücklich versichert, sagt sie nahe an Hannas Ohr, er werde nur vor der Gründung eurer Ostrepublik nach Weimar kommen. Unsere Presse, erklärt sie, hat ihn beschimpft, weil er hier bei den Kommunisten auftritt.

Das Stichwort Kommunisten erinnert Hanna an eine offizielle Äußerung. Der SED-Politiker Otto Grotewohl wurde in einer Thüringer Zeitung mit der Sentenz zitiert, es existiere kein östlicher und kein westlicher Goethe. Und wie es nur einen Goethe gäbe, gäbe es auch nur ein deutsches Volk.

Sie kann den Gedanken nicht weiter verfolgen, denn auf einmal wird es still. Im Parkett, genau dort wo Liedke sitzt, schreiten die Akteure des Festakts in den Saal. Man erhebt sich. Klappern der Sitze. Klatschen. Hanna erkennt an der Spitze Werner Eggerath, den Ministerpräsidenten.

Frau Dr. Thorhorst, tuschelt Lisa, und meint jene Ministerin, die Petersen gerügt hat. Und dahinter … Lisa muss beinahe rufen, um den Beifall zu übertönen. Der mit dem Bärtchen unter der Nase, das ist Thomas Mann.

Hanna entdeckt in der Reihe der Aufmarschierenden einen hageren Mann mit einer kleinen Frau. Der Hagere, glaubt sie, ähnelt ihrem Vater. Um die siebzig Jahre, Kammspur, unter dem Anzug Weste und Krawatte. Dicht dahinter, ohne Frau, ein leicht fülliger Begleiter mit glattem Schädel und heller Brille. Vermutlich Becher.

Klappern. Man setzt sich. Begrüßung. Dann Musik, natürlich Beethoven. Den ersten Redner kennt man hier, Dr. Hermann vom hiesigen

Kirchenrat. Er begründet, weshalb die Stadt Weimar den Gast für würdig befindet, ihr Ehrenbürger zu sein, was der Hagere regungslos entgegennimmt. Ein Schauspieler spricht zwei Goethe-Gedichte, im Programmzettel als Textvortrag bezeichnet. Es sind Verse, die zu Albins Lieblingsgedichten gehörten und die in seiner Auswahl für Adolf-Hitler-Schulen standen, zuerst „Eins und alles":

Im Grenzenlosen sich zu finden,
wird gern der Einzelne verschwinden ...

Eben noch war Hanna beherrscht, plötzlich kämpft sie mit den Tränen. Dort, wo jetzt das Ehepaar Liedke sitzt, saß da nicht mal das Ehepaar Sewald? Und hat nicht Liedke einst, wie sie jetzt, im Hintergrund gesessen? Bei diesem Gedicht erklärte Albin oft seinen andächtigen Zuhörern den inneren Bezug zum folgenden „Vermächtnis". „Eins und alles" endet:

Denn alles muss in Nichts zerfallen,
wenn es im Sein beharren will.

Und das Gedicht „Vermächtnis" beginnt mit dem Widerspruch:

Kein Wesen kann zu Nichts zerfallen!
Das Ew'ge regt sich fort in allen.

Ja, Albin hätte den gleichen Textvortrag gewählt. Das zeugt von kenntnisreichen Gestaltern. Sie hört, bestens artikuliert, von unten:

Den Sinnen hast du dann zu trauen,
Kein Falsches lassen sie dich schauen,
Wenn dein Verstand dich wach erhält ...

Den Sinnen trauen. Kein Falsches schauen. Wachhaltender Verstand. Sie lauscht dem Klang der Worte hinterher. Immer schleicht sich dieser Goethe ins Ich-Gefühl, findet geflügelte Worte:

Was fruchtbar ist, allein ist wahr.

Bevor der Beifall nachlässt, neigt sich Lisa zu Hanna und spricht aus, was die Freundin nur zu gut weiß. Die Auswahl hätte Albin gefallen. Hanna nickt und muss wieder mit den Tränen kämpfen.

Sie nimmt das Opernglas und beobachtet, wie die Herren Mann und Becher, dem Gesagten huldigend, im gleichen Rhythmus klatschen.

... edlen Seelen vorzufühlen,
Ist wünschenswertester Beruf.

In der Reihe hinter dem Ehepaar Mann, Becher und dem Ministerpräsidenten entdeckt Hanna jetzt Moog, Ehrmann und Elsner mit ihren Frauen. Ihr Vater macht Notizen. Helena fächelt sich Luft zu. Es ist wirklich stickig, vor allem im Zweiten Rang.

Der Verlauf der Feier ist sorgfältig geplant. Oberbürgermeister Buchterkirchen, den Hanna seit Kindertagen kennt, verliest die Ehrenbürger-Urkunde und überreicht sie anschließend. Wie man in Weimar weiß, gehört das Stadtoberhaupt zur CDU, nicht zur SED, wie fast alle ostdeutschen Bürgermeister. Hanna erkennt das an seinen Manieren. Der Mann hat Stil. Wieder nimmt der Hagere die Ehrung ohne sichtbare Regung entgegen.

Nun schlägt die Stunde des Johannes R. Becher. Längst als Kulturminister der künftigen Republik bestimmt, wird er nur als Präsident des Kulturbundes angekündigt. Becher überreicht die Urkunde der Auszeichnung, die „Goethe-Nationalpreis" heißt. Der Hagere nickt väterlich, etwa, als hätte man ihm freundlich zugeprostet. Bechers Laudatio beginnt für Hanna weitgehend akzeptabel, wenn auch etwas theatralisch. Den leidigen Höhepunkt bildet dann allerdings ein hymnisches Sonett auf den Gefeierten, das anhebt:

Als Du aus Deiner Heimat warst verbannt ...

und in purem Pathos endet:

Willkommen in der Heimat, der befreiten,
Du, Deutschlands Ruhm und Ehre, Thomas Mann!

Hanna schlägt ihre Hand vor den Mund, als müsse sie einen Schrei unterdrücken. Lisa blickt ungerührt zur Bühne. Der Hagere steht nun auf, verbeugt sich, woraufhin Unruhe im Saal aufkommt. Jeder möchte wissen, wie dieser rebellische Emigrant aussieht, der während des Kriegs anklägerische Reden über die Deutschen in den Äther schickte? Durch das Opernglas erkennt Hanna unter seinem linken Auge eine Warze. Zweifellos trägt er einen Oberlippenbart, ganz ähnlich wie einst der Führer und genauso wie der Ministerpräsident. Während Becher Thomas Mann lebhaft die Hände schüttelt und auf ihn einredet, holt der Gast aus der Brusttasche seines Zweireihers die Brille, dann aus der Innentasche das Redemanuskript. Er zeigt an, dass er zum Pult gehen möchte, und Becher gibt generös den Weg frei.

Was wird er lesen? Nur den Wortlaut von der Paulskirche? Lisa gibt mit spitzem Mund den verschnörkelten Anfang wieder: *Ich glaube, Sie würden es mit mir als unnatürlich empfinden ...* Die Rede, sagt sie zu Hanna, soll beim Urlaub in der Schweiz entstanden sein. Ringsum wird es leise. Hanna hofft, der Redner möge den Besuch im Osten erwähnen.

Meine Damen und Herren! Jetzt heißt es, die richtigen Worte finden, die dieser ergreifenden Stunde einigermaßen gemäß sind ...

O Gott!, denkt Hanna, der Wortmächtige greift zu Floskeln, trägt sie aber sachlich vor, mit geschärfter Stimme. Von Dank müsse die Rede sein, von Güte, ja, Ehre.

Und solche Worte eben, die dem Gebotenen gerecht werden, sind schwer zu finden.

Er liest ab, spricht deutlich, fast monoton. Hier und da unterläuft ihm, einem gesprochenen Komma gleich, ein flinkes *nicht wahr?* Auf einmal folgt, was viele erwarten, ohne zu wissen, dass sie es erwarten, ein Bekenntnis.

Ich hätte es als unschön, ja, als eine Treulosigkeit empfunden, wenn ich auf dieser Reise mich um die deutsche Bevölkerung der sogenannten Ostzone nicht bekümmert, sondern sie sozusagen, links hätte liegen lassen.

Verstehendes Schmunzeln in gebannten Gesichtern. Links liegen lassen, das ist gut. Ehe er den ersten Absatz erreicht, rühren sich beifallsdrängende Hände, erst zögernd, dann, als der Redner zum Atemholen die Stimme senkt, umso machtvoller. Später, mit neuer Kraft ansetzend, erklärt er den Dank für die Ehrenbürgerwürde der Goethe-stadt und verleiht seiner politischen Haltung in gewitzten Nebensätzen Ausdruck.

Dass ein und derselben Schriftstellerpersönlichkeit in Ost- und Westdeutschland zwei Goethe-Preise zuerkannt würden, geschehe *abseits und oberhalb von allen Unterschieden ihrer staatlichen Regimente, aller ideologischen, politischen und ökonomischen Gegensätze.* Denn man habe sich *auf kulturellem Grund* gefunden. Das erweise sich als Symbol *für die öfters schon gefährdet scheinende Einheit Deutschlands. Wer sollte denn heute diese Einheit gewährleisten und repräsentieren, wenn nicht ein unabhängiger Schriftsteller, dessen wahre Heimat die freie, von Zoneneinteilung unberührte deutsche Sprache ist?*

Da war es, das ersehnte Wort zur Einheit. Und wie gelungen!

Hanna erlebt nun, was sie nicht für möglich hielt und äußerst ungläubig wahrnimmt. Das Publikum, längst aufgestanden, spendet donnernden, wahrhaft enthusiastischen Beifall. Auch sie, Hanna Sewald, Witwe des völkischen Dichters Albin Sewald, applaudiert stehend. Dass in der Spaltung eine Einheit existieren könne, dass die Sprache diese Einheit bilde, diese Gedanken nimmt sie wie eine Offenbarung entgegen. Und sie beobachtet mit Genugtuung, wie Becher, die Hände anhebend, dem Gast kraftvoll Beifall zollt.

Bald erreicht der Preisträger das Ende der Vorrede und hat doch schon die Herzen gewonnen, nicht zuletzt durch sein persönlich gehaltenes Abschlusswort: *Erlauben Sie mir, meine tiefe Dankbarkeit auszudrücken für die ehrenvolle Sympathie, der ich hier begegnet bin und die mir eine Stärke sein soll bei dem, was Natur und Schicksal mir noch an Werk und Arbeit vorbehalten haben mögen.*

Während die Hauptrede mit jenem gekonnt verschnörkelten Satz einsetzt, den Lisa ankündigte ... *Ich glaube, Sie würden es mit mir als unnatürlich empfinden ...,* triftet Hanna mit ihren Gedanken allmählich ab und nimmt nur noch Bruchstücke wahr. Sie weiß schon, was der Redner über sich und zum Wirken Goethes vorzutragen hat, wenngleich es zwischendurch komprimierte Äußerungen zur Lage gibt: *Es ist der Zwist zwischen zwei Ideen von Deutschland, eine Auseinandersetzung über die geistige und moralische Zukunft des Landes. Der Weg der Deutschen zu einem echten Europäertum. ... Mein Besuch gilt Deutschland selbst, Deutschland als Ganzem und keinem Besatzungsgebiet.* Zur Sprache kommen auch *Geburtswehen des Neu-en, Umwälzungen und qualvolle Anpassungsnöte.* Hanna entfernt sich den-noch von der Wortkomposition, bei der *alle Register des herrlichen Orgel-werks unserer Sprache* gezogen werden. Nur die Passage über den Goethe-Roman, den sie erst in der Nacht ausgelesen hat, erlebt sie noch hellwach. Der Urheber musste ihn in der Fremde schreiben, weil in seiner Heimat kein Platz für ihn war. Er habe sich Goethes Lebens-sphäre in Kalifornien notdürftig vor Augen führen müssen, anstatt zur lebendigen Anregung nach Thüringen zu fahren. Diese Mitteilung löst bei Hanna eine Welle von Mitgefühl aus. Es war Unrecht, ihm und anderen die Heimat zu verwehren. Da hat die Reichsführung Schuld auf sich geladen. Und, das beginnt sie zu begreifen, nicht nur in die-sem Punkt. Formulierungen klingen in ihr nach, die wie Schwerthiebe wirken. *Ein Rausch hob das Volk auf und nannte sich „nationale Revolution",* ein Rausch, raffiniert gemischt *aus Begeisterung und Entgeistung.*

Am Morgen, nachdem die Kinder auf den Schulweg gebracht wurden, begleitet Hanna Lisa zum Bahnhof. Als das „Haus mit der Madonna" hinter ihnen liegt, überkommt Hanna die Erinnerung an eine ähnliche Situation. Es muss zwei Jahre her sein, Spätsommer '47. Die beiden Freundinnen hasteten zum Bahnhof. Vor der damaligen Abreise, fin-det Hanna, war alles wie jetzt, der schnelle Aufbruch, der stramme Fußmarsch durch die Stadt. Kurz vor dem Bahnhof kam Lisa endlich auf ihren Plan mit der Stelle auf Burg Neuhaus zu sprechen. Hanna hört Lisa nach dem Einbiegen in die Bahnhofstraße sagen: Wir gehen über die grüne Grenze. Wir nehmen jedes Mal ein Kind mit. Du sagst, dass du hier politische Probleme hast.

Habe ich politische Probleme?, fragte sich Hanna damals. Werden sie gelöst, wenn ich die Seite wechsle? Nun kennt sie die Antwort. Nach dem Krieg haben alle Deutschen politische Probleme. Daran hat der Goethe-Vortrag erinnert. Damals fuhr Lisa heim nach Jena. Jetzt kehrt sie zurück in den Westen, der ein eigener Staat sein will. Und Hanna kehrte in den Osten zurück, der im Oktober auch ein eigener Staat sein will. Verrückte Welt!

Die beiden Frauen gehen schweigend nebeneinander. Sie nähern sich dem Theater, und Hanna übernimmt am Theaterplatz Lisas Reisetasche. Ob sie will oder nicht, ihre Gedanken kreisen um den hageren Mann, der mit klangvoller Stimme und sinnreichen Sätzen die Verwirrung der Deutschen in Worte brachte.

War schon toll, meint sie wie zu sich selbst.

Hier im Theater?

Diese weltumspannende Perspektive, ergänzt Hanna. Es gibt noch geistige Freiheit.

Das war mir alles zu eitel, sagt Lisa, ohne aufzusehen. Ich, Goethe und eine Weile nichts.

Nichts?! Hanna ist enttäuscht, ja, empört. Eher doch: Alles!

Sie gehen wortlos im Gleichschritt weiter.

Erst als sie in die Bahnhofstraße einbiegen, fragt Hanna: Wann sehen wir uns wieder?

Ja, erwidert Lisa langgedehnt. Der Graben wird tiefer. Und sie fügt weich hinzu: Ich würde die Kinder gern wachsen sehen. Albin hat sie sehr geliebt. Alle drei.

Was soll Hanna zu einer solchen Antwort sagen?!

Auf einmal beginnen die Glocken der Stadtkirche zu läuten. Andere Kirchenglocken stimmen ein. Für Hanna klingt das nach Kindheit. Ihr fällt ein, wie sie, quer durch die Stadt, als verlorene Tochter zum „Haus mit der Madonna" zurückkehrte.

Ja, der Graben, antwortet sie abwesend und denkt dabei: Ich bin hier zu Hause. Es war nicht richtig, wegzugehen. Komme, was da wolle, hier gehöre ich her.

Soll ich Professor Gotthardt grüßen?, fragt Lisa am Bahnhofsplatz. Oder Margund, Familie Trott?

Hanna will in der sensiblen Stunde nicht widerborstig sein. Trotzdem kommt ihr Nein recht barsch heraus.

Sie muss hier zurechtkommen, für ihre Jungen. Nicht nur Albin hat die Kinder geliebt. Sie steht vor dieser Aufgabe, mit der Lisa und ihre Freunde wenig zu tun haben. Denn – zum ersten Mal kann sie den Gedanken wirklich aushalten – Albin ist tot. Unwiderruflich.

Am Bahnhof angelangt, ist das Gespräch nahezu versiegt. Dabei könnten sie entspannt Abschied nehmen.

An deinen Vater vielen Dank, versucht es Lisa noch.

Hanna nickt. Sie bekommt kein Wort heraus.

Erst als sie Lisas Tasche in den ersten Waggon des eingefahrenen Zuges geschoben hat, verspürt sie eine Regung und greift nach Lisas Hand.

Bleib behütet, sagt sie. Dort drüben.

Du auch, hier im Osten, antwortet Lisa.

Genau wie vor zwei Jahren ruft der Bahnhofssprecher:

Zurückbleiben!

Und mit Ärger in der Stimme wiederholt er:

Zurückbleiben!!!

Inhalt

Zum Autor

Till Sailer wurde 1942 in Weimar geboren und studierte an der dortigen Hochschule für Musik „Franz Liszt". Nach dem Examen arbeitete er als Orchestermusiker in Cottbus, danach in Berlin als Rundfunkjournalist im Kultur- und Bildungsprogramm Radio DDR II. Nach ersten Erfolgen als Autor absolvierte er ein Zusatzstudium am Leipziger Institut für Literatur „Johannes R. Becher". Seit 1980 ist er freiberuflicher Schriftsteller, Schwerpunkte: historische Literatur, Musikbelletristik. Sailer schrieb Romane, Erzählungen, Hörspiele, Kinder- und Sachbücher. Zu seinen wichtigsten Werken gehören der Erzählzyklus „Wie Bach Thomaskantor wurde", „Wie Händels Messias entstand" und „Konzert für kleine Hände", die Publikationen „Hugo Distler in Strausberg", „Chopin in Polen" und „Wegspur Fontane" (2019), die Hörspielanthologie „Musik im Spiel" sowie die Romane „In Liebe – Ihr Johannes Brahms" (2005), „Bleibe gut deinem Felix Mendelssohn Bartholdy" (2009) und „So schwer die Last. Zwölf Kapitel Paul Gerhardt" (2016). Till Sailer lebt heute in Bad Saarow.

Martine Lombard

Wir schenken uns nichts

»Wenn sich eine Tür schließt …«

Johanna hat alles im Griff. Eigentlich. Erfolgreich im Beruf – fernab ihrer Heimatstadt Dresden – scheinen ihr die Türen offen zu stehen, zudem ist sie glücklich verheiratet mit einem Mann, der sie anscheinend perfekt ergänzt. Doch als Johanna erfährt, dass ihre jüngere Schwester Alma nun mit ihrem Jugendfreund Felix zusammen ist und ihr in der DDR absolviertes Kunststudium auf Schiebung beruhte, gerät ihr Leben nach und nach aus den Fugen. Beherrscht von Eifersucht, Missgunst, Partnerproblemen, Verzweiflung und Angst verausgabt sie sich beruflich wie privat an der falschen Front. Martine Lombard erzählt von Geschlechterkampf und weiblicher Konkurrenz in einer männerdominierten Arbeitswelt, von der Macht der Familienbande und davon, wie die Vergangenheit die Gegenwart bestimmt.

»Bei allem Realismus scheint eine abgründige Tradition durch, die an E. T. A. Hoffmann erinnert.«

Gundula Sell, Sächsische Zeitung

Das gesamte Programm gibt es unter
www.mitteldeutscherverlag.de

Tanja Langer

Meine kleine Großmutter & Mr. Thursday oder Die Erfindung der Erinnerung

Träumen, Erfinden, Erinnern:
Ein großer Roman über eine kleine Frau

Ich habe meine Großmutter gekannt, aber ich wusste nicht, dass sie es war. Linda, Übersetzerin aus dem Persischen, lässt sich gern von ihren Träumen lenken, und so findet sie sich eines Tages in Lüneburg wieder: Dort lebte ihre kaum gekannte Großmutter Ida unmittelbar nach dem Zweiten Weltkrieg, geflohen aus Oberschlesien, verwitwet, mit fünf Kindern. Knapp eineinhalb Meter groß, arbeitete sie für den »Direktor des englischen Kinos«. Dieser Halbsatz entzündet Lindas Fantasie, und schon ist sie mitten in der Zeit der britischen Besatzung, von 1945 bis 1949: Ida verliert ihren Mann, Ida schrubbt Wäsche für die Tommys, Ida begegnet Mr. Thursday und fängt bei ihm im »Astra Cinema« an. Das Kino wird zum Gegenbild für die raue Wirklichkeit, durch die Ida und ihre kleine Rasselbande sich als »Flüchter« durchboxen, mit Einfallsreichtum, der Kraft der Träume und der Liebe, die sie verbindet.

»Im deutschen Sprachraum gehört Tanja Langer zu den Schriftstellerinnen, denen es scheinbar mühelos gelingt, die Komplexität zu reduzieren, ohne in Trivialität abzugleiten oder die Kunst an den Kommerz zu verraten.«
Hans Christoph Buch, Frankfurter Allgemeine Zeitung

mitteldeutscher verlag

Gefördert von der Stiftung Literatur – begründet von Dieter Lattmann (www.stiftung-literatur.de) sowie von Landkreis Oder-Spree

Anmerkung und Literaturhinweis: Die Albin Sewald zugeschriebenen und zitierten Gedichte stammen von Herbert Sailer (1912–1945), sie wurden veröffentlicht in „Zwischen den Jahren", herausgegeben von Lore Sailer und Klaus Schneider, o. O. 1948. Eine Ausgabe der Gedichte Herbert Sailers, herausgegeben vom Autor, erschien kürzlich im quartus-Verlag Bucha b. Jena.

Umschlagabbildung: © shutterstock.com – Gouache7

2021 © mdv Mitteldeutscher Verlag GmbH, Halle (Saale)
www.mitteldeutscherverlag.de

Gesamtherstellung: Mitteldeutscher Verlag, Halle (Saale)
Layout | Satz: BUCHFLINK Rüdiger Wagner, Nördlingen
Lektorat: André Schinkel, Halle (Saale)

ISBN 978-3-96311-510-3

Printed in the EU